HEYNE
BÜCHER

Von Caroline Janice Cherryh erschienen in der Reihe
HEYNE SCIENCE FICTION & FANTASY:

Brüder der Erde (06/3648)
Weltenjäger (06/3772)

DIE MORGAINE-TRILOGIE:
Das Tor von Ivrel (06/3629)
Der Quell von Shiuan (06/3732)
Die Feuer von Azeroth (06/3921)

DIE DUNCAN-TRILOGIE:
Kesrith – die sterbende Sonne (06/3857)
Shon'jir – die sterbende Sonne (06/3936)
Kutath – die sterbende Sonne (06/3948)

darüber hinaus:
Kassandra
in: SF-Story Reader 13
hrsg. von Wolfgang Jeschke (06/3685)
Hestia:
in: Heyne SF Jahresband 1982
hrsg. von Wolfgang Jeschke (06/3870)

C. J. CHERRYH

SHON'JIR – DIE STERBENDE SONNE

2. Band der Duncan-Trilogie

Science Fiction-Roman

Deutsche Erstveröffentlichung

WILHELM HEYNE VERLAG
MÜNCHEN

HEYNE-BUCH Nr. 06/3936
im Wilhelm Heyne Verlag GmbH & Co. KG, München

Titel der amerikanischen Originalausgabe

THE FADED SUN: SHON'JIR

Deutsche Übersetzung von Thomas Schichtel
Das Umschlagbild schuf Gino D'Achille
Die Illustrationen im Text sind von John Stewart

Redaktion: Wolfgang Jeschke

Printed in Germany 1982
Umschlaggestaltung: Atelier Heinrichs & Schütz, München
Gesamtherstellung: Mohndruck Graphische Betriebe GmbH, Gütersloh
ISBN 3-453-30862-X

SHON'JIR
Der Gesang des Vergehens

Von der Dunkelheit am Anfang
Zur Dunkelheit am Ende,
Dazwischen eine Sonne,
Aber nach ihr Dunkelheit,
Ein Ende.

Von Dunkelheit zu Dunkelheit
Geht die Reise.
Von Dunkelheit zu Dunkelheit
Geht unsere Reise.
Und nach der Dunkelheit,
O Brüder, o Schwestern,
Kehren wir heim.

1

Der Mri stand immer noch unter dem Einfluß von Beruhigungsmitteln. Er wurde ständig darunter gehalten, betäubt und verwirrt an diesem Ort, der von menschlichen Stimmen und seltsamen Maschinen widerhallte.

Sten Duncan kam herbei und blieb neben dem Bett des Mri stehen, wie er es jeden Tag zweimal machte, unter den Augen des Sicherheitsoffiziers, der außen dicht vor dem Fenster des abgeteilten Raumes stand. Er kam, um Niun zu besuchen, was ihm erlaubt war, weil er der einzige in der Kesrith-Basis war, der ihn kannte. An diesem Tag zeigten die goldenen Augen mit der großen Iris eine nebelhafte Bewußtheit. Duncan hielt diesen Blick für vorwurfsvoll.

Niun hatte Gewicht verloren. Seine goldene Haut war an vielen Stellen von heilenden Wunden bedeckt, hart und entzündet. Er hatte einen Kampf um sein Leben gekämpft und gewonnen, den er bei vollem Bewußtsein sicherlich nicht hätte gewinnen wollen; jedoch bemerkte Niun nach wie vor nicht die Menschen, die um ihn herum kamen und gingen, die Wissenschaftler, die ihn in Zusammenarbeit mit seinen Ärzten seiner Würde beraubten.

Sie waren Feinde der Menschheit, die Mri. Vierzig Jahre des Krieges, der zerstörten Welten und der Toten, die in Millionen gezählt wurden – und doch hatten die meisten Menschen den Feind niemals gesehen. Noch weniger hatten das unverschleierte Gesicht eines lebenden Mri erblickt.

Sie waren ein schönes Volk, groß und schlank und golden unter ihren schwarzen Gewändern: goldene Mähnen mit einem Hauch Bronze; feine, humanoide Gesichtszüge; lange, schmale Hände. Die Ohrläppchen hatten kleine, blasse Flaumbüschel, und die Augen hatten die Farbe glänzenden Bernsteins und verfügten über eine Nickhaut, eine Membran, die sie vor Staub und blendendem Licht schützte. Die Mri waren menschenähnlich und gleichzeitig beunruhigend fremdartig. So war es auch mit ihrem Verstand, der die Wege von Fremden begreifen konnte und es doch standhaft ablehnte, mit ihnen Kompromisse einzugehen.

Im angrenzenden Raum, wo sie ähnlich behandelt wurde, lag Melein, She'pan genannt, Anführerin der Mri, eine junge Frau – und während Niun barsch und finster war, ein Krieger seiner Rasse, so war Melein vornehm und elegant. Beide Mri trugen Narben im Gesicht, drei feine Linien aus winzigen blauen Farbflecken, die schräg über jede Wange verliefen, vom inneren Augenwinkel bis zum äußeren Rand des Backenknochens, Markierungen von einer Bedeutung, die kein Mensch kannte. In Meleins schlafendem Gesicht verliehen die feinen blauen Linien den mit bronzenen Wimpern besetzten Augen eine exotische Schönheit; sie schien zu zerbrechlich zu sein, um Anteil an der Grausamkeit der Mri zu haben oder die Last der Mri-Verbrechen zu tragen. Von denen, die mit den Mri umgingen, wurden sie freundlich behandelt; sie senkten sogar die Stimme, wenn sie bei ihr im Zimmer waren, berührten sie so wenig wie möglich und vorsichtig. Sie schien weniger ein gefangener Feind zu sein als vielmehr ein liebliches, trauriges Kind.

Es war Niun, den sie für ihre Untersuchungen wählten – Niun, unzweifelhaft der Feind, dessen Gefangennahme einen hohen Preis erfordert hatte. Er war von Anfang an stärker gewesen, die Behandlung seiner Wunden einfacher; und trotzdem erwartete man offiziell nicht, daß er überlebte. Man bezeichnete die Untersuchungen als medizinische Behandlung und trug sie als solche in die Berichte ein, aber im Namen dieser Behandlung hatte man Niun holographiert, innen und außen abgetastet, ihm Gewebeproben und Blut entnommen, alles, was die Forscher haben wollten, und Duncan hatte mehr als einmal gesehen, wie er mit gefühlloser Grobheit behandelt wurde, wie man ihn auf dem Tisch liegenließ, während sich die Menschen Zeit ließen bei dem, was sie mit ihm machten.

Duncan verschloß die Augen davor, fürchtete, daß jeder von ihm vorgebrachte Protest ihn gänzlich aus der Nähe der Mri verbannen würde. Sie waren trotz ihrer schweren Verletzungen am Leben gehalten worden. Sie überlebten; sie heilten; und für Duncan war dies von größter Bedeutung. Die persönliche Ethik der Mri wies Außenstehende zurück, verabscheute Medizin, lehnte das Mitleid ihrer Feinde ab; aber in nichts war diesen beiden Mri eine Wahl gelassen worden. Sie gehörten den Wissenschaftlern, die die Mittel gefunden hatten, ihr Leben zu verlängern. Es wurde ihnen nicht erlaubt, aufzuwachen – und auch das geschah zu dem Zweck, sie am Leben zu erhalten.

5·81·4

»Niun«, sagte Dunkan sanft, denn der Posten draußen blickte im Moment anderswo hin. Er berührte den Rücken von Niuns langgliedriger Hand, unterhalb der Fessel. Der Mri war ständig sorgfältig festgebunden, denn man befürchtete, daß Niun an den Wunden zerren würde, wenn er die Möglichkeit dazu fand. Andere gefangene Mri hatten das gemacht und sich auf diese Weise selbst getötet. Keiner war jemals am Leben erhalten worden.

»Niun«, wiederholte er, beharrlich in dem, was zu einem zweimal täglichen Ritual geworden war – um dem Mri zu zeigen, wenn schon nichts anderes, daß es noch jemanden gab, der seinen Namen aussprechen konnte; um ihn zum Denken zu bringen, an welch fernen Ort sein Bewußtsein auch wanderte; um einen Kontakt zu seinem betäubten Verstand herzustellen.

Niuns Augen schienen sich kurz auf ihn einzustellen und gaben es wieder auf, verschleierten sich, als die Membran sich über sie legte.

»Ich bin Duncan«, beharrte er und schloß die Hand kräftig um die des Mri. »Niun, hier ist Duncan.«

Die Membran glitt zurück, die Augen wurden klar. Die schlanken Finger zuckten und schlossen sich fast. Duncans Herz hüpfte hoffnungsvoll, denn dies war der erste Hinweis darauf, bei Bewußtsein zu sein, den der Mri gegeben hatte, ein Beweis dafür, daß der Verstand und der Mann, den er kannte, unversehrt waren. Duncan sah, wie die Augen des Mri durch den Raum wanderten, auf der Tür verweilten, wo der Posten war.

»Du bist noch auf Kesrith«, sagte Duncan leise, damit der Posten nichts mitbekam. »Du bist an Bord der Sonde FLOWER, dicht außerhalb der Stadt. Kümmere dich nicht um diesen Mann. Er bedeutet nichts, Niun – es ist alles in Ordnung.«

Möglicherweise verstand Niun, aber die bernsteinfarbenen Augen verschleierten und schlossen sich wieder, und er glitt zurück in den Griff der Drogen, frei von Schmerz, frei von Begreifen, frei von Erinnerungen.

Sie waren die letzten ihrer Rasse, Niun und Melein – die letzten Mri, nicht nur auf Kesrith, sondern überhaupt. Das war der Grund, warum die Wissenschaftler sie nicht gehen lassen wollten. Dies war die Möglichkeit, das Rätsel der Mri zu lösen, die sich hiernach nie wieder bot. Hier auf Kesrith waren die Mri gestorben, in einer Nacht des Feuers und des Verrats – alle, alle außer diesen beiden, die als traurige Kuriositäten in den Händen ihrer Feinde überlebten.

Und sie waren durch Duncan da hineingeraten, durch Duncan, dem sie vertraut hatten.

Duncan drückte Niuns gefühllose Schulter und wandte sich ab, hielt inne, um durch das dunkle Glasabteil in den Raum zu blicken, wo Melein im Schlaf lag. Er besuchte sie nicht mehr, nicht seitdem sich ihr Zustand gebessert hatte. Unter Mri war sie heilig gewesen, unantastbar; ein Außenstehender sprach mit ihr nicht direkt, sondern durch andere. Was sie unter ihren Feinden auch an Einsamkeit und Schrecken ertrug, war nicht schlimmer als die Erniedrigung. Sie mochte ihre Feinde hassen und mißachten; aber ihm gegenüber, dessen Namen sie kannte, der sie gekannt hatte, als sie frei war, empfand sie vielleicht tiefe Scham.

Sie schlief friedlich. Duncan betrachtete für einen Moment das sanfte Heben und Senken ihrer Brust, überzeugte sich davon, daß sie es gut und bequem hatte, drehte sich dann um und öffnete die Tür, murmelte dem Posten abwesend Dankesworte zu, und der Mann ließ ihn aus dem Bereich, der Restriktionen unterlag, in den äußeren Korridor hinaus.

Duncan stieg auf das Hauptdeck des überfüllten Forschungsschiffes hinauf, wich weiß-uniformierten Wissenschafts-Techs und blau-uniformiertem Stabspersonal aus, ein Mann, der nicht auf die FLOWER gehörte. Sein eigenes Khaki-Braun war die Uniform der ObTak, der Taktischen Oberflächenwaffe. Wie das wissenschaftliche Personal der FLOWER war er ein Experte; seine Fähigkeiten wurden jedoch nicht mehr benötigt, weder auf Kesrith noch sonstwo. Der Krieg war vorbei.

Er war geworden wie die Mri – überholt, ohne Verwendung.

Er meldete sich von der FLOWER ab, eine klerikale Formalität. Die Sicherheit kannte ihn gut genug, wie alle Menschen auf Kesrith ihn kannten – den Menschen, der unter Mri gelebt hatte. Er ging hinaus auf die Rampe und diese hinab auf den Straßendamm, Teil eines Netzwerks aus Metall, das die Menschen über die pulverige Erde von Kesrith geworfen hatten.

Nichts wuchs draußen auf der weißen Ebene, soweit das Auge reichte. Leben war überall spärlich auf Kesrith mit seinen alkalischen Ebenen, seinen toten Bergketten, seinen wenigen und flachen Meeren. Die Welt wurde von einer roten Sonne beleuchtet, Arain genannt, und von zwei Monden. Kesrith war einer von sechs Planeten des Systems, der einzige wenigstens teilweise bewohnbare. Die Luft war dünn, im Schatten kalt und in Arains direktem Licht brennend heiß; und der Regen, der sie durchzog, hinterließ die Haut brennend und trocken. Pulveriger, brennender Staub kroch in alles hinein, auch durch die dichtesten Versiegelungen, peinigte die Menschen und zerstörte schließlich die Maschinen. An den meisten Stellen war Kesrith für Menschen unbewohnbar, abgesehen hier von dem Tieflandbecken um Kesriths einzige Stadt, am Ufer eines giftigen Meeres: ein kleines Gebiet, in dem es reichlich Feuchtigkeit gab, zwischen Geysiren und dampfenden Teichen und Erdkrusten, die eines Menschen Gewicht nicht trugen.

Es gab keine auf Kesrith geborenen Menschen. Die Welt hatte zuerst den Dusei gehört, großen braunen Vierfüßlern von entfernt bärenhafter Erscheinung, samthäutig, mit langsamen Bewegungen und starken Klauen. Dann waren die Mri gekommen, deren Türme sich einst zu den hohen Bergen hin erhoben hatten, wo es jetzt nur noch einen Haufen Steine gab, ein Grab für die, die darin gestorben waren.

Und dann waren die Regul gekommen, hungrig nach Land, Mineralien, und Wohlstand, und hatten die Mri zum Kampf gegen die Menschenrasse angeheuert.

Es war die Regulstadt, die die Menschheit als letzter Erbe von Kesrith übernommen hatte: eine flache Ansammlung häßlicher Gebäude, deren höchstes nur zwei Stockwerke hatte, und diese Stockwerke waren niedriger, als der menschliche Standard vorsah. Die Stadt war rechteckig angelegt: das Nom, das einzige zweistöckige Gebäude, stand ganz außen, und die anderen Gebäude bildeten die Umrandung des quadratischen Platzes vor ihm. Alle Straßen folgten diesem Bogen um den Nom-Platz – enge, für den Regul-Transport entworfene Straßen, nicht für Menschenfahrzeuge, gekreuzt von Ausläufern weißen Sandes, der überall auf Kesrith fortwährend Einlaß suchte. Links von der Stadt lag das Alkali-Meer, das den Abfluß von Kesriths mineralischen Ebenen aufnahm. Vulkanisches Feuer schwelte und brodelte unter der Oberfläche dieses Meeres, genauso wie unter dem ganzen Tal, das einstmals ein zerbrechliches Land aus dünnen Krusten und mineralischen Spitzformationen gewesen war – ein Land, das jetzt durch die Narben des Kampfes zerfurcht und zerstört war.

Es gab eine Wasserwiedergewinnungsanlage, deren Türme sich ins Meer hinaus erstreckten. Reparaturen waren dort im Gange, mit denen versucht wurde, die Stadt von ihrer strengen Rationierung zu befreien. Auch einen Raumhafen hatte es hier gegeben, an der gegenüberliegenden Seite der Stadt, aber der war jetzt völlig zerstört, ein Gebiet verbrannter Erde und mit Ruinen aus verzogenem Metall, die einmal ein Regul-Schiff und ein Mri-Schiff gewesen waren.

An Schiffen gab es auf dem Planeten jetzt nur die FLOWER – eine für hafenlose Landungen entworfene Sonde für Außenweltler –, die sich auf eine Kuppe aus hartem Fels duckte, die sich neben der Straße zur Wasseranlage erhob. Neben ihr hatte man durch das Auslegen von Stahlnetzen, durch Füllungen und Härtung der unstabilen Oberfläche ein Flugfeld improvisiert – eine Arbeit, die schon bald den ätzenden Regenfällen zum Opfer fallen würde. Auf Kesrith war nichts von Dauer. Alles hielt solange, wie es ständige Wartung und Reparaturen erfuhr; aber das Wetter und der Staub überwanden es am Ende doch immer. Die gesamte Oberfläche Kesriths schien unter den wolkenbruchartigen Regenfällen zu schmelzen und zu zerfließen; die gesamte Sturmlage des Kontinents wurde durch Bergbarrieren zu diesem Bekken hin kanalisiert und erweckte es zum Leben, machte das Leben dort jedoch gleichzeitig schwierig.

Dies war eine Umwelt, in der nur die Dusei und die Mri jemals ohne den Schutz künstlicher Umgebungen gediehen waren; und die Mri hatten das durch Vertrauen auf die Dusei geschafft.

Ein solches Erbe hatte die Menschheit angetreten, späte Invasoren im Krieg gegen die Mri und jetzt im Krieg mit ihrer Welt befindlich, beinahe aus ihrem Angesicht vertrieben durch die Stürme, belästigt von den wilden Dusei, in Freundschaft nur mit den Regul, die die Mri, ihre einstmaligen Verbündeten, ihre Söldner, für die Menschheit ausgerottet hatten, ein Akt des Völkermordes, nur um den Eroberern einen Gefallen zu erweisen.

Duncan schritt in der ihm eigenen langsamen Gangart über den Straßendamm und schmeckte die saure Luft. Sein nacktes Gesicht und die Hände wurden durch Arains heftige Strahlung schmerzhaft angegriffen, sogar auf diesem vergleichsweise kurzen Weg. Es war Mittag. Wenig regte sich in der Wildnis während der Stunden von Arains Zenith; die Menschen jedoch ignorierten die Sonne, geschützt innerhalb ihrer künstlichen Umwelt mit gefilterter und gekühlter Luft. Menschliche Autorität auferlegte Kesriths Tag einen menschlichen Zeitplan, zerteilte ihn in leicht verlängerte Sekunden, Minuten und Stunden zur Bequemlichkeit derer, die in der Stadt wohnten, wo das Tageslicht sichtbar und von Bedeutung war – aber das waren nur wenige. Der

Universale Standard lieferte immer noch den Maßstab für die wissenschaftliche Gemeinde der FLOWER und für das Kriegsschiff, das sich in einer Kreisbahn um den Planeten befand.

Duncan ging einher mit Augen, die für das Land offen waren, erblickte den getarnten Körper eines ledrigen Jo, eines der fliegenden Geschöpfe von Kesrith, das, um die Hitze auszuhalten, im Schatten eines großen Felsens ruhte – sah auch die Spur einer Sandschlange, die vor kurzem den Boden neben dem Straßendamm überquert hatte auf der Suche nach der Unterseite irgendeines Felsens, um sich vor der Sonne und vor Raubzeug zu schützen. Das Jo wartete geduldig auf die ihm bestimmte Beute. Solche Dinge zu sehen, hatte Niun Duncan gelehrt.

Jenseits der mineralischen Ebenen rauchte ein Geysir in den Trümmern des Kampfes. Das war ein alltäglicher Anblick. Die Welt reparierte den Schaden, nahm geduldig weitere Äonen des Formens in Angriff; jedoch würden hiernach mehr Menschen in immer größerer Zahl kommen und eine Möglichkeit finden, alles wieder rückgängig und Kesrith zu ihrer Welt zu machen.

Am Rand der Stadt wich das Netzwerk dem Beton, eine Grenze, die wandernder Sand teilweise bedeckt hatte. Duncan betrat den festen Untergrund, vorbei am Beobachtungsdeck des Nom, wo ein Überwachungssystem montiert worden war, um den Straßendamm zu beobachten, und hinauf zur Hintertür, das zum Haupteingang für das menschliche Personal geworden war, da sie der FLOWER zugewandt war und dem Flugfeld und dem Landeplatz der Fähren.

Zischend öffnete und schloß sich die Tür. Die Nom-Luft kam wie ein Schock, so duftete sie nach den ihr eigenen gefilterten Ausdünstungen von Menschen und Regul, befeuchtet und süßer als die Luft draußen, diese Sonnenlicht-über-Kalt-Hitze, die gleichzeitig brannte und frieren machte. Hier jedoch gab es Gärten, die während der Rationierung teilweise bewässert wurden, botanische Musterstücke von Regul-Welten und deshalb wichtig: eine leberfleckige weiße Kletterpflanze, die unter Streß ihre Lavendelblüten verloren hatte; ein traurig aussehender Baum mit spärlichen Silberblättern; ein kräftiges graugrünes Moos. Und die von den Regul errichteten Hallen – im Zentrum hoch, zumindest nach Regul-Begriffen – vermittelten einem Menschen ein Gefühl der Einschließung. Die Korridore waren abgerundet und hatten eine Vertiefung, die sich an einer Seite entlangzog, wo schimmernde Geleise den Regul-Schlitten entlang der Seite, die keine Türen hatte, eine schnellere und ungefährliche Bewegung ermöglichten. Als Duncan sich der Rampe zuwandte, huschte einer vorbei, fast zu schnell, um ihn auszumachen, raste um eine Ecke und war verschwunden. Bei dieser Geschwindigkeit handelte es sich um einen Versorgungsschlitten, der Lasten trug, aber kein Personal.

Regul neigten sehr zu Automatisierung. Sie bewegten sich langsam und bedächtig, ihre kurzen Beine unfähig dazu, ihr Körpergewicht auch nur über irgendeine kleinere Entfernung zu tragen. Die Regul, die zu Fuß umhergingen, waren noch Junglinge, geschlechtslos und noch beweglich, hatten noch nicht die Körpermasse eines Erwachsenen erreicht. Die Älteren, deren Beinmuskeln verkümmert waren, bewegten sich fast gar nicht, außer mit der künstlichen Beweglichkeit ihrer Schlitten.

Und Menschen, fremd an diesem Ort, gingen durch die Korridore des Nom, schreitende Gestalten von seltsam wirkender Hast zwischen den geduckten, langsamen Regul.

Duncans Privatquatier befand sich auf der zweiten Etage. In einem Sinn war es luxuriös: Alleinsein war ein Komfort, den er für sehr lange Zeit nicht gekannt hatte, denn er war als Assistent des Gouverneurs nach Kesrith gekommen. Er war sich jedoch überaus deutlich dessen bewußt, was dieser kleine, einzelne Raum bedeutete: den Sturz aus der Vertrautheit mit den bedeutenden Mächten von Kesrith, im besonderen mit Stavros, dem Ehrenwerten George Stavros, Gouverneur der neuen, von den Menschen eroberten Gebiete. Duncan hatte sich auf seinem Posten still durch einen militärischen medizinischen Gehilfen ersetzt gefunden, einem Evans, E. Er war aus den Hinterlanden von Kesrith und dem Lazarett zurückgekehrt, um diese Situation vorzufinden, und obwohl er es gehofft hatte, hatte er keine Aufforderung dazu erhalten, in sein altes Quartier im Vorraum von Stavros' Apartment zurückzukehren, diesen Posten des Regul-Protokolls, den die Menschen inmitten ihrer unterworfenen Gastgeber doch noch peinlich genau in der Öffentlichkeit wahrnahmen. Ein Ältester von Stavros' hohem Rang mußte zumindest einen Jungling haben, der sich um seine Bedürfnisse kümmerte und unwillkommene Besucher abwies; und diese Pflicht oblag jetzt Evans. Duncan wurde auf Abstand gehalten; sein Kontakt mit Stavros, einst eng, war plötzlich formell: ein gelegentlicher Gruß, wenn sie in der Halle aneinander vorbeikamen, das war schon alles. Selbst die Befragung nach seiner Mission war von anderen durchgeführt worden, durch die Wissenschaftler, die Mediziner und die Militärs.

Dunkan begriff seine Ungnade jetzt als dauerhaft. Sie war Stavros' Konzession an die Regul, die ihn haßten und seinen Einfluß fürchteten. Und welches seine Position auf Kesrith hiernach sein würde, wußte er nicht.

Für seine persönlichen Hoffnungen war es das Ende. Durch die Pflege von Stavros' Gunst hätte er sich in eine Position im kolonialen Stab hinaufarbeiten können. Ihm stand immer noch aufgrund seiner Anstellung für fünf Jahre während des gefährlichen Stadiums der Kesrithi-Mission eine lukrative Bezahlung zu – Gehalt, Prämie und Transport zu der Welt seiner Wahl, oder Niederlassung auf Kesrith selbst, wenn der Gouverneur zustimmte. Einst hatten solche Hoffnungen, die er halb glaubte, ihn kurz angelockt. Er hatte den Posten angenommen, weil er ein Angebot war, in einem Gebiet und zu einer Zeit, wo Angebote selten waren; und weil er sich seinem statistischen Überlebenslimit bei gefährlicheren Missionen genähert hatte. Damals war ihm der Posten als Möglichkeit zum Überleben erschienen, wenigstens knapp – wie er immer überlebt hatte.

Er hatte wieder überlebt, war zernarbt, sonnenverbrannt und geistig erschüttert von Stavros' Dienst zurückgekehrt, nach einem Marsch durch die Kesrithi-Hinterlande, den die kürzlich angekommenen regulären Truppen nie überlebt hätten. Er hatte Kesrith kennengelernt, wie es kein anderer Mensch nach ihm tun würde; und er war unter Mri gewesen und lebendig zurückgekehrt, was kein Mensch vor ihm geschafft hatte.

Und in seinem Schmerz hatte er Stavros die Wahrheit von dem berichtet, was er erfahren hatte, direkt und vertrauensvoll.

Das war sein großer Fehler gewesen.

Er ging an der Tür von Stavros und Evans vorbei und öffnete sein eigenes Apartment, spartanisch eingerichtet und ohne den kleinen Vorraum, der für den Status im Nom wesentlich war, was die Regul anging. Er berührte den Schalter, der die Tür schloß, und öffnete an derselben Schalttafel die Sturmschilde. Die Fenster gewährten Ausblick auf den Weg, den er gekommen war, auf die FLOWER auf ihrer Kuppe, ein geducktes halbes Ei auf Stelzen; auf den Himmel, der zumindest im Augenblick wolkenlos war und von rostigem Blaßrot. Seit Tagen hatte es keinen Sturm mehr gegeben. Wie die verschiedenen Bewohner von Kesrith schien auch die Natur ihre Gewalt verausgabt zu haben; es lag eine erschöpfte Ruhe über der Welt.

Duncan zog sich aus und wusch sich mit einer Spezial-Lotion ab, eine Praxis, die wegen des ätzenden Staubes von Kesrith ratsam war, auf der sein Arzt nach wie vor bestand, und zog sich dann seine leichtere Uniform an. Er wollte in die Bibliothek gehen, in das Gebäude jenseits des Nom-Platzes, das durch einen unterirdischen Tunnel zu erreichen war, ein Teil des Universitätskomplexes der Regul, den jetzt die Menschen hielten.

Dort verbrachte er seine Nachmittage und Abende; und jeder, der Sten Duncan zu Hause in den Heimatterritorien der Menschheit gekannt hatte, hätte das unglaublich gefunden. Er war kein Gelehrter. Er war in seinem Beruf gut ausgebildet: er kannte die Mechanik von Schiffen und Waffen, verstand etwas von Geologie und Ökologie und der Arbeitsweise von Computern – von allen Gebieten, die für wirksamen Kampf notwendig waren, und in denen er von einer Kriegszeitjugend an ausgebildet worden war, elternlos, bezüglich der Richtung seines Lebensweges mit nur einem Ziel im Kopf. Sein ganzes Wissen war praktisch, bei Bedarf angesammelt, in seinen Kopf gestopft von Ausbildern, die nur daran interessiert waren, daß er überlebte und den Feind tötete.

So war es gewesen, bis er gesehen hatte, daß sein Krieg zu Ende war, bevor er gesehen hatte, wie sein Feind von den Regul hinterrücks ermordet wurde; und mit den Überlebenden ein Lager geteilt hatte; und gesehen hatte, wie die stolzen Mri von menschlicher Barmherzigkeit abhingen.

Zweitausend Jahre in Berichten, Karten und Bändern lagen in der Regul-Bibliothek, Wahrheiten, verschlossen hinter Regul-Sprache und Regul-Unverständlichkeiten. Duncan studierte. Er erforschte, was die Mri auf Kesrith gewesen waren, was sie anderswo gewesen waren, mit einem Interesse, unendlich persönlicher als das der Wissenschaftler von der FLOWER.

Stavros mißbilligte das. Es trug Einstellungen und Interessen zur Schau, die die Regul fürchteten und denen sie mißtrauten. Und die Regul zu beleidigen, lief der neuen Annäherungspolitik der Menschheit entgegen. Es brachte Stavros in Verlegenheit; es ärgerte ihn, der auf Kesrith und in seinen neuen Territorien enorme Autorität besaß.

Aber immer noch blieb die Bibliothek das, wofür sich Duncan in seinen freien Stunden entschied und die seine nutzlose Existenz weitgehend ausfüllte. Er wurde bald zu einem Ärgernis für das wissenschaftliche Personal der FLOWER, das selbst die Bibliothek nach dem untersuchte, was daraus gewonnen werden konnte, und unterschiedslos Bänder und Berichte kopierte, damit sie später zu Hause in den Laboratorien von Elag/Haven und Zoroaster ausgewertet werden konnten. Duncan suchte sich die speziellen Berichte heraus, die mit den Mri zu tun hatten, und machte sich für bestimmte Leute von der FLOWER nützlich, die überredet werden konnten, sein Interesse zu teilen. Mit seiner eigenen stockenden Beherrschung der Regul-Sprache konnte er selbst nur wenig dafür tun, die Bänder zu verstehen oder die Karten zu interpretieren; aber er sprach mit den Wissenschaftlern, die es konnten. Er diskutierte mit ihnen; er versuchte mit all seiner Beharrlichkeit, sie begreifen zu machen, was er selbst nicht begriff. Zu lernen, was das gewesen war, mit dessen Zerstörung er sein Leben verbracht hatte, was er vollständig auszutilgen gewünscht hatte.

Er raffte seine Aufzeichnungen zusammen und sein handgeschriebenes Wörterbuch und machte Anstalten, den Raum zu verlassen.

Das Licht auf der Schalttafel blitzte.

»Kose Sten Duncan«, sagte eine Regul-Stimme, gab ihm immer noch seinen alten Titel als Stavros' Assistent, was ihn überraschte. »Kose Sten Duncan.«

Er drückte den Antwortknopf und verspürte ein vages Unbehagen darüber, daß jemand im Nom sich entschieden hatte, ihm dazwischenzukommen, seine Verborgenheit zu stören. Seine ernsthafte Absicht war jetzt einfach: alleingelassen zu werden, solche Aufgaben zugeteilt zu bekommen, die ihm untere Kanäle geben konnten, und bei den höheren vergessen zu werden.

»Ich bin hier«, berichtete er dem Regul.

»Die Verehrung Bai Stavros übermittelt Ihnen den Befehl, ihn sofort in seinem Büro aufzusuchen.«

Duncan zögerte, das Herz verkrampft durch das Vorauswissen, daß seine Zeit der Gnade vorüber war. Irgendwo im Labyrinth der FLOWER mußten Papiere unterzeichnet worden sein, die ihn als dienstfähig erklärten; irgendwo im Nom wurden Papiere vorbereitet, die ihn in ähnlicher Weise für jemandes Dienst einteilten. Auf dem kolonialen Kesrith konnte nichts ohne einen bestimmten Nutzen bleiben.

»Teilen Sie der Verehrung mit«, sagte er, »daß ich sofort komme.«

Der Regul erwiderte eine kurze Silbe und beendete die Verbindung; das zeigte Mangel an Respekt. Duncan schleuderte seine Aufzeichnungen auf den Tisch, öffnete die Tür und schritt auf den Korridor hinaus.

Es war kein Zufall, daß Stavros ihn zu dieser Stunde zu sich gerufen hatte. Duncan war in seinen Gewohnheiten minutiös geworden und damit berechenbar: von seiner Behandlung am Vormittag dann mittags zu seinem Apartment, und nach einer Viertelstunde vom Apartment zur Bibliothek. Und was die Bibliothek anging, hatte er seine Warnung erhalten.

Fiebrig in seiner Ängstlichkeit fing er an, die schlimmsten Dinge vorwegzunehmen, die ihn erwarten mochten: einen Verweis; einen direkten Befehl, seine Besuche in der Bibliothek aufzugeben – oder eine Ausschließung von der FLOWER und den Mri. Er hatte Stavros' angedeutetem Mißvergnügen bereits getrotzt; und wenn er einen direkten Befehl erhielt und mißachtete, würde er sich als dauerhaft auf die Station überführt wiederfinden, auf der SABER, Kesrliths militärischer Bewachung.

Wo Sie hingehören, konnte er sich Stavros' Stimme vorstellen. *Überlassen Sie die Mri den Wissenschaftlern.*

Er schritt steifbeinig durch den Korridor, der sich die Rampe hinabwand, stieß in der Kurve einen schwerfälligen Regul-Jungling mit der Schulter zur Seite und entschuldigte sich nicht dafür. Auch würde sich der Regul nicht bei ihm entschuldigen, einem Menschen, den er nicht zu fürchten brauchte. Ein wütendes Zischen folgte ihm, und andere Junglinge blieben stehen und funkelten ihn an.

Stavros' Büro befand sich im Erdgeschoß des treppenlosen Nom – wieder eine Statusfrage innerhalb einer Regul-Gemeinschaft –, hinter breiten Türen, die den Regul-Schlitten leichten Zugang gewährten.

Die Bürotüren standen offen. Der Sekretär in Stavros' Empfangszimmer war ein Mensch, wieder jemand vom Personal der SABER, ein KomTech, dessen spezialisierte linguistische Fähigkeiten auf diesem Posten vergeudet waren; aber letztlich dachte Stavros an die Sicherheit und setzte keinen Regul-Jungling auf diesen äußerst empfindlichen Posten, wo zuviel mitgehört werden konnte. Der Tech räkelte sich in seiner Langeweile, erkannte Duncan mit einem Ausdruck plötzlicher Zurückhaltung. Als ObTak stand Duncan außerhalb des regulären Militärs, jedoch gebührte ihm der Respekt eines KomTech.

»Der Gouverneur sagt hineingehen«, sagte der Tech; und mit dem Zucken eines kurzen Blicks zur geschlossenen inneren Tür und wieder zurück: »Der Bai ist da drin, Sir.«

Hulagh! Ältester der Regul auf Kesrith.

»Vielen Dank«, sagte Duncan mit zusammengebissenen Zähnen.

»Sir«, sagte der KomTech. »Mit Entschuldigung: der Gouverneur empfiehlt Ihnen, leise hineinzugehen. Seine Worte, Sir.«

»Ja«, sagte Duncan und zügelte seine Gereiztheit mit einer sichtbaren Anstrengung zugunsten des KomTech. Er wußte, wie man ihn auf der Kesrith-Basis einschätzte – als unbesonnen und von offizieller Ungnade gezeichnet. Er kannte auch den Umgang mit Diplomaten besser als jeder Schreibtischtech.

Dies war nicht der Augenblick für Gereiztheit. Seine Überführung auf die SABER würde ein vollständiger Sieg des Regul-Bai sein. Er konnte auch noch den letzten verbleibenden Einfluß wegwerfen, den er bezüglich der Mri hatte, mit nur wenigen schlechtgewählten Worten zwischen sich und Stravros oder zwischen sich und dem Bai, und er war entschlossen, sie nicht auszusprechen. Die Regul würden irgendeine Meinungsverschiedenheit zwischen Älterem und Jungling nicht verstehen; jede Andeutung einer anderen Meinung würde auf Stavros zurückfallen, und das würde Stavros nicht hinnehmen, nicht auf einer persönlichen Basis und nicht auf einer offiziellen.

Der Sekretär öffnete durch Fernbedienung die Tür, und Duncan trat mit sanftem und leisem Schritt ein, mit einer Verbeugung und angemessener Ehrerbietung gegenüber den beiden Herrschern von Kesrith.

»Duncan«, sagte Stavros laut und nicht unfreundlich. Beide, der Mensch und der Regul Bai, waren von schimmerndem Metall umschlossen, glichen einander, bis das Auge auf dem Fleisch ruhte, das im Zentrum der Schlittenkonstruktion enthalten war. Stavros war von außerordentlich fortgeschrittenem Alter, teilweise gelähmt, und sein Leiden – das ihm auf Kesrith zugestoßen war – behinderte sein Sprechen immer noch in solchem Ausmaß, daß er den Kommunikationsschirm des Schlittens benutzte, um sich mit den Regul in ihrer komplizierten Sprache zu unterhalten. Menschen gegenüber hatte er jedoch wieder angefangen zu sprechen. Die betroffenen Glieder hatten wieder etwas Kraft gewonnen, aber Stavros blieb nach wie vor im Schlitten, von den Regul gefertigt, das Prestige eines Regul-Älteren. Geschwindigkeit, Kraft, sofortiger Zugang zu jeder Schlittenbahn im Nom: Duncan verstand die praktischen Überlegungen, aus denen heraus es Stavros ablehnte, die Maschine aufzugeben, aber er haßte die Politik, die sie repräsentierte – menschliche Anpassung an die Regul, menschliche Nachahmung der Regul-Wege.

»Sir«, sagte Duncan ruhig, erwiderte den Gruß, wandte mit dem nächsten Atemzug das Gesicht Bai Hulagh zu, höflich und gelassen und innerlich vor Wut zitternd, lächelte, während er in die kleinen dunklen Augen des Regul-Ältesten blickte. Ein großes ungeschlachtes Monster in feiner Gaze mit silbernen Rändern, das Fleisch vor lauter eingelagertem Fett zu Wülsten aufgeworfen, unter dem die Muskeln fast völlig verkümmert waren, besonders in den unteren Gliedern. Duncan verabscheute seinen Anblick. Das Gesicht des Regul war eine knochige Platte, so dunkel wie der Rest seiner Haut, und glatt, unähnlich dem Rest der Haut. Die Zusammensetzung der Gesichtszüge, ihre Symmetrie, vermittelte eine Illusion der Menschlichkeit; einzeln genommen entsprach jedoch kein Zug dem Menschen. Die Augen waren braun und rund, versunken in Vertiefungen der faltigen Haut. Die Nase bestand nur aus Schlitzen, die aufgebläht oder völlig geschlossen werden konnten. Die Lippen waren nach innen gewandt, im Moment nur ein fest zusammengepreßter Schlitz, von der Knochenplatte gesäumt. Hulaghs Nasenlöcher waren gegenwärtig eng zusammengezogen, abgesehen vom raschen Aufblähen beim Ausatmen, ein Zeichen des Mißvergnügens über die Begegnung, so bedrohlich wie ein menschliches Stirnrunzeln.

Hulagh drehte seinen Schlitten abrupt zur Seite, eine scharfe Abweisung eines anmaßenden Junglings, und lächelte Stavros an, wobei sich Augen und Nasenlöcher entspannten und sich der Mund leicht öffnete. Es war ungewiß, ob eine solche Geste für Regul natürlich war oder den Versuch darstellte, eine menschliche Geste nachzuahmen.

»Es ist gut«, sagte Hulagh in seinem polternden Basic, »daß der Jungling Duncan wiederhergestellt ist.«

»Ja«, sagte Stavros laut in der Regul-Sprache. Der Kom-Schirm des Schlittens drehte sich Duncan zu und blitzte in Basic auf, in menschlichen Symbolen und Buchstaben. *Setzen Sie sich! Warten Sie!*

Duncan entdeckte an der Wand einen Stuhl, setzte sich und lauschte, fragte sich, warum er zu dieser Konferenz gerufen worden war, warum Stavros sich entschlossen hatte, ihn zu Hulaghs Nutzen vorzuführen. Duncans unvollkommene Beherrschung der Regul-Sprache machte es ihm unmöglich, viel von dem aufzuschnappen, was der Regul Bai sagte, und er konnte nichts von dem verstehen, was Stavros antwortete, denn obwohl er den Kom-Schirm aus diesem Winkel sehen konnte, konnte er nur wenige Worte der komplizierten Schriftsprache lesen, welche die eidetischen Regul selbst fast nie benutzten.

Einmal etwas hören, so komplex es auch war, und die Regul vergaßen es niemals wieder. Sie benötigten keine Aufzeichnungen. Ihre Berichte waren mündlicher Natur, auf Bändern aufgezeichnet, nur dann auf Geschriebenes reduziert, wenn als von dauerhafter Bedeutung eingeschätzt.

Duncan spitzte die Ohren, als er seinen Namen erwähnt hörte und die Wendung *vom Dienst befreit.* Er saß still, die Hände um die Kante des dicken Regul-Stuhles geklammert, während die beiden Diplomaten endlos Höflichkeiten austauschten, bis Hulagh endlich Anstalten machte, sich zu verabschieden.

Der Schlitten des Bai drehte sich. Diesmal widmete Hulagh sein falsches Lächeln Duncan. »Guten Tag, Jungling Duncan«, sagte er. Duncan war geistesgegenwärtig genug, aufzustehen und sich zu verbeugen, was die höfliche und angemessene Antwort eines Junglings an einen Älteren war; und der Schlitten huschte die offene Tür hinaus, während er dastand, die Fäuste geballt, und auf Stavros hinabblickte.

»Setzen Sie sich!« sagte Stavros.

Die Tür glitt zu. Duncan kam herein und setzte sich auf den Stuhl, der Stavros' Schlitten am nächsten stand. Die Fenster wurden schwarz, schlossen die Außenwelt aus. Nur noch die Zimmerbeleuchtung spendete Licht.

»Meinen Glückwunsch«, sagte Stavros. »Gut gespielt, wenn auch offensichtlich unaufrichtig.«

»Werde ich hinaufgeschickt?« fragte Duncan direkt, eine Abruptheit, die ein Flackern des Mißvergnügens in Stavros' Augen brachte. Duncan bedauerte sie sofort – ein weiterer Beweis seiner Unsicherheit, den Stavros lesen konnte. Vor allem diesen Eindruck hatte er vermeiden wollen.

»Geduld«, riet ihm Stavros. Dann sprach er mit dem KomTech draußen, gab den Befehl, daß Anrufe weiterhin zurückgehalten werden sollten, und entspannte sich seufzend, wobei er Duncan immer noch aufmerksam musterte. »Hulagh ist überredet worden«, sagte Stavros, »auf Ihren Kopf zu verzichten. Ich habe ihm erzählt, daß Ihre Entbehrungen in der Wüste Ihren Verstand aus dem Gleichgewicht gebracht haben. Hulagh scheint das als eine Möglichkeit der Entschuldigung zu akzeptieren, die seinen Stolz nicht beeinträchtigt. Er hat sich entschlossen, Ihre Gegenwart wieder zu akzeptieren; es gefällt ihm jedoch nicht.«

»Dieser Regul«, sagte Duncan und wiederholte hartnäckig die Behauptung, die ihn ruiniert hatte, »hat Völkermord begangen. Wenn er den Knopf nicht selbst gedrückt hat, so hat er dem, der es tat, den Befehl dazu gegeben. Ich habe Ihnen berichtet, was in jener Nacht dort draußen passiert ist. Sie wissen, daß ich die Wahrheit sage. Sie wissen es.«

»Offiziell«, sagte Stavros, »weiß ich es nicht. Duncan, ich werde versuchen, vernünftig mit Ihnen zu reden. Die Dinge sind nicht so einfach, wie Sie sie gerne haben möchten. Hulagh selbst erlitt Schaden durch diese Aktion: er verlor sein Schiff, seine Junglinge, seinen gesamten Wohlstand, sein Prestige und das Prestige seines Doch. Vielleicht kommt ein Regul Doch zu Fall, eines, das für die Menschheit von Bedeutung ist. Begreifen Sie, was ich Ihnen sage? Hulaghs Doch ist die Friedenspartei. Wenn sie stürzt, wird es für alle von uns gefährlich, nicht nur für die, die sich auf Kesrith befinden. Wir sprechen über den Frieden, verstehen Sie das?«

Sie befanden sich wieder auf vertrautem Grund. An diesem Punkt setzten die Argumente an und führten zu den bekannten Positionen. Duncan öffnete den Mund, um zu reden, um beharrlich neu zu formulieren, was Stavros wußte, was er seinen Befragern unzählige Male berichtet hatte. Stavros schnitt ihm mit einer ungeduldigen Geste das Wort ab, bewahrte ihn vor der Mühe, deren Vergeblichkeit er bereits wußte. Duncan stellte fest, daß er müde war, seine Hoffnungen und sein Glaube an die Mächte, die Kesrith regierten, waren erschöpft, zum größten Teil sein Glaube an diesen Mann, dem er einmal gedient hatte.

»Hören Sie«, sagte Stavros scharf, »auch Menschen sind gestorben – bei Haven.«

»Ich war dabei«, erwiderte Duncan, voll bitterer Erinnerung. Er fügte nicht hinzu, was ebenfalls der Wahrheit entsprach, daß Stavros nicht dort gewesen war. So mancher ObTak hatte seine unbegrabene Leiche auf Elag/Haven zurückgelassen und auf zehn anderen Welten dieses Sternsektors, während sich die Diplomaten sicher hinter den Linien befanden.

»Menschen starben«, fuhr Stavros fort, versessen darauf, seinen Punkt vorzubringen, »da und hier, von Mri-Hand. Menschen wären in Zukunft gestorben – werden sterben, wenn der Frieden zusammenbrechen sollte, wenn irgendwo die Regul, die den Krieg wollen, politische Macht erlangen und noch mehr solcher Söldner wie die Mri finden. Oder kann das in Ihren Überlegungen keine Rolle spielen?«

»Es spielt eine Rolle.«

Stavros schwieg für eine Weile. Er bewegte seinen Schlitten, um nach einer Tasse Soi zu greifen, die an der Kante eines Tisches stehengelassen worden war. Er trank und starrte Duncan über den Rand der Tasse hinweg an, setzte sie wieder ab.

»Ich weiß, daß es eine Rolle spielt«, sagte er schließlich. »Duncan, ich habe es bedauert, Sie ersetzen zu müssen.«

Es war das erstemal, daß Stavros so etwas gesagt hatte. »Ja, Sir«, sagte Duncan. »Ich weiß, daß es notwendig war.«

»Es gab verschiedene Gründe«, meinte Stavros. »Erstens, weil Sie Bai Hulagh direkt ins Gesicht hinein beleidigt haben, und Sie wissen, daß Sie Glück hatten, als Sie dabei lebend davonkamen. Zweitens wurden Sie mit einer unbestimmten Prognose ins Lazarett gebracht, und ich brauchte Hilfe . . .« Er wies auf seinen eigenen, in Metall eingefaßten Körper. »Sie sind kein Arzt. Dazu hatten Sie sich nicht verpflichtet. Evans ist in dieser Hinsicht nützlich. Ihre Fähigkeiten sind anderswo wertvoll.«

Duncan hörte zu und war sich schmerzhaft dessen bewußt, daß mit ihm gespielt wurde, daß er auf etwas vorbereitet wurde. Man machte keine Schachzüge mit George Stavros; Stavros machte mit anderen Züge. Darin war er ein Profi; und der Verstand in dieser gefesselten Schale hatte nur sehr wenige menschliche Abhängigkeiten, ein alter Mann, der länger mit weltenumspannenden Krisen umgegangen war, als ObTaks zu leben pflegten, der Familie und einen bequemen Ruhestand weggeworfen hatte, um einen Gouverneursposten auf einem Frontplaneten wie Kesrith zu bekleiden. Für eine kurze Zeit hatte Duncan eine gewisse Bindung an Stavros empfunden; er hatte Stavros verschwenderisch Mühen und Treue zuteil werden lassen – hatte sogar genug an ihn geglaubt, um ihm die Wahrheit anzubieten. Aber andere mit Gerissenheit zu steuern, sogar mit Rücksichtslosigkeit, das war die Fähigkeit, für die Stavros seine Ernennung erlangt hatte. Duncan entschied sich dafür, ihm weder zu glauben noch wütend darüber zu sein, daß er benutzt worden war –

und er wußte, daß selbst so Stavros die Fähigkeit besaß, ihn wiederum anzulügen.

»Ich habe Ihr Vorgehen entschuldigt«, sagte Stavros, »und es gedeckt, soweit ich konnte. Aber Sie haben Ihre Nützlichkeit für mich in der Stellung verloren, für die Sie sich verpflichtet haben. Hulagh kann dazu überredet werden, Ihre Anwesenheit hinzunehmen; aber der Verdacht, Sie seien in eine Position zurückgekehrt, die Ihnen direkten Einfluß verleiht, wäre mehr, als er ertragen könnte, und er könnte Ihr Leben gefährden. Ich will diese Art von Schwierigkeiten nicht haben, Duncan, und auch nicht die Komplikationen, die durch Ihre Ermordung auftreten würden. Regul sind einfach nicht in der Lage zu glauben, daß die Tötung eines Junglings unter uns Menschen ebenso ernst ist wie die Tötung eines Älteren.«

»Ich will nicht vom Planeten geschickt werden.«

»Das wollen Sie nicht.«

»Nein, Sir, das will ich nicht.«

Stavros starrte ihn an. »Sie haben diese persönliche Bindung an die beiden Mri. Bindung? – Besessenheit! In dieser Sache sind Sie kein rational denkender Mann mehr, Duncan! Denken Sie nach! Erklären Sie es mir! Was hoffen Sie zu tun oder zu finden? Was ist der Punkt bei dieser plötzlichen – Gelehrsamkeit von Ihnen, dieser Stunden in der Bibliothek, voll im Blickfeld der Regul? Wonach suchen Sie?«

»Ich weiß es nicht, Sir.«

»Sie wissen es nicht. Aber es umfaßt jeden Mri-Bericht, den Sie finden können.«

Duncan preßte die Kiefer zusammen, lehnte sich zurück und zwang sich zu flachem Atmen. Stavros bewahrte Schweigen, wartete auf ihn. »Ich möchte wissen«, sagte Duncan schließlich, »was sie gewesen sind. Ich habe sie sterben gesehen. Ich habe eine ganze Spezies dort draußen sterben sehen. Ich möchte wissen, was das war, das ich zerstört sah.«

»Das ergibt keinen Sinn.«

»Ich war dort. Sie nicht.« Duncans Geist war erneut von der Nacht erfüllt, der Dunkelheit, dem blendenden Licht der Zerstörung. Ein Mri-Körper drückte sich an seinen, zwei Männer, die gleichermaßen vor den Gewalten erzitterten, die eine Lebensform, eine intelligente Rasse ausgelöscht hatten.

Stavros starrte ihn lange an. Sein Gesicht wurde sachlich, sogar mitleidsvoll, und das war ungewohnt bei Stavros. »Was denken Sie? Daß Sie es gewesen sein könnten, der ihnen den Angriff einbrachte? Ist es das, was an Ihnen frißt – daß Sie verantwortlich sein könnten für den Völkermord, so sehr wie Hulagh?«

Das traf den Punkt nah genug. Duncan saß still, wußte, daß er nicht in der Lage sein würde, vernünftig darüber zu sprechen. Stavros ließ das Schweigen für einen Moment im Raum hängen.

»Vielleicht«, sagte er schließlich, »wäre es besser für Sie, wenn Sie eine Zeitlang hinauf zur SABER gehen würden, in eine Umgebung, die Ihnen vertrauter ist und wo Sie mit Ihrem Nachdenken ins Reine kommen können.«

»Nein, Sir, das wäre nicht besser. Sie haben mich aus meiner Stellung bei Ihnen entlassen. Gut, ich akzeptiere das. Aber geben Sie mir etwas anderes dafür. Ich verzichte auf meine Rückführung nach Hause und auf meine Entlassung. Geben Sie mir einen anderen Posten hier auf Kesrith.«

»Das ist ein Ersuchen, nehme ich an.«

»Ja, Sir, das ist ein Ersuchen.«

»Da Sie mir zugeteilt waren, wird alles, was Sie machen, von den Regul beobachtet und als Zeichen verstanden. Sie haben die Situation beharrlich verschärft. Sie sind hierhergekommen, um zu assistieren, ObTak Duncan, nicht, um Politik zu machen.«

Duncan hatte keine Antwort darauf. Sie wurde auch nicht erwartet. Stavros' Mund arbeitete unter der Anstrengung, die lang andauerndes Sprechen von ihm forderte; er holte schwer Atem, und Duncan verspürte Betroffenheit, erinnerte sich daran, daß Stavros ein kranker Mann war, daß er versuchte, sich inmitten all der anderen Anforderungen an etwas von seinen persönlichen Schulden zu erinnern. Duncan legte seiner Gereiztheit Zügel an.

»Sie haben es sich selbst zugezogen«, sagte Stavros endlich, »als Sie Bai Hulgah des Mordes anklagten. Sie haben einen Zwischenfall provoziert, der fast die gesamten diplomatischen Mühen um Kesrith zum Scheitern brachte. Vielleicht denken Sie, daß Sie im Recht waren. Nehmen wir einmal an . . .« Stavros rauhe, angespannte Stimme wurde einen Hauch freundlicher. »Nehmen wir zum Zweck der Argumentation einmal an, daß Sie völlig im Recht wären. Man trifft jedoch so keine Entscheidungen, ObTak Duncan, und Sie müssen das wissen, irgendwo am Grund Ihrer Selbstgerechtigkeit.«

»Ja, Sir«, sagte er sehr ruhig.

»Wie die Sache steht«, meinte Stavros, »zweifle ich nicht an Ihnen. Und ich bin sicher, daß der Bai trotz all meiner Bemühungen, ihn zu beruhigen, versucht hat, sie zu töten. Als er Sie zwischen Mri fand, war das zuviel für ihn. Ich denke, Sie wissen das. Ich denke, daß Sie diese Möglichkeit beschäftigt, und ich wünschte, ich könnte Ihren Verstand erleichtern und sagen, daß es *nicht* so war. Ich kann es aber nicht. Hulagh hat wahrscheinlich genau das getan, dessen Sie ihn beschuldigt haben. Aber das sind Beschuldigungen, die zu verfolgen für mich im Augenblick absolut nicht erfolgversprechend wäre. Ich habe Sie lebend zurückgewonnen. Das war das äußerste, was ich tun konnte, bei all dem, was passiert ist. Ich habe auch Ihre Mri gerettet, ganz zufällig.«

»Was von ihnen geblieben ist. Die Ärzte . . .«

»Ja. Was von ihnen geblieben ist. Aber Sie können das nicht ungeschehen machen. Sie können nichts dazu tun!«

»Ja, Sir.«

»Die Ärzte haben mir berichtet, daß Sie geheilt sind.«

»Ja, Sir.« Duncan holte tief Atem und entschied schließlich, daß Stavros versuchte, ihn zu erleichtern. Er beobachtete, wie der Gouverneur ungeschickt versuchte, eine saubere Tasse in den Spender zu setzen, stand auf und übernahm selbst diese Aufgabe, füllte die Tasse, die der Gouverneur ihm anbieten wollte. Stavros erwies ihm die Gunst eines schiefen Lächelns in seinem halb gelähmten Gesicht.

»Immer noch nicht wieder das, was ich früher war«, meinte Stavros wehmütig. »Die Ärzte machen keine verschwenderischen Versprechungen, aber die Übungen sind hilfreich. Zumindest erleichtern sie die Handhabung dieses Metallungeheuers. Hier, füllen Sie bitte auch meine Tasse auf, ja?«

Duncan tat wie gebeten, reichte sie ihm und setzte sich wieder, die eigene Tasse mit den Handflächen umfaßt. Nach einem Moment nahm er den ersten Schluck und genoß die angenehme Wärme. Soi war leicht anregend. In diesen letzten Tagen hatte er mehr davon getrunken als wahrscheinlich gut für ihn war, aber seit seinem Aufenthalt in der Wüste war ihm der Geschmack an Speisen vergangen. Er nippte an der heißen Flüssigkeit und entspannte sich, wußte dabei, daß er Stavros' talentierten Manipulationen zum Opfer fiel, erleichtert, bewegt und dirigiert wurde. Er wurde jedoch auch gehört, und das war es immerhin auch wert. Er glaubte, wenn auch nichts anderes, daß Stavros anfing, zuzuhören – und sich den Regul aus Gründen widmete, die nichts mit Naivität zu tun hatten.

»Es war ein Fehler, als ich es ausgesprochen habe«, gab Duncan zu, was er zuvor noch nie zugegeben hatte, nicht gegenüber seinen verschiedenen Befragern oder in einem der geschriebenen Berichte, die er zu den Akten gegeben hatte. »Nicht, daß ich nicht gewußt hätte, was ich sagte; ich wußte es. Aber ich hätte es nicht vor den Regul sagen dürfen.«

»Sie befanden sich im Zustand des Zusammenbruchs. So verstehe ich es.«

Duncans Mund zuckte. Er setzte die Tasse ab. »Die Sicherheit hat mir ein Sedativ verabreicht, damit ich den Mund halte, und Sie wissen das. Ich bin nicht zusammengebrochen.«

»Sie haben von einem heiligen Ort gesprochen«, sagte Stavros. »Aber in der Befragung haben Sie nichts mehr davon gesagt, nicht einmal, um die Frage zu lenken. War das, wo Sie das Artefakt gefunden haben, das Sie mitbrachten?«

Duncans Blick wurde abwesend, sein Herz beschleunigte sich. Seine Hände zitterten. Er versuchte, dies zu verbergen, indem er die Plastiktasse mit beiden Händen fest umklammerte.

»Duncan?«

Dunkelheit und Feuer, ein schimmerndes Metallovoid in Niuns Armen, kostbar für die Mri, mehr als ihr Leben, die die letzten ihrer Rasse waren. *Tue nichts!* hatte Melein ihm befohlen, als er an jenem für die Mri heiligen Ort stand. *Berühre nichts! Sieh nichts!* Er hatte dieses Vertrauen verletzt, die verwundeten Mri menschlichem Gewahrsam ausgeliefert, um ihre Leben zu retten, indem er das Metallovoid in menschliche Hände legte, damit selbst es von menschlicher Willenskraft untersucht würde. Er hatte im Delirium gesprochen. Er blickte auf Stavros, schaffte es nicht, die Sache mit einem Achselzucken abzutun; er wußte nicht, wieviel er gesagt hatte oder welche Details er erwähnt hatte. Es gab das Artefakt selbst, in den Laboratorien der FLOWER, um jedes Ableugnen Lügen zu strafen.

»Am besten überarbeite ich die Berichte«, sagte Duncan. Er wußte nicht, was er sonst sagen sollte. Ein Kolonial-Gouverneur verfügte über diktatorische Macht in diesem Stadium, bevor es Parlamente und Gesetze gab. Er, Duncan, war selbst kein Zivilist, und vor jeder Instanz ohne Schutz. Es gab wenig, das Stavros nicht tun konnte – einschließlich der Exekution, sicherlich einschließlich seiner Verschiffung zu einer Station irgendwo, fort von den Mri, fort von allen Hoffnungen des Zugangs zu ihnen oder zu Kesrith, für immer.

»Ihr Bericht war demzufolge nicht genau.«

Duncan warf alles in die Waagschale. »Ich war erschüttert. Nachdem ich die erste Zeit zum Schweigen verurteilt war, war ich mir nicht sicher, wieviel wirklich aufgezeichnet werden sollte.«

»Erzählen Sie mir nicht diesen Unsinn!«

»Ich war zu der Zeit nicht bei Verstand. Um ehrlich zu sein – um ehrlich zu sein, Sir, ich hatte das Gefühl, daß Sie alles über die Mri begraben wollten, alles, was passiert ist. Ich war mir nicht sicher, ob ich nicht von Kesrith verwiesen werden würde, weil ich zuviel wußte. Ich bin mir immer noch nicht dessen sicher, daß das nicht passiert.«

»Sie kennen die Ernsthaftigkeit dessen, was Sie vorbringen?«

»Dies ist eine Grenze«, sagte Duncan. »Ich weiß, daß Sie machen können, was Sie wollen. Sogar mich erschießen lassen. Ich kenne den Umfang dessen nicht, was ich weiß – oder wie wichtig es ist. Wenn eine ganze Rasse vom Tisch gefegt und vergessen werden kann – was bin dann ich?«

Stavros runzelte die Stirn, nippte an seinem Getränk, verzog das Gesicht und setzte die Tasse wieder ab. »Duncan, die Regul leben; ihre Opfer nicht. Also beschäftigen wir uns mit den Regul, die immer noch eine gefährliche Macht sind – und die Mri . . .« Er setzte seinen Schlitten in Bewegung, drehte ihn und betrachtete Duncan aus geringerem Abstand. »Sie haben Ihre Ansichten über die Mri, ganz offensichtlich. Was würden Sie mit ihnen machen?«

»Sie freilassen. In Gefangenschaft werden sie nicht lang überleben.«

»So einfach? Aber danach ist es nicht mehr ganz so einfach. Was ist mit den Regul?«

»Die Mri werden nicht mehr für die Regul kämpfen – und es gibt nur noch zwei von ihnen. Nur zwei . . .«

»Ohne Rücksicht auf ihr eigenes Leben sind selbst zwei Mri ein beachtlicher Faktor. Und sie haben einen beachtlichen Groll gegen Bai Hulagh – den Kopf der Regul-Friedenspartei, ObTak Duncan.«

»Ich kenne diese beiden Mri«, sagte Duncan. »Sie haben niemandem auf dieser Welt etwas getan, außer, daß sie sich selbst verteidigt haben. Sie haben nur versucht, sich in Sicherheit zu bringen, und wir wollten sie nicht lassen. Lassen Sie sie jetzt frei, und sie werden gehen. Das ist alles, was sie wollen.«

»Für jetzt.«

»Für sie gibt es kein Morgen«, meinte Dunacan, und daraufhin betrachtete Stavros ihn seltsam. »Es wird keine weiteren Generationen geben. Es gibt ein Tabu zwischen diesen beiden. Aber selbst dann, wenn dem nicht so wäre, würden selbst zehn, sogar zwanzig Generationen aus ihnen keine ernstzunehmende Bedrohung machen.«

Stavros runzelte die Stirn, setzte den Schlitten zurück, öffnete die Tür. »Gehen Sie mit mir!« sagte er. »Nach oben. Ich vertraue darauf, daß Sie nirgendwo anders hingehen.«

»Ja, Sir«, stimmte Duncan zu. Stavros hatte unzweifelhaft vorgehabt, ihn aus dem Gleichgewicht zu bringen, und er hatte es erreicht. Er war aufgefordert, Stavros in der Öffentlichkeit zu begleiten, vor den Regul. Es war eine Demonstration von etwas, eine Wiederherstellung des Vertrauens: er war sich nicht sicher, welches. Vielleicht wurde er auf subtile Weise bestochen, wurde ihm ein Status angeboten – und die Alternative war die Überführung auf die SABER. Stavros machte es sehr schwierig, die Debatte fortzusetzen.

Der Schlitten fuhr gemächlich durch die Bürotür, vorbei an dem KomTech, durch die äußere Tür in den Korridor. Duncan holte ihn ein, als Stavros auf ihn wartete. Stavros setzte den Schlitten nicht auf die Geleise, auf denen er mit einer Geschwindigkeit einherschießen konnte, der kein Mann zu Fuß gewachsen war, sondern rollte in einem sehr gemächlichen Tempo neben Duncan her.

»Das erste ist«, sagte er, »keine Bibliothek mehr!« Und als Duncan sofort den Mund zum Protest öffnete: »Da drüben müssen Sie sich zwischen Regul bewegen, und das möchte ich lieber nicht. Der Stab der FLOWER kann finden, was Sie benötigen, wenn Sie es beschreiben. Verstehen Sie mich?«

»Nein, Sir.«

Sie legten eine gewisse Entfernung schweigend zurück, bis eine Gruppe von Regul an ihnen vorbei war, und sie nahmen die Kurve zum aufwärtsführenden Korridor. »Ich möchte«, sagte Stavros, »daß Sie soviel wie möglich von Ihrer Zeit auf der FLOWER zubringen. Bleiben Sie den Regul völlig fern. Gehen Sie Ihrer privaten Besessenheit durch Kanäle nach, und schreiben Sie mir einen anständigen Bericht – diesmal einen vollständigen!«

Duncan blieb auf der Rampe stehen. »Ich verstehe Sie immer noch nicht.«

Stavros drehte seinen Schlitten, um ihn zu betrachten, eine Seitwärtsbewegung der Augen. »Doch, das tun Sie! Ich möchte, daß Sie Ihre Talente einsetzen und mir einen vollständigen Bericht über die Mri anfertigen. Geben Sie jeden Befehl, den Sie wollen, der nicht erfordert, die Mri selbst zu berühren.«

»Welchen Wert hat das?« fragte Duncan. »Ich bin kein Wissenschaftler.«

»Ihre praktische Erfahrung«, meinte Stavros, »macht solch einen Bericht wertvoll: nicht für die Forscher, aber für mich.«

»Ich werde dort drüben freien Raum benötigen.«

Stavros machte ein finsteres Gesicht. »Ich werde Ihnen etwas sagen, Duncan, und Sie hören mir zu! Ich teile nicht Ihre Begeisterung für die Erhaltung der Mri. Sie waren eine Plage im Universum, eine Pest, bestenfalls ein Anachronismus zwischen Lebensformen, die ihre Lektionen an Zivilisation zu besserem Vorteil gelernt hatten. Sie sind wahrscheinlich die effizientesten Killer in der gesamten Schöpfung; aber wir haben sie nicht ausgelöscht, noch taten es die Regul – noch Sie. Sie sterben, weil sie kein Interesse daran haben, irgendeine andere Lebensart zu verstehen. Kein Pardon, keine Gefangenen, keine Verhandlungen, keine Kompromisse: in ihren Augen ist alles schwarz und weiß, nichts ist grau. Sie sind absolut unflexibel. Ich mache ihnen deswegen keine Vorwürfe; aber ihre Lebensart war die Zerstörung, und sie sterben jetzt nach demselben Muster, das sie auf andere angewandt haben. Eine Neigung der Natur, wenn Sie so wollen, nicht meine. Überzeugen Sie mich vom Gegenteil, wenn Sie können! Und seien Sie vorsichtig mit ihnen! Wenn Sie sie nicht als das respektieren, was sie sind, sondern als die Erinnerungen Ihres Deliriums, dann werden diese beiden Mri damit enden, daß sie jemanden töten: sicherlich sich selbst; Sie, wahrscheinlich; andere, durchaus möglich.«

»Dann wird mir der Zutritt zu ihnen erlaubt sein.«

»Vielleicht.«

»Geben Sie mir die Erlaubnis jetzt, und ich kann mit ihnen reden, wie es der Stab nicht kann. Halten Sie die Ärzte und ihre Drogen von ihnen fern, solange sie noch einen Rest von Geist übrig haben.«

»Duncan . . .« Stavros setzte sich wieder in Bewegung, langsam, fuhr um die Ecke am oberen Ende der Rampe. »Sie waren die eine Ausnahme ihrer Keine-Gefangenen-Regel, die einzige Ausnahme in vierzig Jahren. Natürlich haben Sie das Bewußtsein, daß dort ein gewisses irrationales Gefühl der Abhängigkeit erzeugt worden sein könnte, in der Wüste, in ihrer Umwelt, in Ihrem unerwarteten Überleben. Sie haben Ihnen Nahrung und Wasser gegeben, Sie am Leben erhalten, entgegen Ihrer eigenen natürlichen Erwartung; Sie haben jede Lebensnotwendigkeit aus ihren Händen erhalten. Wenn Sie Schlechtes erwarten und stattdessen Gutes erhalten, hat das einen gewissen emotionalen Effekt, selbst wenn Sie in Wirklichkeit nichts über die Motive der beteiligten Leute wissen. Wissen Sie, wovon ich rede?«

»Ja, Sir. Ich bin mir dieser Möglichkeit bewußt. Sie könnte zutreffen.«

»Und das ist es, was Sie herausfinden wollen, nicht wahr?«

»Das, unter anderem.«

Sie erreichten die Tür von Stavros' Apartment. Stavros öffnete sie durch Fernbedienung, glitt hinein und riß den Schlitten herum, betrachtete Duncan, der im Eingang stand. Evans befand sich im Zimmer und schien über ihre Ankunft überrascht zu sein: Er war ein junger Mann, Evans – Duncan betrachtete ihn, der Brennpunkt einer bitteren Eifersucht gewesen war, und entdeckte einen ruhigen, nicht besonders stattlichen jungen Mann.

»Nehmen Sie sich den Nachmittag frei«, sagte Stavros zu Duncan. »Bleiben Sie im Nom. Ich werde einen Befehl ausarbeiten, der Sie auf die FLOWER überstellt und die Gefühle der Zivilisten da drüben beschwichtigt. Ich werde Ihnen eine Kopie davon schicken. Und ich erwarte von Ihnen, zu erkennen, daß es mir nicht recht ist, wenn dort drüben beim wissenschaftlichen Stab Gefühle verletzt werden; sie mögen das Militärische nicht sonderlich. Seien Sie taktvoll. Damit werden Sie mehr aus ihnen herausbekommen.«

»Ja, Sir.« Duncan zitterte fast vor Eifer, denn fast alles, was er sich gewünscht hatte, hatte er nun in Händen, alles. »Und Zugang zu den Mri selbst . . .«

»Nein. Noch nicht. Noch nicht. Geben Sie mir Zeit.«

Duncan versuchte, irgendeine Geste zu machen, ein Zeichen der Höflichkeit; aber das war selbst zu den besten Zeiten zwischen ihm und Stavros nie einfach gewesen. Schließlich murmelte er nur etwas Unartikuliertes, verabschiedete sich unbeholfen und ging.

»Sir?«

Stavros drehte den Schlitten herum, erinnerte sich daran, daß er das Mittagessen für den Zeitpunkt seiner Rückkehr bestellt hatte. Er akzeptierte den angebotenen Becher mit Suppe und runzelte die Stirn über Evans Versuch, ihm dabei zu helfen, nahm ihn in die eigenen Hände. Die zurückkehrende Funktionsfähigkeit der beeinträchtigten Glieder machte ihn arrogant in seiner wiedergewonnenen Unabhängigkeit. Er analysierte seinen Ärger als Ungeduld mit seinen eigenen teilnahmslosen Muskeln und Evans als einen bloßen bequemen Brennpunkt. Er brummte mürrische Dankesworte.

»Akten über die Mri«, befahl er Evans, »und über Sten Duncan.«

Evans ging gehorsam. Stavros lehnte sich zurück und trank die Suppe, genoß etwas, das nur von Menschen zubereitet worden war, gewürzt mit menschlichem Gewürzverständnis. Es war ein Luxus, zu neu nach dem langen Aufenthalt in Regul-Gewahrsam, um als völlig selbstverständlich aufgefaßt zu werden, aber nach einem Moment ruhte der Becher vergessen in seiner Hand.

Es war eine Tatsache, daß er Duncan vermißte.

Er vermißte ihn bitter, und hielt ihn immer noch für fesser verwendet, als wenn er ihn sich einfach vom Hals geschafft hätte. Der ObTak war in seinen Diesnt getreten als Leibwächter, der als Diener verkleidet war, am Ende des Krieges aus dem Kampf abgezogen, um einem Diplomaten aufzuwarten. Duncan war ein junger Mann, sofern man überhaupt einen Mann, der das Geschehen bei Elag/Haven erlebt hatte, jemals wieder als jung bezeichnen konnte. Berichten zufolge, die Duncan wahrscheinlich nie zu Gesicht bekommen hatte, war er bemerkenswert intelligent – auch einer der jungen Männer, die der Krieg aufgeschnappt und verschluckt hatte, bevor sie jemals gewußt hatten, was aus ihnen hätte werden können. Duncan hatte gelernt, Befehle entgegenzunehmen, aber nach ObTak-Art: die Männer dieses Dienstes waren Einzelgänger, nicht an unmittelbare Führung gewöhnt. Gewöhnlich nannte man ihnen ein Angriffsziel von begrenztem Umfang und wies sie an, es zu erreichen: der Rest lag beim ObTak selbst, einem Spezialisten für fremde Umwelten, für Überleben und die Kriegführung hinter den feindlichen Linien.

Stavros hatte den ObTak selbst ausgeschickt, um Kesrith kennenzulernen.

Und Kesrith hatte Duncan beinahe getötet. Selbst sein Anblick hatte sich verändert, neugeformt unter der Gewalt der Wüste von Kesrith. Etwas war verschwunden, das dagewesen war, bevor Duncan in diese Wildnis hinausging – vielleicht seine Jugend; möglicherweise sein Menschsein. Er trug die Narben davon, das Gesicht halbgegerbt durch das Tragen von Mri-Schleiern im sengenden Sonnenlicht; Runzeln, eingebrannt in die Augenwinkel, machten seine Augen hart und fremdartig. Er war mit schmerzenden Lungen durch die dünne Luft und den ätzenden Staub zurückgekehrt, mit beträchtlich gesunkenem Körpergewicht und einem seltsamen, vorsichtig tastenden Schritt, als ob er stets dem Boden mißtraute. Während der Tage im Lazarett waren seine körperlichen Verletzungen behandelt worden, war er mit dem gesamten Aufgebot an fortschrittlicher Ausrüstung, das auf dem Forschungsschiff zur Verfügung stand, wiederhergestellt worden. Aber es gab einen Schaden, der niemals repariert werden konnte, der den jungen ObTak zum Fanatiker geprägt hatte.

Der Regul-Bai hatte recht, wenn er Sten Duncan als Feind empfand. Die Lebensform der Regul hatte keinen tödlicheren Feind als ihn – außer den Mri selbst. Duncan haßte sie, und Duncan kannte die Regul besser als jeder andere lebende Mensch außer Stavros, denn sie beide waren mit den Regul hierhergekommen, die ersten Menschen, die hier auf Kesrith die Grenzen des Kontaktes zwischen Regul und Menschen durchbrochen hatten.

Und im besonderen haßte Duncan den Bai Hulagh Alagn-ni: Hulagh, der genau das getan hatte, wessen ihn Duncan beschuldigte, der die Mri getötet hatte, die der Regulrasse als Söldner dienten, der eine vernunftbegabte Lebensform ausgelöscht hatte. Hulagh hatte das aus verzweifelter Angst und aus Gier getan, was beides ineinander verschlungen war. Aber den Bai Hulagh bewegte jetzt die Furcht vor der Ungnade seiner eigenen Rasse, und die dämmernde Hoffnung auf Gewinn durch die Menschen. Er war auf der Welt gestrandet, die zu plündern er gehofft hatte, unter Menschen, die zu betrügen und zu entehren er gehofft hatte. Und so wurde Bai Hulagh verletzlich und wertvoll.

Tatsache war, daß man nicht, wie Duncan es versuchte, *Regul* sagen und mit diesem Wort die Motive und Handlungen eines bestimmten Angehörigen der Regulrasse meinen konnte. Die Regul waren eine Quasi-Nation von Händlern und Gelehrten; aber ihre Docha, ihre Verbindungen der Geburt und des Handels, waren in den meisten Belangen wie gesonderte Nationen unabhängig. Hulagh gehörte zum Doch Alagn; und Alagn, eine neue Macht in der Regul-Politik, hatte den Krieg beendet. Die

Auftraggeber der Mri-Söldner, die im Gebiet der Menschheit soviel Zerstörung angerichtet hatten, waren vom Doch Holn, dem großen Rivalen und Feind der Alagn.

Doch Holn hatte Kesrith gegen Kriegsende abgetreten, genötigt durch das Abkommen; und während der Übergabe von Kesrith an die Herrschaft der Menschen war Holn unter Alagn gefallen. Aber Holn hatte seine Rache gehabt: es hatte Hulagh Alagn-ni den Befehl über Kesrith überlassen, ohne daß dieser etwas über die Mri und die Natur Kesriths gewußt hatte. Der Wind hatte gedreht: Alagn war mit dem Zusammenbruch seiner Bemühungen konfrontiert worden, Kesrith zu evakuieren und zu plündern; und als die Menschen ankamen, war Hulagh in Panik geraten. In dieser Panik und dem Versuch, den Zorn der Menschen von sich abzulenken, hatte Hulagh gemordet.

Es war möglich, daß Hulagh durch diesen Mord, diese Vernichtung der Mri, die Leben dieser ankommenden Menschen gerettet hatte, die Besatzungen der SABER und der FLOWER, der FOX und der HANNIBAL. Möglicherweise schuldete die Menschheit Bai Hulagh Dankbarkeit für eine Säuberungsaktion, die die menschliche Politik niemals hätte durchführen können.

Duncan, der an eine absolute Gerechtigkeit glaubte, konnte solch einen Gedanken nicht akzeptieren; aber es entsprach der Wahrheit, daß Doch Alagn und sein Herrscher, Hulagh, in jener Beziehung für Kesrith nützlich waren, vor allem durch ihr Vertrauen in die Menschheit und ihren brennenden Haß auf Doch Holn, das sie in diese unglücklichen Umstände getrieben hatte. Für Duncan, wie für die Mri, gab es nur Schwarz und Weiß, richtig und falsch. Es war unmöglich, Duncan zu erklären, daß Alagn gehegt und gestärkt werden mußte und auf Holn gezielt, ein Prozeß, zu langfristig und zu wenig ehrlich für den ObTak.

Und mehr: die Mri waren von Holn angeheuert und gelenkt worden, ihre ganze Geschichte hindurch – und es war vor allem erforderlich, daß endgültig blieb, was Bai Hulagh auf Kesrith getan hatte: daß die Mri-Rasse tatsächlich vergessen wurde, und daß Holn nicht an einem geheimen Ort eine weitere Streitmacht dieser Brut unterhielt, dieser äußerst wirkungsvollen und geschickten Killer, für die Duncan eine so innige Sympathie empfand. Ohne die Mri waren die Regul nicht zum Krieg befähigt, konstitutionell und körperlich unfähig. Mit den Mri waren die Regul dazu in jedem Ausmaß fähig. Wenn irgendein Mri überlebte, würde er keine Liebe zu Doch Alagn empfinden können, wegen dem, was Hulagh seiner Rasse zugefügt hatte. Und persönlicher Eintritt der Mri in einen Krieg, aus ihren eigenen Motiven heraus und nicht als Söldner, war ein Gespenst, das sowohl über Alagn als auch der Menschheit hing.

Die Suppe wurde sauer in Stavros' Mund, während er darüber nachdachte, was sich schließlich mit den beiden verbliebenen Mri an Maßnahmen als notwendig erweisen mochte – mit Duncans Mri. Duncan war ein Mann von gerader Sicht und geradem Vorgehen, auf seine Art unschuldig; und das war etwas, das zu tun Stavros nicht wünschte – den ObTak zu vernichten, der ihm einst ein wertvoller Ratgeber und verläßlicher Agent gewesen war.

Er liebte Duncan wie einen Sohn.

Bei einem seiner Söhne hätte er weniger Reue empfunden.

2

Der Befehl wurde am Abend ausgegeben. Duncan las die Fotokopie wieder und immer wieder über einem einsamen Abendessen in seinem Quartier im Nom, auf einem mit anderen Aufzeichnungen übersäten Tisch, seinen handgeschriebenen und sorgfältig zusammengetragenen Materialien.

Besonderer Verbindungsoffizier: das war der Titel, den Stavros ausgesucht hatte, um seinen Wechsel in die enge Gemeinschaft der FLOWER zu erleichtern. Der Befehl wies ihn dem unentbehrlichen zivilen Stab des Gouverneurs zu, und nicht der militärischen Präsenz, die sich in Verbindung mit der Station im Orbit befand, und Duncan verstand diese Unterscheidung zu würdigen, die ihm größere Gunst beim Personal der FLOWER verschaffen würde. Es wurden ihm bestimmte Vollmachten zugestanden, Nachforschungen anzustellen, aber nicht, über Gegenstände, Berichte oder Personen zu verfügen. Er konnte tatsächlich bestimmen, in welche Richtung andere nachzuforschen hatten: *größtmögliche Kooperation bei der Verfolgung seiner Untersuchungen . . .* fing dieser Absatz des Befehls an. Er las diesen letzten Teil immer wieder und fand darin keine Ausnahme, und er war verblüfft darüber, daß so etwas von Stavros stammte.

Und er begann, sich zu fragen, warum, und fand keine Antwort darauf.

Noch in derselben Stunde kam ein Paket mit Dokumenten an – nicht auf Film, und demzufolge auch nicht dazu vorgesehen, die Rezeptoren des Nom zu füttern, wo sie vielleicht für die Regul zugänglich geworden wären. Sie kamen durch Boten, und Duncan unterzeichnete dafür und setzte sich, verschiedene Hefter in seinem Schoß. Es handelte sich um umfangreiche Akten, die alles zu umfassen schienen, was bezüglich der Mri-Gefangenen bekannt war und gemacht worden war. Duncan las sie immer wieder, nahm alles auf, das er auch nur entfernt begreifen konnte.

Dann kamen Botschaften, von der einen oder anderen Abteilung innerhalb der FLOWER – von der Sicherheit, der Biologie, von Dr. Luiz, dem weißhaarigen Chef der Chirurgie, der während Duncans Aufenthalt auf der FLOWER für ihn Sorge getragen hatte. Luiz' Nachricht war warm: Es war Luiz gewesen, der es ihm stillschweigend erlaubt hatte, seine täglichen Besuche auf der FLOWER durchzuführen, während seine Behandlung genauso einfach im Nom, weitab von den Mri, hätte durchgeführt werden können. Es war Luiz, der die Behandlung der Mri so anständig gehalten hatte, wie sie war, der sie am Leben gehalten hatte, als man es für unmöglich hielt; und diesem Mann vertraute Duncan. Von anderen gab es mehr formale Anerkennungen, in Höflichkeiten eingepackte Kälte.

Der vom Gouverneur Ernannte brachte die Macht mit, Dinge zu ändern, die gewissen Herzen lieb waren. Er begann, sich zu überlegen, als was die Wissenschaftler ihn betrachteten, als Eindringling, der nichts über die Untersuchungen und Operationen wußte, für die diese Zivilisten zu einer so fernen Grenzwelt gekommen waren. Er fand es nicht überraschend, daß er abgelehnt wurde. Er wünschte, daß ihm die Macht gegeben worden wäre, die Verhältnisse der Mri zu ändern, und weniger Macht, andere Projekte zu bedrohen. Das eine wünschte er sich ernsthaft; dem anderen mißtraute er, weil es übermäßig und unvernünftig war; und er kannte Stavros nicht als Mann ohne Maß, und sicherlich nicht als einen Mann, der ohne Grund handelte.

Er wurde auf jemanden oder etwas gezielt; er begann zu fürchten, daß das der Fall war. Er war wieder passend für Stavros geworden, eine Waffe, die erneut benutzt werden sollte, in einer neuen Art der Kriegsführung gegen einen von Stavros' Feinden, ob das nun die Regul waren oder es um einen Befehlsstreit zwischen Zivilisten und dem Gouverneursbüro ging oder um komplexere Pläne, die sie alle einschlossen.

Er befand sich jetzt außer Stavros' unmittelbarer Reichweite und konnte nachdenken – außerhalb dieser Aura der Vertraulichkeit, die einen Mann so leicht in Stavros Hände treiben konnte – und fand heraus, daß er immer noch willens war, jeden Verdacht zurückzustellen und den Köder zu schlucken, denn der war alles, was er wollte, alles, das für ihn eine Rolle spielte.

Besessenheit, hatte Stavros es genannt.

Er stimmte dem zu und ging.

Am Morgen warteten auf dem Dienstschreibtisch in der FLOWER mehr Nachrichten, jede von einem Abteilungsleiter, der darauf wartete, mit ihm zu sprechen. Duncan fing an, sich unbehaglich zu fühlen. Er schob es auf, sich damit zu beschäftigen, und ging zuerst hinunter in die medizinische Sektion, am meisten von allem auf die Mri versessen, darauf, sich täglich zu vergewissern, daß es ihnen gut ging und sie es so bequem hatten, wie unter diesen Umständen möglich – und jetzt vor allem, daß kein übereifriger Forscher sich entschlossen hatte, sich als erster um sie zu kümmern, eine Untersuchung zu beenden oder einzuleiten, bevor sie verboten werden konnte.

Aber bevor er mehr getan hatte, als nur die Tür zu dieser Sektion zu durchqueren, grüßte ihn Dr. Luiz, und er fand sich von den Mri abgelenkt und zu einer einberufenen Konferenz der verschiedenen Abteilungen der FLOWER gedrängt.

Es verdroß ihn, bei dieser Zusammenkunft beteiligt zu sein. Er haßte Prozeduren dieser Art. Er wurde denen formell vorgestellt, die ihn bisher eher als ein Muster wie die Mri gekannt hatten, als Objekt einiger ihrer Forschungen, als er halb am Leben aus der Wüste gerettet worden war, in der an und für sich kein Mensch hätte überleben dürfen. Er zwang ein Lächeln auf sein Gesicht, antwortete auf ihre Einführungen, lehnte sich dann in seinem Sessel zurück und bereitete sich auf die kommende Langeweile vor, den langwierigen Austausch von Daten und Wortklaubereien über Absichten und Einzelheiten der Versorgung. Er hielt es für vorsätzlich, für eine kleine administrative Rache, daß er zu solchen Vorgängen zugezogen worden war, von denen er keine Ahnung hatte und für die er noch weniger Interesse aufbrachte. Er saß da und studierte heimlich die Verhaltensweisen und Gesichter der übrigen Teilnehmer, lauschte den kleinlichen Auseinandersetzungen und zeichnete sie innerlich auf, um sich an die Anzeichen von Eifersüchteleien und Freundschaften erinnern zu können, die sich als nützlich herausstellen mochten.

Aber die zentrale Angelegenheit berührte plötzlich sein Interesse: die Neuigkeiten vom militärischen Flügel, daß es Ankünfte an der Station gegeben hatte. Dieser Teil der Neuigkeiten machte ihm zunehmend Sorgen, während er zuhörte. Das Forschungsschiff FOX war zusammen mit dem Kriegsschiff HANNIBAL und dem Beiboot SANTIAGO von Gurgain zurückgekehrt, einer Welt des Sterns Lyltagh in der Nachbarschaft von Arain, einer Minenkolonie mit luftlosen Monden und reichen Ablagerungen, von den Regul nur dürftig erschlossen. Neue Informationen kamen herein, von besonderem Interesse für die Geologen: die FLOWER schickte eine Mannschaft zur FOX hinauf. Personal wurde umgeschichtet und unter neuen Prioritäten neu eingeteilt; das Mri-Projekt verlor einiges Schlüsselpersonal. Duncan, der anfing, die neue Organisation zu erkennen, empfand unbehaglich, daß seine Befehlsgewalt ausreichen mochte, um die Verschiebung zu beeinflussen. Er dachte, daß er etwas sagen sollte, daß man von ihm erwartete, etwas zu tun und in Fragen des Stabes und der Politik und der Wünsche Stavros' gut informiert zu sein. Er war es nicht.

Er saß da und blickte finster, während die Angelegenheiten zur Zufriedenheit der bestehenden Mächte auf der FLOWER geregelt wurden, und erkannte elend, daß er für die Stellung, die man ihm gegeben hatte, ungeeignet war, daß er zumindest zum Nutzen Stavros' hätte Notizen machen sollen – und er hatte nichts getan, war sich erst zu spät dessen bewußt geworden, was geschah, daß ein größerer Teil des Direktoriums sich um ihn herum aufgelöst hatte, vielleicht unzufrieden mit der Einmischung des Gouverneurs in ihre Untersuchungen. Kräfte, die ihre Unabhängigkeit von Stavros geltend machen wollten, zielten damit auf ihn, während andere Abteilungen vergeblich auf seine Unterstützung warteten.

Universität und Politik: er war für beide nicht geeignet. Er war sich der Gestalt bewußt, die er unter den anderen abgab, Khaki zwischen ihrem Blau und Weiß, ein rauhbeiniger Soldat außerhalb seines Elementes, eine gehaßte und lächerliche Gegenwart. Sie kamen mit ihren Angelegenheiten in seinem ärgerlichen Schweigen zum Abschluß und vertagten sich. Ein paar blieben noch, um oberflächliche Höflichkeiten mit ihm auszutauschen; diejenigen, die für die FOX bestimmt waren, mißachteten gezielt solche Liebenswürdigkeiten und gingen hinaus, ohne von seiner Anwesenheit Notiz zu nehmen. Er akzeptierte die Höflichkeiten, die ihm angeboten wurden, ohne jedoch Freund und Feind bereits zu kennen, verbittert in seiner Unwissenheit. Er war freundlich, hatte von Stavros gelernt, zu lächeln, ohne es freundlich zu meinen.

Danach jedoch, als er gehen wollte, fand er Luiz' Hand auf seiner Schuler, und Dr. Boaz von der Xenologie, die mit mehr als nur beiläufigem Interesse zu ihm herauflächelte, eine behäbige Frau, die mit dem Akzent von Haven sprach und deren Kopf mit graublonden Flechten gekrönt war.

»Stavros«, sagte Boaz, »hat sich daran erinnert, daß Sie einen Mri-Schrein erwähnt haben.«

Er betrachtete sie, dieses Paar, das bereits die Existenz der Mri in Händen hielt, den medizinischen Stabschef und diese kleine plumpe Frau, deren Abteilung über den gesamten ehemaligen Besitz der Mri verfügte. Boaz' Interesse war ihren Augen deutlich abzulesen: Lust an der Gelehrsamkeit. Ihre kleine Abteilung hatte die Auflösung tatsächlich intakt und voll funktionsfähig überstanden, während Luiz' biomedizinischer Stab durch die Umschichtungen Schlüsselpersonal verloren hatte, wütendes medizinisches Personal, das sich für das bequemere Leben der Station entschieden hatte, unter dem Vorwand, Systeme für weitere Forschungsmissionen auszuarbeiten.

Boaz und Luiz blieben auf der FLOWER und nahmen jetzt in deren geschrumpftem Stab die Positionen von Dienstältesten ein.

Und Luiz schloß sich ihr an. Duncan suchte das Gesicht des Chirurgen und blickte dann wieder zu Boaz.

»Ich war an solch einem Ort«, gab er vorsichtig zu. »Ich weiß nicht, ob es möglich wäre, ihn wiederzufinden.«

»Am besten unterhalten wir uns in meinem Büro«, meinte Boaz.

»ObTak Duncan«, sagte der Lautsprecher zum zweitenmal, »Sie werden an der Schleuse erwartet.«

Das Flugzeug wartete. Es konnte warten. Duncan drückte den Kom-Knopf auf der Schalttafel und beugte sich vor. »Hier Duncan. Teilen Sie ihnen mit, daß ich in einigen Minuten da bin.«

Dann ging er, wozu Luiz ihm die Erlaubnis erteilt hatte, in die bewachte Sektion des Krankenreviers, nicht mehr durch eine Übertretung der Bestimmungen, sondern mit einer roten Marke, die ihm Zugang zu allen Bereichen des Schiffes gewährte, außer denen mit einem Stimmschloß. Es befriedigte ihn, den Unterschied in der Reaktion der Sicherheit auf ihn zu sehen, die Schnelligkeit, mit der Türen für ihn geöffnet wurden.

Und als er Niuns Zimmer betrat, hatte ihm der Posten davor den Rücken zugewandt und damit ein Ungestörtsein gewährt, dessen er sich nur selten erfreut hatte.

Er berührte den Mri, beugte sich hinab und rief seinen Namen, wünschte sich ein letztesmal, andere Möglichkeiten gehabt zu haben. Er hatte wieder eine Position mit einiger Macht gewonnen; er hatte Gunst zurückerlangt, wo es darauf ankam; er hatte mit jeder Verschlagenheit gekämpft, die er kannte; aber als er in das dünne, nackte Gesicht des Mri blickte, verspürte er keinerlei Triumph.

Er wünschte, sie würden Niun die Bedeckung seines Gesichts erlauben; die Mri lebten hinter Schleiern, ein bescheidenes, stolzes Volk. Nach einigen Tagen mit ihm hatte sich Niun schließlich in seiner Gegenwart befreit genug gefühlt, ihm das Gesicht zu zeigen und direkt mit ihm zu sprechen, ein Mann zu einem Mann von ähnlicher Berufung.

Für uns gibt es keinen anderen Weg, hatte Niun ihm gesagt, die angebotene Hilfe zurückgewiesen, zu einer Zeit, in der der Mri in der Lage gewesen war, für sich selbst Entscheidungen zu treffen. *Entweder überleben wir, wie wir waren, oder wir sind im Überleben gescheitert. Wir sind Mri; und das ist mehr als der Name einer Rasse, Duncan. Es ist ein sehr alter Weg. Es ist unser Weg. Und wir werden ihn nicht ändern.*

Es gab immer weniger Wahlmöglichkeiten für sie.

Nur ein Freund, dachte Duncan bitter, konnte sie mit solcher Gründlichkeit verraten. Er hatte entschieden, daß sie überleben sollten: ihre Freiheit würde wieder etwas anderes kosten; und auch dessen Begräbnis hatte er vorbereitet, ein weiterer Verrat . . . an Dingen, die die Mri als heilig erachteten. Mit solcher Münze hatte er die Kooperation von Leuten wie Boaz und Luiz erkauft; und er fragte sich schließlich, zu wessen Wohl er handelte, ob Niun seine Gründe auch nur begreifen konnte, oder ob es nur Selbstsucht war, die ihn, Duncan, antrieb.

»Niun«, drängte er ihn, sehnte sich nach irgendeiner Berührung des Erkennens, nach einer Bestätigung für das, was er tat. Aber an diesem Mittag war Niun viel weiter weg: es gab keine Reaktion auf seinen Namen oder die Berührung seines Arms.

Duncan konnte nicht länger zögern. Er zog sich zurück, hoffte immer noch.

Da war nichts.

Er hatte mit keinem Piloten gerechnet, hatte erwartet, selbst zu fliegen. Aber als er an Bord kletterte, fand er die Kontrollen von einem Mann mit sandfarbenem Haar besetzt, der die Bezeichnung der SABER auf dem Ärmel trug. GALEY, besagte der Taschenaufsatz, LT.

»Tut mir leid, daß ich mich verspätet habe«, sagte Duncan, denn die Luft war durch die Mittagshitze aufgeheizt. »Wußte nicht, daß jemand mitfliegt.«

Galey startete, zuckte die Achseln, während die Motoren pochend zum Leben erwachten. »Macht nichts. Es ist heiß hier, aber bei der Reparaturabteilung unten an der Wasseranlage auch. Da ist mir das Flugzeug lieber, danke.«

Duncan setzte sich auf den Platz des Copiloten, brachte seine Ausrüstung, mit der Boaz ihn versorgt hatte, zwischen den Füßen unter und legte die Gurte an.

Das Flugzeug stieg senkrecht empor und drehte sofort mit einer scharfen Wendung in Richtung der Berge ab. Kühle umwehte sie jetzt, wo sie sich in der Luft befanden, ein herrlicher Luxus nach der Ofenhitze im geparkten Flugzeug.

»Wissen Sie, wohin es geht?« fragte er Galey.

»Ich kenne die Route. Ich fliege Sie dort hinaus.«

Duncan widmete ihm einen zweiten Blick, versuchte, sich an ihn zu erinnern, und konnte es nicht. Es war dunkel gewesen, und es war auf zuviele andere Dinge angekommen. Er blinzelte und bemerkte, daß Galey ihm etwas gesagt hatte, während er in Gedanken gewesen war.

»Tut mir leid«, sagte er. »Haben Sie etwas gefragt?«

Galey zuckte wieder die Achseln. »Spielt keine Rolle. Macht nichts. Wie steht es mit den Kel'ein? Noch am Leben, wie ich höre.«

»Sie leben noch, ja.«

»Hat dieser Ort, wo wir hinfliegen, etwas mit ihnen zu tun?«

»Ja.«

»Gefährlich?«

»Ich weiß nicht«, sagte er und dachte zum erstenmal darüber nach. »Vielleicht.«

Galey verarbeitete diesen Gedanken in einem für mehrere Kilometer anhaltenden Schweigen, während die weiße Wüste, mit Felsen durchsetzt, unter ihnen dahinglitt. Duncan blickte hinaus und machte unten schwarze Punkte aus.

»Dusei«, sagte er. Galey drehte die Maschine und hielt Ausschau.

»Scheußliche Biester«, meinte er.

Duncan antwortete nicht und stritt nicht mit ihm. Die meisten Menschen würden dasselbe sagen, würden sich die übriggebliebenen Mri tot wünschen, aus gerechtfertigtem Grund. Duncan sah zu, wie die Wüste unter die Nase des Flugzeugs glitt und sich die Landschaft zum rauheren Hügelland wandelte, das er unter hohem Preis und großen Schmerzen durchquert hatte – es war wie im Traum, diese Geschwindigkeit, das Herabblicken auf eine Welt, in der die Zeit langsamer verstrich und die Wirklichkeit anders war, unmittelbar, und wo er gelernt hatte, für eine Zeit zu leben.

Sie drehten hinaus über Sil'athen, das lange T-förmige Tal, fern im Hochland, ein Schlitz in der Hochebene, stark erodiert, eine Schlucht voll seltsamer Formen, die der ätzende Regen gestaltet hatte und der ständige Wind, der der Länge nach hindurchfuhr. Es gab dort Schiffstrümmer, die man noch nicht geborgen hatte, Flugzeuge, die Niun zum Preis für seine Gefangennahme gemacht hatte; und auch Trümmer der Natur, denn viele der äonen-alten Sandsteinformationen waren vom Wind zu bizarren Fragmenten geformt worden.

Als sie an der Kreuzung des hohen Tales landeten und an diesem Ort aus dem Flugzeug traten, in die volle Hitze von Arains rotem Licht, überfiel beide urplötzlich die Stille, ein Gewicht, das den Atem raubte. Duncan spürte die Luft sofort, eine heftige Änderung nach der gefilterten Druckluft im Flugzeug, und fing an, so schmerzhaft zu husten, daß er sofort Zuflucht zur Feldflasche nehmen mußte. Filtermasken und Sonnenbrillen waren Teil ihrer Ausrüstung; Duncan legte seine an und zog die Uniformkapuze über, um den Kopf vor der Sonne zu schützen. Galey tat desgleichen. Die Maske beseitigte jedoch nicht den Hustenreiz; er nahm wieder einen kleinen Schluck.

»Alles klar mit Ihnen?« Galeys Stimme klang verändert durch die Maske. Duncan blickte in das breite, sommersprossige Gesicht und fühlte sich in jemandes Gesellschaft besser in solch einer Stille. Galey gehörte jedoch nicht hierher, in keiner Weise. Duncan warf sich die Feldflasche über die Schulter, sammelte seine Ausrüstung und versuchte, nicht auf die Stille zu hören.

»Mit mir ist alles in Ordnung«, sagte er. »Hören Sie, es ist ein langer Weg die Schlucht hinab und dann in diese Felsen hinauf. Sie müssen nicht mitkommen.«

»Meine Befehle lauten anders.«

»Vertraut man mir hierbei nicht?« Duncan bedauerte den Ausbruch sofort, als er sah, wie Galey ihn anblickte, erschrocken und bestürzt. »Kommen Sie!« sagte er daraufhin. »Passen Sie aber gut auf, wo Sie hintreten!«

Duncan ging los, so langsam, wie es die dünne Luft nötig machte, während Galey mit schweren Schritten neben ihm herging. Die Mri lagen mit der von ihnen gewählten Kleidung richtig: es war nicht weise, in diesem Sonnenlicht irgendeine Hautstelle unbedeckt zu haben; aber als Galey anfing, dem einladenden Schatten der Klippen zuzustreben, folgte Duncan ihm nicht, und Galey kehrte zu ihm zurück.

GALEY.LT
SABRE
GA
SUR.TAC.FACE.
DUNCAN·STEN
5·81·3

»Gehen Sie nie im Schatten«, riet Duncan. »Sie könnten dort Dinge übersehen, die Sie vielleicht nicht übersehen. Es ist dunkel genug, wo wir noch entlanggehen müssen, ohne unnötige Risiken einzugehen.«

Galey betrachtete ihn unbehaglich, stellte aber keine Fragen. Der Wind sang sein seltsames Lied durch die Felsnadeln aus Sandstein.

Es war ein Ort der Geister: Sil'athen, Begräbnisstätte der Mri. Duncan lauschte dem Wind und sah sich im Gehen um, betrachtete die hohen Klippen und die Höhlen mit ihren Geheimnissen.

Ein totes Volk, eine tote Welt. Uralte Gräber umgaben sie hier, die im Osten durch verwitterte Säulen markiert, die im Westen ohne solche. Dort gab es Inschriften, von denen man viele bereits nicht mehr lesen konnte, abgeschmirgelt durch den Sand, und so manche Säule war in dem Kampf, der auf und ab durch Sil'athen getobt hatte, umgestürzt und zerstört worden.

Und im Sand fanden sie die nackten Knochen eines großen Dus.

Traurigkeit überfiel Duncan, als er sie sah, denn diese Tiere waren die treuen Gefährten der Mri gewesen, und so gefährlich sie auch sein konnten, so freundlich konnten sie auch sein: mit traurigen Gesichtern, langsame Beschützer ihrer Meister.

Auch dies fügte sich zur Zerstörung einer Spezies.

Galey trat gegen den Schädel. »Die Aasfresser arbeiten schnell«, meinte er.

»Lassen Sie das!« sagte Duncan scharf. Galey blinzelte, richtete sich auf und verhielt sich ihm gegenüber jetzt formeller.

Trotzdem stimmte die Beobachtung, daß es in der anscheinend leblosen Öde Aasfresser in großer Zahl gab; nichts fiel in den Sand, ohne daß etwas Nutzen daraus zog. Nichts zauderte oder irrte sich, ohne daß irgendein Raubzeug auf diesen Irrtum lauerte. Selbst die Mri gingen nachts nicht durch die Wüste, ohne daß die Dusei sie führten. Selbst bei Tag war es unumgänglich, zu beobachten, wo man hintrat, und ein Auge auf die Felsen zu halten, die einen Hinterhalt verbergen mochten. Duncan kannte die kleine Senkung, die die Lauer eines Gräbers kennzeichnete, und wußte, wie man stets die Sonne zwischen sich und den Felsen hielt, um die giftigen Stränge von Anemonen zu vermeiden. Er wußte auch, wie man Wasser fand, wenn man es brauchte, oder wie man sich verstecken konnte – das letztere in Sil'athen eine leichte Aufgabe, wo der ständige Wind die Spuren jedes Vorübergehenden verwischte und die Sandfläche beinahe im selben Moment glättete, da der Fuß von ihr abhob. Schrill klingende Staubwirbel zogen wie Nebel über den Boden hinweg und wurden gelegentlich von pfeifenden Windböen aufgerührt, die den Sand in Wolken davontrugen.

Solch einen pfadlosen, abgelegenen Ort hatten die Mri gewählt ... solch ein Ende hatte Niun gewählt, als ob sie selbst im Dahingehen jede Spur zu verwischen wünschten, daß es sie gegeben hatte.

Sie waren, so hatte er durch sein langes Studium gelernt, durch sein Beschwatzen der Übersetzer, seit vielen Jahrhunderten hier gewesen und hatten den Regul gedient. Hier und in der Umgebung hatten sie gekämpft – gegeneinander, denn zu Anfang hatten die Regul sie gegen die Söldner anderer Regul angeheuert, Söldner, die, wie es sich ergab, ebenfalls Mri waren. Die Konflikte standen in den Regul-Berichten endlos aufgezählt, nur die Namen änderten sich: *Der Mri des Doch Holn besiegte die beiden Mri des Doch Horag; Horag (nicht zu entziffern) floh aus dem (nicht zu entziffern)-Gebiet.*

So hatte es hier begonnen – bis Holn die Mri nicht mehr gegen Mri warf, sondern gegen die Menschheit. Einsame, seltsame Kämpfer: die Menschheit hatte erlebt, wie einzelne Mri menschliche Außenposten verhöhnten, um eine Reaktion zu provozieren, die manchmal dazu führte, daß die Menschen bei ihrer Tötung weit höhere Verluste erlitten, als sie verkraften konnten. Weise Befehlshaber, die die selbstmörderische Wildheit dieser Mri-Berserker kannten, hielten ihre Männer von einer Antwort zurück, egal, wie schamlos die Provokation war, bis der Mri in großartiger Arroganz in sein eigenes Gebiet zurückgekehrt war.

Vielleicht eine Herausforderung zu einem gleichartigen Gegenzug?

Niun war zu solch unbesonnenem Verhalten fähig.

Niun, dessen Waffen, an zwei Gürteln über Brust und Hüfte getragen, von einem Laser bis zu einem dünnen Krummschwert reichten, ein Anachronismus in dem Krieg, in dem er kämpfte.

Ein sehr alter Weg, hatte Niun ihn genannt.

Hier war alles, was davon geblieben war.

Dieser Ort flößte aus seinen tieferen Schatten heraus ein Gefühl der Bedrohung ein, dort, wo die Sandsteinklippen sie enger einzuschließen begannen, ein Gefühl von Heiligkeit und Geschichte und eines Todes, der der Menschheit unbekannt war. Und es gab tiefere Stellen, wo Mri-Wachen beobachtet hatten und gestorben waren, treu ergeben in eine Pflichterfüllung, wie sie nur ihnen bekannt war, und wo die Felsen Dinge verbargen, die bedrohlicher waren als der Tod.

Duncan hatte sie erblickt.

Dort lag es, weit über den Klippen am Ende der Schlucht, wo Steinhaufen in einer gewaltigen Zerstörung niedergestürzt waren.

»Wie weit müssen wir noch gehen?« wollte Galey wissen, der die Klippen vor ihnen mit nervösem Blick betrachtete. »Klettern wir da hinauf?«

»Ja«, sagte Duncan.

Galey blickte ihn an, wurde wieder still und ging vorsichtig hinter ihm her, als er anfing, nach dem Weg zu suchen, den er kannte, oben zwischen den Felsen, ein Dus-Pfad und wenig mehr.

Dort war es, erinnerte er sich, der Weg hinauf, verborgen in gefährlichem Schatten. Er folgte ihm sorgsam mit den Augen und fing an, langsam hinaufzugehen.

Während des Anstieges war er gezwungen, oft anzuhalten, hustete, trank ein wenig und wartete, denn die Luft war in den höheren Regionen noch dünner, und er litt trotz der Maske. Auch Galey fing an zu husten und trank zuviel von ihrem Wasser. Duncan überlegte, ob Galey, der nicht wie er einen Lazarettaufenthalt hinter sich hatte, einen größeren Teil der Ausrüstung tragen sollte; aber Galey, der aus der sterilen und automatisierten Umwelt der SABER kam, mühte sich qualvoll.

Endlich erreichten sie den Kamm und das Sonnenlicht zwischen hohen Felsspitzen, einem weglosen Irrgarten, in dem es kein Anzeichen mehr davon gab, daß Mri hier gegangen waren: an diesem Ort verteilte der Wind den Sand, wie in Sil'athen.

Duncan stand da, erwog das Sinken des roten Arain hinter den Spitzen, sog vorsichtig die Luft ein und spürte die Gegend mit all seinen Sinnen. Er hatte einen Sinn für Landschaften, entwickelt in zwanzig weglosen Umwelten, und der nagte jetzt an ihm, schleichend und unterhalb der Vernunftschwelle. Galey wollte etwas sagen, aber Duncan befahl ihm knapp, zu schweigen, stand für eine Weile da und lauschte. Der allgegenwärtige Wind zerrte an ihnen, trieb seine Possen, sang zwischen den Felsspitzen. Duncan wandte sich nach links.

»Folgen Sie mir!« sagte er. »Sprechen Sie nicht mit mir! Letztesmal bin ich den Weg in der Dunkelheit gegangen. Die Gegend sieht jetzt anders aus.«

Galey brummte zustimmend, atmete immer noch heftig. Danach schwieg er, und Duncan schaffte es, seine Anwesenheit zu vergessen, während sie weiterstapften. Er hätte Galey gerne verlassen; er war nicht gewöhnt, auf einer Mission Gesellschaft zu haben, war nicht an Pläne oder Berichte gewöhnt oder an Betroffenheit über eine im Freien verbrachte Nacht – und ein ObTak wie er hatte wenig Respekt vor den Regulären, wenn sie ihrer schützenden Schiffe und ihres Kontaktes zu Vorgesetzten beraubt waren.

Es fiel ihm ein, daß der Stab der FLOWER nicht die Befehlsgewalt besaß, ihm einen Regulären von der SABER als Begleitung zuzuteilen. Aber Stavros besaß sie.

Auf dem Plateau holte sie die Dunkelheit ein, wie es Duncan im voraus gewußt hatte, an einer Stelle, wo es nur wenig Felsspitzen gab und sich eine große Sandfläche zwischen ihnen und den ferneren Klippen erstreckte.

»Wir könnten weitergehen«, schlug Galey freiwillig vor, obwohl seine Stimme bereits erschöpft klang.

Duncan schüttelte den Kopf, suchte eine sichere Stelle aus und ließ sich nieder, um dort bis zur Dämmerung zu bleiben, eingewickelt in eine Wärmedecke und weit bequemer als in seiner letzten Nacht an diesem Ort. Sie setzten die Masken ab und aßen, obwohl Galey nur wenig Appetit hatte; dann setzten sie sie zum Schlaf wieder auf und für die abwechselnden Wachen.

Ein Jo flog kurz durch die Luft, ein Schatten vor dem Nachthimmel. Einmal erwachte Duncan von Galeys beharrlichem Flüstern, er habe etwas in den Felsen sich bewegen gehört. Er hielt daraufhin sitzend Wache, während Galey schlief oder zu schlafen vorgab, und weit über den Sand hinweg erkannte er den dunklen Schatten eines jagenden Dus, das sich in den tieferen Schatten der Felsspitzen hineinbewegte und verschwand.

Er lauschte dem Wind und betrachtete die Sterne und kannte jetzt unzweifelhaft seinen Weg.

Sobald die Landschaft wieder Farbe anzunehmen begann, falteten sie ihre Decken zusammen und machten sich wieder auf den Weg, zitterten in der frühen Dämmerung. Galey war steif und hinkte durch die Anstrengung des vorigen Tages.

Die Felsnadeln umschlossen sie wieder, vom Licht der rötlichen Sonne mit Farbe übergossen, und das Gefühl der Vertrautheit dauerte immer noch an. Sie waren auf dem richtigen Weg; keine Spur eines Zweifels blieb in Duncans Geist, aber er genoß die Stille und brach sie nicht durch ein Gespräch.

Und schließlich lag dort vor ihm diese Lücke in den Felsen, unscheinbar wie ein Dutzend andere ringsherum, abgesehen von der kennzeichnenden Felsplatte, die zur Linken schräg abfiel, und der Tiefe des Schattens, der dahinter lag.

Duncan blieb stehen; es fiel ihm ein, daß er selbst jetzt noch Zeit hat, um zu bereuen, was er tat; daß er Galey in Kreisen herumführen konnte, bis ihnen die Vorräte ausgingen; die anderen überzeugen konnte, daß sein Gedächtnis versagte, daß der Ort für ihn verloren war. Es würde Boaz' kleinem Stab große Anstrengung und Geschicklichkeit kosten, die Stelle ohne ihn zu finden. Sie mochte für Generationen der Menschen auf Kesrith unauffindbar bleiben.

Aber Relikte leisteten einem toten Volk keine Dienste. Daß alles vergehen sollte, was es gewesen war, daß eine intelligente Lebensform aus dem Universum verschwinden sollte, ohne etwas zu hinterlassen – das war nicht richtig.

»Hier«, sagte er und führte Galey den Weg entlang, an den er sich erinnerte, den er später in seinen Alpträumen gesehen hatte, dieser lange, enge Durchgang zwischen Sandsteinklippen, die sich aneinanderlehnten und den Himmel ausschlossen. Der Durchgang war gewunden und schien in Spiralen zu verlaufen, hinab in Dunkelheit und Kälte. Duncan benutzte seine Taschenlampe, und ihr winziger Strahl zeigte die Schlangenlinien von Inschriften auf den Wänden, Kurve um Kurve hinab in die Tiefen.

Blendend und sichtverschleiernd brach das Tageslicht herein, als sie die Sackgasse erreichten, wo ihr Abstieg zu Ende war. Sie standen in einem tiefen Schacht aus lebendem Stein, der zum Himmel hin offen war. Auch hier waren die Wände mit Symbolen beschrieben und geschwärzt durch die Spuren von Feuer, sowohl der Stein als auch die Metalltür, die an der gegenüberliegenden Seite der Vertiefung offenstand.

Galey fluchte; das Geräusch der menschlichen Ehrfurchtslosikeit schmerzte in Duncans Ohren, und er blickte nach links, wo Galey hinstarrte. Eine unordentliche Masse aus Knochen und verbrannten Fetzen aus schwarzem Stoff lag in einer Nische im Gestein. Es war der Wächter des Schreins. Niun hatte ihm Respekt gezollt; Duncan fühlte sich bewegt, dasselbe zu tun, und wußte nicht, wie.

6·81·3

»Berühren Sie nichts«, sagte er und erinnerte sich sofort an ähnliche Worte, die Melein an ihn gerichtet hatte, ein Echo in dem tiefen Schacht, das in frösteln ließ.

Er versuchte, den Verstand anderen Dingen zuzuwenden – kniete im Sonnenlicht auf dem Sand nieder und packte die Ausrüstung aus, die er mitgebracht hatte: photographische Instrumente, und vor allem ein Signalgerät. Er aktivierte es und wußte, daß von diesem Moment an menschliche Anwesenheit an diesem Ort unvermeidlich war. Suchende Flugzeuge würden ihn schließlich finden.

Dann stand er mit der Kamera auf und photographierte alles um sie herum, die Schriften, den Wächter, den Eingang mit dem zerbrochenen Siegel, die Spuren des zerstörerischen Feuers.

Und als letztes wagte er sich in die Dunkelheit, in den Schrein, den selbst Niun sich nicht zu betreten erlaubt hatte. Nur Melein hatte das getan, und Niun hatte die Tür bewacht. Galey machte Anstalten, ihm zu folgen, trat ein.

»Gehen Sie zurück«, befahl Duncan. Seine Stimme hallte fürchterlich wider in der metallenen Kammer, und Galey blieb unsicher im Eingang stehen – zog sich zurück, als Duncan ihn anstarrte. Duncan holte daraufhin vorsichtig Luft, aktivierte die Kamera und ihre Lampe, in deren Licht er die Zerstörung ringsum begutachtete.

Schrein – es war eher ein Ort feuergeschwärzten Stahls, zerstörter Vertäfelungen, Bänke lebloser Maschinen, nüchtern und lieblos. Er hatte gewußt, was er hier finden würde, hatte den Klang davon gehört, das Arbeiten der Maschinen in der Nacht, in der dieser Ort gestorben war, vernichtet durch die Mri.

Und doch hatten die Mri, die Maschinen sehr gut begriffen, ihn verehrt – verehrten auch den Gegenstand, den sie von hier weggebracht hatten.

Mißtrauen kehrte in ihn zurück, menschliches Mißtrauen, die Erinnerung daran, daß die Mri ihm niemals Zusicherungen gemacht hatten: sie hatten lediglich keine Hand an ihn gelegt.

Maschinenbänke, keine Spur von Heiligkeit. Das Ding, das Niun so liebevoll von hier weggetragen hatte, das jetzt im Bauch der FLOWER ruhte, schien plötzlich unheimlich und bedrohlich zu sein . . . vielleicht eine Waffe, die durch Sondierung ausgelöst werden konnte. Die Neigung der Mri, bei ihrer Selbstvernichtung Feinde mitzunehmen, machte dies durchaus möglich, machte ebenfalls verständlich, daß Niun dieses Ding wie einen Schatz gehütet hatte. Und doch schienen Boaz und die Sicherheit offensichtlich einiges Vertrauen darin zu haben, daß es sich um keine Waffe handelte.

Sein Ursprung befand sich hier – *hier,* vielleicht in diesem Gestell ruhend, das jetzt entblößt und leer war. Duncan hob die Kamera und vollendete seine Arbeit zwischen den toten, verbrannten Bänken, erforschte Nischen, wo das Licht tiefe Schatten durchschnitt und wo der Wind die Asche noch nicht weggefegt hatte. Als nächstes würden Boaz' Leute hierherkommen; einige der Computerspezialisten würden mit wenig Hoffnung die Wracks der Bänke begutachten. Melein war gründlich gewesen, hatte diesen Ort vor den Menschen geschützt, was auch immer er einst gewesen war.

Er hatte alles, was er brauchte, alles, was er haben konnte. Er kehrte zum Eingang zurück und zögerte dann doch wieder, nahm den Ort mit einem letzten Blick in sich auf, als ob dadurch alles in seinem Geist festgehalten wurde, alles in sein Herz eindrang, was Mri war.

»Sir?« sagte Galey aus dem Schacht.

Duncan drehte sich abrupt um und gesellte sich im Tageslicht zu Galey, schob die Atemmaske zur Seite, die ihm plötzlich den Sauerstoff zu rauben schien, war froh, die ätzende, taghelle, windgereinigte Luft einzuatmen. Galeys breites, ängstliches Gesicht schien auf einmal einer anderen, willkommeneren Welt anzugehören.

»Gehen wir«, sagte er dann zu Galey. »Gehen wir weg von hier!«

Der untere Canyon lag bereits tief im Schatten, als sie den Rand des Plateaus erreichten, diesen Pfad zwischen den Felsen, der hinab nach Sil'athen führte. Dort, wo sie standen, war es später Nachmittag, und die Dämmerung lag unter ihnen im Canyon.

»Die Dunkelheit wird uns wieder einholen, bevor wir das Schiff erreichen«, sagte Duncan.

»Gehen wir trotzdem den ganzen Weg?« fragte Galey.

Duncan schüttelte den Kopf. »Nein. Wenn es dämmert, lassen wir uns nieder, wo wir auch sind.«

Galey sah nicht erfreut aus. Wer ihm auch seine Befehle gegeben hatte, hatte ihn wahrscheinlich nicht gut auf die Möglichkeit im Freien verbrachter Nächte vorbereitet. Duncans Nase hatte auf dem Rückweg wieder zu bluten begonnen, hervorgerufen durch die dünne, trockene Luft. Galeys Husten war schlimmer geworden, und wenn sie eine weitere Nacht im Freien zubringen mußten, würde er dasselbe durchmachen wie Duncan.

Der Reguläre nahm den Abstieg zuerst in Angriff, verstreute Steinchen, rutschte halb in seiner Entschlossenheit zur Eile. Und plötzlich blieb er stehen.

Duncan hörte das Flugzeug im selben Augenblick, ein fernes Brummen, das lauter wurde, über ihnen vorbeizog und wieder abdrehte. Er blickte Galey an, und auch dieser sah verstört aus.

»Vielleicht ein Wetter, das sich über uns zusammenbraut«, meinte Galey. »Oder vielleicht gibt es am Hafen etwas Dringendes.«

Duncan hatte einen Kommunikator; er betastete ihn nervös und überlegte, daß, wenn eine der beiden Vermutungen zutraf, ein Anruf vom Flugzeug hätte kommen müssen. Es herrschte Schweigen.

»Gehen Sie!« sagte er zu Galey.

Es gab kein Zeichen von dem Flugzeug, während sie sich den gefährlichen Abhang hinabarbeiteten. Sie ruhten sich kaum aus; Duncan spürte, wie Blut seine Atmung behinderte, nahm die Maske ab und wischte sich über das Gesicht, schmierte einen roten Streifen über die Hand. Benommenheit ließ die Felsen verschwimmen. Er tastete sich hinter Galey seinen Weg und taumelte auf den Talboden, auf den weichen und hindernden Sand.

»Sie kommen gerade erst aus dem Lazarett«, meinte Galey, faßte an die Riemen und bot damit an, die Last zu übernehmen, die Duncan trug. »Vertrauen Sie mir zumindest die Ausrüstung an. Sie sind sicher erschöpft.«

»Nein«, erwiderte Duncan stur. Er setzte blindlings einen Fuß vor den anderen und stapfte los, von Furcht überwältigt. Galey mühte sich, mit ihm Schritt zu halten.

Einen weiteren Kilometer die Schlucht hinauf – soviel schaffte Duncan, bevor er mit seiner Last die Grenze erreichte und schmerzvoll hustete; er übergab Galey die Ausrüstung, der sich mit ihr voranmühte; selbst er litt unter der kalten Luft und schnappte heftig nach jedem Atemzug. Es vermittelte ein nacktes

Gefühl schrecklicher Verlassenheit, durch diese schattigen Tiefen zwischen den Gräbern zu gehen und Aufzeichnungen zu tragen, die nicht der Menschheit gebührten, nach denen andere verlangten.

Und da kam ein Regul-Fahrzeug schwerfällig den Canyon herabgerumpelt, langsam und bedächtig. Galey fluchte. Duncan sah einfach zu, wie es herankam.

Sie konnten nichts tun, nirgendwo hingehen, hatten nicht einmal mehr eine Stelle, wo sie die Ausrüstung verstecken konnten. Sie waren weit weg von den Felsen, inmitten der weiten Sandfläche und unter Beobachtung der Regul.

Der Schlitten rumpelte auf sie zu und hielt an. Der Windschirm fuhr zurück. Ein Regul-Jungling lächelte sie beide mit einem Regul-Lächeln an, eine bloße Öffnung des Mundes, das den Zahnwulst dahinter zeigte.

»*Kose* Sten Duncan«, sagte der Regul. »Wir haben uns Sorgen gemacht. Alles in Ordnung? Alles in Ordnung?«

»Völlig«, sagte er. »Verschwinden Sie! Wir brauchen keine Hilfe.«

Das Lächeln blieb. Die runden braunen Augen zuckten über sein Gesicht, seine Hand, die Ausrüstung, die er trug. »Dünne Luft. Schwer zu tragen vielleicht? Steigen Sie hinten ein, Gnade. Ich fahre Sie. Hier sind viele schlechte Dinge, Abend kommt. Ich bin *Koi* Suth Horag-gi. Bai Hulagh hat mich geschickt. Die Verehrung empfindet tiefe Besorgnis, wünscht einer menschlichen Gruppe, *Kose* Sten Duncan, keinen Unfall hier der Wüste. Wir bringen Sie zurück.«

Es war ein kleines Fahrzeug, ein Schlitten mit einer Ablage für Frachten, wo man unbeengt sitzen konnte. Es war nicht unmittelbar bedrohlich, und es wäre sinnloser Stolz gewesen, abzulehnen und weiterzugehen, wo doch der Schlitten leicht ihre schnellste Gangart erreichen konnte.

Aber Duncan glaubte den Worten des Regul nicht, empfand über die Anwesenheit von Regul tiefstes Mißtrauen. Galey ging nicht von selbst, stand da und wartete auf seinen Wink; und mit großen Befürchtungen kletterte Duncan auf die Ablagefläche des kleinen Fahrzeuges. Er machte Platz für Galey, der sich zu ihm gesellte und die Ausrüstung vorsichtig auf seinem Schoß hielt. Das Fahrzeug vollführte holpernd eine langsame Drehung auf dem Sand.

»Sie müssen bei unserer Maschine gelandet sein«, brüllte ihm

Galey ins Ohr. Duncan begriff, was er meinte: Regul überall in ihrem Flugzeug, das sie nicht gesichert hatten, weil es hier keinen lebenden Feind gegeben hatte, mit dem sie vernünftigerweise hätten rechnen müssen. Er verfluchte sich selbst für diese übergroße Zuversicht.

Sie waren beide bewaffnet. Die Regul waren nicht bei Sinnen, wenn sie glaubten, in einer direkten Konfrontation menschliche Reflexe übertreffen zu können. Aber es war eine Tatsache, daß die Regul solche Junglinge wie diese hier bedenkenlos zu opfern pflegten.

Und die Verehrung Bai Hulagh hatte sie geschickt – Hulagh, dessen Furcht vor den Mri eine Besessenheit war und für Mord ausreichte.

Duncan faßte Galey am Arm, benutzte das System von Handsignalen für Notsituationen im Weltraum. *Vorsicht. Feinde.*

Freunde, signalisierte Galey zurück, widersprach hoffnungsvoll. Natürlich gab es ein funktionierendes Abkommen, das äußerste an höflicher Zusammenarbeit überall in der Kesrith-Basis. Galey war verwirrt. Die Menschen mochten die Regul nicht, aber ›Feinde‹ war ein Begriff, der nicht mehr gebraucht wurde.

Schwierigkeiten möglich, erwiderte Duncan. *Aufpassen!*

Schießen? wollte Galey wissen.

Möglich, antwortete Duncan.

Der Landschlitten rumpelte mit einer ordentlichen Geschwindigkeit dahin, schnell genug, daß sie ihre Mühe hatten, auf der Ablage sitzenzubleiben. Aber was in Kesriths Atmosphäre ein langer und mörderischer Gang gewesen wäre – und wahrscheinlich ein Nachtlager –, wurde eine relativ kurze und bequeme Fahrt.

Duncan versuchte, seine Befürchtungen innerlich wegzurationalisieren, es für möglich zu halten, daß aus den verschlungenen Pfaden der Regul-Motive heraus diese Regul versuchten, sie zu beschützen, aus Furcht vor Stavros' Mißvergnügen über ihren Verlust.

Er konnte sich nicht überzeugen. Sie waren allein mit den Regul, weit weg von jeder Hilfe.

Sie umrundeten die Biegung und sahen, daß tatsächlich ein Regul-Flugzeug neben ihrem eigenen gelandet war. Sie fuhren direkt darauf zu. Duncan zog an den Riemen in Galeys Händen, übernahm die Ausrüstung wieder selbst – die gesamte –, rollte sich dann, nachdem er Galey zugenickt hatte, ab und landete auf den Füßen im Sand – eine Bewegung, die den schweren Regul nicht möglich war.

Sie hatten bereits einen beträchtlichen Teil der Strecke zur Sicherheit ihres Flugzeuges hin zurückgelegt, bevor der Regul-Fahrer reagierte und den Schlitten umdrehte, um ihnen den Weg zu versperren; und weitere Junglinge kamen die Rampe aus dem Regul-Flugzeug herab.

»Alles in Ordnung mit Ihnen? Sind Sie gefallen?« fragte der Regul-Fahrer.

»Nein«, sagte Duncan, »kein Problem. Wir kehren jetzt zur Basis zurück. Vielen Dank.«

Es funktionierte nicht. Die anderen Junglinge gingen schwerfällig um sie herum, schlossen sie ein, lächelten mit klaffender Freundlichkeit und versperrten ihnen dabei gleichzeitig den Weg.

»Ah«, sagte Suth Horag-gi und stieg aus dem Schlitten. »Sie haben Bilder gemacht. Mri-Schätze?«

»Eigentum von Stavros«, sagte Duncan mit schneidener Stimme, und mit der Schnelligkeit, die er als menschlichen Vorteil gegenüber den langsamen Regul kennengelernt hatte, rammte er einen Jungling mit der Schulter beiseite, durchbrach den Kreis und ging rasch auf die Rampe ihres eigenen Flugzeuges zu, mißachtete einen Jungling, der versuchte, ihn zu überholen.

»Viel Glück«, sagte dieser eine mit der angemessenen Junglingsunterwürfigkeit. »Viel Glück bei Ihrer sicheren Rückkehr, *Kose* Sten Duncan.«

»Ja, danke für Ihre Anteilnahme. Meine Empfehlungen an die Verehrung Bai Hulagh.«

Er sprach auf Regul, wie der Regul die menschliche Sprache gebraucht hatte. Er rammte den schweren, ungeschickten Jungling mit brutaler Kraft, die für einen Regul fast überhaupt nicht schmerzhaft war. Der Stoß warf ihn etwas aus dem Gleichgewicht, und Duncan ging an ihm vorbei. Galey, der fast rannte, holte ihn auf der Rampe ein.

Sie gingen an Bord und entdeckten einen weiteren Jungling im Flugzeug.

»Hinaus«, befahl Duncan. »Kehren Sie bitte in Ihr eigenes Flugzeug zurück. Wir starten jetzt gleich.«

Der Regul blickte zweifelnd und bequemte sich endlich dazu,

an ihnen vorbeizugehen, vollzog das Lufteinsaugen, das unter Regul als Höflichkeit erachtet wurde, lächelte dieses klaffende Lächeln und watschelte mit vornehmem Mangel an Eile die Rampe hinab.

Duncan setzte die Ausrüstung auf den Boden und schlug auf den Schalter, der die Rampe einfahren ließ, noch in demselben Moment, in dem der Jungling von ihr war; während Galey die Tür schloß und das Rad drehte, das sie versiegelte.

Duncan entdeckte, daß er zitterte. Er dachte, daß es Galey genauso ging.

»Was wollten sie?« fragte dieser, seine Stimme eine Spur zu schrill.

»Unser Flugzeug durchsuchen, bevor wir starten«, meinte Duncan. »Alles untersuchen, das man sabotieren könnte.« Und Galey streifte die Atemmaske ab und den Sichtschutz und fluchte leise, starrte ihn an, warf dann beides zur Seite und machte sich an die Arbeit, fing an, die Schalttafeln und ihre inneren Systeme mit größter Vorsicht zu untersuchen.

Er fand nichts, das nicht stimmte, auch nicht bei sorgfältigster Inspektion. »Ich wünschte, wir könnten etwas finden«, meinte er, und Duncan stimmte dem inbrünstig zu. Die Regul warteten immer noch draußen.

Galey startete die Motoren, probierte die Kontrolle aus und drehte das Flugzeug langsam, ließ es ein paar Fuß über den Boden abheben und folgte einem Kurs, der das Regul-Flugzeug rachsüchtig mit Staub bedeckte und die außerhalb befindlichen Regul bedächtig krabbelnd und stolpernd Deckung suchen ließ.

Als dienstälterer Offizier hätte ihm Duncan dafür einen Verweis erteilen sollen, aber er tat es nicht. Er lehnte sich ins Polster zurück, während das Flugzeug emporstieg, biß die Zähne zusammen und hielt die Polsterung mit solcher Kraft im Griff, daß, als er es erkannte – lange nachdem sie eine Höhe erreicht hatten, die ausreichend war für andere Möglichkeiten, wenn etwas schiefging –, seine Finger taub waren und tiefe Eindrücke im Polster hinterlassen hatten.

»Nervenkrieg«, sagte er zu Galey. »Nervenkrieg – oder was immer sie vorhatten, sie hatten nicht genug Zeit.«

Galey betrachtete ihn. Er hatte Aufkleber von einem halben Dutzend Welten am Ärmel seines Anzugs, so jung er auch war. Aber er war erschreckt, und es war eine Story, die unter dem regulären Militär der SABER die Runde machen würde, dieses Zusammentreffen mit Regul.

»Das ist Stavros' Angelegenheit«, unterrichtete ihn Duncan um seinetwillen, nicht wegen der Regul und nicht einmal wegen Stavros. »Je weniger Lärm darum, desto besser. Nehmen Sie mich als Beispiel.«

Sein Ruf war, das wußte er, unter den Regulären weitverbreitet: der ObTak, der den Kopf verloren hatte, der hysterisch geworden war und einen Verbündeten von hohem Rang des Mordes angeklagt hatte. Zweifellos würde das für immer in seinem Bericht stehen, außer, wenn Stavros eingriff oder er auf Kesrith so hoch befördert wurde, daß der Bericht ihm nicht mehr schaden konnte – und das war im Moment unwahrscheinlich.

Galey schien ihn zu verstehen und deswegen verlegen zu sein. »Ja, Sir«, sagte er ruhig. »Ja, Sir.«

Die Lichter der Kesrith-Basis kamen schließlich ins Blickfeld. Sie umkreisten das Gebiet nach der Landemöglichkeit in größter Nähe der FLOWER und setzten auf, riefen die Sicherheit mit dem Dringlichkeitscode. Duncan löste die Schnallen und holte die Photo-Ausrüstung aus ihrer gepolsterten Aufbewahrung im Schrank neben der Tür. Galey öffnete die Luke und ließ die Rampe ausfahren, und Duncan schritt hinab zur bewaffneten Eskorte von der menschlichen Sicherheit und verspürte dabei solch eine Erleichterung, daß ihm die Knie weich wurden.

Jenseits des Feldes sah er ein anderes Flugzeug herankommen, nahe der Nom-Seite des Flugfeldes, wo die Regul ihrer eigenen Autorität am nächsten sein mochten.

Ein Sicherheitsagent versuchte, Duncan die Ausrüstung aus der Hand zu nehmen. »Nein«, sagte Duncan scharf, und dieses eine Mal gab die Sicherheit nach.

Irgendwo verlor er Galey, vermißte ihn im Gedränge und bedauerte, den Regulären nicht höflich verabschiedet zu haben, ihn, der so fähig gewesen war. Aber vor ihm lag die Rampe der FLOWER, die offene Luke mit ihrem Lichterschein in der umgebenden Nacht. Er ging zwischen den Männern von der Sicherheit ins Schiff und die Korridore entlang zur Wissenschaftssektion.

Boaz wartete dort, im weißen Kittel und unruhig. Da die Ausrüstung schwer war, reichte er sie ihr nicht direkt, sondern legte sie auf den Tisch.

Danach gab es für ihn nichts mehr damit zu tun. Er hatte seinen Auftrag für die menschliche Macht auf Kesrith vollendet und das verkauft, was für die Mri das Kostbarste auf der Welt war. Das Wissen davon, auch von dem Ovoid, das hier hinter Türen mit Stimmschlössern lag, war in menschlichen Händen und nicht in denen der Regul, und das war unter den Umständen das Beste, was er hatte tun können.

3

Die Mehrheit des Personals der FLOWER hatte sich nach der ersten Aufregung durch den Erhalt der Aufzeichnungen zur Nacht begeben. Die Laboratorien waren wieder geschlossen, die reduzierte Nachtmannschaft war im Dienst. Das Schiff zeigte sich nachts von einer anderen Seite, eine geisterhafte Ruhe außer dem Flüstern der Maschinen und der Ventilation, ganz anders als die hektische Aktivität in seinen engen Korridoren bei Tag.

Duncan fand die Aussicht auf ein Bett, eine ruhige Nacht in seinem eigenen sicheren Quartier und ein Bad (selbst das chemische Abschrubben, das unter der Rationierung erlaubt war) außerordentlich attraktiv nach einer dreistündigen Befragung. Es war 0100 Uhr nach lokaler Zeit, der Zeit, nach der er lebte.

Die späte Stunde hinderte ihn nicht daran, in die medizinische Sektion hinabzusteigen und in Niuns Zimmer stehenzubleiben. Es gab weder Tag noch Nacht für den Mri, der schlaff dalag und trotz der an seinen Gliedern angewandten Therapie durch den Einfluß der Beruhigungsmittel verfiel. Luiz hatte versprochen, eine Verringerung der Sedation in Erwägung zu ziehen; Duncan hatte mit ihm über diesen Punkt hitzig gestritten.

Er erhielt jetzt keine Antwort, als er den Mri ansprach. Er packte Niuns Schulter und schüttelte ihn sanft, haßte es, zu fühlen, wie hinfällig der Mri wurde.

Spannung kehrte in die Muskeln zurück. Der Mri atmete tiefer, bewegte sich gegen die Gurte, die ihn ständig festhielten, und seine goldenen Augen öffneten sich, halb bedeckt durch die Nickhaut. Die Membran zog sich zurück, aber nicht gänzlich. Die Einstellung der Augen war unkoordiniert und ihr Blick verwirrt.

»Niun«, flüsterte Duncan – dann laut: »Niun!«

Der Kampf dauerte an, und doch schien der Mri seiner Anwesenheit kaum bewußt zu sein, trotz des Griffes seiner Hand. Es war etwas anderes, etwas Inneres, das Niun beschäftigte, und die großen goldenen Augen waren erschreckt geweitet.

»Niun, hör auf! Ich bin Duncan. Duncan ist bei dir. Sei ruhig und sieh mich an!«

»Duncan?« Der Mri war plötzlich ohne Kraft, die Brust hob und senkte sich heftig vor Erschöpfung, als sei er von einem unmöglich fernen Ort hergelaufen. »Die Dusei sind verloren.«

Solche Phantasterei war mitleiderregend. Niun war ein Mann

von klarem Verstand und mit schnellen Reflexen. Jetzt sah er völlig verstört aus. Duncan hielt seinen Arm, und da er den Stolz der Mri kannte, zog er eine Ecke der Bettdecke über dessen untere Gesichtshälfte, eine Verhüllung, hinter der sich der Mri stets sicherer fühlte.

Langsam, langsam kehrte der Verstand in diesen fremden Blick zurück. »Laß mich gehen, Duncan!«

»Ich kann nicht«, sagte er elend. »Ich kann es nicht, Niun.«

Die Augen fingen an, wieder ihren Brennpunkt zu verlieren, wegzugleiten. Die Armmuskeln fingen an, sich zu lockern. »Melein«, sagte Niun.

»Sie ist in Sicherheit.« Duncan preßte die Hand zusammen, bis sie sicherlich schmerzte, versuchte, ihn zum Zuhören zu zwingen. Aber der Mri war wieder in seinen Traum zurückgesunken. Sein Atem ging rasch. Sein Kopf wandte sich im Delirium von einer Seite zur anderen.

Und schließlich wurde er wieder ruhig.

Duncan ließ Niuns Arm los und ging, zuerst langsam, dann schneller. Das Seltsame an diesem Vorfall schmerzte ihn; aber Niun kämpfte gegen die Sedation, kam immer stärker aus ihr heraus, hatte ihn erkannt, hatte mit ihm gesprochen. Vielleicht hatte Luiz – der Gedanke kam ihm – die Höhe der Sedation dem fremden Stoffwechsel angepaßt, war vernünftiger gewesen, als er sich im Streit über dieses Thema gezeigt hatte.

Er ging zur Hauptschleuse, zu dem Wachtposten, der das Kommen und Gehen aller beobachtete, die das Schiff betraten und verließen. Er unterschrieb im Logbuch und reichte den Stift zurück.

»Anstrengende Sitzung, Sir?« fragte die Nachtwache, aus Sympathie, nicht aus Neugier. Tereci kannte ihn.

»Ein bißchen, ein bißchen«, sagte er und blinzelte Tereci mit Augen an, die, wie er wußte, rot waren, und betastete sein Kinn, das unrasiert war. »Nachricht für Luiz, sobald er aufwacht: ich möchte so rasch wie möglich mit ihm sprechen.«

»Aufgezeichnet, Sir«, sagte Tereci und kritzelte es auf das Nachrichtenblatt.

Duncan ging auf die Schleuse zu, erwartete, daß Tereci sie für ihn öffnete. Er tat es nicht.

»Sir«, sagte Tereci, »Sie sind nicht bewaffnet. Die Bestimmungen.«

Duncan fluchte erschöpft, erinnerte sich an den gültigen Befehl für Personal, das nachts hinausging. »Können Sie mir Handwaffen heraussuchen?«

»Unterzeichnen Sie«, sagte Tereci, öffnete einen Schrank und reichte ihm eine Pistole, wartete, während Duncan seinen Namen auf ein anderes Formular setzte. »Es tut mir leid«, meinte Tereci, »aber hier war in der Nacht einiges los. Auch abgesehen von den Bestimmungen ist es besser, etwas bei sich zu tragen.«

»Regul?« wollte Duncan wissen, aufgeschreckt durch diese Neuigkeit, die er in den Berichten nicht gelesen hatte. Regul war alles, das ihm unmittelbar einfiel, und wäre er nicht so müde gewesen, wäre er diplomatischer vorgegangen.

»Tiere, die um die Grenzen der Wachstrahler herumgeschlichen sind. Sie kommen niemals in deren Bereich, aber ich würde nicht unbewaffnet dort hinausgehen. Wollen Sie eine Begleitung, Sir? Ich könnte jemanden vom Nachtdienst der Sicherheit auftreiben . . .«

»Nicht nötig«, erwiederte Duncan müde. »Nicht nötig.« Er war aus dem Freien gekommen, und obwohl damals bewaffnet, hatte er niemals an den Einsatz von Waffen gedacht. Er war in Gesellschaft von Mri durch das Land gegangen. Er beachtete keine Warnungen von seiten dieser Menschen, die auf die Sicherheit der FLOWER und des Nom angewiesen waren, die niemals das Land gesehen hatten, das zu besetzen sie gekommen waren.

Sie konnten inmitten von Sil'athen stehen und es doch niemals sehen, die Menschen von Galeys Art – solide, anständige Menschen. Die nicht staunen konnten.

Er schnallte sich die Pistole um, ein schweres Gewicht, ein Angriff auf den müden Rücken, widmete Tereci ein müdes Dankeslächeln und ging hinaus in die kalte, ätzende Luft. Ein Geysir war respektlos nahe an der FLOWER ausgebrochen. Der Dampf machte die Luft feucht und neblig. Duncan sog sie tief ein, kümmerte sich nicht um ihren fauligen Geruch, war dankbar dafür, seinen Weg allein zurückzulegen, schweigend, ohne Galey. Er hatte Kopfschmerzen, stellte er gerade fest. Er ließ sich Zeit und empfand nichts als Freude an der Nacht unter dem größeren von Kesriths Monden, mit kalter Luft und glitzernden Sternen; und weit, weit jenseits der Ebenen beleuchteten Lampen die Geysire, die fast ständig spien. Das Land hatte sich in ein kochendes und unbegehbares Hindernis verwandelt, das die Zugänge zu den Ruinen der Mri-Türme bewachte, die bisher nur die unerschrokkensten von Boaz' Forschern aus der Luft abgetastet hatten.

Stahl klang unter seinen Stiefeln, die Vergitterung, die die Oberfläche des Straßendammes befestigte. Es war das einzige Geräusch. Er blieb stehen, nur um für einen Moment völlige Stille zu erleben, und ließ den Blick über den gesamten Horizont schweifen, das glitzernde Wasser des Alkali-Meeres, die Lichter der Stadt, die dampfenden Geysire, die Kämme jenseits der FLOWER.

Etwas schlufte über Stein und röchelte. Das Geräusch ergriff sein Herz und hielt es eingeschnürt. Er hörte es wieder, wirbelte herum und sah einen vierfüßigen Schatten, der von einem Kamm herabwatschelte.

Er traf auf die Wachstrahler und scheute zurück, brüllte vor Angst. Dann stieg er vor dem Himmel auf die Hinterbeine, erreichte die doppelte Höhe eines ausgewachsenen Menschen, ein großes Tier mit langen Klauen.

Die Dusei sind verloren, hatte Niun gesagt.

Duncan stand mit klopfendem Herzen still. Er versuchte, die von diesen großen Allesfressern, diesen Eigeborenen von Kesrith ausgehende Gefahr einzuschätzen. Die Klauen waren giftig und stark genug, um einen Menschen in Fetzen zu reißen. Dieses Tier probierte den Strahl erneut, dann noch einmal, mochte das vermittelte Gefühl nicht, hatte aber nur ein Ziel im Sinn.

Ein zweites Tier erschien oben vor dem Abhang und kam herab. Die Scheinwerfer der FLOWER leuchteten auf und fügten sich zu dem Durcheinander, die Luke ging auf und Menschen strömten heraus.

»Halt!« schrie Duncan. »Nicht weiter! Nicht schießen!«

Das Dus warf sich wieder in den Strahl, schob seine Masse vorwärts, und diesmal spielten die Energien des Abwehrsystems nutzlos über seine mächtigen Flanken. Es brach durch, richtete sich auf und schrie stöhnend, ein hohler Schrei, der an den Wänden von Kesriths Nom widerhallte.

Ein Gewehrstrahl durchschnitt die Dunkelheit.

»Nicht schießen!« schrie Duncan.

Das zweite Tier brach durch, Lichter prasselten über seine Flanken, und es stank nach angesengtem Fell. Sie drängten sich aneinander, die beiden Eindringlinge, ein Rumpf am anderen, und fuhren fort, sich nervös hin- und herzuwiegen. Niuns Tiere.

Duncan sah, wie sie auf die Rampe zugingen, auf die offene Tür, wo Menschen standen – sah das Feuer von Schüssen. Die Tiere scheuten zur Seite.

»Nein!« rief er, und die Tiere zogen sich zurück, drehten sich um und kamen auf ihn zu, schnüffelten in der Luft. Hinten an der Luke schrien ihm Männer etwas zu. Sie konnten nicht schießen; er war zu nah bei den Tieren. Scheinwerfer fuhren über sie hinweg und blendeten. In ihrer neugierigen Sturheit kümmerten die Dusei sich nicht darum. Sie kamen heran, die Klauen schabten über das Netzwerk des Bodens, die Köpfe gesenkt – bärenartige Monster mit schrägen Schultern, beinahe komisch in ihrem abwesenden Verhalten.

Das größere Dus stieß ihn mit der Nase an, schnaufte geräuschvoll durch seine Boxernase. Duncan stand reglos, das Herz klopfte so heftig, daß ihm das Blut durch die Adern raste. Das Tier stieß ihn an, keineswegs freundlich, und er fiel nicht um. Es stieß mit der Nase an seine Hand und untersuchte sie mit dem beweglichen Inneren der Lippe.

Und sie drehten vor ihm Kreise, erst das eine, dann das andere, veränderten ihre Stellung in einem seltsamen Ballett, immer zwischen ihm und den Männern mit den Gewehren, wobei sie tiefe, stöhnende Schreie hervorstießen. Er verpfändete sein Leben und setzte sich in Bewegung, entdeckte, daß sie mit ihm gingen. Er blieb stehen, und sie taten dasselbe.

Es waren sicherlich Niuns Tiere, die den langen, harten Weg von Sil'athen bis hier zurückgelegt hatten – ein Weg, der für sie viel viel weiter war als für die Maschinen der Menschen. Und mit unheimlicher Genauigkeit hatten sie Niun gefunden, über Hunderte von Meilen Wüste hinweg, und hatten den Ort herausgefunden, wo er eingesperrt war.

Duncan hatte Mri mit Dusei arbeiten sehen, hatte die Reaktionen der Tiere beobachtet, so empfänglich für die Stimme und die Gesten eines Mri. Er hatte gesehen, wie der Mri das Tier anblickte und das Tier reagierte, als bestünde ein unausgesprochenes Übereinkommen zwischen ihnen.

Er spürte, wie sie ihn berührten, die Hitze ihrer gewaltigen, samtpelzigen Körper an ihn weitergaben. Es war fast unmöglich, sie zu töten, die Dusei, die immun waren gegen die Gifte von Kesriths Raubzeug, ungeheuer stark, freundlich und komisch bei ihrem scheinbar gedankenverlorenen Umgang mit Schwierigkeiten. Er fühlte sich für einen Moment benommen durch die Nähe der Tiere, ihre Wärme, seine so große Erschöpfung; für einen Augenblick fürchtete er sich vor den Männern mit den Gewehren, vor den Lichtern.

Er dachte an Niun, und wieder trat eine Benommenheit ein, ein Begehren, überwältigend stark, warm, bestimmt.

Die Männer, die Lichter, die Gewehre.

Schrecken/Begehren/Schrecken.

Er blinzelte und legte eine Hand auf einen der warmen Rükken, entdeckte, daß er unkontrolliert zitterte. Er fing an, langsam zu gehen, auf den offenen Eingang zu, auf die Crew von der Sicherheit, die ihre Gewehre im Anschlag hielt, Gewehre, die dem massiven, langsamen Körper eines Dus nur wenig antun konnten, seinem aber viel.

Er fühlte den Geschmack von Blut und Hitze.

»Nein!« sagte er zu den Dusei. Sie wurden ruhig.

Er blieb in müheloser Rufweite vom Sicherheitspersonal stehen.

»Gehen Sie da weg!« rief ihm einer zu. »Gehen Sie da weg!«

»Gehen Sie wieder hinein«, sagte er, »und verschließen Sie alle Korridore außer denen, die hinab zu den Frachträumen führen! Geben Sie mir einen Weg zu einem sicheren Abteil für sie! Beeilen Sie sich!«

Sie blieben nicht stehen, um darüber zu diskutieren. Zwei eilten hinein, zweifellos, um sich mit Vorgesetzten zu beraten. Duncan blieb bei den Dusei, jedem eine Hand auf den breiten Rücken gelegt, und beruhigte sie. Sie spürten Niun und Melein. Sie wußten Bescheid. Sie wußten Bescheid.

Er war bei ihnen sicher. Es waren die Männer mit den Gewehren, die er fürchten mußte. »Machen Sie die Tür frei!« forderte er die verbliebenen Männer von der Sicherheit auf. »Sie sind keine Gefahr für mich. Sie gehören den Mri.«

»Duncan?« Das war Boaz' weibliche Stimme, schrill und ängstlich. »Duncan, verflixt, was geht hier vor?«

»Sie sind wegen Niun gekommen. Es sind seine Dusei. Diese Geschöpfe – sind halbintelligent, vielleicht mehr als nur halb. Ich möchte die Erlaubnis haben, sie hineinzubringen, bevor sie jemand erschießt.«

Es gab ein wildes Durcheinander von Besprechungen. Duncan wartete und streichelte die beiden mächtigen Rücken. Die Dusei hatten sich gesetzt, saßen wie Hunde. Auch sie warteten.

»Kommen Sie!« rief Boaz. »Bug-Frachtraum Nummer Eins, Abteilung für Ausrüstungen. Er ist frei.«

Duncan stieß für die Dusei den tiefen Laut hervor, den er Niun hatte äußern hören, und ging weiter. Die Dusei erhoben sich wieder auf die Füße und gingen weiter, ganz beiläufig, als wäre es für sie eine alltägliche Sache, menschliche Schiffe zu betreten. Aber kein Mensch war geblieben, um ihnen gegenüberzutreten: selbst Boaz floh, als die Neugier von der Klugheit überwältigt wurde, und nichts grüßte sie außer verschlossenen Türen und leeren Korridoren.

Sie gingen, sie drei, einen sehr langen Weg hinab, ohne Lifts zu benutzen, einen Weg, der für die Dusei schwer zu begehen war – gingen vorbei mit einem langsamen, gemessenen Klicken der Klauen auf dem Boden. Duncan hatte keine Angst. Es war unmöglich, Angst zu haben, wenn man solche Wesen als Begleiter hatte. Sie hatten ihn gesucht und fürchteten ihn nicht; und obwohl im Hintergrund seines Bewußtseins der Verstand versuchte, ihm einzuschärfen, daß er zu recht Angst vor den Tieren gehabt hatte, fing er an, sich dessen sicher zu sein, daß die Tiere völlig einverstanden mit dem waren, was er tat.

Er betrat den Frachtraum und liebkoste die zu ihm hingestreckten Nasen, die stoßenden schweren Köpfe, die ihm mit weniger Freundlichkeit die Rippen zerschmetterten oder das Rückgrat brechen konnten; und wieder überkam ihn dieses Schwindelgefühl, diese Sicherheit, daß er ihnen etwas gegeben hatte, was ihnen gefiel.

Er zog sich zurück und verschloß die Türen und zitterte danach, als er daran dachte, was er getan hatte. Nahrung, Wasser, andere Bedürfnisse hatten sie im Moment nicht. Sie hatten hereingewollt, und durch ihn hatten sie es erreicht.

Er floh, als die Furcht ihn überflutete. Er keuchte, als er die letzte Strecke zum medizinischen Flügel rennend zurücklegte. Er sah die Tür, durch die er wollte – verschlossen, wie alle anderen Türen während der Alarmsituation. Er öffnete sie von Hand und schloß sie wieder.

»Sir?« fragte der diensthabende Posten.

»Sind sie wach?« fragte Duncan, rauh und heftig. Der Posten sah verwirrt aus.

»Nein, Sir, ich glaube nicht.«

Duncan schob sich an ihm vorbei, öffnete die Tür und blickte auf Niun. Die Augen des Mri waren auf die Decke gerichtet. Duncan trat ans Bett und packte heftig Niuns Arm.

»Niun. Die Dusei sind gekommen.«

Feiner Schweiß bedeckte die Stirn des Mri. Die goldenen Augen blickten in die Unendlichkeit.

»Sie sind hier!« schrie Duncan ihm fast zu. Niun blinzelte.

»Ja«, sagte er. »Ich spüre sie.«

Und danach antwortete Niun auf nichts mehr, reagierte auf nichts, und die Augen gingen zu, und er schlief mit entspanntem und ruhigem Gesichtsausdruck.

»Sir!« fragte der Posten und betrat den Raum entgegen gültiger Befehle. »Soll ich jemanden rufen?«

»Nein«, sagte Duncan rauh. Er drängte sich an dem Mann vorbei, ging hinaus auf den Flur und machte sich auf den Weg zu den oberen Schiffsdecks. Das Interkom meldete sich, der Alarm wurde aufgehoben. Er hörte, daß Boaz dringend nach ihm rief.

Er erinnerte sich hinterher nicht mehr an den Weg hinauf, zur Gänze eine leere Stelle in seinem Bewußtsein, als er den Bereich der Schleuse erreichte und die ängstlich wartende Boaz fand. Er fürchtete solche Zeitspannen, erinnerte sich an das Verschwimmen der Wahrnehmungen, das ihn zuvor überfallen hatte.

»Sind das Haustiere?« wollte Boaz von ihm wissen.

»Es – scheint so. Für die Mri sind sie es. Sie sind . . . ich weiß nicht . . . Ich weiß es nicht.«

Boaz musterte ihn kritisch. »Für heute sind Sie fertig«, sagte sie. »Keine weiteren Fragen. Wenn sie sicher untergebracht sind, keine Fragen.«

»Niemand soll da runtergehen. Sie sind gefährlich.«

»Niemand wird sich ihnen nähern.«

»Sie sind halbintelligent«, sagte er. »Sie haben die Mri gefunden. Über die ganze Wüste hinweg und unter all diesen Bauwerken hier haben sie sie gefunden!«

Er zitterte. Sie berührte seinen Arm, die blonde, plumpe Boaz, und in diesem Moment war sie das schönste und freundlichste Geschöpf auf ganz Kesrith. »Sten, gehen Sie nach Hause!« sagte sie. »Gehen Sie in Ihr Quartier und ruhen Sie sich aus! Einer der Sicherheitsoffiziere wird Sie begleiten. Gehen Sie hier hinaus!«

Er nickte, maß seine Kraft gegen die Entfernung zum Nom und kam zu dem Schluß, daß ihm genug verblieben war, um sein Zimmer zu erreichen, ohne ins Taumeln zu geraten. Er wandte sich um, blindlings, ohne ein Dankeswort für Boaz, erinnerte sich an nichts, bis es zur Tür hinaus und halb die Rampe hinab war, an seiner Seite ein Mann von der Sicherheit mit einem Gewehr in der Armbeuge.

Die mentalen Lücken erschreckten ihn. Müdigkeit, vielleicht. Er wünschte, das glauben zu können.

Aber er hatte sich nicht bewußt dazu entschlossen, die FLOWER mit den Dusei zu betreten.

Er hatte sich nicht entschlossen.

Er zog sein Bewußtsein weg, weit weg von den Dusei, kämpfte gegen eine schwindelnde Rückkehr zu der Wärme ihrer Berührung.

Ja, hatte Niun gesagt, *ich spüre sie.*

Ich spüre sie.

Er redete mit dem Mann von der Sicherheit, etwas, um die Stille zu überwinden, redete von banalen Dingen, von sinnlosen Dingen, mit undeutlicher Sprache und ohne spätere Erinnerung an das, was er gesagt hatte.

Daß kein Schweigen herrschte, war nur erforderlich, bis er in der hellerleuchteten Sicherheit des Nom war, in dessen echoerfüllten Hallen, wo es nach Regul und Menschen roch.

An der Tür verabschiedete sich die Wache von ihm, drückte ihm ein Plastikfläschchen in die Hand. »Ein Rat von Dr. Luiz«, sagte er.

Duncan fragte nicht, was die roten Kapseln darstellten. Sie töteten seine Träume, betäubten seine Sinne, ermöglichten es ihm, zu ruhen, ohne sich an etwas zu erinnern.

Er erwachte am nächsten Morgen und stellte fest, daß er das Licht nicht gelöscht hatte.

4

Stavros, der außerhalb seines Schlittengehäuses saß, in der Zurückgezogenheit seines eigenen Quartiers, sah wie ein Mann aus, der nicht geschlafen hatte. Auf dem Schreibtisch vor ihm lag ein dicker Hefter mit Papieren, zerknittert und zerlesen: die Arbeit von Tagen, ihn anzufertigen; die Arbeit einer Nacht, ihn zu lesen.

Duncan sah ihn und wußte, daß dies eine Ausgabe seiner Arbeit war, der Stunden, die er mit dem Schreiben und Überarbeiten dessen verbracht hatte, das nur ein Mann, dessen war er sicher jemals lesen würde. Berichte, die nicht an Boaz oder Luiz gehen würden, nicht einmal an die Sicherheit: dies würde niemals Eingang in die Berichte finden, wenn es Stavros' Absichten zuwiderlief.

»Setzen Sie sich!« sagte Stavros.

Duncan tat, wie geheißen, Gegenstand der Musterung durch Stavros' blasse Augen, auf einer Höhe mit seinen. Er hatte nicht das Gefühl, etwas vollbracht zu haben, vielmehr, alles getan zu haben, was ihm zu tun oblag, und daß er damit wahrscheinlich gescheitert war, wie alle anderen Dinge es nicht geschafft hatten, bei Stavros etwas zu ändern. Er hatte sich mit diesem Bericht mehr abgemüht als mit jeder anderen Aufbereitung einer Mission zuvor. Und noch während der Arbeit hatte er eine verzweifelte Angst verspürt, daß alles umsonst sein könnte, daß man ihn nur dazu aufgefordert hatte, um seine Proteste zu beschwichtigen, und daß Stavros es halbgelesen weglegen würde.

»Dieser sogenannte Mri-Schrein«, sagte Stavros. »Sie wissen, daß die Regul darüber beunruhigt sind. Sie haben Angst. In ihrem Denken verbinden sie all diese Mri-Sachen miteinander: den Schrein, das Artefakt, die Tatsache, daß wir uns bemühen, zwei Mri am Leben zu halten – und nicht zuletzt Ihren Einfluß. Das alles formt sich zu einem Muster, das ihnen nicht gefällt. Wissen Sie, daß die Regul behaupten, Sie und Galey gerettet zu haben?«

Duncan fluchte fast, erstickte es. »Das stimmt nicht.«

»Erinnern Sie sich, daß Ihre Lage da draußen einem Regul verzweifelt erscheinen mußte. Ein Regul hätte diese Strecke nicht gehen können. Es wurde Nacht, und sie haben schreckliche Angst vor der Dunkelheit in der freien Wildnis. Sie behaupten, das gelandete Flugzeug ausgemacht und sich daraufhin um Ihre

Sicherheit Sorgen gemacht zu haben; daß sie versucht haben, über unsere Mannschaften bei ihren Forschungsarbeiten zu wachen, aus Furcht, ihnen könnte etwas zustoßen, für das die Regul vielleicht verantwortlich gemacht würden.«

»Glauben Sie das wirklich, Sir?«

»Nein«, sagte Stavros rundweg. »Ich schreibe es eher der Neugier zu. Im besonderen Hulaghs Neugier. Er hat ein mörderische Angst vor dem, was die Mri tun könnten, vor allem, worin sie ihre Hand haben. Ich denke, er ist völlig besessen von der Furcht, daß einige überleben und ihn zur Rechenschaft ziehen könnten. Ich bin offen zu Ihnen. Dies ist nicht für Ohren außerhalb dieses Zimmers gedacht. Jetzt sagen Sie mir eines: gab es einen Zusammenstoß, irgendeine offenkundige Drohung von Seiten der Regul, die Sie getroffen haben?«

»Sie legten keine Hand an uns. Aber unsere Sachen . . .«

»Ich habe das gelesen.«

»Ja, Sir.«

»Sie haben gut genug reagiert«, sagte Stavros mit einem leichten Stirnrunzeln. »Ich denke jedoch, daß hier ein bestimmtes Interesse an Ihnen persönlich angedeutet wird, wie auch an den Mri-Relikten. Ich denke, daß Ihre Anwesenheit sie dorthin gelockt hat. Und wenn ich Ihnen nicht Galey mitgegeben hätte, hätten Sie einen Unfall haben können. Sie haben Vorsichtsmaßnahmen vernachlässigt.«

»Ja, Sir.«

»Sie werden Sie töten, wenn sie können. Ich kann mich damit befassen, nachdem es passiert ist, aber ich kann es nicht verhindern. Nicht, solange Sie in bequemer Reichweite für sie sind. Und warum dieser Schrein, Duncan? Warum dieses Artefakt?«

»Sir?«

»Warum glauben Sie, war das so wichtig? Warum haben die Mri ihr Leben riskiert, um diesen Ort aufzusuchen und das Ding zu holen?«

Duncan gestikulierte unbestimmt zu dem Bericht auf dem Schreibtisch. »Religion. Ich habe erklärt . . .«

»Sie waren in diesem sogenannten Schrein. Ich habe die Bilder gesehen, die Sie herausgebracht haben. Glauben Sie wirklich, daß das eine Stätte der Anbetung ist?«

»Sie ist wichtig für Sie.« Er wußte nichts anderes zu sagen. Andere Schlüsse konnten aus den Photos gezogen werden: Computerbänke, Waffen, Kommunikationsanlagen – all die Möglichkeiten, vor denen sich die Regul fürchteten, die die Verbündeten der Regul zu fürchten haben würden.

»Sie haben recht: sie ist wichtig für sie. Boaz hat Ihr Ei aufgeschlagen, Duncan. Das Ding ist offen.«

Das erschütterte ihn. Er hatte das für unwahrscheinlich gehalten – hatte gedacht, daß wenn es geöffnet werden mußte, dazu die Hilfe und Kooperation der Mri nötig sein würde; daß darüber verhandelt werden könnte. Aber Boaz' plumpe Hände, die mit Punktsonde und Kontaktbürste arbeiteten, mit all den Möglichkeiten der FLOWER-Techs unter ihrem Kommando – sie hatten Erfolg gehabt, und jetzt war den Mri nichts mehr geblieben, das ihnen gehörte.

»Ich hatte nicht gedacht, daß das so rasch möglich sein würde«, sagte Duncan. »Was sagte der Bericht, war es . . .?«

»Ist. Was es *ist.* Boaz sagt, daß es zum Öffnen bestimmt war, ohne Schwierigkeiten für jemanden mit der richtigen Technik, und es gab einige Gewißheit, daß es keine Waffe ist, was Ihre Bilder für meine Begriffe bestätigten. Es ist eine Art Aufzeichnungsgerät. Der linguistische Teil ist unklar – es gibt da eine Art geschriebener Aufzeichnungen; und es gibt keinen der die Mri-Sprache fließend beherrscht, der die Schrift entziffern kann. Aus offenkundigen Gründen wollen wir die Regul nicht konsultieren. Aber es gibt da auch numerische Daten, in Symbolen, die dazu entworfen sind, von jedermann leicht entziffert werden zu können; es gibt dazu sogar einen graphischen Schlüssel. Ihr heiliger Gegenstand, Duncan, und dieser sogenannte Schrein, sind eine Art Aufbewahrungsstätte für Aufzeichnungen, und die wollten sie haben, waren ihnen wichtiger als ihr Leben. Welche Art Unterlagen können so wichtig sein?«

»Ich weiß nicht.«

»Numerische Aufzeichnungen. Serien von numerischen Daten. Welche Art von Unterlagen kommt Ihnen da in den Sinn?«

Duncan schwieg für einen Moment. Aufgrund seiner begrenzten Erfahrungen kam ihm nur eine Sache in den Sinn. »Navigationsunterlagen«, sagte er schließlich, weil Stavros darauf wartete, solch eine Antwort zu hören.

»Ja. Und ist es nicht merkwürdig, daß sie so ein Ding haben wollten, wenn sie kein Schiff haben?«

Duncan saß da und bedachte die verschiedenen Möglichkeiten, und nur über wenige davon war das Nachdenken angenehm.

»Dadurch wird ein weiterer Gedanke widerlegt«, meinte Stavros, »daß die Mri ihre ganze Technologie von den Regul hatten, daß sie Analphabeten waren und kein eigenes technisches Wissen hatten.« Er suchte ein Photo heraus, das mit dem Bild nach unten auf dem Tisch lag, schob es herüber. »Von dem Artefakt, zehnfache Vergrößerung.«

Duncan studierte es. Es zeigte eine goldene Platte mit eingravierten Symbolen, im Detail sehr komplex. Es wäre sogar eine sehr feine Arbeit gewesen, wenn das Original so groß gewesen wäre wie das Bild.

»Eine Platte nach der anderen«, sagte Stavros, »wertvoll nur wegen des Metalls. Boaz vertritt die Theorie, daß sie nicht alle von einer Hand angefertigt wurden, und daß die erste dieser Serie sehr alt ist. Techniken von großer Verfeinerung oder viel Geduld, eines von beiden, und als dauerhaft vorgesehen. Man hat mir berichtet, daß diese Mathematik sehr kompliziert ist; man hat auf Computer zurückgegriffen und versucht, die Serie als Navigationsband zu duplizieren und einen Bezugspunkt dafür zu finden. Selbst so scheint es über unsere Möglichkeiten hinauszugehen, eine sorgfältige Analyse durchzuführen. Wir werden vielleicht gezwungen sein, auf die Laboratorien von Haven zurückzugreifen, und das wird Zeit dauern. Sehr viel Zeit. Aber Sie bleiben dabei, nicht gewußt zu haben, was sich da in Ihren Händen befand.«

»Ja, Sir.« Er begegnete Stavros' Blick, ohne zurückzuweichen, was die einzig mögliche Verteidigung war. »Ich wußte es damals nicht, und ich bin mir nicht einmal jetzt sicher, daß die Mri es wußten. Vielleicht sind sie von eigenen Auftraggebern geschickt worden und hatten keine Vorstellung, warum. Aber ich stimme damit überein, daß sie es sehr wahrscheinlich doch wußten.«

»Können Sie es aus ihnen herausholen?«

»Nein. Nein, ich denke nicht.«

»Sie scheinen ein Schiff erwartet zu haben – wenn dieses Band das ist, was es zu sein scheint.«

»Ich denke nicht, daß sie das getan haben. Sie wollten den Planeten verlassen, ja, aber sie haben nichts erwartet. Das ist ein Gefühlsmäßiges Urteil, das auf dem allgemeinen Ton dessen beruht, was sie sagten und taten, aber ich glaube daran.«

»Möglicherweise ein sehr wertvolles Urteil. Aber vielleicht begehen sie nicht Ihren Fehler, Duncan, alle Regul als gleich anzusehen. Die Mri hatten speziell mit Doch Holn zu tun; Alagn ist Holns Rivale; und Holn ... *Holn hat Schiffe.*«

Kälte senkte sich vom Gehirn in den Magen. Das Argument war einleuchtend. »Ja, Sir«, sagte Duncan ruhig. »Aber das wäre eine Frage der Kontaktaufnahme.«

»Der sogenannte Schrein – ist eine Möglichkeit.«

»Nein.«

»Wieder ein gefühlsmäßiges Urteil?«

»Dasselbe Urteil. Die Mri sind erledigt. Sie wissen das.«

»Das sagt Alagn; vielleicht sagen es auch Ihre Mri. Vielleicht lügt keiner von beiden. Aber Regul sagen manchmal nicht alles, was sie wissen. Vielleicht halten es die Mri genauso. Vielleicht haben wir nicht die richtigen Fragen gestellt.« Mit zitternder Hand hob Stavros eine Tasse und trank, setzte sie wieder ab. »Die Mri sind Söldner. Stehen Ihre zur Anwerbung?«

Die Frage bestürzte ihn. »Möglich. Ich weiß nicht.«

»Ich denke, daß alle Regul davor Angst haben. Ich denke, daß das eines von verschiedenen Dingen ist, vor denen Hulagh verzweifelt Angst hat, daß er, wo er die Mri verloren hat, feststellen müßte, daß die Menschheit sie nun besitzt. Und sie benutzt. Was ist ihr üblicher Preis. Wissen Sie das?«

»Nein.« Er betrachtete Stavros und entdeckte diesen merkwürdigen, halb spöttischen Umgang mit der Wahrheit. Er legte das Bild auf den Schreibtisch zurück. »Was schlagen Sie vor?«

»Gar nichts. Ich frage mich nur, wie gut Sie die Mri kennen.«

»Darüber haben wir nicht diskutiert.«

»Nach Ihren Unterlagen sind Sie ein geschickter Pilot.«

Er blickte Stavros ausdruckslos an.

»Richtig?« fragte dieser.

»Wenn es in den Unterlagen steht.«

»Die Operationen bei Elag/Haven erforderten etwas interstellare Navigation.«

»Ich hatte ein völlig automatisiertes Schiff. Ich kann mit system-interner Navigation umgehen; aber für die Transit-Operationen war alles auf Band.«

»Das ist recht gut für das, mit dem wir es hier zu tun haben, nicht wahr?«

Duncan wußte für einige Momente nichts zu sagen.

»Läuft das alles irgendwie zusammen?« wollte er schließlich wissen. »Worauf wollen Sie wirklich hinaus?«

»Übernehmen Sie die Verantwortung für die Mri. Nehmen Sie das Artefakt, das Ei. Sie sagen, daß Sie mit den Mri umgehen können. Oder ist das letztendlich nicht so?«

Duncan lehnte sich auf seinem Stuhl zurück, legte Abstand zwischen sich und den alten Mann und holte mehrmals tief Atem. Er kannte Stavros, aber – fiel ihm plötzlich ein – nicht gut genug.

»Haben Sie Zweifel?« fragte Stavros.

»Jeder vernünftige Mensch würde Zweifel haben. Nehmen Sie die Mri und machen Sie was? Was soll das mit der Navigation?«

»Ich frage Sie, ob Sie wirklich denken, daß Sie mit den Mri umgehen können.«

»In welcher Hinsicht?«

»Ob Sie mehr herausfinden können als das, was Sie mir in Ihrem Bericht sagen. Ob Sie mit Gewißheit für Kesrith feststellen können, daß die Mri kein Problem sein werden oder daß Holn nicht noch mehr von ihnen in der Hand hat.«

Duncan beugte sich wieder vor, stützte die Arme auf die Vorderseite von Stavros' Schreibtisch, wußte nur zu gut, daß Täuschung im Spiel war. Er blickte Stavros in die Augen und war sich dessen sicher, so höflich und unschuldig Stavros' Ausdruck auch war. »Sie lassen sich von meinem Rat nicht beeinflussen. Sie wollen mich blind wegschicken, und da ist noch etwas anderes im Gang. Kann ich erfahren, worum es sich da handelt? Oder soll ich raten?«

Sie hatten eng nebeneinander gelebt, hatten geteilt, er und der alte Mann. Er stützte sich verzweifelt auf diese Tatsache, erkannte Übelnahme und ein langsames Nachgeben in Stavros' Ausdruck. »Zwischen uns«, sagte Stavros.

»Zwischen uns.«

Stavros runzelte die Stirn, seine Lippen zitterten vor Anspannung. »Ich möchte die Mri von Kesrith weg haben, sofort. Ich werde die FLOWER zur Station hinaufschicken, wo sie ungehindert ihre Arbeit fortsetzen kann. Die Regul sind äußerst nervös wegen der Mri seit Ihrem Besuch in Sil'athen. Und es ist nicht ausgeschlossen, daß in naher Zukunft ein Regul-Schiff ankommt. Hulagh sagt, daß sein Doch beunruhigt sein wird, da er seinen Plan mit einem Schiff nicht eingehalten hat, das ihm von ihrer zentralen Organisation anvertraut wurde. Sein Verlust wird ein schwerer Schlag für Alagn sein. Und er macht sich Sorgen. Er regt sich ständig über das Thema Mißverständnisse auf und fordert eine Möglichkeit für sich, den Planeten zu verlassen, um seinen Schiffen entgegenzufliegen. Wenn hier Regul-Schiffe ankommen, möchte ich nicht, daß eines von unseren auf der Oberfläche erwischt wird. Ich denke, die FLOWER aufsteigen zu lassen, wird die Chance eines Zwischenfalls minimal halten. Die SABER und die HANNIBAL verfügen über Schilde, die zusammen ausreichen, die Station und die Forschungsschiffe zu schützen, wenn es Probleme geben sollte. Aber wenn die Mri irgendwo für die Regul erreichbar sind, kann es leicht Schwierigkeiten geben. Die Regul reagieren panisch, wo es um die Mri geht.«

»Das habe ich erlebt«, sagte Duncan bitter.

»Ja«, sagte Stavros. »Der Bai hat wiederholt nach dem Artefakt gefragt. Ich wage zu behaupten, daß er nicht gut schläft. Wenn Sie ein Schiff, die Mri und das Ei zu Ihrer Verfügung hätten, Duncan, denken Sie, daß Sie die Natur dieser Aufzeichnungen herausfinden könnten?«

Duncan stieß langsam den Atem heraus. »Allein?«

»Sie würden den Originalgegenstand dabeihaben. Die Mri würden zweifellos darauf bestehen; und wir haben das Objekt in Holos vervielfältigt – also riskieren wir nicht mehr als den Museumswert des Stückes, so beträchtlich der auch sein mag. – Unter den Umständen ein vernünftiges Risiko.« Stavros nahm einen langen Schluck und setzte die Tasse mit einem verräterischen Klappern auf dem Tisch ab. Sein Atem ging schwer. »Nun?«

»Sagen Sie mir offen«, meinte Duncan, »worum es dabei geht. Wie weit. Wohin. Welche Wahlmöglichkeiten?«

»Keine Zusicherungen. Keine eindeutigen Versprechungen. Wenn die Mri Holn-Unterstützung suchen, werden Sie das Schiff verlieren, Ihr Leben – was auch immer. Ich bin bereit, auf Ihre Überzeugung zu setzen, daß sie es nicht tun werden. Sie können herausfinden, was das für ein Band ist und vielleicht – *vielleicht* – mit den Mri verhandeln. Sagen Sie es mir! Wenn Sie denken, daß es unmöglich ist, sagen Sie es! Aber auf die Computer von Haven zurückzugreifen, wird Monate dauern, ein Jahr – während hier auf Kesrith die Regul-Mri-Frage über uns hängt und wir keine Idee haben, was für einer Sache wir da gegenüberstehen. Wir müssen Bescheid wissen.«

»Und wenn ich ablehne?«

»Ihre Mri würden sterben. Keine Drohung: Sie wissen, wie das läuft. Wir können sie nicht gehenlassen; sie würden die Regul erwischen oder die Regul sie. Wenn wir sie behalten, wie sie sind, werden sie sterben. Das war immer so.«

Das entsprach natürlich der Wahrheit.

»Mehr als das«, meinte Stavros, »wir alle sitzen hier auf Kesrith an der Front. Und da gibt es noch die Vertragsangelegenheit, bei der es um mehr geht als Kesrith. Sie schätzen das richtig ein, da bin ich sicher. Sie sagten, daß Sie vernünftig mit ihnen reden können. Sie haben das gesagt. Ich gebe Ihnen Ihre Chance.«

»Das stand nicht im Vertrag. Ich habe keinen außerplanetarischen Aufträgen zugestimmt.«

Stavros blieb reglos. Duncan blickte ihm in die Augen, war sich voll dessen bewußt, was der Vertrag auf kolonialem Gebiet wert war – daß sein Einverständnis in Wirklichkeit nur eine Formalität war.

»Es ist eine Aufgabe für einen ObTak«, meinte Stavros schließlich. »Aber halten Sie sich raus, wenn Sie nicht glauben, daß Sie es schaffen können.«

»Ein Schiff«, sagte Duncan.

»Da ist das Forschungsschiff FOX. Unbewaffnet. Auch Einschließmöglichkeiten, wenn es Probleme an Bord geben sollte. Aber ein einzelner Mann kann es steuern.«

»Ja, Sir. Ich kenne die Klasse.«

»Boaz wird gerade mit den Holos fertig. Die FLOWER startet heute nachmittag zur Station, egal wie Sie sich entscheiden. Wenn Sie Zeit brauchen, um zu überlegen, kann eine Fähre Sie später zur Station hinaufbringen, aber nehmen Sie nicht zuviel Zeit in Anspruch, um zu einer Entscheidung zu kommen.«

»Ich werde gehen.«

Stavros nickte langsam und atmete langsam aus. »Gut«, sagte er, und das war alles.

Duncan stand auf, ging durch den Raum zur Tür, blickte sich um. Stavros sagte nichts, und Duncan ging hinaus mit einer Mischung aus Groll und Bedauern gleichermaßen.

Er mußte seine Ausrüstung zusammenpacken, mehr nicht. Er hatte sein ganzes Leben unter diesen Bedingungen verbracht. Es würde etwa fünf Minuten dauern.

Regul starrten ihn an, während er durch die Halle zu seinem Zimmer ging, waren immer noch interessiert, als er mit seinem persönlichen Gepäck über der Schulter zurückkam – eine Last trug, was weder Regul noch Mri tun würden: die Regul nicht ohne eine Maschine, und die Mri – niemals.

Sie alle sperrten den Mund auf, was bei Regul ein Lächeln sein konnte – und, dachte er, es war ein Lächeln der Freude, weil sie erkannten, daß er fortging.

Der Mri-Mensch, hatte er sie ihn nennen hören, und Mri war wie ein Fluch ausgesprochen worden.

»Leben Sie wohl, Mensch!« rief ihm einer zu. Er ignorierte es, wußte, daß sie ihm nicht aus Freundlichkeit Lebewohl wünschten.

Für einen Moment verspürte er Traurigkeit, als er draußen über den Straßendamm ging. Er blieb stehen und betrachtete die Berge mit der Vorahnung, daß es zum letztenmal geschah.

Ein Mensch konnte Kesrith nicht gänzlich lieben: nur die Dusei mochten das tun. Aber hiernach gab es für Duncan nur die kalte, sterile Umwelt von Schiffen, wo es keinen giftigen Wind gab, keine Erde unter den Füßen, und wo Arain ein naher und deshalb gefährlicher Stern war.

Er hob sein Bündel wieder über die Schulter und ging über das hallende Gitterwerk zur herabgelassenen Rampe. Er wurde erwartet. Diesmal unterzeichnete er an Bord als Mannschaftsangehöriger, ein nur deswegen unvertrautes Gefühl, weil es nicht die Erwartung bevorstehenden Kampfes gab. Alte Ängste ergriffen von ihm Besitz. Normalerweise würde ihn sein erster Gang zu dem Reiterfahrzeug führen, das er gezogen hatte, um es zu inspizieren und vorzubereiten für das Hinabstoßen in was auch immer die Befehlszentrale für ihn verfügt hatte.

»Kabine 245«, unterrichtete ihn der diensthabende Offizier und gab ihm seine Plakette als zutrittsbefugter Mannschaftsangehöriger. Eine dumme Formalität dort – hatte er immer gedacht –, wo die Mannschaft so klein war, daß jeder jeden vom Sehen her kannte. Aber jetzt ging es zur Station, einer größeren Welt, wo sich die Mannschaften von zwei großen Kriegsschiffen, zwei Sonden und einem systeminternen Reiter durcheinandermischten. Er steckte sich die Plakette an und begutachtete die Zahlen. Seine Einweisung lag in der Nähe der Mri. Zumindest damit war er voll zufrieden.

Er ging hin, um den Aufstieg bei ihnen zu verbringen.

5

Die Station war tatsächlich eine andere Welt – regul-gebaut, ein Labyrinth spiralförmig verlaufender Tunnel, wie sie die schlittenfahrenden Regul bevorzugten. Alles war automatisiert.

Und das Seltsamste von allem: es gab dort keine Regul.

Nur zwischen Menschen einherzugehen, ihre Sprache zu hören, die von anderen Menschen geatmete Luft einzuatmen und niemals durch das Erscheinen eines fremden Gesichtes überrascht zu werden – in diesem ganzen ungeheuren Raum: es war, wie über Lichtjahre hinweggeworfen zu sein; und doch war Kesriths rostfarbene Oberfläche nur den Flug eines Shuttle weit entfernt. Die Schirme zeigten sie, eine rote Sichel.

Die Schirme zeigten auch die um die Station versammelten Schiffe – in erster Linie die SABER, eine kilometerlange Konstruktion, die übewiegend aus Energie, Instrumenten und Waffensystemen bestand und eine überraschend kleine Besatzung hatte: nur zweihundert kümmerten sich um dieses monströse Schiff. Schirme machten es stark genug, um Angriffen zu widerstehen, aber es würde niemals auf einer Welt landen. Die FLOWER und die FOX waren an den Seiten der SABER befestigt hergebracht worden, wie die SANTIAGO vom Kriegsschiff HANNIBAL getragen worden war, wie winzige Parasiten an den Flanken der Kriegsschiffe, obwohl die FLOWER und die FOX auch unabhängig sternflugtauglich waren. Gegenwärtig hatten die Sondenschiffe fast unbemerkt im schwarzen Schatten der SABER angedockt. Die FLOWER hatte sich in die enge Kurve zum Liegeplatz direkt unter dem langen Schiff eingeschwungen, und ihre Luken und Antennen zeigten wenig mehr als die SABER und die Station selbst.

Und die Station, gewaltig, mit komplexen Spiralen, drehte sich auf ihrer Kreisbahn um Kesrith, ein merkwürdiger Tanz, über den sich Gedanken zu machen der Verstand ins Schwimmen geriet, wenn man durch das sich drehende Innere ging.

Die meisten Mannschaftsmitglieder benutzten die Schlitten. Die Entfernungen innerhalb der Station waren beträchtlich, die Schlitten neuartig und furchterregend schnell, wirbelten mit unbekümmerter Präzision um die Biegungen, vermieden Zusammenstöße durch eine sorgfältige Wegführung mit haarfeinen Zwischenräumen.

Duncan ging, soweit gehen möglich war in der weniger als die normale ge* betragenden Schwerkraft der Station, die für die Bequemlichkeit von Regul entworfen war. Das Schwindelgefühl nährte, zusammen mit dem fremdartigen Charakter der Korridore und dem Anblick des unten außer Reichweite befindlichen Kesrith, seine Depressionen.

»Das ist der, der aus der Wüste zurückkam«, hörte er jemanden hinter seinem Rücken sagen. Daß er sogar hier als eine Kuriosität galt, noch stärker fehl am Platz als schon immer unter Regulären, das beendete jeden Anstoß, den er verspürte, sich zu diesen Menschen zu gesellen. Er war sich der Maske aus gebräunter Haut bewußt, des sichtbaren Zeichens eines Kel'en-Schleiers, getragen in Arains brennendem Licht. Er empfand sein Gesicht als seltsam nackt unter ihren Blicken, spürte, wie sie ihn anstarrten, den Mann, der mit den Feinden der Menschheit gelebt und für sie gesprochen hatte.

Am ersten Abend, der für die FLOWER-Besatzung frei war, ging er in die Messe der Station – und entdeckte Galey, dessen Gesicht sich bei seinem Anblick durch ein breites und freundliches Grinsen öffnete; aber Galey, von der SABER, war mit einigen der Offiziere von der SABER, seinen Freunden, beisammen, und Duncan fand keinen Platz bei ihnen – der eigentümliche Rang eines ObTak war nicht gerade günstig für den Umgang mit Offizieren der regulären Streitkräfte. Er aß allein an der automatisierten Bar und ging allein zur FLOWER zurück.

Er hatte seine Tour durch die Station gemacht. Das war genug. Er hatte kein Interesse daran, auch nur die Merkwürdigkeiten der Regul-Architektur herauszusuchen, an denen sich die Männer von den Kriegsschiffen in ihren Freistunden zu erfreuen schienen.

Er trat in die Schleuse der FLOWER, in die Vertrautheit, unter Männer, die er kannte, und stieß einen Seufzer der Erleichterung hervor.

»Anschauen gelohnt, Sir?« fragte ihn der diensthabende Offizier neidisch: seine Freiheit war verschoben worden. Duncan zuckte die Achseln und brachte ein Lächeln zustande; seine Stimmung war es nicht wert, an den Regulären der FLOWER ausgelassen zu werden. »Ein wenig wie das Nom«, antwortete er. »Eine Kuriosität. Sehr regulhaft.«

---

*_ge:_ gravity earth. Erdschwerkraft = Fallbeschleunigung (g) auf der Erdoberfläche in Meereshöhe.

Und er erhielt aus der Hand des Mannes einen Umschlag mit einer Nachricht – von der Art, die häufig über diesen Schreibtisch hinwegging.

Er ging zurück zu dem Deck, auf dem sich sein Quartier befand, und öffnete den Umschlag im Gehen.

Es war Boaz' Handschrift. *Muß Sie dringend sprechen. Lab Nr. 2.B.*

Duncan zerknüllte den Zettel mit der Hand und stopfte ihn in die Tasche, verlängerte seine Schritte: das Mri-Programm und eine Dringlichkeit; wenn Rennen ihn spürbar früher dorthin gebracht hätte, dann wäre er gerannt.

Labor Nummer Zwei enthielt Boaz' Büro. Sie war da, saß an ihrem Schreibtisch, umgeben von Papier und einem Instrumentenwirrwarr. Sie blickte auf, als er eintrat. Sie war aufgebracht, die blauen Augen wütend auf die Welt gerichtet. Ihr Mund zitterte.

»Setzen Sie sich!« sagte sie, und bevor er es tun konnte: »Truppen von der SABER sind herübergekommen; sie haben die Mri geschnappt, das Artefakt, die persönlichen Dinge der Mri, alles.«

Er sank auf den angebotenen Stuhl. »Sind sie in Ordnung?«

»Ich weiß es nicht. Ja. Ja – sie *waren* in Ordnung. Sie sind für die Überführung in Automeds gelegt worden. Wenn sie sie einfach drinlassen, werden sie es für eine Weile gut genug machen. Stavros' Befehle. Stavros' Befehle, haben sie gesagt.« Sie hob einen verschlossenen Zylinder hoch, der mitten auf dem unordentlichen Schreibtisch stand und reichte ihn ihm mit einem Blick, der Böses ahnen ließ. »Für Sie. Das haben sie hiergelassen.«

Er nahm die Röhre entgegen, brach das Siegel, zog das darin befindliche Papier heraus und las die Nachricht für sich. *Besprochene Voraussetzungen eingetroffen. Besprochene Eventualität eingetreten. Bewahren Sie Geduld und Verschwiegenheit. Halten Sie sich bereit. Nachricht vernichten. Stavros.*

Regul-Sorgen: ankommendes Schiff. Die Mri gingen fort, weg von der Station, und er mit ihnen, rasch genug. Er blickte Boaz traurig an, rollte die Nachricht in der Hand zusammen, steckte sie in die Tasche. Er würde sie später vernichten.

»Nun?« fragte Boaz, die sicherlich wußte, daß sie das nicht fragen sollte; er schwieg. Sie wandte die Augen ab, schürzte die Lippen und drückte die Finger unter das rundliche Kinn. »Ich gehöre zur Besatzung eines Schiffes«, sagte sie, »das – unglücklicherweise – bis zu einem gewissen Grad unter der Kontrolle der

Regierung steht, wenn es darum geht, uns vom Planeten zu schicken oder zu beschlagnahmen, was erklärten Feinden gehört. Zur Zeit und in dieser Hinsicht ist diese Kontrolle absolut. Ich persönlich stehe nicht unter Stavros' Befehl, und auch Luiz nicht. Ich sollte das nicht offen sagen: aber ich werde Ihnen sagen, daß, wenn Sie persönlich nicht mit der Behandlung der Mri zufrieden sind, es die Möglichkeit gibt, auf Haven Protest einzureichen.«

Tapfere Boaz. Duncan betrachtete sie mit einem Anflug von Schuldgefühl in seinem Herzen. Sie hatte kein Wort verloren über gestrichene Programme, unterbrochene Forschungen, die Beschlagnahme einer Arbeit, die sie mit soviel Sorgfalt und Mühe erledigt hatte. Die Mri selbst fielen ihr ein. Das war etwas, was er nicht vorhergesehen hatte, und doch sah es ihr ähnlich.

»Boss«, sagte er – ihr verballhornter Name, wie der Stab ihn ihr gegeben hatte. »Ich denke, daß mit ihnen alles in Ordnung ist.«

Sie schnaufte unmutig und lehnte sich zurück. Sie sagte nichts, sah aber etwas erleichtert aus.

»Die Dusei haben sie nicht mitgenommen, nicht wahr?« fragte er.

Boaz lächelte plötzlich, lachte grimmig. »Nein. Die Tiere wollten sich nicht ruhigstellen lassen. Sie haben es versucht. Es gab keinen Weg für sie, zu den Tieren in den Frachtraum zu kommen. Sie haben den Stab der FLOWER aufgefordert, das zu machen, wurden ziemlich anmaßend dabei. Und Luiz hat ihnen gesagt, sie sollten selbst hinuntergehen und ein Netz über sie werfen. Es gab keine Freiwilligen.«

»Daran zweifle ich nicht«, meinte Duncan. »Ich gehe besser hinab und sehe nach ihnen.«

»Sie können mir nicht sagen, worum es hier geht?«

»Nein. Es tut mir leid.«

Sie nickte, zuckte die Achseln. »Sie können mir nicht sagen, ob die Dinge sich wohl noch einmal umkehren.«

»Ich denke nicht, daß sie das tun werden.«

Wieder nickte sie. »Na ja«, sagte sie traurig. Das war alles.

Er verabschiedete sich von ihr und ging hinaus, durch das Labor hindurch, das er in einer Unordnung vorfand, die nichts mit Forschungsarbeit zu tun hatte – kleine Gegenstände, die auf den Regalen gelegen hatten, waren verschwunden; Bücher fehlten.

Die Männer der SABER waren gründlich gewesen.

Aber wenn sie die Mri vom Schiff gebracht hatten, dann mochten die Dusei sich grämen und sterben, wie eines, das er sich über einen toten Mri hatte grämen sehen, das nicht von ihm hatte gehen wollen, wie sehr man es auch drängte.

Er nahm den nach unten führenden Korridor, der ihn zum Laderaum führte. Vor lauter Angst hatte er bereits einen Knoten im Bauch, erinnerte sich daran, was sie im Schmerz alles tun konnten. Er war seit jener ersten Nacht bei ihnen gewesen, hatte ihnen Nahrung und Wasser gebracht, und sie hatten mit Zufriedenheit darauf reagiert. Aber jetzt waren sie von Fremden gestört und angegriffen worden; und die Furcht vor diesem Gefühl, das ihn schon einmal überwältigt hatte, war so stark wie jede Furcht vor vergifteten Klauen.

Die Empfindung trat nicht wieder auf. Er betrat den Laderaum hoch oben auf der Laufplanke und sah auf die braunen Gestalten hinab, die dort unten kauerten, und stieg vorsichtig zu ihnen herunter, fürchtete sie und war doch entschlossen, dem nicht nachzugeben. Die Regul hatten bekannt, daß die Dusei unter synthetischem Protein gediehen, was unter den Vorräten der Station reichlich vorhanden war; daß sie tatsächlich alles fressen würden, was man ihnen anbot – was vermutlich Menschen und Regul einschloß, wie er Luiz hatte bemerken hören.

Die Luft war bemerkenswert frisch, ein sauberes, wenn auch den ganzen Laderaum durchsetzendes Aroma, nicht so ausgeprägt wie bei den anspruchsvollen Regul. Die Tiere waren sehr reinlich in ihren Gewohnheiten und bemerkenswert selten in ihren notwendigen Funktionen, hatten einen Flüssigkeitsstoffwechsel, den Boaz und Luiz außerordentlich interessant fanden, und eine Verdauung, die Flüssigkeiten und Nahrungswert allem entzogen, was an pflanzlichen oder tierischen Stoffen erhältlich war, und sie gaben praktisch fast keine Abfallprodukte her im Vergleich mit der Masse, die sie aufnahmen. Die Regul hatten reichlich Informationen über sie, denn auf Regul-Schiffen waren Kel'ein und Dusei für viele Jahre gehalten worden. Dusei schienen während langer Einsperrung zu schlafen, wenn sie sich einmal niedergelassen hatten und zufrieden waren. Im allgemeinen nahmen Dusei die Lebenserhaltungssysteme eines Schiffes weniger in Anspruch als Menschen, Mri oder Regul.

Es war ihre furchterregende Größe, die sie zu unbequemen Gefährten machte – die Gewißheit, daß absolut nichts getan werden konnte, wenn eines von ihnen Amok laufen sollte.

Duncan trat von der letzten Stufe der Treppe und sah, wie beide Dusei mit einem durchdringenden Stöhnen aufstanden, das im gesamten Laderaum widerhallte. Sie standen Schulter an Schulter, die Nüstern arbeiteten, rochen den Fremden. Ihre kleinen Augen, die vielleicht nicht allzu scharf waren, glitzerten im Licht. Das größere von beiden war ein mitgenommenes, zernarbtes Tier – Duncan hielt es für Niuns eigenes; und er glaubte auch, daß er auch das kleinere, geschmeidigere kannte, eines, das sie einmal begleitet hatte.

Das größere kam mit seiner taubenzehigen Gangart herbei, betrachtete Duncan von Kopf bis Fuß und stieß rollend ein tiefes Schnurren hervor, das Freude über die Begegnung bekundete. Das kleinere kam und stieß mit der breiten Nase drängend gegen Duncans Bein.

Er setzte sich zwischen ihnen auf eine der unteren Stufen, und die großen Tiere ließen ihre gewaltige Masse zu seinen Füßen nieder, so daß sie sich berührten. Er streichelte die samtpelzige Haut – bemerkenswert angenehm, dieser Samt über Muskeln. Kein Geräusch war zu hören außer dem Knurren der Dusei, ein monotones, friedliches Geräusch.

Sie waren zufrieden. Sie akzeptierten ihn, akzeptierten einen Menschen wegen Niun, weil sie ihn in Niuns Begleitung erlebt hatten, dachte er, obwohl sie seine Berührung verabscheut hatten, solange Niun dabei war. Als er einmal einen Fluchtversuch unternommen hatte, hatten die Dusei ihn gejagt, in die Ecke getrieben und die ganze Zeit mit einem Schrecken erfüllt, den er als eine ihrer Waffen zu begreifen begann.

Es wundert mich, daß sie dich nicht getötet haben, hatte Niun in jener Nacht gesagt.

Duncan wunderte sich jetzt, daß sie so ruhig waren, nach dem, was ihnen angetan worden war, nachdem Menschen sie gequält hatten bei dem Versuch, sie ruhigzustellen. Der Stoffwechsel der Dusei absorbierte jedoch Gifte, und vielleicht auch die Droge, mit der man versucht hatte, sie zu betäuben. Sie hatten augenscheinlich keinen Schaden genommen, legten nicht einmal eine Verhaltensstörung an den Tag.

Weder Menschen noch gänzlich Tiere waren die Dusei, sondern vierbeinige Halblinge, Geschöpfe des Schattens, die an der Natur von beiden teilhatten – die sich den Mri angeboten hatten, ohne sich zu unterwerfen: sie waren Gefährten der Mri, nicht deren Eigentum. Duncan bezweifelte, daß die Menschheit einen solchen Handel akzeptieren konnte. Die Regul konnten es nicht.

Er saß da, zufrieden damit, zu berühren und berührt zu werden, und ruhig; in jener Nacht hatte er nicht gewußt, ob es richtig war, die Dusei auf das Schiff zu lassen – jetzt schien es sehr richtig zu sein. Er entdeckte plötzlich, daß er voller Wärme war – die er empfing. Er wußte alles auf einmal, wußte, welches ihn so berührte, das kleine Tier, das kleine, das immer noch die dreifache Masse eines ausgewachsenen Mannes hatte. Es schnurrte in einem stetigen, betäubenden Rhythmus, entzog ihm alle Leidenschaft, wie das Wasser dem Erdboden von Kesrith das Salz stahl und es seewärts entführte.

Es ertränkte sie, überwältigte sie.

Er zuckte plötzlich erschrocken zurück; und das mochten die Dusei nicht. Sie schnaubten und wichen zurück. Er konnte sie nicht wiedergewinnen. Getrennt standen sie da und betrachteten ihn mit kleinen und glitzernden Augen.

Kälte strömte in ihn hinein, das Bewußtsein seiner selbst.

Sie waren aus eigenem Antrieb gekommen, hatten ihn benutzt: sie hatten es gewollt – und er hatte ihnen Zugang verschafft; und immer noch brauchte er sie, sie und die Mri, sie und die Mri ...

Er fing sich und kletterte die engen Stufen hinauf, schwitzend und angespannt, als er die Sicherheit des Laufsteges erreichte. Er blickte hinab. Eines von ihnen richtete sich hoch auf und streckte die Tatzen aus. Als es aufschrie, ließ seine Stimme die Luft erzittern.

Er warf sich durch die Tür, versiegelte und verschloß sie mit zitternden Händen. Sie war nicht rational, diese Furcht. Sie war nicht rational. Sie benutzten sie. Es war eine Waffe. Und sie waren jetzt dort, wo sie sein wollten: auf der Station, die Kesrith umkreiste, und in der Nähe der Mri. Er hatte alles getan, was sie wollten. Er würde es wieder tun, weil er sie brauchte, den beruhigenden Einfluß brauchte, den sie auf die Mri haben konnten, die von ihnen Behaglichkeit gewannen, die sich auf sie verließen. Er fing an, über sein Einschätzungsvermögen hinaus Veränderlichkeiten anzunehmen.

Aber er konnte sie nicht verlassen.

Die Gedanken schlichen sich in ihn hinein, die panische Furcht und die tief im Magen liegende Gewißheit, daß etwas nicht stimmte. Er bemerkte, daß ihn vor etwa zehn Schritten im Korridor ein Mann gegrüßt hatte, drehte sich zerstreut um und versuchte, die Unhöflichkeit wiedergutzumachen, aber es war zu spät; der Mann war weitergegangen. Duncan hüllte sich in seinen inneren Aufruhr und ging weiter, Hände in den Taschen, zerknüllte die dort hineingesteckten Nachrichten, die von Boaz und die von Stavros, zu immer kleineren Knäueln.

Zur Hölle mit dir, Niun! dachte er heftig und fragte sich, ob er noch ganz beisammen war wegen des bloßen Verdachtes, den er hegte. Die Dusei konnten, was immer sie auch waren, nicht seine bewußten Gedanken erreichen; es war eine tiefe Ebene, auf der sie sich bewegten, eine elementare, sinnliche und empfindende Ebene – möglicherweise konnte sich ein Mensch dagegen wehren, wenn er seine Furcht vor ihnen und seine Abhängigkeit von ihnen meisterte: das war sicherlich der Keil, den sie benutzten, um sich Eintritt zu verschaffen, Furcht und Vergnügen, entweder das eine oder das andere. Es war ein schönes Gefühl, einem Dus zu gefallen; es war bedrohlich, eines aufzubringen.

Und doch hatten die Forscher das nicht mitbekommen. Bei ihren Beobachtungen der Tiere hatten sie nichts dergleichen aufgezeichnet.

Vielleicht hatten die Tiere nicht zu ihnen gesprochen.

Duncan schloß die Tür seines eigenen kleinen Quartiers, gegenüber den jetzt leeren Abteilen der Mri, und fing an zu pakken, faltete die Kleider zusammen, von denen er nur wenige ausgepackt hatte.

Als er damit fertig war, setzte er sich auf den Stuhl an seinem Schreibtisch und verschlüsselte einen Anruf zur SABER über die Kommunikationskanäle der FLOWER.

Überführung der Dusei möglich und notwendig, teilte er dem Kommandanten der SABER mit.

Halten Sie sich bereit, kam die Antwortnachricht. Und einen Moment später: *Vorsprechen bei Saber-Kommando schnellstmöglich.*

6

Es war nichts Außergewöhnliches daran, wenn ein ObTak an Bord eines Militärschiffes ging; sollte es eigentlich nicht, aber die Gerüchte machten unter der Besatzung rasch die Runde. Duncan vermutete das aufgrund der Blicke, die ihm zugeworfen wurden, während er zum Kommandanten eskortiert wurde: eskortiert, ohne die Erlaubnis, sich frei zu bewegen, mit Mannschaftsangehörigen Worte auszutauschen. Selbst das Interkom schwieg, eine unübliche Stille auf einem Schiff wie der SABER.

Er wurde ins zentrale Stabsbüro geführt, keine Kommandostation, und direkt vor die Augen des amtierenden Befehlshabers über die militärischen Operationen in der Zone von Kesrith, R. A. Koch. Duncan fühlte sich unbehaglich bei der Begegnung. ObTaks hatten auf dem Papier einen Rang, der ausreichte, den Gehorsam von Seiten der regulären Laufbahn sicherzustellen, und dieser Umstand wurde bitter übelgenommen, um so mehr, weil die Spezialisten diese Privilegien mit völliger Verachtung der Etikette und Würde der regulären Offiziere zur Schau stellten: der unter dem Galgen zur Schau gestellte Mut ihres meist kurzlebigen Dienstes. Duncan erwartete keine Höflichkeit; aber Kochs Stirnrunzeln schien von Gedanken herzurühren, nicht von Feindseligkeit, dem üblichen Ausdruck seines narbigen Gesichtes.

»Freue mich, Ihre Bekanntschaft zu machen, ObTak Duncan.« Der Akzent war der eines Haveners, wie bei den meisten, die nach Kesrith gekommen waren, die Flotte des noch jüngst bedrohten Elag/Haven.

»Sir«, sagte er. Er war nicht eingeladen worden, sich zu setzen.

»Wir stehen unter Druck«, meinte Koch. »Ein Schiff der Regul ist im Anflug, die SIGGRAV. Glücklicherweise scheint es ein Doch-Alagn-Schiff zu sein. Bai Hulagh hat die Mannschaft warnend darauf hingewiesen, Zurückhaltung an den Tag zu legen; und wahrscheinlich wird es hier andocken. Die Regul sind ausgelassen. Sehen Sie zu, daß Sie mit Ihren Mri so schnell wie möglich wegkommen. Sie werden die Sonde FOX erhalten. Wahrscheinlich sind Ihre Instruktionen im Augenblick klarer als meine.« Ein Stachel des Mißtrauens an dieser Stelle, des Unmuts über Stavros: Duncan spürte es deutlich. »Die Mannschaft der FOX wird im Moment überführt: einige sind da ziemlich aufgebracht. Die SIGGRAV ist noch ein Stück entfernt. Der Ausgang dieser Operation ist für Sie eine Frage des Starts, sobald Sie fertig sind.«

»Sir«, sagte Duncan, »ich möchte die Dusei. Ich kann mit ihnen umgehen; ich werde mich darum kümmern, daß sie auf die FOX gebracht werden. Ich möchte auch die Mri-Handelsgüter, die auf der Station lagern, soviel, wie sie mir zu verladen helfen können.«

Koch runzelte die Stirn, und diesmal geschah es nicht in Gedanken. »In Ordnung«, sagte er nach einem Moment. »Ich werde sofort eine Abteilung dafür einsetzen.« Er betrachtete Duncan lange, während dieser sich wieder dessen bewußt wurde, daß sein Gesicht durch die Sonnenbräunung einer Hälfte gekennzeichnet war, daß der Admiral jemanden sah, der in mehr als nur einem Sinn ein Fremder war. Hier war eine Macht, die der von Stavros gleichkam, ein Mitarbeiter, der nicht unter Stavros' Befehl stand, außer wo es politische Entscheidungen betraf. Und die Entscheidung, mit der die FOX Kochs Kommando entzogen wurde und die zur Überbemannung seines eigenen Schiffes mit unzufriedenen, kürzlich überführten Mannschaften und Wissenschaftlern führte, paßte Koch nicht. Er sah nicht wie ein Mann aus, der daran gewöhnt war, solche Einmischung zu akzeptieren.

»Ich werde fertig sein, Sir«, sagte Duncan ruhig, »wenn ich gerufen werde.«

»Am besten gehen Sie jetzt zur FOX hinüber und bleiben dort«, sagte Koch. »Wenn sie losfliegt, wird hier der Druck nachlassen. Sie werden Ihre Vorräte bekommen; wir werden bei den Dusei so gut helfen wie wir können. Höchste Eile wird gewürdigt.«

»Danke, Sir«, sagte Duncan. Er wurde entlassen, verabschiedete sich, nahm von der Tür an seine Eskorte wieder mit.

Koch hatte vierzig Jahre über den Mri zugebracht, rechnete Duncan; er sah alt genug aus, um den Krieg seit dessen Ausbruch miterlebt haben zu können, und zweifellos empfand er nicht die geringste Zuneigung für diese Rasse. Man konnte von keinem Havener, der erlebt hatte, wie seine Welt von den Regul zurückerobert worden war, erwarten, daß er irgendein Mitgefühl für die Regul hegte oder die Mri-Kel'ein, die ihre Befehle ausgeführt hatten.

Dasselbe konnte vielleicht von den Kiluanern gesagt werden,

wie Stavros einer war; aber das abgelegene Kiluwa an der Grenze des menschlichen Siedlungsbereichs hatte einen anderen Schlag hervorgebracht, keine Kämpfer, sondern ein eigensinniges Volk, das sich der Vernunft, der Wissenschaft und der Analyse widmete – ein wenig, hatte man annehmen müssen, wie die Regul selbst. Überrannt, zerstreuten sie sich und suchten vielleicht nie wieder die Rückkehr. Die Havener waren leichter zu verstehen. Sie haßten einfach. Es würde lange dauern, bis sie mit dem Hassen aufhörten.

Und der Krieg hatte auch Menschen wie ihn hinterlassen, tausende wie ihn, die nicht wußten, was sie waren oder von welcher Welt sie stammten: kriegsgeboren, kriegsorientiert. Der Krieg war sein ganzes Leben; er hatte ihn durch die Flucht vor den Feinden immer wieder in Bewegung gebracht, eine Serie von Flüchtlingskinderhorten auf Rückzugsplaneten, mit müden, überarbeiteten Frauen; und dann in Schulen, die ihn nicht auf Wirtschaft und Handel vorbereiteten, sondern auf die Front. Sein Akzent war unbestimmbar, ein Gemisch aller Orte, an denen er gelebt hatte. Er hatte keine Heimat. Jetzt hatte er keine andere Bindung mehr als die an seine menschliche Abstammung.

Und sich selbst.

Und, mit beträchtlichen Vorbehalten, den ehrenwerten G. Stavros.

Er verließ die SABER über die Rampe auf das breite Dock hinab, ließ seine Eskorte zurück, blieb stehen, um sich den Verkehr von Männern und Frauen zu betrachten, die mit ihren eigenen Belangen beschäftigt waren.

Havener.

Reguläre.

In der Kommandozentrale der FOX fand sich Duncan zwischen sämtlichen Offizieren des Schiffes wieder, unglücklich dreinblikkende Männer und Frauen, die mit pflichtgemäßem Anstand Höflichkeiten austauschten.

»Versiegelte Befehle«, unterrichtete ihn der scheidende Kapitän. »Mission ohne Besatzung. Das ist alles, was ich weiß.«

»Es tut mir leid deswegen«, bot ihm Duncan ungeschickt sein Mitgefühl an.

Der Kapitän zuckte die Achseln, was zweifellos weit weniger zeigte, als der unglückliche Mann fühlte, und streckte die Hand aus. »Man hat uns eine andere Sonde versprochen, die im Anflug ist. Die FOX ist ein gutes Schiff und in gutem Zustand – ein bißchen ungewiß, was die Atmosphäre angeht, aber trotzdem ein gutes Schiff. Wir gehören zur SABER, und dieser steht auch die Ersatzsonde zu, sobald sie hereingebracht worden ist. Also werden wir sie bekommen, das ist sicher genug. Ich beglückwünsche Sie zu Ihrem Kommando, ObTak Duncan – oder mein Beileid, was eben eher zutrifft.«

Duncan akzeptierte das Händeschütteln und beschäftigte sich im Geist bereits mit der Frage, was die versiegelte Kuriersendung enthalten mochte, die mit einem Shuttle heraufgekommen war und jetzt in den Händen des scheidenden Kapitäns der FOX lag – in seinem eigenen Besitz, sobald die Befehlsübertragung abgeschlossen war. Duncan akzeptierte die allseitigen Höflichkeiten, das Logbuch wurde ein letztesmal aktiviert, um die Befehlsübertragung aufzuzeichnen; und dann wurden, wie das bei ObTak-Missionen üblich war, die Logbänder herausgenommen und dem scheidenden Kapitän übergeben. Auf Duncans Flug würde kein Logbuch geführt werden.

Eine weitere, letzte Runde der Zeremonien: er sah zu, wie die Offiziere und die kleine Besatzung das Schiff verließen, bis niemand mehr übriggeblieben war außer der allgegenwärtigen Sicherheitsabteilung an der Luke – vier Männer mit geladenen und tödlichen Waffen.

Es war still. Duncan ließ sich in das vertraute Polster sinken und schlüsselte das Kommando ein, das das Nur-einmal-Band von Stavros abspielte: unter seinem Sicherheitsverschluß zerstörte es sich beim Abspielen selbst.

Solche Maßnahmen stellten sicher, daß die Befehlsgeber keine Aufzeichnungen zurückerhielten, die sie verfolgten: so lautete ein stehender Ausdruck während des Krieges, als die ObTaks routinemäßig die Vernichtung aller Aufzeichnungen erwarteten, die sie zum Gegenstand hatten – nicht nur aus Furcht vor dem Feind, sondern, wie sie bitter vermuteten, um die Namen der Männer zu verschweigen, die sie ins Feld schickten, sollte eine Mission scheitern: Befehlshaber, die verloren, verloren auch das Kommando.

Stavros' Gesicht füllte den Schirm aus.

»Meine Entschuldigung«, sagte er ruhig, »für das, was ich fragen werde. Ich mache meinen Vorschlag; und nachdem Sie ihn gehört haben, können Sie – wenn Sie wollen – das Kommando der FOX wieder abgeben und zeitweilige Zuweisung auf die Station akzeptieren, bis sich die hiesige Situation stabilisiert hat.

Inzwischen haben Sie das Kommando über die FOX. Sie sind ermöchtigt, die Mri zusammen mit all ihren Besitztümern und dem Artefakt an Bord zu nehmen. Die Sonde wird entsprechend Ihren Anforderungen ausgerüstet werden. In Ihrem Navigationsspeicher gibt es ein Band mit dem Code Null Eins. Es stammt von dem Artefakt. Nehmen Sie einen Kurs nach draußen, der am weitesten von den anfliegenden Regul entfernt liegt, und bewahren Sie Geheimhaltung soweit wie möglich. Sie müssen dem Band bis zu seinem Ziel folgen. Es gibt keine Wahl mehr, sobald es einmal aktiviert worden ist; das System wird hermetisch sein. Sammeln Sie alle Daten, die Sie über die Mri kriegen können, sowohl militärische wie auch persönliche. Das ist der Inhalt Ihrer Mision. Verhandeln Sie mit ihnen, wenn möglich. Wir sind uns immer mehr dessen sicher, daß es in unserem Interesse liegt, dieses Band zu verstehen. Für dieses Interesse sind wir bereit, ein beträchtliches Risiko einzugehen. Sie werden Daten sammeln und das Abkommen mit den Mri treffen, das möglich ist.

Wenn Sie sich jetzt entschlossen haben, davon Abstand zu nehmen, warten Sie bis zum Ende dieses Bandes und treten Sie mit der SABER in Verbindung. Wenn Sie sich andererseits entschlossen haben, weiterzumachen, dann machen Sie so schnell, wie Sie nur können!

In jedem Fall werden Sie nichts vom Inhalt dieser aufgezeichneten Nachricht weitergeben. Bei der Anfertigung von Aufzeichnungen während Ihres Fluges werden Sie äußerte Vorsicht walten lassen. Wir wollen nicht, daß zufällig etwas mit Ihnen zurückkommt. Sie verfügen über eine scharfgemachte Selbstzerstörung, und Sie werden unter der Priorität operieren, nicht gefangengenommen zu werden. Wenn Sie nach Ihrem besten Urteilsvermögen in eine Situation geraten sind, in der Ihr Schiff in feindliche Hände gerät, zerstören Sie es! Das ist ein Befehl. Welche Wahl Sie auch treffen, ob Sie diese Mission annehmen oder ablehnen, ist eine freie Entscheidung. Sie können ohne Nachteil für sich ablehnen.«

Das Band lief aus. Duncan saß immer noch da und starrte auf den grauen Bildschirm, wußte, daß er ablehnen wollte, zurück nach Kesrith gehen wollte, seinen Frieden mit den Vorgesetzten machen – ein sicheres Leben in den Hügeln von Kesrith finden wollte.

Er wußte nicht, welche Verrücktheit ihn daran hinderte. Vielleicht etwas so Selbstsüchtiges und Sinnloses wie Stolz; vielleicht, weil er sich für danach keinen Nutzen für sich vorstellen konnte, ausgenommen möglicherweise, die Hinterlande für menschliche Besiedlung zu erschließen. Und die Welt würde sich verändern.

Er schaltete den Bildschirm aus, blickte sich in der kleinen Kommandozentrale um, die ihm vielleicht für den Rest seines Lebens gehören würde, in der er für kurze Zeit leben konnte. Das war genug.

Er betrat die FLOWER mit unveränderten Abzeichen, ohne ein sichtbares Zeichen der veränderten Umstände; aber die Offiziere der FLOWER waren offensichtlich über die ihm übertragene Befehlsgewalt unterrichtet worden, denn es gab keinen Einwand, als er die Überführung seiner Ausrüstung und Vorbereitungen auf dem Dock forderte.

Und als er das getan hatte, ging er zu Luiz und zuletzt zu Boaz.

Das war das schwerste von allem, ihr die Nachricht zu überbringen, daß alle ihre Arbeiten ergebnislos bleiben würden, bis auf das, was die Sicherheit sie jemals wissen lassen würde; daß er ihr ihre Aufgaben nahm, für immer – er, der ihr assistiert hatte, und der jetzt zu dem militärischen Flügel zurückkehrte, den sie haßte.

»Die Gründe sind geheim«, sagte er. »Es tut mir leid, Boss. Ich wünschte, ich könnte sie erklären.«

Ihr breites Gesicht zeigte ein leichtes Stirnrunzeln. »Ich denke, ich habe eine Idee, worauf es hinausläuft. Und ich finde, es ist Wahnsinn.«

»Ich kann es nicht diskutieren.«

»Wissen Sie, worauf Sie sich eingelassen haben?«

»Ich kann es nicht diskutieren.«

»Wird mit den Mri alles in Ordnung gehen? Sind Sie mit den für sie getroffenen Arrangements zufrieden?«

»Ja«, sagte er, bestürzt darüber, daß sie so genau zu vermuten schien, was vorging. Aber Boaz hatte schließlich die Forschungen an dem Artefakt betrieben. Zweifellos hatten viele auf der FLOWER eine Vorstellung davon und vermuteten auf die eine oder andere Weise, was das Militär mit den Informationen tun würde, die sie gefunden hatten. Duncan erduldete Boaz' forschenden Blick für einen Moment, schuldbewußt, als ob er etwas verriete; und er wußte nicht, welche Macht ihn beanspruchte – ob Freund oder Feind von Boaz' Prinzipien – und wem er diente; und auch nicht, ob sie das verstehen würde.

Sie lächelte traurig, eine Maske, die andere Gefühle verbarg. »Na ja«, sagte sie, »schwer für uns, aber daran kann man nichts ändern. Sten, seien Sie vorsichtig!« Das Lächeln erstarb. »Passen Sie auf sich auf! Ich werde mir darüber Sorgen machen.«

Das rührte ihn, denn wenn er irgendwo auf oder um Kesrith einen Freund hatte, dann war es Boaz, Mittvierzigerin und die einzige Frau von Rang im zivilen Bereich. Er faßte sie an den Händen und auf einen Impuls hin an den Schultern und küßte sie neben den Mund.

»Boss, ich werde Sie vermissen.«

»Ich werde mir ein paar neue Dusei besorgen müssen«, sagte sie. Sie stand kurz davor, in Tränen auszubrechen. »Ich kann mir vorstellen, daß Sie auch sie mitnehmen werden.«

»Ja«, sagte er. »Seien Sie vorsichtig mit diesen Tieren, Boss!«

»Achten Sie auf sich!« sagte sie rauh. Für einen Moment schien es, als könnte sie noch etwas sagen. Schließlich blickte sie zu Boden und zur Seite, und gemeinsam machten sie sich an die notwendigen Aufgaben für die Überführung der Dusei.

Die gesamte Sektion war für den Fußgängerverkehr gesperrt und alle Fahrten auf den Schienen gestoppt, während die Überführung durchgeführt wurde – zuerst die der versiegelten Versorgungskanister und von Duncans eigenem kärglichen Gepäck; und dann die Mri von der SABER in verschlossenen Automeds, die für die Evakuierung von Verwundeten benutzt wurden. Es gab nicht einen Menschen auf den Docks, der nicht vermuten konnte, wer unter solch außergewöhnlichen Sicherheitsmaßnahmen transportiert wurde. Aber diese Maßnahmen dienten ebensosehr dem Schutz der Mri als auch dem Verbergen ihres Transports. Mri wurden bitter gehaßt, und die Blicke, die diesen plombierten Einheiten folgten, waren in vielen Fällen mörderisch.

Und zuletzt, nachdem die Docks völlig geräumt worden waren, kamen die Dusei, bei denen eine solche schützende Umfassung unpraktisch war. Duncan hatte die Frage ihres Transportes eingehend mit Boaz besprochen, den Einsatz von Frachtkanistern erwogen, und schließlich nach dem Verwerfen aller Möglichkeiten dieser Art einfach jedermann zum Verlassen der Korridore aufgefordert, die Verlademannschaften hinter verschlossene Türen befohlen und die Luken öffnen lassen.

Dann ging er hinab zu den Dusei, berührte und besänftigte sie, beunruhigt durch ihre Unruhe, bekämpfte seine eigene Furcht – und spürte auch ihre Ungeduld, als er die Tür öffnete, die sie völlig freiließ.

Sie gingen mit ihm, in ihrer watschelnden, rollenden Gangart, schnupperten die seltsame Luft mit den breiten Nasen, als sie das Dock betraten. Um sie herum erstreckte sich die große Ausdehnung des Dockbereiches, ein ungeheurer Raum für ihr Umherstreunen, in dem sie außer Kontrolle geraten und in eine Freiheit ausbrechen konnten, die nur in Schaden für sie enden würde. Duncan versuchte, nur an die FOX zu denken, an die Mri, an die gehenden Dusei – versuchte, sie begreifen zu lassen, wenn sie begreifen konnten.

Sie gingen, das Große etwas vor ihm und das Kleine so dicht neben ihm, daß es ihn ständig berührte. Einmal stieß das Große einen Schrei aus, der im gesamten riesigen Stationsdock widerhallte, ein Geräusch, das Kälte den Rücken hinablaufen ließ.

In diesem Moment fürchtete Duncan, daß er dabei war, die Kontrolle über sie zu verlieren; aber nach einem Moment der Lebhaftigkeit stiegen sie fügsam die Rampe zur FOX hinauf und ins Schiff hinein. Türen standen offen und gaben den Weg frei, dem sie folgen mußten; unerwünschte Alternativen waren verschlossen. Duncan führte sie in den Laderaum hinab, der für sie vorbereitet worden war, ließ sie hinein, zögerte im Eingang, um sicherzugehen, daß sie sich niederließen. Sie waren aufgeregt, zitterten nach Aktivität, gingen schnüffelnd umher und schaukelten ihre gewaltigen Leiber in der Erwartung, die sie durchströmte. Eines fing mit diesem rollenden Ton des Behagens an, der betäubte und die Sinne lockte.

Duncan floh davor, schloß die Türen, versiegelte sie, zog sich in die Normalität der Korridore und tödlichen Ruhe des Schiffes zurück, das von jetzt an seines war.

»Frei«, informierte ihn die SABER-Kontrollstelle. Das Bild auf seinem Schirm zeigte rundum freien Raum; ein zweiter Schirm zeigte ein schematisches Bild des Systems, mit einem roten

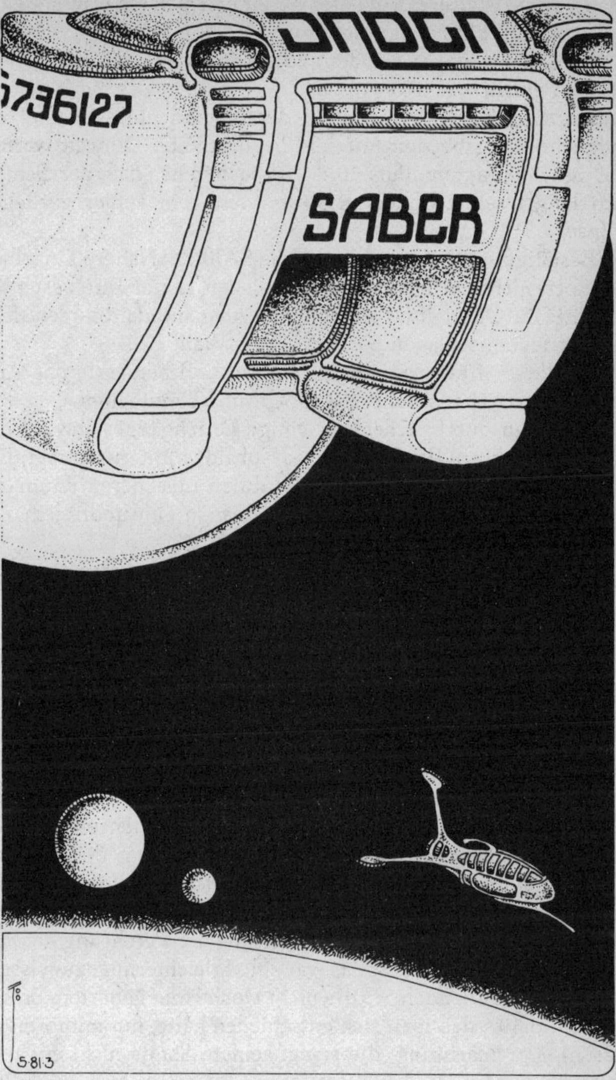

5736127
SABER
S·81·3

Punkt an dessen Grenze, der die Regul darstellte, und Schwierigkeiten signalisierte. Ein zweiter Punkt erschien am Rand, gleichfalls rot, und blitzte alarmierend.

»SABER«, fragte er auf dem Kriegsschiff an. »Ist Ihr System-Schema genau?«

Es gab eine lange Pause, in der jemand ohne Zweifel die mögliche Freigabe der Antwort begutachtete. Duncan wartete mit beschleunigtem Puls und wußte bereits, daß der Schirm sich längst selbst berichtigt hätte, wenn ein Fehler vorliegen würde.

»Bestätigung«, informierte ihn die SABER. »Nähere Einzelheiten noch nicht verfügbar. Sie unterliegen keiner Kursbeschränkung, FOX. Offiziell ist außer Ihnen niemand da draußen. Klar zum Ablegen, schlagen Sie Kurs Ihrer Wahl ein!«

»Danke, SABER«, erwiderte Duncan und bemerkte das Aufleuchten von Daten auf seinem Schirm. »Bereithalten.«

Er fing an durchzuchecken, einige Durchgänge, obwohl das wichtigste erst auf der Probe stand, sobald er unterwegs war. Die FOX war kürzlich von einem Flug durch unsicheren Raum zurückgekehrt, doch ihre Verkleidung war in einwandfreiem Zustand.

Er warnte die SABER und löste die letzte Verankerung zur Station. Es war ein heikles Gefühl, während er die winzige FOX durch das Nadelöhr des Freiraums zwischen der Station und der SABER hindurchsteuerte. Die HANNIBAL versperrte seinen Blick, als er über die obere Kante kam, fiel dann nach unten weg.

Die FOX flog jetzt unter den Hauptsystemen, ausgerichtet auf den kürzesten Weg fort von Kesrith und Arains zermalmender Anziehungskraft. Er hielt den Planeten zwischen sich und den anfliegenden Regul. Über die Station als Zwischensender hörte er Stimmen: das Regul-Schiff stand in Verbindung, die Stimmen waren rauh und sprachen Dialekt. Er hörte die Antwort der Station und der SABER. Er bekam mit, daß es sich um Doch-Alagn-Schiffe handelte, gekommen zur Rettung der Verehrung Bai Hulagh Alagn-ni. Zumindest das war eine Erleichterung, zu wissen, daß die ankommenden Schiffe nicht Doch Holn gehörten. Er war dankbar dafür, daß man sich entschieden hatte, ihn mithören zu lassen, eine Beachtung, die er bei seinem Status nicht erwartet hatte.

Er schaffte es, tief Atem zu holen, rechnete damit, daß die

Menschen auf der Kesrith-Basis im Moment sicher waren, auf der Messerschneide der Sicherheit balancierend, die Stavros vorbereitet hatte, indem er sich um die Verehrung Bai Hulagh kümmerte.

Und indem er die Mri wegschickte, die jetzt geheimgehalten im Bauch einer sehr verletzlichen und sehr kleinen abfliegenden Sonde schliefen.

Unsichtbar bleiben! las er im Geist den Wunsch, der mit der Relais-Nachricht gekommen war, eine Mitteilung, die man ihm jetzt nicht auf andere Weise zu schicken wagte. Er hielt sich für sicher, überlegte mit grollender Bewunderung, daß Stavros im Recht gewesen sein könnte. Wenn Stavros' den Frieden gefährdete, indem er den Regul zuwiderhandelte, würde es auf Haven Aufschreie geben, sobald es bekannt würde – Forderungen nach seiner Ablösung, selbst wenn Kesrith sicher blieb. Wenn Stavros bei diesem augenblicklich verrückten Wagnis die Mri und die FOX verlor, würden Fragen gestellt werden, aber dann wäre der Zwischenfall vorüber und vergessen. Die Mri standen jetzt außerhalb der Vorgänge um Kesrith. Sonden widerfuhren Unfälle, und sie wurden abgeschrieben. Die Mri waren nur zwei Gefangene, und niemals hatte jemand erfolgreich Mri-Gefangene gehalten. Mri-Artefakte waren Kuriositäten, die jetzt bedeutungslos waren, denn die Rasse war tot, ausgerottet: diese Nachricht wäre von Kesrith mit größtmöglicher Schnelligkeit heimwärts geeilt, eine Freude für die Menschheit, Ruhm für Stavros, der nichts getan hatte, um ihn sich zu erringen, und der seine Hände in dem Massaker rein gehalten hatte. Berichte, die von Kesrith kamen, waren zweifellos vorsichtig formuliert und würden es auch in Zukunft sein.

Es blieb nur zu sehen, ob Stavros mit den Regul zurechtkommen würde. Es war sehr gut möglich, daß er Erfolg hatte.

Phänomenales Glück, eine phänomenale Intelligenz und ein Gedächtnis, das nichts vergaß: nichts entging Stavros' Aufmerksamkeit, und seine scheinbaren Hasardspiele waren weniger Glücksspiel als vielmehr kalkuliertes Risiko. Während eine Hand zu den Regul ausgestreckt war, dirigierte eine andere die FOX, nahm auch diese Möglichkeit wahr, vertraute niemandem vollkommen.

Duncan runzelte die Stirn, fing an, sich unter den vertrauten Anblicken und Geräuschen des Schiffes zu entspannen – ungewohnte Muße, zu wissen, daß er nicht zum Kampf hinabflog, daß Kesriths rötliche Sichel nicht Bedrohnung darstellte, sondern Schutz. Er machte es sich in der FOX bequem wie in seiner natürlichen Umgebung, zuhause in Schiffen, auf dunklen Welten, im Dschungel und den Wüsten und der Öde menschenleerer Welten, im freien Fall und hoher Schwerkraft und an jedem anderen Ort, wo Überleben kaum möglich war. Seitdem er zu Spezialdiensten abgeschoben worden war, in einem kriegszeitlichen Durcheinander von Transporten und Vernichtungsbefehlen gesichtsloser Männer von Stavros' Art, hatte er gewußt, daß er an einem solchen Ort sein Ende finden würde, Lichtjahre entfernt von der Sicherheit von Stavros' König. Auf diese Entfernung war Stavros nur noch einer in einer langen Reihe.

Kein besonderer.

Auf diese Entfernung, von jetzt an, gab es nur noch Sten Duncan.

Seine Scanner zeigten ihm, daß etwas anderes passiert war, daß ein weiteres Schiff von der Station abgelegt hatte. Es war die SANTIAGO, ein system-interner Reiter, bewaffnet, aber nicht sternflugtauglich.

Er nahm dieses Wissen ruhig genug auf, ein wenig verärgert darüber, daß man ihn nicht gefragt hatte, ob eine solche Eskorte erwünscht war; aber mit Regul im Anflug ins System protestierte er nicht dagegen.

Und er blickte neben sich auf das Deck, wo ein silbernes Ovoid auf einem gepolsterten Ständer ruhte, seltsam unbeschädigt nach alldem, das ihm widerfahren war. Es sah gar nicht danach aus, als sei es jemals zwischen den Felsen von Sil'athen herumgepurzelt, als sei es jemals geöffnet und untersucht worden.

Aber es war nicht mehr einzigartig. Es war in Holos vervielfältigt worden – und würde vielleicht in noch stärker greifbarem Detail eines Tages auf Zoroaster mit entwickelterem Gerät vervielfältigt werden, eine Museumskuriosität für Menschen. Duncan langte hinab und betastete es mit den Fingern, spürte seine Glätte und Kälte, zog die Hand zurück und warf einen letzten Blick auf die Schirme, wo die SANTIAGO auf seiner Fährte zu kleben schien.

Er aß, während das Schiff mit Automatik weiterflog, schweigend und sicher vor Alarm. Die Scanner holten die SANTIAGO von ihrer jetzt gewohnten Entfernung herein, und die Maschinen erkannten einander. Kein anderes Schiff befand sich in bedrohlicher Nähe. Endlich gab es Muße für menschliche Bedürfnisse.

Und es gab auch Muße, um mit dem Nachdenken über die Mri anzufangen, die bewußtlos in den Laboratorien des Schiffes lagen.

Er ging durch die Korridore der FOX, überzeugte sich davon, daß alles in Ordnung war, daß sich beim Wechsel von der Steuerung durch die Station zu freiem Flug nichts losgerissen hatte. Die Teile hatten sich selbst reorientiert; die Transition war reibungslos verlaufen. Die Dusei hatten sie ohne sichtbare Schwierigkeiten überstanden: er beobachtete sie durch die Kamera, wollte diesen Raum jetzt nicht betreten, so verstört und angespannt wie er war. Auch die Mri ruhten in ihren getrennten Quartieren. Die Ärzte hatten sie nicht aus den Automeds genommen.

Duncan machte es, zuerst die zierliche, schmächtige She'pan der Mri, Melein, legte sie auf eine bequeme Unterlage, ein Bett im Labor. Ihre zierlichen Glieder fühlten sich nach Knochen und losem Fleisch an, waren bestürzend dünn und abgezehrt; die Augen waren eingesunken und dunkel umrandet. Sie reagierte nicht, als er ihr dünnes Gesicht anfaßte und die bronzene Mähne glättete, versuchte, sie wieder schön zu machen. Er hatte Angst um sie, beobachtete ihren Atem, sah, wie jeder Atemzug eine Anstrengung zu sein schien. Er fing an zu fürchten, daß er sie verlieren würde.

Und in Verzweiflung stellte er die Temperatur des Abteils niedrig ein und reduzierte den Luftdruck etwas auf den ungefähren Standard von Kesrith. Er wußte nicht – niemand wußte es –, welche Bedingungen für die Mri natürlich waren. Man wußte nur das eine mit Sicherheit, daß ihnen die Kesrithi-Atmosphäre besser bekam als Menschen oder Regul.

Meleins Atem ging leichter. Nachdem er lange in ihrem Abteil gesessen und sie beobachtet hatte, wagte er es, sie zu verlassen; und in einem anderen Abteil öffnete er den Automed, um Niun herauszuholen.

Auch Niun befand sich fest im Griff der Sedativa und merkte nichts davon, daß er bewegt wurde, auf ein anderes Bett gelegt wurde; eine Hilflosigkeit, die den Mri tief beschämt hätte.

Es würde keine weiteren Drogen geben. Duncan las sorgfältig die an den Automeds angebrachten Instruktionen und stellte fest, daß die Ärzte für solche Drogen gesorgt hatten und daß sie im Laborlager zu finden waren – *ausreichend,* besagten die Instruktionen, *für ausgedehnte Sedation.* Da standen auch andere Dinge, dafür vorgesehen, ihm bei der Erhaltung der Mri zu helfen. Mit zwei Regul-Schiffen im System und der Wahrscheinlichkeit von Schwierigkeiten war es, dachte Duncan, sicherlich unverantwortlich, solche Vorsichtsmaßnahmen zu mißachten, zumindest vor dem Sprung; aber als er die Mri anfaßte und fühlte, wie dünn und schwach sie geworden waren, konnte er sich nicht dazu überwinden, sie durchzuführen.

Es waren noch Tage bis zum Sprung, Tage weiterer Sedation, damit die Mri in einem Zustand hindurchgelangen würden, in dem Fleisch und Lebensfunktionen erschreckend waren, verschlossen in ihren Automeds, Glieder ungeübt, Muskeln weiter verfallend.

Sie war nur vernünftig, diese Verlängerung der Vorsichtsmaßnahmen um wenige Tage; diejenigen, die ihm die Kontrolle über die Mri übertragen hatten, hatten sich ausgerechnet, daß diese bestimmten Maßnahmen Verwendung finden würden.

Aber diejenigen, die diese Pläne gemacht hatten, wußten nichts von den Mri, die, wenn eingesperrt, einfach dasselbe tun würden, was alle Mri-Gefangenen getan hatten, ob sie ihren Wärter nun kannten oder nicht – zu sterben, töten, wenn sie konnten. Untauglich gemacht und bei dem ihnen eigenen Abscheu vor medizinischer Hilfe, würden sie sicher dieselbe Entscheidung treffen. Duncan selbst hatte das von Anfang an begriffen; es belastete sein Gewissen, daß er es Stavros oder den anderen nie klargemacht hatte. Er konnte die Mri nicht festhalten, ohne sie zu töten; und mit den Dusei an Bord war es unwahrscheinlich, daß er sie überhaupt festhalten konnte.

Es gab nur eine Begründung, die bei den Mri Anwendung finden konnte zwischen all den Mächten, die auf sie hin zusammenliefen, Regul und Menschen, eine Sache, die die Mri nicht anfechten konnten.

Er untersuchte beide ein letztesmal, stellte fest, daß sie jetzt unbeschwert atmeten, und ging nach oben, nahm wieder den Kommandoposten ein.

Er aktivierte den Navigationsspeicher und tastete eine Zahl ein: Null Null Eins.

Die FOX schwang sich auf einen neuen Kurs, die Sensoren auf Arain ausgerichtet, analysierte und verglich mit Daten, die auf ihren Schirmen aufblitzten. Die Linien graphischer Abbildungen liefen zusammen, verschmolzen, blitzten heftig bei der Erkennung.

7

Niun erwachte mit einer großen Lethargie, wie jedesmal, wenn er zu sich kam. Seine Augen ruhten zuerst auf Duncan, der dasaß, wie er es so oft getan hatte, und geduldig neben seinem Bett wartete. Niun wurde verwirrt, bestürzt durch eine vage Erinnerung.

»Ich dachte«, sagte er zu Duncan, »daß du fort wärst.«

Duncan streckte eine Hand aus und legte sie ihm auf den Arm. Niun versuchte, nur seine Finger zu bewegen, und diese Anstrengung ging über seine Kräfte. »Bist du wach?« fragte Duncan ihn. »Niun, wach auf!«

Er versuchte es ernsthaft, wußte, daß er es sicher tun konnte, wenn es Duncan war, der ihn dazu aufforderte. Aber die Membran über seinen Augen war halb geschlossen, verschleierte alles, machte es zu schwierig, den Blick einzustellen. Die Dunkelheit überkam ihn wieder, und das ging leichter und bequemer. Er spürte eine Berührung auf seiner Mähne, eine Berührung der Mutter – niemand sonst würde ihn so anfassen; aber es waren schwielige Finger, die daraufhin sein Gesicht berührten. Es blieb etwas, das ihn verwirrte und ihn kurz vor dem Erwachen festhielt.

»Trink!« wurde er aufgefordert, durch eine Stimme, der er vertraute. Er fühlte sich hochgehoben – Duncans Arm, erinnerte er sich. Der Plastikrand eines Bechers berührte seine Lipen. Er trank – kaltes Wasser, wie er feststellt –, schluckte mehrfach. Es floß in seinen Magen und blieb dort, vermittelte ein unbehagliches Gefühl.

Duncan stellte den Becher weg, ließ Niun auf das angehobene Polster zurücksinken, das ihn nicht wieder in den vorherigen Frieden weggleiten ließ, und die Anhebung des Kopfes verwirrte ihn für einen Moment. Niun fing an zu begreifen, daß er an diesem schrecklichen Ort erwachen sollte, daß es keine Zuflucht gab. Das Aroma von Speisen drang in seine Nase, unangenehm in dieser heißen, dichten Luft.

Er konnte die Glieder bewegen. Er fand, daß das ein Wunder war. Er versuchte, es zu machen, begann wieder, Empfindungen aufzunehmen, und Vergangenheit und Gegenwart verschmolzen schließlich wieder in seinem Bewußtsein.

Er erinnerte sich an Feuer und Dunkelheit und einen Regul, der ihn – wie er dachte – getötet hatte.

Jetzt lag er auf einem Bett wie eine Frau des Kath, mit nacktem Gesicht und nacktem Körper nutzlos unter leichten Decken, die Glieder ohne Kraft.

Er befand sich an einem fremden Ort. Er hatte nicht den Wunsch, hier zu erwachen.

Aber in seinem Bewußtsein regte sich matt der Glaube, daß er noch etwas zu erledigen hatte, daß es eine noch unerfüllte Verpflichtung gab.

Das hatte ihm jemand gesagt. Er konnte sich nicht erinnern.

Er versuchte aufzustehen, schaffte es, sich für einen Augenblick aufzusetzen, bevor die Arme unkontrolliert zu zittern begannen und er zurückfiel. Duncans Arme fingen ihn sanft auf und legten ihn auf die Matratze zurück.

Danach war es leichter, zurück in die Dunkelheit zu schweben, in der es überhaupt keine Erinnerung gab. Aber Duncan ließ ihn nicht. Ein kaltes Tuch berührte sein Gesicht, trieb das Bewußtsein schockartig in ihn zurück.

»Komm schon!« sagte Duncan immer wieder zu ihm – hob seinen Kopf wieder an und goß Wasser zwischen die unwilligen Lippen. Dann folgte gesalzene Fleischbrühe, und Niuns Magen drohte mit einem Aufstand.

»Wasser«, bat er, nachdem er einen Mundvoll hinuntergeschluckt hatte. Und als er es erhielt, nahm er einen Schluck. Mehr schaffte er nicht.

Dann wurde er für eine Weile bewußtlos, erwachte wieder und fand sich in halb sitzender Stellung abgestützt. Ein besänftigender rollender Ton erfüllte seine Ohren und betäubte eine Zeitlang seinen Verstand; er fühlte Wärme auf seiner Hand, eine Bewegung. Er öffnete die Augen und sah zu seiner Verwirrung, daß ein großes Dus gekommen war und neben ihm saß. Es stieß das Bett an, ließ es erzittern, ließ sich dann nieder und beruhigte Niuns Gesicht mit seiner Zufriedenheit.

Und in dem Moment kehrte Duncan zurück – in der Kleidung der Menschen: er bemerkte das zum erstenmal. Duncan hatte sich wieder zu seiner Rasse gesellt, wie es richtig war. Dies war ein Ort der Menschen. Zum erstenmal begann Niun, Duncans Anwesenheit nicht als Delirium wahrzunehmen, das wirklichste und drängendste der Bilder, die seine Wachzeiten bevölkerten, sondern als eine Gegenwart, deren logischer Platz bei Menschen war. Deren Überlegungen zweifellos menschlich und bedrohlich waren.

Das gestörte Dus wandte den Blick zu Duncan, ließ sich wieder nieder und gab nur ein müdes Seufzen von sich. Es tolerierte den Menschen, und das verblüffte Niun; es erschreckte ihn, daß selbst die nicht korrumpierbaren Dusei verführt werden konnten. Kein Schutz verbblieb ihm.

Dunkelheit zog durch sein Bewußtsein, eine unerwünschte Erinnerung, einstürzende Türme, das bleiche Gesicht der She'pan in der Dunkelheit, die Augen geschlossen.

Wieder hob das Dus den Kopf, stöhnte und schnupperte an Niuns Hand.

»Melein?« fragte er, den Blick auf Duncan gerichtet, auf weiße Wände und die Wirklichkeit – denn er mußte es fragen. Er erinnerte sich daran, daß er seinem Menschen vertraut hatte. Hoffnung erhob sich in ihm, weil keine Schuld Duncans Gesicht berührte, als er diese Frage stellte.

Der Mensch kam herbei und setzte sich neben ihn, faßte dabei das Dus an, als habe er überhaupt keine Probleme mit dem Tier; aber Furcht ... Furcht gab es in ihm: Niun spürte sie. »Sie ist hier«, berichtete ihm Duncan. »Es geht ihr gut – so gut wie dir.«

»Das ist überhaupt nicht gut«, sagte Niun mit belegter Stimme, mit verzogenem Mund; aber dann stimmte es – dann stimmte es, und er hatte es nicht nur geträumt wie andere Träume. Er konnte nicht die Augen schließen, damit nicht die Tränen herausströmten und ihn beschämten. Er starrte Duncan an und befingerte die Samthaut des Dus zwischen ihnen, eine heiße und tröstende Glätte.

»Du bist frei«, erklärte Duncan vorsichtig und deutlich, wie man mit einem Kind spricht. »Ihr beide. Wir sind auf einem Schiff, das sich von Kesrith entfernt, und ich bin außer euch der einzige an Bord. Ich habe das gemacht, weil ich euch vertraue. Tut mir den Gefallen, mir für eine kleine Weile zu vertrauen!«

Dies, so unglaublich und verrückt es war, hatte den einfachen Klang der Wahrheit an sich: es gab kein Ausweichen in Duncans Blick. Niun akzeptierte es, so verwirrt er war, und dachte sofort an Begleitschiffe, die sie umgaben auf dem Weg in Gefangenschaft bei Menschen, an eine Myriade anderer Formen des Verrats. Aber da war Duncan.

Da war Duncan, auf dem alle Hoffnungen ruhten, der allein unter allen Menschenfeinden und Regul ihn ehrenvoll verstanden hatte, dessen Herz ehrenwert war, ein Kel'en des Menschenvolkes.

Er ballte die Hände, probierte ihre Stärke und fand, daß die Taubheit, die solange seinen Geist entleert und seine Glieder geschwächt hatte, jetzt zurückkehrte. Drogen: er erkannte die Wahrscheinlichkeit davon; aber sie verloren seine Sinne aus dem Griff und hinterließen sie zunehmend klar. Duncan gab ihm wieder Wasser zu trinken, und er trank; und mehr von der scheußlichen Brühe, und er trank auch sie, preßte die Kiefer zusammen und zwang den Magen dazu, die Nahrung zu behalten.

Die She'pan lebte: seine Wahrschwester Melein, Mutter des Volkes. Sie war seine Aufgabe. Er war Kel'en, Krieger, und die Krankheit und die Wunde und die Drogen hatten ihm seine Kraft und seine Schnelligkeit und sein Geschick geraubt, all das, was er jemals besessen hatte, nur um sein Leben zu erhalten, das im Dienst der She'pan stand.

Er weigerte sich, daran zu denken, was aus ihm geworden war, sondern dachte nur an die Notwendigkeit, auf seinen Füßen zu stehen, wieder die Kraft zum Gehen zu finden und zu ihr zu gehen, wo immer sie sich befand.

Bis dahin würde er alles ertragen.

Nach einer Zeit der Bewußtlosigkeit kehrte Duncan zurück, und in seinen Händen trug er ein schwarzes Kleiderbündel, das er auf den Tsich neben dem Bett legte.

»Deine Kleider«, sagte Duncan. »Wenn du mich läßt, helfe ich dir.«

Und das tat er, vorsichtig, freundlich, half ihm, für einen Moment zu sitzen, während seine Sinne wirbelten und grau wurden, ließ ihn dann wieder zurücksinken, eingehüllt in die vertraute Behaglichkeit des inneren Gewandes eines Kel'en, und auf Kissen gestützt.

Duncan nahm neben ihm Platz und wartete darauf, daß er wieder zu Atem kam. »Der She'pan geht es gut«, sagte er. »Sie hat gegessen, ihre Sachen verlangt und mich weggeschickt. Ich tat es.«

Niun schob eine Hand unter sein Gewand, wo sich eine Narbe über die Rippen zog, und wußte, daß er hätte sterben sollen. Sie beide hätten sterben sollen. »Tsi'mri-Medizin«, protestierte er mit vor Wut zitternder Stimme. Und doch wußte er, daß dieselben verbotenen Dinge sie beide am Leben erhalten hatten, und er war der mangelnden Bereitschaft zum Tode schldig. Er war sechsundzwanzig Jahre alt; er hatte erwartet, vorher zu sterben:

das taten die meisten Kel'ein, aber die meisten Kel'ein hatten bis dahin reichlich Ehre errungen. Niun hatte nichts erlangt, mit dem er stolz in die Dunkelheit gehen könnte. Alles, was er fast gewonnen hatte, hatte er wieder verloren – war gefangengenommen worden, hatte zugelassen, daß die She'pan ergriffen wurde. Er hätte sterben sollen.

Aber nicht hier, nicht so.

»Es war nicht dein Fehler«, sagte Duncan.

»Ich habe zu lange gelebt«, antwortete Niun, was der Wahrheit entsprach: sowohl er als auch Melein hatte ihre Rasse überlebt, das Volk überlebt; und das war bittere Wirklichkeit. Er wußte nicht, wozu sich Melein entschließen würde, wenn sie ihn wiederfand, oder was sie ihm zu tun befehlen würde. Er blickte Duncan bedauernd an. Er sah, daß Duncans Augen vor Müdigkeit schattig waren, daß er zerzaust war, als hätte er wenig geschlafen. Im Moment sah er verwirrt aus.

»Die Regul hätten dich gefangen«, sagte Duncan rauh. »Ich hatte die Möglichkeit, dich zu meinem Volk zu bringen, und ich habe sie ergriffen. Die She'pan hat nicht protestiert. Sie wußte, was ich tat.«

Diese Behauptung erschütterte Niuns Vertauen in vertrauenswürdige Dinge. Er starrte Duncan für einen Moment an und legte schließlich seinen Stolz ab, stellte Fragen, wie er es bei einem Bruder des Kel tun würde.

»Wo sind meine Waffen?«

»Alles, was dir gehört, ist hier«, sagte Duncan. »Ich bringe dir deine Waffen sofort, wenn du darauf bestehst. Aber du warst im Halbschlaf und du warst krank, und ich dachte, daß du vielleicht nicht weißt, wo du bist, oder nicht verstehst, was vorgeht. Ich hasse es, durch ein Mißverständnis erschossen zu werden.«

Das war zumindest vernünftig. Niun atmete vorsichtig kontroliert aus und erinnerte sich daran, daß dieser Mensch dazu neigte, die Wahrheit zu sagen, entgegen der Erfahrung des Volkes mit Tsi'mri. »Ich bin nicht mehr krank«, sagte er.

»Willst du, daß ich gehe und deine Waffen hole?«

Niun dachte darüber nach, starrte in Duncans nacktes Gesicht; er hatte ihn herausgefordert . . . Duncan hatte mit einem Angebot geantwortet, obwohl seine Aufrichtigkeit beleidigenderweise angezweifelt worden war. »Nein«, sagte Niun und versuchte, sich zu entspannen. »Du gehst und kommst viel; wenn du wieder einmal kommst, bringst du sie.«

»Ich würde es vorziehen«, meinte Duncan, »zu warten, bis ich sicher bin, daß es dir gut geht. Dann werde ich sie bringen.«

Niun wandte unglücklich den Blick ab. Mit nacktem Gesicht empfand er die Hilflosigkeit seiner nutzlosen Glieder und lag still, gezwungen, die Situation zu akzeptieren. Das Dus regte sich, unbehaglich durch seinen Schmerz. Er streckte die Hand aus und tröstete es.

»Ich habe etwas zum Essen gebracht«, sagte Duncan. »Ich möchte, daß du ißt.«

»Ja«, stimmte Niun zu. Er warf sich in die Kissen, als Duncan hinaus in den Korridor ging, um zu holen, was er gebracht hatte; er nutzte den Moment, um zu Atem zu kommen, und hatte sich beruhigt, als Duncan zurückkam. Er war entschlossen, aus eigener Kraft zu essen, obwohl die Hand zitterte, als er die Schüssel nahm.

Es gab kaltes Obst von fremden Welten, von dessen Schmackhaftigkeit er gehört, das er aber nie gegessen hatte; es gab eine Art Brot, zu weich für seinen Geschmack und dick, aber man konnte es leicht essen; und Soi gab es, für das er eine Vorliebe hatte. Er nahm die Tasse mit dem bittersüßen Getränk in beide Hände und trank sie völlig aus, denn es war das einzige vertraute Kesrithi, selbst wenn es regul war, und er wußte, daß es ihm gut tat. Er hatte seinem mißbrauchten Magen viel zugemutet; er lag völlig reglos, nachdem er gegessen hatte, weil er vermutete, daß Stilliegen die einzige Möglichkeit war, das Essen zu behalten.

»Unter diesen Umständen«, sagte Duncan, nahm das Tablett und stellte es auf den Tisch, wo sofort das Dus anfing, es zu begutachten, »wirst du dich schnell genug erholen.« Er rettete das Tablett und brachte es in den Korridor hinaus, gefolgt von dem Verräter-Dus mit dieser trauernden Gangart und gesenktem Kopf, das auf Mitgefühl hoffte.

Niun schloß die Augen und ruhte sich aus, hörte Aktivitäten weiter hinten im Korridor, maß die Entfernung bis dorthin. Geschirr klapperte; Stimmen konnte er nicht hören, nur das explosive Bellen eines Dus, mit dem die Tiere ihre eigenen Gefühle ausdrückten.

Melein? fragte er sich verzweifelt. Er hatte eine Frage gestellt; und die Frage nach seinen Waffen war abgewiesen worden. Er würde seine Ängste nicht ein zweitesmal an den Tag legen. Es war notwendig, sich daran zu erinnern, daß Duncan Tsi'mri war, und ein Feind.

Duncan kehrte nach einer geraumen Weile zurück, und bis dahin hatte sich die Nahrung etwas gesetzt, und Niuns Magen fühlte sich deshalb leichter. Duncan zeigte ihm eine Schalttafel in Reichweite seines Armes, zeigte ihm, wie er das Licht dimmen und wie er Hilfe anfordern konnte, sobald er etwas brauchte, auch, wo sich die sanitären Einrichtungen befanden. Die Anweisungen enthielten auch eine ausdrückliche Ermahnung, nicht den Versuch zu wagen und allein umherzugehen.

Niun sagte nichts, nahm lediglich alle angebotenen Instruktionen in sich auf, lag da und starrte Duncan an.

»Schlafe ein Weilchen«, wünschte ihm Duncan kurz darauf, spürte offensichtlich den Unwillen. Er ging zur Tür und blickte zurück. »Es gibt Essen, wann immer du willst. Du mußt mich nur rufen.«

Niun gab keine Antwort, und Duncan ging, ließ die Tür offen stehen; das Licht wurde schwächer, es fiel aus dem Flur herein.

Und als sich dann irgendwo eine Tür öffnete und wieder schloß, fing Niun methodisch an, sich zu bewegen, die Muskeln zu bewegen, die so lange nicht mehr an Bewegung gewöhnt waren. Er arbeitete bis zur Erschöpfung, und als er sich eine Zeitlang ausgeruht und geschlafen hatte, stellte er fest, daß das Dus zurückgekehrt war. Er redete mit ihm, und es kam herbei und legte den schweren Kopf auf die Bettkante. Er legte die Hände auf den großen Rücken und benutzte ihn als Stütze zum Aufstehen. Dann ging er ein paar Schritte, lehnte sich dabei auf das Tier, das ihn begleitete – ging dann wieder zurück und fiel mit zitternden Beinen über das Bett. Für eine Weile lag er ruhig, atmete schwer, und beinahe wurde ihm schlecht. Es dauerte einige Augenblicke, bevor er auch nur die kraftlosen Beine wieder ins Bett ziehen und sich ausruhen konnte.

Aber als er sich ausgeruht hatte, begann er wieder, sich zu bewegen, stand mit Hilfe des Dus auf und fing an, die wenigen möglichen Schritte auszuprobieren.

Ein langer Schlaf: ein Tag verging, mehr oder weniger – Zeit bedeutete nichts. Er maß sie nur am Eintreffen der Nahrung und solchen Perioden, in denen er allein war, in denen er versuchen konnte, seine Glieder wieder mit Leben zu erfüllen.

Ein weiterer Schlaf: an diesem Tag erwachte er allein, und nur das Dus war bei ihm. Seine Glieder schmerzten durch die erzwungenen Übungen, und immer noch war es Duncan nicht eingefallen, ihm seine Waffen zurückzugeben. Für einen Moment lag er still in der Dunkelheit und starrte hinaus in den erleuchteten Korridor.

Dann erhob er sich, diesmal ohne Hilfe des Dus, ging steifbeinig ins Badezimmer, wusch sich mit Wasser und zog sich sorgfältig und vollständig an, wobei er die Kleider benutzte, die zusammengefaltet auf dem Tisch lagen. Als letztes legte er das *Zaidhe* an, das mit Quasten verzierte Kopftuch, das Sichtschutz gegen das Licht unfreundlicher Sonnen bot; und mit dem *Zaidhe* legte er den *Mez* an, den Schleier, den er unterm Kinn befestigte – Sittsamkeit war hier aufgegeben, allein mit Duncan, der sein Gesicht bereits kannte. In den schwarzen Gewändern des Kel empfand er sich fast wieder als vollständig und verspürte einen Stich, als er die goldenen Ehrenzeichen berührte, die sein waren: das schwarze Symbol des Edun Kesrithun mit dem eingeprägten Zeichen der offenen Hand ... es hing an einer Kette, dieses *J'tal,* denn es stammte vom Nacken Intels, der verschiedenen Mutter; und ein kleiner Ring war an den Ehrengürtel gebunden – die Erinnerung überfiel ihn bitter und furchtbar –, von der Hand der Mutter von Elag; und – weitere Erinnerungen, voll jungem Schmerz – ein kleines goldenes Glücks-*J'tal,* in der Gestalt eines Blattes, das nie auf dem öden Kesrith gewachsen war: dies stammte von von einem älteren Bruder des Kel und rief andere in sein Gedächtnis zurück, die Meister, die ihn in Waffen und dem Gesetz des Kel unterrichtet hatten.

Und er erhielt sie aus der Hand eines Menschen zurück.

Er lehnte sich für einen Moment an die Wand, während das Dus nervös seine Schnauze an sein Bein stieß; als er wieder zu Atem gekommen war, ging er zur Tür, sah hinaus und trat ungehindert auf den Korridor, das Dus hinter ihm.

Schon der sich ihm bietende Anblick war fremdartig: enge, rechtwinklige Korridore, während er an die schrägen Wände seines eigenen zerstörten Hauses gewöhnt war oder die gekrümmten Wände von Regul-Innenräumen. Das Atmen fiel ihm schwer, denn die Luft war dick und roch beißend nach unvertrauten chemischen Düften. In seiner Verwirrung stützte er sich an die Wand, als ihn sein eigenes Dus beiseitestieß – und vor sich, weit unten im Korridor, erblickte er ein weiteres Dus, das den breiten Kopf aus einer Tür herausstreckte. Das seine watschelte los, um sich zu dem anderen zu gesellen, zeigte sich recht fröhlich.

Er hatte es gewußt: irgendwo in der drogenverschleierten Tiefe seines Inneren hatte er die Anwesenheit des anderen gespürt, die ihn beruhigte und an ihm zerrte. Zwei Dusei, eines davon bei Melein, die einmal zum Kel gehört hatte, die immer noch solch ein Tier anfassen konnte.

Es war ein langer Weg, der längste, den er je versucht hatte; er stieß sich von der Wand ab und ging zu dieser Tür, lehnte sich an den Türrahmen und sah hinein.

Melein, die She'pan.

Sie lebte wahrhaftig noch; sie schlief – voll bekleidet in ihrer Einfachheit, ihren zerlumpten gelben Gewändern der Sen-Kaste, die sie überdauert hatte. Sie war so zerbrechlich geworden, dachte Niun schmerzlich, so dünn; es war eine Sache, wenn ein Kel'en verletzt wurde, hungerte oder mit Drogen betäubt wurde – aber daß sie mit ihr so umgegangen waren: Zorn schwellte in ihm empor, so daß er für einen Moment nicht sehen konnte, und die Dusei stöhnten und zogen sich in die Ecke zurück.

Er verließ seinen Platz am Eingang, kam herbei und sank neben ihrem Bett auf die Knie, wo sie auf der Seite schlief, den Kopf auf einem Arm liegend. Die Dusei kehrten zurück und schlossen ihn eng ein; und er berührte die schlanken Finger ihrer geöffneten Hand.

Ihre goldenen Augen öffneten sich und blinzelten vor Überraschung. Zuerst schien sie verwirrt zu sein, streckte dann die Hand aus und faßte an sein nacktes Gesicht, als wolle sie prüfen, ob er ein Traum war oder nicht.

»Niun«, flüsterte sie. »Niun!«

»Was soll ich tun?« fragte er sie, zitterte fast vor Angst vor dieser Frage, denn er war nur ein Kel'en und konnte keine Entscheidungen treffen. Er war die Hand des Volkes, und sie war des Volkes Verstand und Herz.

Wenn sie nicht leben wollte, würde er sie und sich töten. Aber er sah den kalten, klaren Blick ihrer Augen, und dies war nicht der Blick einer Besiegten.

»Ich habe auf dich gewartet«, berichtete sie ihm.

Niun nahm die Dusei mit. Sie gingen, eines hinter dem anderen, vor ihm her, denn sie waren zu groß, um im Korridor nebeneinander zu gehen. Ganz langsam klickten die Klauen auf dem harten Boden. Durch ihren seltsamen Sinn wußten sie, wen er suchte – wußten auch, daß dies keine Jagd im Sinn eines Spieles war, mit einer Tötung am Schluß; und doch waren sie beunruhigt, vielleicht weil sie mit dem gegangen waren, den sie jetzt jagten.

Und sie begegneten Duncan im engen Gang direkt hinter einer Biegung.

So vertrauensselig, wie er daherkam, wollte er vielleicht gerade nach ihnen sehen. Er war nicht bewaffnet; er war es nie gewesen, erinnerte sich Niun mit plötzlicher Verwirrung in seinem Zorn. Und vielleicht hatte Duncan sie zu diesem Moment verführt, hatte darauf gewartet. Er schien zu wissen, wie die Dinge zwischen ihnen lagen: er stand reglos vor den Dusei, wartete darauf, daß Niun sagte oder tat, was er wollte. Sicherlich wußte er, daß sein Leben in Gefahr war.

»Es ist sonst niemand an Bord«, erinnerte ihn Niun, forderte ihn mit seiner eigenen Behauptung heraus.

»Ja. Ich habe dir die Wahrheit gesagt.«

Duncan hatte Angst. Die Dus-Gefühle waren drückend und schwer. Er gab jedoch seiner Furcht nicht nach – das würde ihn das Leben gekostet haben.

»Yai!« rief Niun die Dusei zurück, zog ihre Aufmerksamkeit aus dieser ausschließlichen und gefährlichen Konzentration zurück. Sie schwankten nervös, und das Gefühl entspannte sich. Sie würden ihm nicht trotzen. »Duncan«, sage er daraufhin, so direkt, wie er zu einem Bruder des Kel sprechen würde, »was hast du mit uns zu machen gehofft?«

Duncan zuckte auf Menschenart die Achseln, zeigte ein schwaches, müdes Zucken der Lippen. Mit seinem nackten Gesicht sah er aus wie ein Mann, dessen Körper oder dessen Geist lange keine Ruhe mehr gehabt hatte. Er war manchmal naiv, dieser Mensch Duncan, aber er wäre dazu in der Lage gewesen, auf sich aufzupassen, und wußte sicherlich, daß er das hätte tun sollen. Niun legte seine Gedanken an Gewalt für den Moment beiseite.

»Ich wollte«, sagte Duncan, »euch nicht in die Hände der Regul fallen lassen.«

»Du hast dein Volk einfach gefragt, und sie haben dir dieses Schiff zu deinem Vergnügen gegeben. Bist du so groß bei ihnen, daß sie dir so eifrig gefallen wollen?«

Duncan fuhr nicht auf gegen den Sarkasmus. Sein Ausdruck blieb nur müde, und erneut zuckte er die Achseln. »Ich bin allein.

Und ich habe nicht vor, um die Kontrolle des Schiffes zu streiten. Du kannst es übernehmen. Aber ich möchte darauf hinweisen, daß es kein Kriegsschiff ist, daß wir nicht bewaffnet sind und wir möglicherweise bereits das tun, was du möchtest. Ich denke nicht, daß du tatsächlich die Kontrolle übernehmen kannst. Wir navigieren nach Band.«

Niun blickte finster. Damit hatte er in seiner Unerfahrenheit nicht gerechnet. Er starrte Duncan an, wußte, daß seine Kräfte begrenzt waren, selbst in bezug auf das Stehenbleiben. Er konnte die Dusei loslassen, das Schiff übernehmen; aber das, was Duncan gesagt hatte, daß keiner von ihnen das Schiff handhaben konnte, machte seine Ruhe verständlich.

»Wo fliegen wir hin?« wollte Niun wissen.

»Ich weiß es nicht«, sagte Duncan. »Ich weiß es nicht. Komm mit mir zu den Kontrollen, und ich zeige dir, was ich meine!«

Das Ovoid ruhte in einem mit Schaumstoff ausgekleideten Kasten, ein schimmernder und schöner Gegenstand, einzigartig, heilig. Seine Oberfläche wies keinen Makel auf, obwohl Niun wußte, daß es zwischen Felsen herumgepurzelt war und die Götter mochten wissen, was widerstanden hatte, bevor es hierhergekommen war. Er kniete daneben nieder, kümmerte sich nicht um Duncans Anwesenheit, streckte ehrfurchtsvoll eine Hand aus und faßte an diese kalte, glatte Oberfläche, als sei es die Haut eines fühlenden Wesens.

Ein Stück der Mri-Seele war dieses Ding, dieses Pan'en, dieses Mysterium, das er getragen hatte, bis er nicht mehr konnte. Er wäre gestorben, um es vor Tsi'mri-Händen zu beschützen.

Und vor Tsi'mri war es zu ihnen gekommen, berührt und entweiht.

Duncans Tat. Es gab sonst niemanden, der es gefunden haben könnte.

Niun stand auf, die Augen verschleiert, weil ihn die Membran für einen Augenblick betrog; und vor einem für das Volk Fremden hätte er sich im Zorn verschleiert, aber Duncan war ihm näher gewesen als viele andere seiner eigenen Rasse. Er wußte nicht, welche Art von Großmut oder Drohung durch dieses Geschenk beabsichtigt wurde. Er spürte eine Tischkante im Rücken, was willkommen war, denn die Beine gaben unter ihm nach. Das

Dus kam herbei, das große scheinbar unbeholfene Geschöpf, vorsichtig an diesem Ort feiner Instrumente und enger Räume. Es legte sich zu seinen Füßen nieder, bot ihm Wärme und Stetigkeit an, als er sie brauchte.

»Du kennst die Mri gut genug«, sagte Niun, »um zu wissen, daß du sehr unbekümmert warst, als du das berührt hast.«

»Es ist deins. Ich habe es für dich zurückgeholt; oder hättest du es lieber gehabt, wenn es da draußen verlorengegangen wäre?«

Niun sah wieder zu dem Pan'en hinab, dann wieder auf zu Duncan, überlegte immer noch, was hinter diesem unverschleierten Gesicht lag; und langsam, bedächtig befestigte er den Schleier vor seinem Gesicht – eine Warnung, falls Duncan diese Mri-Geste gelernt haben sollte, die auflöste, was an Persönlichem zwischen ihnen war. »Die Menschen sind verrückt vor Neugier. So haben mich meine Ältesten gelehrt, und ich finde, sie hatten recht. Es kann nicht in euren Händen gewesen sein, ohne daß eure Gelehrten Einblick in es genommen haben; und es ist sogar möglich, daß sie herausgefunden haben, was es ist. Da ich selbst nur ein Kel'en bin, bin ich nicht berechtigt, das zu wissen. Vielleicht weißt du es. Ich will es nicht wissen.«

»Du hast recht mit deinem Verdacht.«

»Da du ein Mensch bist, wußtest du, was geschehen würde, wenn du es zu deinem Volk bringst.«

»Ich habe nicht gewußt, was es ist. Ich habe nicht gewußt, daß es für sie mehr als nur eine Kuriosität sein würde.«

»Ist es aber«, mutmaßte Niun, und als Duncan keine Antwort gab: »Sind wir deswegen hier? Ein Ding war den Mri geblieben, einen Schatz hatten wir, und hier liegt er, und hier bist du, allein, und plötzlich gibt man uns Entgelt und unsere Freiheit – ein Schiff für unseren Abflug, unter großen Kosten. Für welchen Dienst an der Menschheit ist das ein gerechtes Entgelt, Kel Duncan? Vierzig Kriegsjahre lang haben wir mit deiner Rasse gerungen, und dafür gibt man uns Geschenke?«

»Der Krieg ist zu Ende«, sagte Duncan. »Vorbei. Eine tote Sache.«

»Die Mri auch«, sagte Mri, zwang sich zu dieser Bitterkeit, verwarf die Großzügigkeit von Tsi'mri und all ihre komplizierten Anforderungen. Schwäche überkam ihn wieder, ließ ihm die Sinne verschwinden und die zu lange unter Spannung stehenden Muskeln zittern. Er umklammerte die Tischkante mit der

Hand, holte tief Atem und ließ ihn wieder fahren, worauf sich sein Blick wieder klärte. »Ich weiß nicht, warum du allein an Bord bist«, sagte er. »Wir beide verstehen einander nicht, Kel Duncan.«

»Einfach ausgedrückt«, meinte Duncan, nachdem er diese faire Warnung aufgenommen hatte. »Vielleicht irre ich mich, aber ich dachte, daß du meinen Versuch erkennen würdest, euch Gutes zu tun. Ihr seid frei.«

Niun ließ den Blick über die Kontrollen schweifen, über das fremdartige Durcheinander eines Systems so unähnlich dem der Regul-Kontrollen, die er nur in der Theorie kannte. Ein dünnes Schweißrinnsal floß unter seinen Gewändern die linke Seite hinab.

»Werden wir eskortiert?« fragte er.

»Bis jetzt stehen wir unter Beobachtung«, sagte Duncan. »Unsere Leute sind nicht so vertrauensselig. Und weder du noch ich können irgendetwas mit diesem Leitsystem anfangen: wir sind auf Band. Vielleicht kannst du uns da rausreißen, aber wenn du das machst, zweifle ich nicht daran, daß sich das ganze Schiff selbst zerstören wird.«

Das zumindest klang vernünftig. Niun überdachte es, während seine Hand abwesend den Kopf des Dus streichelte, das sich neben ihm aufsetzte.

»Ich werde gehen und der She'pan berichten, was du gesagt hast«, sagte Niun schließlich. Er schickte das Dus mit einem sanften Wort voraus und folgte ihm und seinem Gefährten, ließ Duncan im Besitz der Kontrollen. Duncan konnte sie alle töten; aber er hätte es schon lange machen können, wenn er es vorgehabt hätte. Er hätte sie einschließen können, aber möglicherweise war das ganze Schiff ein Gefängnis, das von außen bewacht wurde. Es blieb die Frage, warum Duncan entschieden hatte, hier bei ihnen zu sein. Niun vermutete, daß es mit dem merkwürdigen Ehrgefühl dieses Menschen zu tun hatte, das offensichtlich existierte, aber völlig verschieden war von dem der Mri.

Oder vielleicht hatte es nichts mit Duncans Bindung an die Mri-Rasse zu tun; es erschien Niun möglich, daß sie beide Kel'ein waren und unter ähnlichem Gesetz lebten, unter der Leitung von anderen, und jemand anderes entschied, was und wo sie es tun durften.

Niun konnte verstehen, daß ein Mann Gefährtenschaft mit einem anderen Kel'en finden mochte, dem er eines Tages gegenüberstehen und ihn töten mußte. Es wurde gesungen, daß dergleichen geschehen war.

Es war niemals gut, Freundschaften außerhalb des eigenen Hauses zu bilden; solche Verbindungen hatten ein sprichwörtlich schlechtes Schicksal, denn die Pflicht setzte die Treue zum Haus an die erste Stelle und die Befehle der She'pan über alles.

8

Es war geschafft.

Duncan stand da und sah zu, wie der Mri ging, und wußte, daß die She'pan Melein bald kommen mußte, um die nominelle Kontrolle über das Schiff zu fordern, jetzt, wo Niun sich dessen versichert hatte, daß sie auf keinen Widerstand und keine Beleidigung stoßen würde.

So war das bei den Mri, daß die She'pan die Entscheidungen fällte, wenn sie für eine Rücksprache erreichbar war. Boaz hätte das dem Militär berichten können; er selbst hätte es denen mitteilen können, die die Pläne für die Sicherheit der FLOWER gemacht hatten, hätten sie nur gefragt – daß die Mri-Kel'ein, die Schwarzgewandeten, die ein Schrecken gewesen waren, wo sie auch auftauchten, nicht die Autorität waren, die in Erwägung gezogen werden mußte.

Niun verstand das Artefakt nicht, das er verehrte. Auch das überraschte Duncan nicht. Niun, so tüchtig er war, lehnte es ab, bestimmte Dinge zu wissen, die er als für ihn unpassend erachtete. Vor jeder Handlung von politischer Bedeutung mußte er sich mit Melein beraten, wenn er die Möglichkeit dazu hatte. Duncan hatte sich verzweifelt darauf verlassen. Es hatte geklappt. Er fühlte sich bestätigt, von einem Gewicht befreit, das seit Tagen auf ihm gelegen hatte, jetzt wo er Niun ganz und auf den Beinen sah und dorthin unterwegs, wohin er wie er kalkuliert hatte – gehen würde.

Er fand sich mit einem merkwürdigen Mangel an Furcht bei der Sache, die er getan hatte. Furcht empfand er, wenn er nachts wach lag, sich an die Ruinen in den Bergen erinnerte, den Alptraum von Sil'athen, das Inferno, das sich auf sie herabgesenkt hatte; oder wenn er über die Regul lächelte, die versucht hatten, ihn zu töten und stattdessen eine empfindende Lebensform getötet hatten. Vor den Mri empfand er nur einen kenntnisreichen Respekt.

Es gab immer noch eine gute Möglichkeit, daß sich die Mri gegen ihn wendeten und ihn töteten; damit hatte er von Anfang an gerechnet – aber es würde nicht zu dem passen, was er von ihnen wußte. Wenn es geschah, dann aus den Tiefen irgendeiner Mri-Logik heraus, die diese beiden Mri ihm gegenüber nie gezeigt hatten, selbst dann nicht, wenn sie bitter provoziert worden waren.

Die Zeit für Bedauern war lange vorbei. Es gab nur noch wenig Zeit für ihn, etwas zu tun. Er wischte sich mit dem Handrükken über die verschleierten Augen. Während der letzten vier Tage hatte er hin und wieder ein Nickerchen gemacht, wenn er konnte, aber er hatte nicht im Bett geschlafen, hatte sich nicht getraut, nicht, solange die Lage an Bord im Fluß war, mit zwei freien Regul-Schiffen im System und einem nervösen Menschenschiff in seinem Gefolge.

Er setzte sich an die Konsole, rief Daten von den Instrumenten ab, die in ihren geschäftigen Sequenzen aufblitzten, sah, daß sie zur Transition bereit waren, das Leitsystem auf den Bezugsstern ausgerichtet und bereit, den Sprung zu machen, sobald die anderen Systeme der FOX den Computer darüber informierten, daß sie weit genug von der nächstliegenden größeren Masse entfernt waren. Das konnte noch einen Tag dauern: automatische Toleranzbereiche waren größer, als sie sein mußten. Aber länger würde es sicherlich nicht dauern.

Von soweit draußen war Kesrith im Sonnenglanz untergegangen, und das rote Arain erlangte seine angemessene Unbedeutsamkeit im stellaren Vergleich, ein bloßes Grenzleuchtfeuer für Menschen, das den Grenzbereich der menschlichen Territorien kennzeichnete, ein Stern, umkreist von einer spärlich bevölkerten Welt und verschiedenen anderen, auf denen nichts lebte.

Und einer der Schirme zeigte das Schemabild, auf dem die Position der Regul als weiter draußen erschien, als sie inzwischen hätten sein müssen: sie vollzogen eine vorsichtige Annäherung. Er kümmerte sich nicht um die Position der Regul; sie waren weit entfernt im System und kein Teil dessen, was ihn beschäftigte.

Auf einem anderen Schirm tauchte das winzige Objekt auf, das der Reiter SANTIAGO von der SABER war, sein treuer Schatten.

Er war jetzt näher dran als bisher.

Er biß sich auf die Lippe, sein Herzschlag beschleunigte sich, denn er wollte die Funkstille nicht brechen oder einen Streit mit seiner Eskorte beginnen: die Mri waren auf freiem Fuß. Aber die Tatsache der Mri veranlaßte ihn zu einer raschen Konsultation des Computers, und er fluchte vor sich hin und langte nach dem Kom-Schalter.

»SANTIAGO«, signalisierte er. »SANTIAGO, hier FOX. Bitte halten Sie größeren Abstand. Sie sind auf meinem Scanner, und

Ihre Masse wird von meinen Instrumenten registriert. Sie verhindern Sprung.«

Es gab eine lange Pause. »Wir kopieren«, antwortete die SANTIAGO und machte anscheinend eine Pause zur Konsultation. »Hier Zahadi. Möchte Sie darüber informieren, daß sich bei uns Schwierigkeiten entwickeln.«

Der Kapitän der SANTIAGO. Die Kälte der Vorahnung durchfuhr Duncan. »Erklären Sie!« forderte er Zahadi auf.

»FOX«, kam die Stimme zu gegebener Zeit zurück. »Ich setze Sie davon in Kenntnis, daß keines der Regul-Schiffe anflugbereit ist. Hulagh ist mit der Fähre auf die Station gekommen. Situation dort außerordentlich angespannt. Hulagh hat verlangt, an Bord des Regul-Schiffe SIGGRAV gehen zu können. Stavros' letzte Nachricht wie folgt: *An Bord gehen wird erlaubt werden. Alle Bedingungen für Sondermission sind unverändert. Weitermachen! Botschaft nach Erhalt vernichten!*

»SANTIAGO, wir sind zum Sprung bereit. Situation andernorts irrelevant. Sie verhindern den Sprung. Bitte verlassen Sie Scannbereich!«

»Wir kopieren«, erwiderte Zahadi.

Es folgte ein langes Schweigen. Duncan wartete und beobachtete die Scanneranzeige. Nichts veränderte sich. Er wiederholte seine Forderung unbeirrt.

Immer noch gab es keine Antwort. Die SANTIAGO befand sich nach wie vor im Scannbereich.

Wieder schnippte er die Verbindung ein und verfluchte diesmal die SANTIAGO und alle, die sich an Bord befanden; die SANTIAGO blieb, wo sie war, benutzte stur ihre Masse, um ihn am Sprung zu hindern – dessen war er sich jetzt sicher.

Stavros' Befehle – ein Schiff, dem Stavros nicht ganz Vertrauen konnte, an der Leine, vorsätzliche Verzögerung.

Und die Mri würden kommen. Er überlegte, was geschehen würde, wenn Melein durch diesen Korridor kam, um mit den Dusei ihre Wünsche durchzusetzen. Niun wartete vielleicht, um nach seinen Waffen zu suchen; sie beide mochten eine Zeitlang warten und die Rückkehr ihrer Kraft abwarten: Niun konnte kaum gehen, und Melein konnte es vielleicht gar nicht. Es war zuviel der Hoffnung, daß sie nicht eingreifen würden.

Stavros' Einmischung. Stavros kannte ihn, vertraute ihm nicht genug, um ihn ohne Behinderung davonfliegen zu lassen.

Und in plötzlich aufblitzendem Begreifen hieb er den Scanner auf Maximum. Ein sich bewegender Punkt tauchte an der Grenze des Feldes auf und näherte sich rasch.

Er fluchte und gab einen panischen Anruf an die SANTIAGO ein, beschwerte sich darüber.

»FOX, FOX«, kam endlich die Antwort. »Hier SABER über SANTIAGO, zugewiesene Eskorte. Erbitten Bestätigung.«

Duncan beugte sich vor und justierte den Scanner, die andere Hand zusammengeballt. »SABER, hier FOX. Eskorte nicht Inhalt meiner Befehle. Ziehen Sie sich zurück, ziehen Sie sich zurück!«

Es gab zur erwarteten Zeit keine Bestätigung. Nichts.

Die SABER veränderte ihren Kurs nicht.

»Erbitte Erklärung«, sendete Duncan.

Keine Antwort kam. SABER setzte den Abfangkurs fort. In sehr kurzer Zeit würde es für Duncan keine Wahl mehr geben.

Er fluchte über sie. »SABER«, drängte er. »SABER, geben Sie folgende Nachricht an SANTIAGO weiter. Ziehen Sie sich aus meinem Scanbereich zurück! Wiederhole: Ziehen Sie sich aus meinem Scannbereich zurück! Dieses Schiff ist sprungbereit und Ihre Masse wird registriert. Erbitte offiziellen Logbucheintrag folgender Nachricht: SANTIAGO, Sie haben fünf vorhergehende Warnungen mißachtet. In fünfzehn Minuten werde ich dieses Schiff durch manuelle Überbrückung springen lassen. Wenn Sie nicht sofort Fluchtmanöver durchführen, werden Sie von meinem Feld eingefangen werden. Ich rate Ihnen, sich zurückzuziehen. Fünfzehn Minuten laufen.«

Die Sekunden tickten dahin. Duncans Hand schwitzte auf dem Überbrückschalter. Der Punkt, der die SANTIAGO darstellte, fing an, sich fortzubewegen, aber die SABER näherte sich weiterhin rasch.

»FOX«, hörte er. »Hier SABER, Koch spricht. Setze Sie hiermit davon in Kenntnis, daß diese Operation ab jetzt auch unsere ist. Wir sind angewiesen worden, Ihnen zu folgen. Befehl des Ehrenwerten G. Stavros, Gouverneur der Kesrith-Gebiete.«

Es traf ihn in der Magengrube: *O Gott, raus hier, raus hier!* wünschte er entweder den anderen oder sich, das wußte er nicht. Er zitterte unter der Anstrengung der lange gehaltenen Handstellung.

Ein Kriegsschiff von einem Kilometer Länge mit einem Begleit-Scout. Er beobachtete, wie sich die SABER näherte, noch nicht nah genug, daß ihre große Masse registriert wurde, aber näherkommend. Sie kamen auf der Spur der SANTIAGO heran, und die SANTIAGO, nicht sternflugtauglich, würde sich ankoppeln und auf der plumpen Kostruktion der SABER in den Sprung reiten.

Kriegsschiffe, keine Sondermission. Er war zu einem Lotsen für Kriegsschiffe gemacht worden!

Nein, nein, nein! tobte er innerlich über die andern, und in einer sowohl impulsiven wie auch bedachten Handlung rammte er die Hand nach vorne und hieb die Handüberbrückung.

Sprung.

Er hielt sich am Schaltpult fest, während ihm alle Teile seines Körpers gleichzeitig Lügen erzählten, während die Wände wie Wasser zerflossen, während Formen sich in sich zu winden schienen und es keinen Raum gab; und wieder gab; und sich das Zerfließen wieder umkehrte und sich alle Formen zurück in den Normalzustand wanden.

Die Sterne auf den Schirmen waren andere. Duncan zitterte unter der Desorientierung, kämpfte sich daraus hervor wie ein Mann, der aus einem Gefecht im tiefen Raum hervorflog.

Er griff nach den Scannerkontrollen, während das winzigste Ungleichgewicht in seinem Körper Schwindel auslöste und dem Eindruck, daß immer noch Zwischenräume existieren, in die er stürzen konnte, weder hinauf noch hinab. Wenn im Sprung Zeit verging, nahm der Verstand sie nicht wahr, nahm nichts davon aus dem Abgrund heraus mit, nur dieses schreckliche Verdrehen nach innen. Er ließ den Scanner schweifen.

Nichts war da außer dem Klang der Sterne.

Da war nichts.

Er sackte im Polster zusammen und kämpfte gegen die emotionale Auflösung, die oft nach der Transition eintrat; und diesmal war sie mehr als nur körperlich. Er hatte einen furchtbaren, unwiderruflichen Fehler gemacht – nicht für die Mri, nicht für sie: er hatte für sie zumindest Zeit erkauft, während Koch und Stavros das aussortierten, was er gemacht hatte, sich besprachen und überlegten, welche Farbe er spielte und was mit ihm gemacht werden sollte.

Die Regul leben, hatte Stavros gesagt, *ihre Opfer nicht. Also befassen wir uns mit den Regul, die immer noch eine gefährliche Macht sind.*

Kriegsschiffe, nicht die FLOWER, nicht Leute wie Boaz und Luiz. Die Hälfte von Stavros' militärischen Kräften hatte sich darauf vorbereitet, dem Kielwasser der unbewaffneten FOX zu folgen, selbst während Regul Kesrith bedrohten. Kriegsschiffe, und er mit den Mri an Bord vor ihnen, um Verteidigungsanlagen auf die Probe zu stellen – ein unbewaffnetes Schiff, und dann die anderen.

Um letzte Mri-Basen aufzuspüren und zu zerstören, alles, was das Band finden konnte: zu beenden, was die Regul begonnen hatten.

Er beugte den Kopf in die Arme und versuchte, wieder zu Atem zu kommen. Die Muskeln zitterten vor Wut, aufgrund der Reaktion. Für einen Moment konnte er nichts anderes tun; und dann suchte er mit immer noch konsulsivisch zuckenden Fingern die Ampulle, die er seit Tagen in seinem Gürtel trug, weil er nie wußte, zu welcher Zeit der Sprung stattfinden würde. Er brach sie auf, ließ sie beinahe fallen, stieß die Nadel in die Armvene und ließ die Droge in seinen Blutstrom eindringen.

Wärme verteilte sich in ihm, ein Gefühl der Ruhe, der Fähigkeit, die unnatürlichen Verzerrungen des Sprunges zu meistern, zu funktionieren, bis es wieder Muße zum Ausruhen gab. Sein Verstand klärte sich, hielt jedoch Abstand zu jeder Art von Streß.

Er überlegte klar, was er getan hatte: daß die SABER ihnen folgen würde; sie hatten dort identische Aufzeichnungen – alles war vervielfältigt worden. Die Kriegsschiffe also würden unweigerlich kommen. Es würde ein Kriegsgerichtsverfahren geben, wenn die Menschheit ihn je wieder einfing; sein direkter Widerstand gegen Koch machte das gewiß. Aber wenn die Mri erfuhren, was er gemacht hatte, würden sie sich vielleicht selbst darum kümmern, so daß die menschliche Gerechtigkeit in der Tat eine sehr ferne Drohung war.

Er dachte ruhig an diese Dinge, ob nun aufgrund der Erschöpfung von Tagen ohne Schlaf – er fragte sich entfernt, ob das schuld an dem war, was er gemacht hatte, oder ob der Abzug viel früher durchgezogen worden war, viel früher, als er sich um die Befreiung der Mri gekümmert hatte. Er versuchte, auf dem Band Informationen zu finden, aber es sagte ihm nichts, weder die Zeitspanne zum Weiterflug, noch die Anzahl der Sprünge, noch irgendeinen Hinweis darauf, wo sie sich befanden. Er betrachtete den Stern im Scanner. Möglicherweise eine Mri-Basis. In dem Falle konnte seine Zeit in Tage bemessen sein.

Er stieß sich von den Kontrollen ab. Die Sinne sandten ihm immer noch wie wild Signale, selbst unter den beruhigenden Auswirkungen der Droge. Es war schlimmer, als er es je erlebt hatte. Das machte die Müdigkeit. Er dachte, daß er, wenn die Lage auch nur für eine Stunde stabil blieb, in sein Quartier gehen und sich waschen und hinlegen würde, jetzt wo es zu spät war, sich um irgendetwas Sorgen zu machen.

Und ein Dus schlenderte durch die Tür, und dahinter das zweite Dus; und hinter ihnen kamen die Mri.

Er wich zurück. Melein kam herbei, wie gewohnt unverschleiert, die Finger in denen Niuns verschränkt, der sie stützte. Sie betrat den Kontrollraum, als Duncan zurücktrat, und ihre goldenen Augen schweiften hindurch und richteten sich auf das Objekt, das neben den Kontrollen lag: auf das Artefakt in seinem Behälter. Sie ging zu ihm, mißachtete alles andere, und berührte das silberne Ovoid mit den Fingerspitzen, neigte sich mit Niun, der sie ihm Gleichgewicht hielt, tastete, wie um sich zu vergewissern, daß es wirklich war.

Dann richtete sie sich auf. Ihre bernsteinfarbenen Augen suchten Duncans, beschattet und durchbohrend direkt.

»Ich will sitzen«, sagte sie, ihre Stimme ein rauhes Flüstern; und Niun half ihr vorsichtig, sich auf den gepolsterten Lehnsessel der Kom-Station zu setzen, als handele es sich um einen Thron. Sie saß aufrecht, die Hand gegen die Rippen gepreßt, wo sie verwundet worden war, und für einen Moment litt sie unter Atemnot. Es schien jedoch vorbeizugehen, und sie senkte die Hand. Die beiden Dusei kamen herbei und drängten sich zu ihren Füßen zusammen, bildeten für sie einen lebendigen Wall an ihren Knien. Und sie streckte die linke Hand zu Niun aus, der sich neben ihr auf das Deck setzte, den Ellbogen gegen das größere Dus gestützt. Duncan betrachtete sie beide: für seine benebelten Sinne hatte sich das moderne Kontrollzentrum in die Halle einer Priesterkönigin verwandelt, in der er ein Fremder war. Melein blickte ihn direkt an: hinter ihr zeigten die Sternenschirme einen Staub aus Lichter, und die farbigen Anzeigen blitzten in träger Reihenfolge und hypnotisch regelmäßig.

»Duncan«, sagte Melein sanft, »wohin fliegt das Schiff?«

Er erinnerte sich daran, daß es nicht immer erlaubt war, sie direkt anzusprechen, obwohl es ihm einmal gestattet worden war. Jetzt lagen die Dinge anders. Er blickte auf Niuns verschleiertes und nicht mitteilsames Gesicht. »Sage der She'pan, daß *das* uns führt«, antwortete er und wies mit einem Achselzucken auf das Ovoid neben ihnen.

»Ich spreche mit ihm«, sagte Melein, und ein Stirnrunzeln erschien auf ihrem Gesicht. »Erkläre! Erkläre es, Kel Duncan!«

»Weißt du«, fragte er sie, »was es enthält?«

»Weißt du es!«

Er schüttelte den Kopf. »Nein. Aufzeichnungen. Navigatorische Aufzeichnungen. Aber nicht unser Ziel. Kennst du es?«

Ihr liebliches Gesicht verwandelte sich in eine Maske, so unausdeutbar wie die Niuns, obwohl unverschleiert. »Warum bist du mit uns allein? Hättest du nicht weiser gehandelt, wenn du uns von den Kontrollen ferngehalten hättest, Kel Duncan?«

Sie schritt mit ihm die Grenzen von Fragen ab. Mühsam klärte er seinen Verstand, suchte nach Erkärungen, aber sie streckte ihm beharrlich die Hand entgegen, und es gab nichts Gütigeres, als ihre langen, schlanken Finger in die eigene Hand zu nehmen. Die fremdartige Berührung bestürzte ihn, und er befand sich, im Hinblick auf die Dursei, in einer gefährlichen Position. »Setz dich!« befahl sie ihm, denn sie mußte zu ihm aufsehen, wenn er stand. Und es gab keinen anderen Platz als das Deck, gegen die Körper der Dusei, wie Niun ruhte. »Bist du jetzt zu fremd für uns?« fragte sie, verspottete ihn.

Er tat wie befohlen. Seine Knie schmerzten auf dem Deck. Zwangsläufig berührte er die Dusei und kannte die Falle, den Kontakt mit den Tieren, das Verschwimmen der Sinne. Er bekam Angst, und die Tiere wußten es, erhoben sich mächtig gegen ihn; er unterdrückte die Furcht, und sie ließen sich wieder nieder.

»Ich habe«, sagte Melein zu ihm, ihre Stimme fern und ruhig, »einmal gesagt, daß wir ein Schiff und einen Weg von Kesrith finden würden; ich habe gesagt, daß ich das Pan'en haben muß, und du warst dabei und konntest es hören. Kel Duncan, sind diese Dinge dein Geschenk, allein deines?«

Sie war nicht naiv, diese Kindkönigin: sie fragte, was sie nicht glaubte. Er fühlte, wie sich Abgründe vor seinen Füßen öffneten. »Die Politiker«, sagte er, »wollen euch nicht in den Händen der Regul sehen. Ihr seid frei. Nein, das ist nicht mein Geschenk; es stand mir nicht zur Verfügung, um es euch zu geben. Andere – haben diese Dinge arrangiert. Wenn ihr in Regul- oder Menschenraum bleibt, seid ihr erledigt; dieses Schiff ist unbewaffnet. Aber wir haben jetzt keine Eskorte mehr, She'pan. Wir sind allein. Und wir werden diesem Band bis zu seinem Ziel folgen.«

Sie schwieg einen Moment lang. Duncan betrachtete Niun, fand dort keinen Trost, war sich nicht sicher, ob einer von beiden ihm glaubte. Melein redete in ihrer eigenen Sprache; Niun antwortete einsilbig, ohne sein Gesicht zu wenden oder den Ausdruck zu ändern. *Tsi'mri,* hörte Duncan: das Mri-Wort für Außenseiter; und er hatte Angst.

»Haßt dich deine Rasse?« fragte Melein. »Warum bist du an Bord allein, Kel Duncan?«

»Um mich um euch – und die Maschinen zu kümmern. Jemand muß es tun. She'pan, von *dem,* von diesem Gegenstand, haben Wissenschaftler unsere Leitbänder angefertigt. Wir sind an sie gebunden, und es gibt nichts, was ihr oder ich dagegen machen könnten. Ich bediene das Schiff; ich bringe euch zu eurem Ziel, worum es sich dabei auch handelt. Und wenn ich das getan habe, werde ich das Schiff nehmen und zu meinem Volk fliegen und ihm sagen, daß die Mri keinen Anteil mehr haben wollen an der Politik der Regul oder Menschen, und daß der Krieg für immer vorbei ist. Zu Ende. Deswegen bin ich an Bord.«

Ein besorgtes Stirnrunzeln verstärkte sich auf Meleins Gesicht, als sie in seine Augen starrte. »Ich kann keine Wahrheit in dir lesen«, bekannte sie, »als der Tsi'mri, der du bist. Und deine Augen blicken nicht rein.«

»Medikamente«, sagte Niun leise, das erste Wort, das er ohne Aufforderung sprach. »Sie benutzen sie bei Transitionen.«

Die Mri hatten keine, lehnten Medikamente ab, selbst das: Niuns *sie* erlangte erniedrigende Kraft, und Duncan spürte den Stich dadurch, empfand im selben Augenblick dessen Gefahr. Zum erstenmal geriet er in Panik; die Dusei fuhren alarmiert auf, und Niun wies sie zurecht, beruhigte sie mit den Händen.

»Du weißt nicht«, sagte Melein daraufhin, »was deine Vorgesetzten mit dir gemacht haben, Kel Duncan. Wieviel Zeit lassen sie dir bis zur Rückkehr?«

»Ich weiß nicht«, sagte er.

»Es ist eine so lange Reise. Du solltest nicht hier sein. Du hättest das nicht tun sollen, Kel Duncan.«

»Es ist ein langer Weg zurück, She'pan. Wir sind gesprungen.«

»Dies ist jetzt ein Mri-Schiff. Und wohin wir gehen, dorthin kann kein Tsi'mri gehen.«

Die Dusei regten sich, standen auf. Duncan machte Anstalten, sich zu erheben, aber Niun packte ihn am Handgelenk, ein kraftloser Druck, eine Warnung ohne Drohung. »Nein«, sagte Niun. Die Augen über dem Schleier blickten jetzt nicht mehr streng. »Nein. Sei ruhig, Duncan!«

Die Dusei hatten sich in eine Aussparung links von Melein zurückgezogen und gaben Warnrufe von sich, kleine stoßartige Atemzüge. Die kleinen Augen glitzerten gefährlich, aber nach einem Moment beruhigten sie sich, setzten sich, beobachteten immer noch.

Und Niun sprach zu Melein, ruhig, in seiner eigenen Sprache, erhielt eine Antwort und redete drängend weiter, als ob er Bitten vorbrachte, die ihrer Meinung zuwiderliefen. Duncan lauschte angespannt, konnte aber nur die Wörter *Mri, Kesrith* und *Tsi'mri* auffangen – Tsi'mri: wie Mri einfach *das Volk* bedeutete, so war das Wort für jede andere Rasse *Nicht-Volk.* So war ihr Denken beschaffen; es war ihm seit langem vertraut. Man konnte nicht dagegen argumentieren.

Schließlich, mit ein paar Worten, stand Melein auf, verschleierte das Gesicht und wandte sich ab, wandte ihnen bedachtsam den Rücken zu.

Es war eine frostige Geste. Duncan rappelte sich besorgt auf; und auch Niun erhob sich, stützte sich am Sessel ab, stand zwischen Duncan und den Dusei.

»Sie hat gesagt«, berichtete Niun, »daß ich keinem Fremden mehr erlauben darf, vor ihr Angesicht zu treten. Du bist ein Kel'en: ich werde gegen dich kämpfen, sobald ich kann, oder du magst bei uns bleiben und als Mri leben. Du kannst wählen.«

Er starrte Niun hilflos an, sah selbst ihn durch die Wirkung der Droge nur wie von ferne. »Ich habe nicht meinen Nacken aufs Spiel gesetzt, um euch freizubekommen, nur um dann einen von euch zu töten. Nein.«

»Du würdest mich nicht töten«, meinte Niun.

Das brachte ihn aus dem Gleichgewicht. »Ich bin nicht euer Feind«, protestierte er.

»Willst du in den Dienst der She'pan treten?«

»Ja.«

Er sagte es rasch; es war die einzig vernünftige Antwort. Wenn die Lage sich beruhigt hatte, irgendwann später, würde der Augenblick gekommen sein, vernünftig mit ihnen zu reden, ihnen zu erklären, warum er mitsamt dem Schiff freigelassen werden mußte. Es war ihr eigener Schutz, an den sie dachten.

Aber Niun blieb für einen Moment still, starrte ihn an, als ob er hinter dieser Zustimmung eine Lüge argwöhnte.

»Niun«, sagte Melein, ihnen immer noch den Rücken zuwendend; er trat zu ihr, und sie redeten leise miteinander. Dann schwieg er für einen Moment; die Dusei bewegten sich unruhig: eines stöhnte und stieß mit der Nase fordernd gegen Niuns Hand. Er liebkoste es abwesend, brachte es damit zum Schweigen, ging dann zurück auf die Seite des Raumes, wo Duncan stand.

»Kel Duncan«, sagte er, »die She'pan sagt, daß wir *heimkehren*. Wir kehren nach Hause zurück.«

Für einen Moment fiel es Duncan nicht ein – dann erst kam das dumpfe, ferne Begreifen. »Ihr habt Kesrith euer Heim genannt«, sagte er.

»Und Nisren. Kel-Wahrheit. Die She'pan weiß Bescheid. Duncan . . .« Die Augen über dem Schleier verloren ihre Teilnahmslosigkeit. »Vielleicht sind wir die letzten. Vielleicht ist nichts geblieben. Vielleicht wird es eine zu lange Reise. Aber wir machen sie. Und danach muß ich vergessen, ebenso wie du. Dies ist das Wort der She'pan, denn nichts menschliches kann auf solch einer Reise bei uns bleiben. Die She'pan sagt, daß du dem Volk ein großes Geschenk gemacht hast; und wegen dieses Dienstes magst du deinen Namen behalten, obwohl er menschlich ist, aber sonst nichts. Wir sind von der Sonne in die Dunkelheit gegangen; und in der Dunkelheit vergessen wir alles, was wir waren und sahen und wußten, und wir kehren heim zu unseren Vorfahren. Das ist, wozu du dich gesellt hast, Duncan. Wenn du jemals auf der Heimatwelt des Volkes stehst, wirst du Mri sein. Ist das begriffen? Ist es das, was du willst?«

Ein Dus drängte sich an sie, warm und mit drängenden Emotionen. Duncan fühlte eine Taubheit, spürte beinahe Niuns Furcht. Vergewaltigung der Persönlichkeit, der Selbstkontrolle: er wich zurück und das Dus scheute, kehrte dann beharrlich in seine Nähe zurück. Die Dusei konnte man nicht anlügen; die Mri letztendlich ebenfalls nicht. Eines Tages würden sie erfahren, was Menschen ihnen hatten zufügen wollen, was er zu ihrer Heimatwelt geführt hatte; ein zweites, tödlicheres Geschenk. Es war eine Ironie, daß sie ihn fragten, ob er es mit ihnen teilen wollte.

»Das ist, was ich will«, sagte er, denn er sah keine andere Wahl.

Niun runzelte die Stirn. »Ein Mri«, sagte er, »hätte nicht die Wahl treffen können, die du getroffen hast.«

Der Abstand, den ihm die Droge verlieh, schwand, überließ ihn der kalten Wirklichkeit. Er hörte, was Niun sagte, und es drehte sich, Vorahnungen weckend, in seinem Bewußtsein. Er betrachtete Meleins Rücken, fragte sich, ob sie sich jetzt dazu herablassen würde, ihn zur Kenntnis zu nehmen, da er sich all ihren Bedingungen unterworfen hatte.

»Komm!« sagte Niun und wies auf die Tür. »Du hast das Schiff aufgegeben. Du gehörst hier jetzt nicht mehr hin.«

»Sie kann nicht damit umgehen«, protestierte er, dachte mit Bestürzung an Melein, die, wüstengeboren und regul-trainiert, ihre Hand an menschengemachte Maschinen legte.

Niuns ganzer Körper versteifte sich; das Stirnrunzeln kehrte zurück. »Komm!« wiederholte er. »Vergiß als erstes, wie man fragt! Du bist nur ein Kel'en.«

Es war Wahnsinn. Es war für den Moment unumgänglich. Meleins Unwissenheit konnte sie alle töten, aber sie war sicherlich vernünftig genug, von Unbesonnenheit Abstand zu nehmen. Das Schiff konnte von allein fliegen. Dies war eine weniger unmittelbare Gefahr als ein Streit mit Niun.

Hier waren die Dusei.

Hier war die schlichte Tatsache, daß er, wenn er den Mri besiegte, ihn auch töten mußte. Und er hatte nicht mit Stavros' Befehlen gebrochen, sich von Kesrith abgeschnitten, um den Job der Regul für die anderen zu Ende zu bringen. Mit der Zeit konnte er die Mri gut genug kennenlernen, um vernünftig mit ihnen zu reden, wo immer sie waren, auf einer Mri-Welt oder einer der Regul.

Er fügte sich und verließ das Kontrollzentrum zusammen mit Niun, die Dusei hinter ihnen. Die Tür ging hinter ihnen zu, wurde versiegelt. Er hörte, wie das Schloß einschnappte.

9

Zwei Kriegsschiffe, sechs Reiter-Fahrzeuge.

Bai Hulagh Alagn-ni beobachtete mit Befriedigung den Unterschied, den Macht im Verhalten des Menschenvolkes spielte. Sie warteten auf den Frontstufen des Nom, zwei Handvoll Menschenjunglinge, um die Karawane vom Shuttle-Landeplatz in Empfang zu nehmen; und eine Anzahl Regul-Junglinge, die vier glänzende Silberschlitten brachten. Hulagh gab seinem Fahrer eine kurze Anweisung, dort zu den Regul hinaufzufahren: einige der neuen Leute weiter hinten in der Karawane waren noch scheu vor Menschen, und trotz seines Ranges und der zu erwartenden Unbequemlichkeit hatte Hulagh vor, vor ihnen auszusteigen und sich um die anderen zu kümmern. Er selbst hatte keine Angst vor Menschen und war darauf bedacht, daß sich keiner der anderen Alagn vor ihnen entwürdigte.

Das Fahrzeug hielt ohne Ruck an. Die Luke ging auf und ließ die vertraute, ätzende Luft von Kesrith herein: Hulagh schnaubte vor Widerwillen, als sie in seiner Nase brannte – aber sie enthielt jetzt nichtsdestotrotz einen gewissen Geschmack.

Er kümmerte sich nicht um die Menschen, die ihn neugierig beguckten; einige streckten versuchsweise Hände aus, um ihm zu helfen. Sein Fahrer, Suth Horag-gi, drängte sie zur Seite, und mit gekonnter und wirksamer Organisation brachte er den Schlitten in Position. Sehr vorsichtig hob Suth Hulaghs großes Gewicht auf seine verkümmerten Beine und schnell wieder hinab in den hausinternen Schlitten – eine Sanftheit und Freundlichkeit, die Hulagh inzwischen hoch schätzte. Er war mehr und mehr dazu gekommen, diesen Jungling des winzigen Doch Horag hochzuschätzen; sein Betragen während der schwierigen Tage auf der Station war fehlerlos gewesen. Natürlich brachte er dies nicht gegenüber Suth zum Ausdruck: das würde den Jungling, den er für größere Verantwortung auszubilden gedachte, nur verderben.

Diener nicht nur des ersten Ältesten von Alagn, sondern des ersten Ältesten des ersten Doch unter den ersten dreien der Regul: Suth kannte das kommende Glück noch nicht. Hulagh lächelte vor sich hin, eine Geste, die die Menschen kaum erkennen würden, ein Straffen der Muskulatur der unteren Augenlider, eine Entspannung der Nasenlöcher trotz der beißenden Luft.

Sein langes, vorsichtiges Manövrieren hatte Erfolg gehabt.

Acht Schiffe waren gekommen, ein Viertel der Stärke von Doch Alagn, und andere warteten noch. Sie waren gekommen, um das Schicksal ihres Ältesten herauszufinden, auf Kesrith zwischen Menschen und Mri aufgehalten und lange überfällig. Die Menschen hatten offensichtlich nicht erwartet, daß Alagn mit solcher Stärke reagierte – als ob Alagn vernünftigerweise etwas anderes hätte tun können. Stavros hatte offenkundig darin versagt, zu erkennen, wie sehr Alagn hier gebunden war durch die Anwesenheit eines Schiffprototyps, den die Hohe Versammlung der Regul Docha ihnen anvertraut hatte – verloren jetzt, verzogenes Metall auf einem zerstörten Hafen. Plötzlich aufschießende Furcht störte Hulaghs Befriedigung – aber diese ängstlichen Menschen boten die Mittel, den Verlust zu decken und ihm zum Trotz die Position Alagns zu verbessern.

Die Gesichter dieser menschlichen Junglinge, die Haltung der Menschen auf der Station, die Gespräche mit Stavros, all das zeigte eindeutig, daß die Menschen nicht kämpfen wollten. Hulagh hatte bereits seit langem daran geglaubt und spendete der Vernunft der Menschen natürlich Beifall. Auf Kesrith waren Älteste verpflichtet, menschliche und jetzt drei weitere der Regul, geringere Älteste und Alagn, in dem Teil der Karawane, der jetzt auszusteigen begann. Kämpfen ergab keinen Sinn. Hulagh stellte diese Haltung ernsthaft zur Schau, indem er die Ältesten des eigenen Doch herkommen ließ und glaubte, daß es sicher war. Die Menschen hätten bei Auftauchen der Kriegsschiffe den Kampf eröffnen können, beim ersten Anzeichen davon, daß es Reiter-Träger waren; aber stattdessen hatten sich die Menschen zum Gespräch entschlossen, trotz der Tatsache, daß sie hätten gewinnen können: Menschen waren wilde Kämpfer, was dadurch belegt wurde, daß sie sich mit den Mri hatten messen können – mit dem Vorteil der größeren Zahl sicherlich, aber Regul hätten den Mri nicht widerstehen können, und Hulagh gestand dies insgeheim ein. Nein, die Menschen wollten keinen weiteren Konflikt. Nach jenen ersten ängstlichen Tagen hatte Hulagh angefangen, Bai Stavros ehrlich zu vertrauen, der bekannte, daß die Menschen den Frieden nicht nur einhalten, sondern sogar ausweiten wollten.

Diese Wahrheit enthielt sicherlich tiefere Wahrheiten des Vorteils für Stavros und seine privaten Interessen: Stavros, mit einer Weisheit, die die Regul respektieren, vielleicht sogar lieben konnten, verpflichtete sich nicht gegenüber einem Verbündeten, sondern verfolgte mannigfaltige Beziehungen und untersuchte sie auf ihre Vorteile.

Da gab es beachtenswerterweise die Frage der Mri, die Stavros immer noch interessant fand und der er vermittels des angeblich wahnsinnigen Junglings Duncan nachging. Schon der Gedanke ließ Hulaghs Haut sich zusammenziehen. Wahnsinnig vielleicht, aber wenn der Jungling derartig fehlerhaft war, dann war es verrückt von Stavros, ihn wiedereinzusetzen. Und Hulagh glaubte nicht, daß Stavros verrückt war.

Eine Sonde hatte das System verlassen; das größte der menschlichen Kriegsschiffe hatte sie bis zum Rand des Systems eskortiert und war nach einem wütenden, codierten Funkwechsel mit der Sonde und dann mit Stavros zurückgekehrt. Hulagh bedauerte sehr, daß weder er noch seine Gehilfen diesen Austausch verstehen konnten, nach dem das Kriegsschiff und sein Reiter brav zur Station zurückgekommen waren, während das Schiff HANNIBAL die Regul-Fahrzeuge bei ihrer Annäherung eskortierte.

Das Schiff mit den Mri an Bord hatte Kesrith verlassen, unmittelbar nachdem Stavros informiert worden war, daß Regul-Schiffe anflogen. Nach einer Besprechung mit Stavros war Duncan mitsamt seiner Habe auf dieses Schiff geschickt worden, mit allem, was von seinem Besitz nach der ursprünglichen Überführung übriggeblieben war. Ein Daueraufenthalt also, die letzte Spur seines Aufenthaltes aus dem Nom entfernt, obwohl er eigentlich auf dem Schiff gewohnt hatte. Als die Anwesenheit von Regul im System bekanntgegeben worden war, hatte die Sonde die Station verlassen: das hatte Hulagh von seinen Mit-Ältesten erfahren.

Duncan, der sich vermutlich auf der Station befand, war nicht verfügbar, auch nicht auf Hulaghs drängendste Nachfragen nach dem Jungling, und die Menschen waren ausweichend.

Duncans Verrücktheit kreiste um die Mri, die sich vermutlich ebenso auf der Station aufhielten.

Es war ein Spiel nach Regul-Art. Hulaghs Herzen arbeiteten schwer, wann immer er an die Mri dachte; zweifellos wußten die Menschen von seiner Angst. Blieb nur herauszufinden, welcherart der Handel war, den Stavros mit Alagn abzuschließen wünschte, denn den Menschen war es sicherlich ebenso klar, daß er jetzt über den Rückhalt verfügte, mit dem verhandelt werden mußte. Hulagh vertraute den Menschen, wie er den Mri nie hatte vertrauen können. Er traute einem Menschen wie Stavros sogar sehr, der mit Profit rechnete, wie es die Regul taten – was Macht anging, Gebiete, Ressourcen an Metall und Biostoffen, und den Schutz dessen, was ihm gehörte. Personen wie Stavros fand Hulagh in beruhigender Nähe seiner eigenen Geistesart; und deshalb war er auf eine frühzeitig angesetzte Konferenz aus.

Der letzte der Ältesten stieg aus. Hulagh drehte gemächlich seinen Schlitten herum, erwartete sie, verbrachte einen Zeitraum in der ätzenden Luft, für den er den ganzen Tag lang mit einer trockenen Kehle und stechenden Atemwegen würde bezahlen müssen.

Drei Älteste mit ihren Dienstjunglingen: Sharn, Karag und Hurn, letzterer männlich; Sharn, weiblich, Viertälteste des Doch; Karag, ein kürzlich gereifter Mann, der zu der Instabilität neigte, die die Reifung für junge Erwachsene bereithielt. Karag war Sharns Protegé und wahrscheinlich momentaner Gefährte, hatte immer noch die glatte Haut eines Junglings und noch nicht die Körpermasse von Sharn oder Hurn erlangt, sicherlich nicht Hulaghs gedeihliche Würde, aber er schätzte bereits den Gebrauch eines Schlittens – den letzten, den die Dienstjunglinge bereithielten. Hulagh sah geduldig zu, wie die Junglinge viel Aufhebens um die drei Erwachsenen machten und sie durch des Gedränge von Menschen hindurchbrachten.

Hulagh war nicht mehr allein, der einzige Älteste auf Kesrith, umgeben nur von Junglingen mit begrenzter Erfahrung und von fremden Docha. Sein eigenes war jetzt bei ihm. Alagn-ni, und seine Schiffe hingen ständig bemannt an der Station und waren durch ihre Nähe zu den menschlichen Fahrzeugen und zur Station dazu in der Lage, eine größere Bedrohung darzustellen, als sie es im Kampf vermochten. Die Menschen hatten dies zugelassen; und das war ein weiterer Grund, der Hulagh Vertrauen in den Frieden vermittelte. Er lächelte vor sich hin, drehte sich um und fuhr mit dem Schlitten die leichte Schräge hinauf; Suth ging neben ihm, die Menschen machten Platz, um ihn hindurchzulassen. Er erreichte die warme, gefilterte Atmosphäre des Nom an der Spitze eines Zuges, der die hiesigen Junglinge, die danebenstanden und zuschauten, mit Ehrfurcht erfüllte und seinem lange geschädigten Stolz Genugtuung verschaffte.

»Stavros«, hörte er, wie ein Menschenjungling, indem er das Regul-Protokoll beachtete, Suth informierte, »wird den Bai wie gewünscht sofort empfangen.«

»Zur Verehrung Bai Stavros«, intonierte Hulagh, als Suth sich ihm feierlich zuwandte. »Sofort.«

Das Zusammentreffen fand nicht, wie es bei allen vorangegangenen Anlässen der Fall gewesen war, in Stavros' kleinem Büro statt, sondern in der offiziellen Konferenzhalle; und Stavros hatte sich mit uniformierten Junglingen und vielen unbewegten Gesichtern umgeben, die bei Menschen von einer stacheligen, wenn nicht feindseligen Stimmung zeugten. Hulagh blickte, jetzt mit seinen drei Ältesten und seiner Begleitung an Alagn-Junglingen im Rücken, um sich und lächelte auf Menschenart, war weit davon entfernt, sich an dem neuen Machtgleichgewicht zu stören, das den Menschen zweifellos Sorgen bereitete.

»Können wir«, schlug Hulagh sofort vor, bevor die Sitzordnung kompliziert werden konnte, »auf überflüssige Junglinge verzichten und direkt miteinander sprechen, Verehrung?«

Stavros wandte seinen Schlitten und gab Anweisungen: die Menschenjunglinge sortierten sich nach Rang, und einige gingen. Hulagh behielt Suth zurück und jeder der Alaghn-Ältesten einen persönlichen Diener, während die vier Menschen, die sich selbst als erwachsen einschätzten, auf Stühlen und Stavros' Schlitten verteilten. Hulagh starrte einen von ihnen neugierig an, der keine Spur von Grau zeigte – diese Färbung hatte er für einen Hinweis auf den Reifezustand von Menschen gehalten, da andere Farbgebungen keinerlei Bezug dieser Art zu enthalten schienen. Er konnte den Verdacht nicht ganz unterdrücken, daß Stavros gegen das Protokoll verstieß, indem er diesen einen im inneren Kreis sitzen ließ, aber in seiner freimütigen Stimmung verzichtete er darauf, sich zu beschweren. Es konnte ja ein Ältester sein: Hulagh hatte niemals genau herausgefunden, was bei diesen Wesen das Alter bestimmte, die schon im Kindesalter geschlechtsreif wurden und deren Erscheinungsbild auf ihrem Weg zur Reife und danach chaotischen Veränderungen unterlag. Er sah Fragen von seinen Ältesten voraus und kannte zu seiner Verlegenheit die Antworten nicht.

Die Junglinge servierten endlos Soi. Das war erforderlich, denn die Reise hatte allen Energie abverlangt. Dann kamen die Vorstellungen: Hulagh nahm die Namen und Posten der sogenannten älteren Menschen in sich auf und antwortete mit den Namen seiner eigenen Ältesten, die durch den raschen Fluß fremdartiger Eindrücke und durch die Erschöpfung immer noch verwirrt zu sein schienen. Aber bei den Vorstellungen fand Hulagh Grund für einen Einwand und ließ mit einem ungeduldigen Seufzen seine Nasenlöcher beben. »Bai Stavros«, sagte er, »gibt es keinen Vertreter des Bai der Station?«

»Das ist unnötig«, sagte Stavros, wobei er den Kommunikationsschirm seines Schlittens benutzte, denn Hulagh hatte ihn in der Regul-Sprache angesprochen, und sie benutzte Stavros auch zur Antwort. »Die Politik wird hier bestimmt. Dort draußen wird sie ausgeführt. Bai Hulagh, wenn Ihre Ältesten sie fließend sprechen, können wir dann die menschliche Sprache verwenden?«

Das war charakteristisch für die Menschen, deren Erlerntes nicht in ihren Personen ruhte, sondern in schriftlichen Aufzeichnungen, daß selbst eine beträchtliche Zeitspanne auf Kesrith ihnen keine fließende Beherrschung der Regul-Sprache ermöglicht hatte. Sie vergaßen. Es hatte Hulagh amüsiert, daß Zusammentreffen oft auf Band gespeichert worden waren, damit die Menschen nicht vergaßen, was sie gesagt hatten und was man ihnen berichtet hatte. Zweifellos wurde auch dieses aufgezeichnet. In anderer Hinsicht amüsierte es ihn in keinster Weise, sich zu überlegen, daß jede Versprechung und jede Aussage eines dieser Geschöpfe auf einem solch armseligen Gedächtnis beruhte. Die Unwahrheit zu sagen, war für einen Regul etwas Schreckliches, denn was einmal gesagt worden war, konnte nicht wieder vergessen werden; aber zweifellos konnten Menschen alles vergessen, was sie wollten, und manchmal sogar die Tatsachen.

»Meine Ältesten sind noch nicht fließend«, sagte Hulagh und vermied jede Spur von Humor auf seinem Gesicht, als er hinzufügte: »Es wird lehrreich für sie sein, wenn Sie die Menschensprache benutzen. Ich werde für simultane Übersetzung aus meinen Schirm sorgen.«

»Sehr gut«, sagte Stavros laut. »Ein Vergnügen, Ihre Ältesten persönlich willkommen zu heißen.«

»Wir sind erfreut, willkommen zu sein.« Hulagh setzte seine leere Tasse ab, lehnte sich in die Polsterung zurück, stellte die Tastatur ein, um zu tun, was er Stavros versprochen hatte. »Und wir sind erfreut darüber, daß unsere menschlichen Freunde bereit sind, ihre Geschäfte zu unterbrechen, um diese höfliche Begrüßung durchzuführen. Aber wahre Absicht wird durch viel Formalität verhüllt. Wir sind keine streitenden Docha, was gesagt werden muß. Sie haben nicht angegriffen; wir haben nicht angegriffen. Wir sind erfreut über die Lage.«

Diese Direktheit schien die teilnehmenden Menschen zu stören. Stavros selbst lächelte, ein straffes, wachsames Lächeln. »Gut«, sagte er. »Wir versichern Ihnen erneut, daß wir sehr erfreut sind über die Aussicht, umfassenderer Verhandlungen mit Doch Alagn und der ganzen Regulrasse.«

»Wir wünschen ein solches Übereinkommen ebenso. Die Mri jedoch, sie bleiben ein Element der Unruhe.«

»Das muß nicht sein.«

»Weil sie nicht mehr auf Kesrith sind?«

Stavros hob die Brauen. Vielleicht ein Lächeln; Hulagh beobachtete die Reaktion sorgfältig und entschied anders. »Wir arbeiten daran«, sagte Stavros vorsichtig, »den Regul versichern zu können, daß von den Mri keine mögliche Gefahr mehr ausgeht.«

»Ich habe mich nach dem Jungling Duncan erkundet«, sagte Hulagh. »Er ist nicht verfügbar. Die Mri sind nicht mehr auf Kesrith. Ein Schiff ist abgeflogen. All diese Umstände – die vielleicht keine Beziehungen untereinander haben – scheinen eine immer noch schmerzliche Bedeutung zu erlangen.«

Es gab eine lange Pause. Stavros' Mund arbeitete und schuf einen Ausdruck, den Hulagh ebensowenig lesen konnte wie den vorherigen: Betroffenheit vielleicht, oder Mißvergnügen.

»Wir sind dabei«, sagte Stavros endlich, »die Verbreitung der Mri zu erforschen. Wir haben zur Sache gehörige Aufzeichnungen gefunden. Bai Hulagh, der Umfang der Aufzeichnungen ist außerordentlich beunruhigend.«

Hulagh sog Luft ein, hielt den Atem für einen Moment an. Er kannte Stavros wirklich gut genug, um sich auf das zu verlassen, was er sagte.

»Ein Teil davon«, sagte Stavros, »kann im Regul-Raum liegen, aber nur ein Teil.«

»Verlassene Welten«, sagte Hulagh. In seiner Bestürzung hatte er nicht übersetzt. Er holte seine Auslassung nach und erkannte Schrecken auf den Gesichtern der anderen Ältesten. »Nisren, Guragen – aber es trifft zu, daß sie sich weithin ausgedehnt haben. Ein Mri-Bericht, nicht wahr?«

»Sie schreiben in der Tat«, sagte Stavros.

»Ja«, sagte Hulagh. »Keine Literatur, keine Kunst, keine Wissenschaft, kein Handel; aber ich war in dem alten Edun – dort, auf den Hängen. Ich habe selbst gesehen, was vielleicht Inschriften waren. Aber ich kann sie nicht für Sie übersetzen, nicht ohne weiteres.«

»Numerische Aufzeichnungen, zum großen Teil. Wir haben sie gut genug verstanden, um uns Sorgen zu machen. Wir gehen der Frage nach. Sie mag sich als von großer Bedeutung für alle Regul herausstellen. Wir sind betroffen über den Umfang dessen, was diese Unterlagen uns vielleicht zeigen. Und über mögliche Überlappungen unserer Nachforschungen mit Regul-Gebiet. Eindringung in Randbereiche. Nicht lästig für Alagn, aber vielleicht für andere . . .«

»Holn.«

»Ja«, sagte Stavros. »Wir machen uns Sorgen über den Kurs dieser Sonde. Es mußte jedoch getan werden.«

Der Atem ließ Hulaghs Nasenlöcher flattern; die Herzen schlugen in einem besorgniserregenden Rhythmus. Er war sich der erschreckten Blicke seiner Ältesten, die auf ihm ruhten, überdeutlich bewußt. Sie verließen sich auf seine Erfahrung, denn sie selbst hatten keine. Er wurde sich quälend dessen bewußt, daß er mit einer Sache konfrontiert war, die Auswirkungen bis nach Mab haben würde. Und es gab keine Möglichkeit, sie zu verzögern oder sich zu beraten.

Alagn hatte die Macht, für die Docha zu sprechen, hatte dies bereits zuvor in den Verhandlungen mit den Menschen gemacht. Hulagh sammelte sich, verlangte nach mehr Soi, und in gleicher Weise erfrischten sich die anderen Ältesten. Tief in Gedanken nippte er an seinem Getränk, setzte ab, um Sharn, deren Rat willkommen war, sogar sachkundig, einen Blick zuzuwerfen. Sharn erwiderte mit einem Blick, der Verständnis für Hulaghs Betroffenheit enthielt und ihm zustimmte. Er freute sich darüber. Die anderen Ältesten sahen einfach verwirrt aus, und Karag schaffte es nicht, seine Beunruhigung zu verbergen.

»Bai Stavros«, sagte Hulagh schließlich und unterbrach damit eine ruhige Besprechung der Menschen untereinander, »Ihr . . . Eindringen könnte sich, was die Beziehungen zu den Docha angeht, als gefährlich erweisen. Jedoch könnte mit Unterstützung Alagns eine solche Expedition von hier aus genehmigt werden. Die von Ihnen erwähnten Aufzeichnungen, so verstehe ich, gehen in ihrem Unfang über Regul-Gebiet hinaus.«

»Unsere Kenntnis über Ihre Ausdehnung in bestimmten Bereichen ist nur vage, aber wir glauben es.«

»Sicherlich haben wir in dieser Sache ähnliche Interessen. Wir sind keine kriegerische Rasse. Sicherlich haben Sie das bei Entsendung dieser Sonde in Rechnung gestellt, und vielleicht wäre ihr das große Kriegsschiff gefolgt. Sicherlich . . .« Plötzlich kam Hulagh ein Gedanke: seine Nasenlöcher entspannten sich vor Verwunderung. »Sie haben diese Sonde als eine Ausrede vorgesehen. Sie haben sie mit Bedacht vorausfliegen lassen, um das Recht der Verfolgung zu beanspruchen, um sich selbst zu entschuldigen – Mri-Rebellenschiff. Habe ich recht?«

Stavros gab keine Antwort, sondern blickte ihn nur argwöhnisch an. Die Gesichter der anderen waren undeutbar.

»Und doch haben Sie die Kriegsschiffe zurückgehalten«, sagte Hulagh. Seine Herzen nahmen einen unharmonischen Rhythmus an. »Für unsere Verhandlungen, Bai Stavros?«

»Es schien nützlich zu sein.«

»In der Tat. Hüten Sie sich vor einem Fehlurteil, Verehrung Bai Stavros. Ein Regul im Heimatterritorium unterscheidet sich sehr von einem Regul ferner Kolonien. Wenn das Überleben eines Doch auf dem Spiel steht, wird eine harte Haltung eingenommen.«

»Wir wünschen keinen Zwischenfall. Aber wir können auch nicht die Möglichkeiten, die in jenen Aufzeichnungen enthalten sind, unerforscht lassen. Eine Mri-Zuflucht bei Holn ist nur eine solche Möglichkeit.«

»Wir haben ähnliche Interessen«, sagte Hulagh ruhig. »Ich werde den Durchflug dieses Kriegsschiffes sanktionieren – in einer gemeinsamen Mission bei Austausch aller Daten.«

»Ein Bündnis.«

»Ein Bündnis«, sagte Hulagh, »zu unserer beider Schutz.«

10

Der Mensch schlief.

Niun, an die warmen Körper der Dusei gelehnt, sein Geist erfüllt mit dem Frieden der Tiere, betrachtete Duncan im dämmrigen Licht des Sternenschirms, zufrieden mit dem Warten. Es gab ein zweites Bett in Duncans Quartier, aber er lehnte es ab, zog den teppichbedeckten Boden vor, die Nähe der Dusei – die Dinge, die er schon im Kel gekannt hatte. Er hatte genug geschlafen; das lange Warten im Dämmerlicht machte ihn jetzt nur schläfrig, und er kämpfte gegen den Impuls, zurück in den Halbschlaf zu gleiten, fand es zum erstenmal wirklich angenehm, in dieser neuen Welt wach zu sein. Er trug wieder seine Waffen; die Dusei waren im Besitz des Pan'en und des Schiffes.

Ihres Schiffes.

Er nahm an, daß sie diesem Menschen viel schuldeten, beschämend viel; aber er war froh, daß Melein sich entschlossen hatte, das auf sich zu nehmen und zu leben. Es war ein Maß für Meleins Dankbarkeit, daß sie sich irgendwie beugte, daß sie die Bestimmung von Zeitpunkten in Niuns Händen ließ. *Wenn du meinst, daß er wieder fit ist,* hatte sie gesagt, und sogar gestattet, den Schiffsplan so anzupassen, daß sie in einen verfrühten Nachtzyklus eintreten konnten, worauf sie nicht angewiesen waren; Duncan jedoch brauchte den Schlaf, den er sich selbst versagt hatte, als er für sie sorgte.

Andernorts schlief Melein sicherlich, oder arbeitete ruhig. Das Schiff folgte seinem Kurs, erforderte keine Bedienung. Sie hatte eine weite, unglaublich weite Reise vor sich. Der Bezugsstern, der blaß und fern im Mittelpunkt des Schirmes leuchtete, war nicht ihr Ziel. Sie waren nur in den Randbereich des Systems eingedrungen und würden wieder hinausgleiten, in die Transition.

Und Sterne auf Sterne würde es geben – so hatte Melein gesagt.

Während der Nacht hatte eine zweite Transition stattgefunden, ein Raum, in dem sie waren und nicht waren und wieder waren und wo Substanzen wie Wasser flossen. Niun war nicht in Panik geraten, weder diesmal noch beim erstenmal, obwohl selbst Duncan, der in diesen Dingen erfahren war, mit einem wilden Aufschrei aufgewacht war und sich anschließend schlecht gefühlt hatte; er hatte überreichlich geschwitzt und es kaum geschafft, ins Labor zu gehen, wo er die Drogen fand, die ihn beruhigten. Schließlich war er unter ihrer Wirkung eingeschlafen, was auch jetzt noch andauerte. So besorgniserregend der Vorfall war, hatte Niun doch versucht, ihn nicht wahrzunehmen; er schrieb ihn der gestörten Verfassung des Menschen zu. Es war möglich, dachte er, daß die Mri in diesem Zustand einen natürlichen Vorteil hatten; oder vielleicht war es die Schmach, die einen Mri davon abhielt, solcher Schwäche nachzugeben. Er wußte es nicht. Andere Schmach hatte er erlitten, durch die Hände von Menschen und Regul ihm zugefügt; aber dies waren sein eigener Körper und seine eigenen Sinne, und beides hatte er unter Kontrolle.

Ihr Schiff, ihre Reise und das Pan'en, das sie führte: dies waren die einzigen Umstände, unter denen sich das Leben lohnte – daß sie über sich selbst herrschten, so sehr diese Tatsache ihn auch immer noch verwirrte. Er hatte nicht damit gerechnet, obwohl Melein es vorhergesehen hatte, ihm gesagt hatte, daß es so kommen würde. Er hatte es nicht geglaubt: Melein, die einfach nur Sen Melein gewesen war, seine Wahrschwester – mehr zu sein hatte er ihr nicht zugestanden, als eine arme, hauslose She'pan, verloren und machtlos, und er hatte getan, was er konnte um sie durchzubringen.

Aber sie hatte gewußt.

Es war gesagt worden, daß die größten She'panei über die Voraussicht verfügten, die größten und heiligsten, die jemals das Volk geführt hatten. Und ein Gefühl der Ehrfurcht ergriff von ihm Besitz, als er erkannte, daß Melein solch eine war, sie, die eines Blutes mit ihm war. Diese Verwandtschaft erschreckte ihn, die Überlegung, daß ihre Erbschaft auch die seine war, daß auch in ihm etwas ruhte, das er nicht begriff und über das er keine Macht hatte.

Sie führte sie *heim.*

Die bloße Vorstellung schon war ihm neu: Heimat – *A'ai samri,* die Anfänge des Volkes. Er wußte, wie es sicherlich alle Mri immer gewußt hatten, daß es einmal eine andere Welt gegeben haben mußte als die verschiedenen Heimatwelten nach eigenem Gutdünken, obwohl gesungen wurde, daß das Volk aus der Sonne geboren war. Sein ganzes Leben lang hatte er immer nur zur roten Scheibe Arains aufgeblickt, und unter der Disziplin des Kel und den Belangen seines vorherigen Lebens hatte er es seiner Neugier niemals erlaubt, sich hinter dieser Grenze seines kindhaften Glaubens zu ergehen.

Es war ein Mysterium, und keines, das zu seiner Kaste gehörte.

Aus der Sonne geboren. Eine goldene Haut hatten die Mri, bronzene Haare und goldene Augen: es war ihm nie zuvor in den Sinn gekommen, daß in diesem Lied die Anspielung auf eine Sonne von anderer Färbung verborgen lag, und daß es mehr erklärte als nur den Brauch des Kel, dessen Angehörige vorzugsweise Raumfahrer waren, die ihre Toten in das Feuer der Sterne warfen, auf daß nicht die dunkle Erde von Ihnen Besitz ergriff.

Er hielt den Blick auf den vor ihnen liegenden Stern gerichtet, fragte sich, wo sie sich wohl befanden, ob immer noch im Regul-Raum oder anderswo. Dies war ein Ort, der Generationen vor Kesrith bekanntgewesen war, von dem die Hände gewußt hatten, die diese Aufzeichnung des Pan'en angefertigt hatten. Und auch hier hatte das Volk gedient. Regul-Raum oder nicht, es mußte so gewesen sein: das Kel hatte sich zum Kämpfen anheuern lassen, wie immer es gewesen war – Söldner, von deren Gold das Volk lebte. Etwas anderes konnte Niun sich nicht vorstellen.

Sterne über Sterne.

Und von einem nach dem anderen hatte das Volk Abschied genommen; so geschah es in den Dunkelheiten. Es war undenkbar, daß es zersplitterte. Alle, alle waren immer gegangen – und was sie bewegt haben mochte, ging über Niuns Vorstellungsvermögen hinaus, abgesehen davon, daß die Vision einer She'pan sie geführt hatte. Entweder waren sie zu einer anderen, nahegelegenen Welt gegangen oder in eine Dunkelheit; und in dieser Dunkelheit, auf dieser Reise, vergaßen sie stets alles, was mit dem verlassenen Stern zu tun hatte und dem früheren Dienst; sie hatten die nächste Sonne erreicht und einen anderen Dienst; und danach kehrten sie in die Dunkelheit und ein weiteres Vergessen zurück, ein Kreislauf ohne Ende.

Bis Kesrith, bis sie beide heimzukehren begannen – eine Reise, mit der die Ära des Dienstes an den Regul, die zweitausend Jahre, die er für die gesamte aufgezeichnete Geschichte gehalten hatte, ein bloßes Zwischenspiel wurde.

Von der Dunkelheit am Anfang
Zur Dunkelheit am Ende,

So sang das Volk im heiligsten aller Lieder.

Dazwischen eine Sonne,
Aber nach ihr Dunkelheit,
Und in dieser Dunkelheit,
Ein Ende.

Zigmale hatte er das Ritual gesungen, das *Shon'jir,* den Gesang des Erlöschens, des Vergehens, gesungen bei Geburten und Todesfällen, Anfängen und Enden. Für einen Kel'en hatte es nur von Geburt und Tod von Einzelpersonen gesungen.

Begreifen dämmerte vor ihm, verwirrend in der Perspektive. Mehr Sterne erwarteten sie, und jeder von ihnen war von den Kel'ein seines Zeitalters für die Sonne gehalten worden, jedes Zeitalter für die gesamte aufgezeichnete Geschichte – bis sie beide auf ihrer eigenen Heimreise vorbeikommen sollten, heim, zur *Sonne* selbst.

Zum Ursprung des Volkes.

Zur Hoffnung, der schwächsten aller Hoffnungen, daß noch andere verblieben sein mochten: Niun hegte diese Hoffnung, wußte, daß sie sich sicherlich als falsch herausstellen würde. Nachdem soviel Unglück sie befallen hatte, war es unmöglich, daß es noch so ein Gutes geben würde. Sie beide waren die letzten Kinder des Volkes, geboren, um das Ende von allem zu sehen, *Ath-ma'ai,* Grabwächter nicht nur für eine She'pan, sondern eine ganze Rasse.

Und doch waren sie frei und besaßen ein Schiff.

Und vielleicht – ein religiöses Gefühl regte sich in ihm und eine große Furcht – war es etwas anderes, für das sie geboren worden waren.

Niun liebkoste die samtpelzige Schulter des Dus und betrachtete den Menschen, dessen Gesicht im weißen Licht des Schirmes lag. Der Mann schlief in drogenbetäubter Vergessenheit, nachdem er ihnen das Schiff, sein Leben und seine Person gegeben hatte. Niun rätselte darüber und sorgte sich, dachte an all die Worte und Taten, die jemals zwischen ihnen stattgefunden hatten und daran, daß er den Menschen zu solch einer verzweifelten Handlung getrieben haben konnte. Entgegen der Weisheit des Volkes hatte er einen Gefangenen gemacht; und dies war das Resultat davon – daß Duncan ihnen jetzt verbunden war, hartnäckig wie die Dusei, die einfach einen Mri wählten und bei ihm blieben oder aus Kummer starben.

Sicherlich liefen die Instinkte der Menschen nicht in diese

Richtung. Vierzig Jahre lang hatte das Volk gekämpft, um die Menschen zu erledigen, und war dafür gemordet worden; Kel'ein, hingeschlachtet durch diese Rasse, die nur in Massen und mit Fernwaffen kämpfte. Vierzig Jahre, und schließlich, mit dem Sieg der Menschen, kam Duncan, der, schlecht behandelt, die gesamte lähmende Maschinerie menschlicher Barmherzigkeit über sie brachte, der sich und seine Freiheit zu ihrem Ermessen in ihre Hände legte.

Tsi'mri-Dummheit, tobte Niun innerlich und wünschte, sich überhaupt von allen Tsi'mri fernhalten zu können.

Und doch erinnerte er sich an einen langen und schrecklichen Traum, in dem Duncan eine treue Gegenwart gewesen war, in dem er um seine geistige Gesundheit und sein Leben gekämpft hatte und Duncan bei ihm geblieben war.

Sühne?

Vielleicht, dachte Niun, hatte das, was Duncan bewegte, die Gelegenheit aufgegriffen, die das von den Mri Gebliebene bot; vielleicht gab es letztlich bei den Tsi'mri einen seltsamen Sinn für Ehre, der sich nicht mit dem vertragen konnte, was die Regul getan hatten – als ob Menschen einen so übel gewonnenen Sieg nicht haben wollten; als ob der Untergang des Volkes eine Verkleinerung des Universums wäre, die auch die Menschen empfanden und die sie aus Furcht um sich selbst wiedergutzumachen trachteten.

Eine Reise, wie sie sie jetzt machten, war nichts für Tsi'mri; aber wenn ein solcher jemals einen Anspruch gegenüber den Mri gehabt hatte, unentrinnbar in die Belange des Volkes verwikkelt gewesen war, dann Duncan – von dem Zeitpunkt an, als er selbst, Niun, das Leben dieses Menschen in der Hand gehabt und die Chance versäumt hatte, es ihm zu nehmen.

Niun, er ist Tsi'mri, hatte Melein argumentiert, *und was immer er auch getan hat, er gehört nicht zu uns, nicht in der Dunkelheit.*

Und doch nehmen wir die Dusei mit, hatte er gesagt, *und auch sie gehören zum Dazwischen; und sollen wir sie töten, die, die uns vertrauen?*

Melein hatte darüber die Stirn gerunzelt; allein der Gedanke war furchtbar, denn die Partnerschaft zwischen Mri und Dusei war so alt wie Kesrith. Und schließlich hatte sie das Gesicht abgewandt und nachgegeben. *Du kannst ein Dus nicht in einen Mri verwandeln,* hatte sie als letztes gesagt, *und ich denke, daß du damit auch bei deinem Menschen keinen Erfolg haben wirst. Du wirst die Dinge nur qualvoll verzögern; du wirst ihn gegen uns bewaffnen und uns in Gefahr bringen. Aber versuche es, wenn du dich fest entschlossen hast; mache einen Mri aus ihm, mache einen Mri aus ihm, oder wir müssen eines Tages etwas Grausames und Furchtbares tun.*

»Duncan«, sagte Niun in die Dunkelheit und sah, wie sich Duncans lichtgebadetes Gesicht reagierend straffte. »Duncan.«

Augen gingen auf, Schattenbrunnen im matten Licht des Schirms. Langsam, als ob die Droge immer noch seine Sinne umwölkte, setzte sich der Mensch auf. Er war nackt bis zur Hüfte, und seine seltsame Behaarung bildete einen merkwürdigen Kontrast zu seinem Gesicht. Er beugte den Kopf auf die Knie und fuhr mit der Hand durch das unordentliche Haar. Dann wandte er den Blick Niun zu.

»Es ist eigentlich Zeit«, sagte Niun. »Du siehst nicht gut aus, Duncan.«

Der Mensch zuckte die Achseln, und Niun ersah daraus, daß seine Krankheit ebenso eine des Herzens war wie des Körpers. Das konnte er gut verstehen. »Es gibt Dinge, die getan werden müssen«, meinte Niun. »Du hast gesagt, daß sich Handelsgüter an Bord befinden.«

»Ja«, sagte Duncan, dessen Geister sich etwas hoben, als hätte er etwas Abscheulicheres gefürchtet. »Nahrung, Kleidung, Metalle, alles, was es auf der Station gab und was für den Mri-Handel vorgesehen war. Ich fand, daß es eigentlich euch gehört.«

»In erster Linie benötigst du Kleidung.«

Duncan überlegte und nickte zustimmend. Er war lange genug mit ihnen zusammengewesen, um zu wissen, daß sein nacktes Gesicht eine Beleidigung war, und vielleicht lang genug, um eine angemessene Scham zu empfinden. »Ich werde mich darum kümmern«, stimmte er zu.

»Mach das zuerst!« sagte Niun. »Bringe dann den Dusei etwas zu essen und uns beiden! Ich werde jedoch das Essen der She'pan zu ihr bringen.«

»In Ordnung«, sagte Duncan. Niun sah zu, wie sich der Mensch aufrappelte und in einen Bademantel hüllte – einen blauen, was die Farbe des Kath war, für einen Mann nicht angemessen. Niun überlegte, wie ungehörig das war, welch gewaltige und unschuldige Unterschiede es zwischen Mri und Mensch gab, und was er da auf sich genommen hatte. Er protestierte nicht gegen Duncans Bekleidung, noch nicht. Es gab andere und ernsthaftere Dinge.

Niun versuchte nicht, aufzustehen, nicht, bevor Duncan den

Raum verlassen hatte, denn er wußte, daß es schwierig und beschämend sein würde. Mit Hilfe der Dusei schaffte er es und stand schwer atmend an die Wand gelehnt, bis ihn seine Beine tragen wollten. Er konnte nicht gegen den Menschen kämpfen und gewinnen, noch nicht: und Duncan wußte das, wußte es und lehnte es immer noch ab, den Zorn der Dusei zu riskieren oder einen Streit mit ihm oder seine Kenntnis des Schiffes dazu zu nutzen, ihnen eine Falle zu stellen und die Kontrolle zurückzugewinnen.

Und er hatte die Aufgabe übernommen, den Menschen zu zerstören.

Wenn er vergessen hat, daß er ein Mensch ist, hatte Melein gesagt, *wenn er ein Mri geworden ist, dann will ich sein Gesicht sehen.*

Duncan hatte dem zugestimmt. Niun war darüber bestürzt, wußte mit Sicherheit, daß er lieber gestorben wäre, als solche Bedingungen von Menschen zu akzeptieren. Wenn andere Dinge es nicht geschafft hatten, ihn zu töten, dann wäre es dabei geschehen, vom Herzen ausgehend.

Und eines Tages, wenn Duncan ein Mri geworden war, dann würde er nicht mehr fähig sein, sich zu beugen. Seine Ergebenheit war Tsi'mri und mußte zusammen mit allem anderen abgelegt werden: der naive, kindliche Mann, der sich ihnen angeschlossen hatte, würde nicht mehr existieren.

Niun dachte insgeheim, daß er den Mann vermissen würde, den sie gekannt hatten; und allein diese Erkenntnis ließ ihn sich unbehaglich fühlen, daß ein Tsi'mri seinen Verstand und sein Herz so erweicht haben sollte. Die schlimmsten Taten, sagte er sich, mußten sicherlich aus Unentschlossenheit hervorgehen, aus halbherzigem Tun. Melein hatte Angst vor dem gehabt, was er vorschlug, hatte sich dagegen ausgesprochen mit etwas, das – wie er verzweifelt hoffte – keine Voraussicht war. Sie hatte es ihm nicht verboten.

Behutsam ging er mit seinen erschöpften Beinen ins Bad und begutachtete dort die Dinge, die Duncan gehörten. Sie mußten verschwinden, die Kleidung, die persönlichen Dinge, alles: wenn er nicht mehr durch die Dinge, die ihn umgaben, an Menschen erinnert wurde, dann würde auch Duncan nicht mehr erinnert werden.

Und wenn es dem Menschen möglich war, sich zu ändern, dann war es am besten, es schnell herauszufinden. Neuformung war eine Sache, und eine andere war es, zu zerstören und nichts an seinem Platz zu lassen. Als Mri hatte Niun es nicht von seinen Meistern gelernt, grausam zu sein, sondern nur mitleidlos und ohne Wunsch nach Mitleid.

Er sammelte auf, was er von Duncans Sachen finden konnte, und brachte sie ins Labor, wo es, wie er wußte, einen Müllschacht gab: er warf sie hinein und fühlte einen Stich der Scham über das, was er tat; es schien ihm jedoch falsch zu sein, Duncan zu zwingen, das selbst zu machen, aufzugeben, worauf er Wert gelegt hatte – eine Erniedrigung des Mannes, und das würde er nicht tun.

Und als das erledigt war, blickte Niun sich im Labor um, sah das Schränkchen, aus dem Duncan seine Medikamente geholt hatte, und entschloß sich noch zu anderen Dingen.

Die Tür wollte seiner Hand nicht nachgeben, also zog er die Pistole und zerstörte das Schloß, und danach ging sie leicht auf. Ladung auf Ladung schleppte er Tsi'mri-Medizin und -Ausrüstung zum Müllschacht und warf sie hinein, während die Dusei dabeisaßen und mit ernsten und glitzernden Augen zuschauten.

Und plötzlich standen die Tiere alarmiert auf, scheuten zur Seite vor Duncans Gegenwart im Eingang.

Niun, die Hände voll mit den letzten Medikamenten, warf sie in den Schacht und stellte sich erst dann Duncans Zorn, der die Dusei bestürzt hatte und eine drohende Haltung einnehmen ließ.

»Diese Dinge sind überflüssig«, sagte er zu Duncan.

Dieser hatte versucht, sich als Mri zu kleiden: mit den Stiefeln und dem *E'esin* war er zurechtgekommen, mit dem inneren Gewand. Aber das *Siga,* das äußere, trug er lose, und den Schleier hielt er in der Hand – ihn anzubringen, hatte er noch nie leichtgefunden. Mit nacktem Gesicht zeigte er seine Angst, eine Verzweiflung, die verwundete.

»Du hast mich getötet«, sagte er mit dünner Stimme, und Niun spürte den Stich davon – in diesem Moment nicht von der Rechtschaffenheit seines Tuns überzeugt. Er vertraute darauf, daß der Mensch ihn nicht herausfordern würde, es nicht konnte. Die Dusei stöhnten und drängten sich in die Ecke. Unter ihrem Gewicht fiel ein Behälter krachend von einem Tisch.

»Wenn diese Medikamente dein Leben bedeuten«, sagte Niun, »dann kannst du nicht mit uns überleben. Aber du wirst überleben. Wir brauchen solche Dinge nicht, auch du nicht.«

Duncan verfluchte ihn. Niun versteifte sich, widerstand strikt solcher Tsi-mri-Wut und lehnte es ab, sich provozieren zu lassen.

»Sieh ein«, sagte Niun, »daß du zugestimmt hast! Dies ist ein Mri-Schiff, Kel Duncan. Du wirst lernen, ein Mri zu sein, wie es ein Kind des Kath lernt. Ich weiß keinen anderen Weg, als dich zu lehren, wie ich gelehrt wurde. Wenn du das nicht willst, werde ich gegen dich kämpfen. Aber begreife, wie es alle Mri tun, die dem Kel beitreten, daß das Kel-Gesetz vom Ältesten über den Geringeren zum Letzten arbeitet. Du wirst verwundet werden, bevor du fertig bist; so ist es einst auch mir geschehen. Und wenn du es in dir hast, ein Kel'en zu sein, wirst du überleben. Das ist, was meine Meister im Kel mir einst sagten, als ich das Alter erreichte, um dem Kel beizutreten. Ich habe gesehen, wie zwölf von meinem Kel nicht überlebten, niemals die *Seta'al* erhielten, die Narben der Kaste. Es ist möglich, daß du nicht überlebst. Es ist möglich, daß du nicht werden kannst, was ich bin. Aber wenn ich davon überzeugt wäre, daß du es nicht kannst, dann hätte ich nicht getan, was ich getan habe.«

Der Mensch beruhigte sich. Die Dusei schnauften laut und wiegten sich, immer noch unruhig. Aber Duncans Gesicht nahm einen ruhigen, unbesorgten Ausdruck an, das mehr dem Mann entsprach, den sie kannten.

»In Ordnung«, sagte er. »Aber, Niun, ich brauche diese Medikamente. Ich brauche sie.«

Furcht. Niun spürte sie immer noch im Raum.

Und er machte sich Sorgen, nachdem Duncan gegangen war, ob er wirklich einen Mord begangen hatte. Er hatte als Mri gedacht und vergessen, daß fremdes Fleisch vielleicht wirklich nicht zu dem in der Lage war, was Mri möglich fanden.

Und war es dann falsch, daß Fremde brauchten, was das Mri-Gesetz verbot?

Das war kein Kel-Gedanke, und für seine Kaste war es nicht richtig, ihn zu denken oder Fragen zu stellen. Er wagte es nicht einmal, es im geheimen Melein zu überbringen, wußte, daß dieser Gedanke zu hoch für ihn war und respektlos gegenüber einer jungen und weniger als sicheren She'pan, selbst von ihrem Kel'anth, dem Ältesten des Kel – soweit sie eines hatte.

Er hoffte verzweifelt, Duncan nicht getötet zu haben.

Und mit diesem Gedanken erkannte er deutlich, daß er Duncan am Leben haben wollte, nicht allein der Richtigkeit wegen, sondern weil nur zwei eine verlassene Art von Haus darstellten und weil die Stille in der Halle des Kel sehr tief und sehr lang werden konnte.

Er rief die Dusei zu sich, besänftigte sie mit seinen Händen und seiner Stimme und ging, um herauszufinden, wohin Duncan gegangen war.

11

Vier Tage.

Duncan erinnerte sich nur undeutlich an sie, ein mühseliges, unvernünftiges Durcheinander. Er arbeitete, um die Stunden auszufüllen, erschöpfte sich mit Bedacht, um sich nachts ohne langes Nachdenken in einen traumlosen Schlaf werfen zu können. Niun tat nichts anderes, als sich üben, still und häufig. *Ich bin kein Lastenträger,* hatte der Mri steif beharrt, als Duncan vorschlug, er könne sich sehr wohl üben, indem er ihm half; und daraufhin vervollständigte der Mri den Affront, indem er ihn daran erinnerte, daß die Dusei gepflegt werden wollten.

Ich auch nicht, hatte Duncan zurückgegeben und die Flüche unterdrückt, die sich in seinem Mund formten. Die Mri waren unduldsam, töteten oder starben aus geringfügigen Ursachen, und es war später noch Zeit, vernünftig mit Niun zu reden, dessen körperliche Schwäche zweifellos seinen Unmut nährte und dessen Ungewißheit über seine Lage insgesamt seine Haltung verhärtete.

Die Dusei verlangten wirklich nach Pflege; und nach angemessener Verzögerung ging Duncan zu ihnen und kümmerte sich um ihre Bedürfnisse; belohnt durch ihren Behaglichkeitsimpuls schämte er sich dafür, daß er sie trotzdem mißachtet hatte – und er floh davor, denn viel davon konnte er nicht ertragen.

Es war nicht das letztemal, daß seine Absichten mit denen Niuns ins Gehege kamen. Der Mri stellte Fragen und bestand darauf, daß er die Mri-Sprachen beherrschen sollte – mit Unterstreichung durch Gesten verstand er einige Wörter –, und manchmal gab Niun vor, ihn nicht zu verstehen, bis er einen Mri-Ausdruck gebrauchte, obwohl der Mri die Menschensprache fließend beherrschte. *Dann nicht,* war er oft versucht zu sagen und verzichtete doch darauf, denn er konnte sich später immer noch streiten, und die Dusei, die sich herumtrieben, wurden unangenehm und aufgebracht und trugen damit zur Situation bei. Letztlich setzte Niun seinen Kopf durch.

Es ergab Sinn, dachte Duncan später auf seinem Bett, während der Mri den Boden bevorzugte. Niun kämpfte um die Bewahrung dessen, was sein war, eines Weges und einer Sprache, die fast vollständig untergegangen waren. Es war ein stiller Kampf, der gegen ihn geführt wurde, der ihnen am meisten geholfen hatte und sie jetzt am stärksten bedrohte. Das war etwas, gegen das Gewehre und Geschick nichts nützten und das totzdem um Leben und Tod ging. Deshalb waren sie überhaupt hier, deshalb waren sie nicht in der Lage gewesen, unter Menschen zu leben – weshalb er sich mit Stavros auseinandergesetzt hatte, um sie zu befreien. Sie konnten keine Kompromisse schließen. Was ihnen fremd war, konnten sie nicht ertragen. Ein Mensch konnte das; ein Mensch konnte sich anpassen, gewandt wie ein Jo, das wie Sand oder Stein aussah und wartete. Darüber dachte er nach und über den schlafenden Mri, der mit dem Kopf gegen sein Dus gelehnt lag, unverschleiert, wie er es gegenüber einem Feind nicht sein würde.

Nach Jo-Art konnte sich ein Mensch immer wieder ändern. Die Mri würden stur sterben, und deshalb war es unumgänglich, daß Niun sich durchsetzte.

Am Morgen ging Duncan seiner Routine nach, hielt sich mit Einwänden gegen Niun völlig zurück und ging sogar soweit, zu fragen, was er tun sollte.

Niuns bersteinfarbene Augen schweiften durch die Kabine; seine langgliedrige Hand machte eine umfassende Geste. *»E'nai«,* sagte er, *»i!« – Beseitige alles!* Duncan starrte ihn an, holte tief Atem und dachte nach.

Das Schiff wurde kalt, während die Tage verstrichen, die Luft nahm allmählich Kesriths trockene Kälte an. Duncan war froh über die Wärme der Mri-Gewänder, die er jetzt ausschließlich trug. Er lernte den Umgang mit dem Schleier; er lernte Wörter und Höflichkeiten und Gesten und legte sein früheres Verhalten ab.

Niun spürte sicherlich, wieweit Duncan gedrängt wurde, die Frustration, die manchmal in ihm aufwallte, und er wandte das Gesicht ab und brachte den Schleier wieder an, sobald die Dinge zu eine Sackgasse gerieten. Dann gab es für eine Weile Schweigen und schließlich wieder Worte. Niun nannte die Dinge, die ihm nicht paßten, bei Namen: Bequemlichkeit und Möbel aller Art. Duncan nahm es hin und gab die persönlichen Gegenstände her, die ihm noch verblieben waren, denn seine Bindung an sie schien an diesem Ort fern zu sein angesichts des vor ihm liegenden Elends; und was eine Beschädigung des Schiffes anging, so schien derartiges eine unzureichende Rache an denen zu sein, die ihn hierhergeschickt hatten. Er arbeitete, zuerst verwirrt über das, was Niun wollte, dann mit grimmigen Vergnügen. Er beraubte alle zugänglichen Kabinen ihrer Möblierung, nahm die

Möbelstücke auseinander und lagerte die Teile, die aus nützlichen Metallen und Materialien bestanden, und warf den Rest in den Beseitigungsschacht.

Den Möbelteilen folgten alle Geräte, die der Mri für überflüssig hielt, medizinische und andere, ebenso alle gelagerten Güter, die als Luxus angesehen wurden.

Es war Wahnsinn. Duncan verlor sich darin, fing in seiner Frustration an, Sachen herauszusuchen und wegzuwerfen, zerstörte aus Freude am Zerstören, verwandelte das Schiff in eine leere Hülle, in der er sich nicht an Stavros oder die Menschheit oder irgendetwas anderes erinnern mußte, das er für diesen Flug aufgegeben hatte. Der Verlust von allem betäubte den Sinn für Verlust.

Bereits an der Station waren die Labors zum größten Teil leergemacht worden, von allem befreit, was man als unnötig für die Mission eingeschätzt hatte – und alles, was er verzweifelt gerne gerettet hätte, war bereits von Niun zerstört worden. Duncan beendete diese Arbeit bis zu den Leisten, an denen das Mobiliar befestigt gewesen war, scheuerte die Böden und Wände mit einem chemischen Mittel und hinterließ alles in einem für Niun akzeptablen Zustand – denn diese größte Kabine auf dem Schiff hatte Niun als seine ausgesucht.

Danach schlief Duncan auf einem Lager, das nicht dicker war als eine zusammengefaltete Decke, erwachte steif und fing in der kalten Luft wieder an zu husten. Das veranlaßte ihn, über seiner Gesundheit zu brüten und verzweifelt an die Medikamente zu denken, die Niun vernichtet hatte, aus diesem und aus anderen Gründen.

Aber Niun betrachtete ihn mit einiger Betroffenheit, forderte ihn an diesem Tag nicht zur Arbeit auf und übernahm selbst die Vorbereitung der Mahlzeiten und die Pflege der Dusei. Niun blühte in der kalten und dünnen Luft auf, hatte seine gebrechliche, torkelnde Gangart verloren und wurde nicht mehr so schnell müde.

»Du ruhst dich aus«, verlangte er von Duncan, als dieser auf dem Versuch beharrte, seinen Arbeitsplan einzuhalten. Duncan zuckte die Achseln und behauptete, daß die Maschinen ohne ihn nicht funktionieren würden, was nicht stimmte. Der Gedanke an Untätigkeit flößte ihm jedoch Panik ein, an das Herumsitzen in der Schale, als die er die Labors und den Rest des Schiffes hinterlassen hatte, ohne Bücher – Niun hatte die Buch- und Musikbänder aus seinem Quartier herausgeworfen –, ohne irgendeine Beschäftigung für Hände oder Geist.

Und als er dazu gezwungen wurde, kehrte er in das Labor zurück, diesen entleerten weißen Raum, und setzte sich in die Ecke, wo ihm wenigstens sein und Niuns Lager und das Zusammenlaufen der Wände ein Gefühl des Untergebrachtseins vermittelten. Dort saß er, wie er es spät nachts tat, um einzuschlafen, und fügte Zahlenketten aneinander, vollzog komplexe Kalkulationen von imaginärer Navigation – irgendetwas, um die Stunden zu füllen. Er beobachtete den sich nicht verändernden Sternenschirm, die einzige Ausstattung des Labors. Die einzigen Geräusche waren das Flüstern der Luft in den Rohrleitungen und der stetige Arbeitston der inneren Fuktionen des Schiffes.

Und sonst nicht.

Nichts.

Niun war an diesem Tag lange weg – bei Melein, vermutete Duncan, in dem Teil des Schiffes, der ihm versperrt war. Selbst die Dusei, die Niun ständig begleiteten, waren weg. In seiner Untätigkeit fand Duncan ein Metallstück und fertigte ein Muster auf den Fliesen neben seinem Lager und machte dann mit einem gewissen grimmigen Humor Markierungen für die Tage, die vorbeigegangen waren, die Tage der Schiffszeit. Er tat dies in der verzweifelten Vermutung, daß eine Zeit kommen mochte, wo er an diesem Ort den Bezug zu allem verlieren würde.

Neun Tage waren es bisher. Selbst dessen war er sich nicht völlig sicher.

Er fing mit einer Zahlenkette an, lenkte seinen Verstand von den Gitteröffnungen ab, die in seinem Gedächtnis aufzutauchen begannen, versuchte, sich in Regelmäßigkeiten zu verlieren.

Anders als ein Jo konnte er sich nicht erfolgreich anpassen, dachte er; selbst ein Jo würde in dieser sterilen Zelle nichts vorfinden, nachdem es seine Tarnung gestalten konnte. Es würde schwarz werden wie das erbärmliche Exemplar, das er in Boaz' Labor gesehen hatte, das eine Farbänderung nach der anderen durchlief, bis es bei der auffälligsten aller Farben hängenblieb. Vielleicht war das eine Selbstmordmethode, ein Todeswunsch.

Er wandte seine Gedanken auch davon ab, aber das Bild kehrte zurück, das Bild der schwarzen geflügelten Kreatur im silbernen Käfig – er selbst aus einer gottähnlichen Perspektive, wie er in der Ecke eines weißen und leeren Raumes saß.

Neun Tage.

Am Nachmittag des zehnten Tages kehrte Niun früher als sonst zurück, verbannte die Dusei in die gegenüberliegende Ecke des Raumes und entschleierte sich, setzte sich in geringem Abstand Duncan gegenüber mit gekreuzten Beinen auf den Boden.

»Du sitzt zuviel«, sagte er.

»Ich ruhe mich aus«, sagte Duncan mit einer Spur von Bitterkeit.

Niun hielt zwei dünne Metallstangen hoch, nicht länger als eine Hand. »Du wirst ein Spiel lernen«, sagte er, und nicht: *Ich werde dich lehren;* nicht: *Würde es dir gefallen.* Duncan runzelte die Stirn, überlegte, ob er sich beleidigt fühlen sollte. Aber daß die grimmigen Mri eine Unterhaltung hatten, das erweckte sein Interesse, versprach Kameradschaft und eine Möglichkeit, mit dem Kel'en zu reden, wie er seit der Wüste mit ihm nicht mehr hatte sprechen können.

Und es versprach etwas, um das Schweigen zu füllen.

Er regte sich auf seinem Lager, nahm vorsichtig dieselbe Haltung ein wie Niun, mit gekreuzten Beinen, die Hände auf den Knien. Niun zeigte ihm den Griff, mit dem er das Ende der Stange in der rechten Hand hielt.

»Du mußt sie fangen«, sagte er und wirbelte sie ihm zu. Duncan packte sie überrascht mit der Faust, nicht mit den Fingern, und das Ende stach ihm in die Handfläche.

Die zweite folgte aus Niuns linker Hand. Duncan packte sie und ließ sie fallen. Niun hob die beiden leeren Hände.

»Beide auf einmal!« sagte er.

Es war schwierig. Es war über alle Maßen schwierig. Duncans arbeitswunde Hände waren nicht so schnell wie Niuns schlanke Finger, die niemals danebengriffen, die die ungeschicktesten Würfe mitten aus der Luft holten und sie stets im selben Winkel und mit derselben Geschwindigkeit zurückgaben – einzeln, bis Duncan den schwierigen Auffanggriff beherrschte, dann beide gleichzeitig.

»Wir nennen es *Shon'ai*«, sagte Niun. »*Shonau* ist *vorübergehen*; in deiner Sprache also das Spiel des Wandels. Es besingt das Volk. Jede Kaste spielt es auf ihre eigene Art.« Er sprach, und die Stangen flogen behutsam zwischen ihnen hin und her. Duncans Finger gewannen an Sicherheit. »Es gibt drei Kasten das Volkes: *Kath* und *Kel* und *Sen*. Wir gehören zum Kel, wir mit den schwarzen Gewändern, wir Kämpfenden; die Angehörigen des Sen tragen die gelben Gewänder, sind die Gelehrten; und das weiße Gewand trägt die She'pan. Das Kath ist die Kaste der Frauen, die weder Kel noch Sen angehören, der Blaugewandeten, und der Kinder; diese gehören zum Kath, bis sie einer Kaste beitreten.«

Duncan griff daneben. Die Stange traf sein Knie und klapperte zu Boden. Er rieb sich das Knie und machte weiter, im Wechsel mit Niun vor und zurück, vor und zurück. Es war schwer, zuzuhören und sich gleichzeitig auf die Stangen zu konzentrieren. Leichtsinnigerweise versuchte er zu antworten.

»Die Männer«, sagte er, »die weder Kel noch Sen sind. Was ist mit ihnen?«

Der Rhythmus hatte keinen Bruch. »Sie sterben«, sagte Niun. »Die nicht für das Sen geeignet sind, die nicht für das Kel geeignet sind, die kein Herz haben, sie sterben. Manche sterben beim Spiel. Wir spielen, wie das Sen spielt, mit Stangen. Das Kel spielt mit Waffen.« Die Würfe wurden heftiger und schneller. »Es ist einfach bei zwei Spielern. Mit dreien schwieriger. Bei großen Kreisen wird es am schwersten. Ich habe in einem Zehnerkreis gespielt. Wenn der Kreis viel größer wird, wird es wieder eine Sache von Unfällen und des Zufalls.«

Die Stangen kamen diesmal heftig. Duncans Hände fuhren hoch, um sie zu fangen, lenkten eine ab, die sein Gesicht verletzt hätte, ohne sie fangen zu können. Sie fiel zu Boden. Die andere hatte er gepackt. Der Rhythmus war unterbrochen.

»Du bist schwach mit der linken Hand«, meint Niun. »Aber du hast das Herz. Gut. Du wirst die Geschicklichkeit entwickeln, bevor ich anfange, dir die *Yin'ein* zu zeigen, die alten Waffen. Die *Zahen'ein,* die modernen Waffen, kennst du so gut wie ich. In der Beziehung habe ich dir nichts zu zeigen. Mit den *Yin'ein* fängt man im *Shon'ai* an. Wirf!«

Duncan warf. Niun hielt die Hand hoch und fing die ihm getrennt zugeworfenen Stangen leicht auf – mit einer Hand holte er sie mühelos aus der Luft. Duncan blinzelte, bestürzt über die Geschicklichkeit des Mri, und maß seine eigene daran.

»Es ist Zeit zum Ausruhen«, meinte Niun dann. »Ich möchte nicht sehen, wie du danebenfaßt.« Er steckte die Stangen in seinen Gürtel. »Es ist Zeit«, sagte er, »daß wir anfangen, miteinander zu reden. Mir ist befohlen worden, sie zu vergessen, und das gilt auch für dich. Du kennst einige Worte der Mu'ara, der gemeinsamen Sprache. Und selbst die mußt du vergessen und bei der Hal'ari bleiben, der Hohen Sprache. Es ist das Gesetz der Dunkelheiten, daß alles aus dem Dazwischen wächst, muß sterben. Also laß dich nicht verwirren. Manchmal gibt es zwei Worte für eine Sache, eines Mu'ara, eines Hal'ari, und du mußt sogar ein Mri-Wort vergessen.«

»Niun«, protestierte Duncan und hob Einhalt gebietend eine Hand. »Ich kenne nicht genug Worte.«

»Du wirst sie lernen. Wir haben Zeit genug.«

Duncan runzelte die Stirn, betrachtete den Mri unter den Brauen hervor und näherte sich vorsichtig an das an, was bereits zurückgewiesen worden war. »Wieviel Zeit?«

Niun zuckte die Achseln.

»Weiß es die She'pan?« fragte Duncan.

Die Membran blinzelte über Niuns Augen. »Dein Herz ist noch immer Tsi'mri.«

Das war eine typische Mri-Antwort, die ihn zum Wahnsinn treiben konnte. Duncan tastete das Muster ab, das er in den Boden gekratzt hatte, und überlegte, wie er vernünftig mit dem Mri reden konnte. Urplötzlich hielt Niun seine Hand fest. Er riß sie wieder frei und blickte tief beleidigt auf.

»Noch eines«, sagte Niun. »Ein Kel'en liest und schreibt nicht.«

»Ich tue es.«

»Vergiß es!«

Duncan starrte ihn an. Niun verschleierte sich und stand auf. Es war eine kerzengerade Aufwärtsbewegung, die er noch wenige Tage zuvor nicht hätte ausführen können, eine Anmut, die natürlich war für einen Mann, der sein Leben auf dem Boden sitzend verbracht hatte. Aber Duncan wirkte weniger anmutig bei dem Versuch, aufzustehen und ihm ins Gesicht zu blicken.

»Hör zu!« sagte er.

Und eine Sirene ertönte.

Duncan erlebte einen Moment hellwachen Bewußtseins, bevor ihn die Panik übermannte, die nackte Angst. Sie näherten sich der Transition, hatten einen Sprungpunkt erreicht. Die Dusei hatten es bemerkt. Ihre Gefühle überschwemmten den Raum wie ein Flut – Angst, Abscheu.

»Yai!« rief Niun ihnen zu, beruhigte sie damit. Er ging zur Tür und packte den Handgriff dort. Duncan ging zu dem an der anderen Seite des Raumes, heuchelte eine Ruhe, die er nicht empfand. Seine Eingeweide verknoteten sich in erschreckter Erwartung des Kommenden – und es gab keine Drogen, nichts. Nur Niuns kaltes, regloses Vorbild hinderte ihn daran, zu Boden zu sinken und dort zu warten.

Die Sirene verstummte. Einen Moment später signalisierte eine Klingel den bevorstehenden Sprung – ein automatischer Alarm, den das Schiff auslöste, als das Band auf sein Ziel zulief. Noch hatten sie nicht erfahren, wo sie sich befanden. Der namenlose gelbe Stern hing immer noch als einer unter vielen im Feld des Schirms. Keine anderen Schiffe waren gekommen. Nichts.

Plötzlich trat das einleitende Gefühl der Unsicherheit auf, und Wände, Boden, Zeit, Materie kräuselten sich und zerrissen. Im Ausfluß durchlief der Verstand etwas Unwiederbringliches, als sich der Prozeß umkehrte; es blieb jedoch der Eindruck unvorstellbarer Tiefe und überstimulierter Sinne. Die Wände kräuselten sich in die Festigkeit zurück. Hände fühlten. Atem und Sicht kehrten zurück.

Aber die Klingel schrillte weiter, kündete immer noch einen bevorstehenden Sprung an.

»Etwas stimmt nicht!« schrie Duncan. Er sah Niuns Blick, die Furcht, etwas darin Ungewohntes. Und Niun rief ihm etwas zu, das mit Melein zu tun hatte – und rannte los.

Die Dus-Gefühle überfluteten den Raum. Wieder setzte die Auflösung ein, das Kräuseln, die Verdrehung im Magen wie bei einem Todessturz. Duncan klammerte sich fest, wo er war, sehnte sich nach Bewußtlosigkeit, schaffte es nicht, sie zu erreichen. Der Raum löste sich auf. Formte sich erneut.

Die Klingel schrilte weiter und weiter, und die Verzerrung setzte ein drittesmal ein. Dus-Körper umgaben Duncan, strahlten Angst aus. Er kreischte, verlor den Halt und fiel zwischen den Tieren zu Boden, eins mit ihnen, Tierverstand, Tiersinn, und die Klingeln. Wieder begann das Kräuseln, dann die Verfestigung; und ein weiteres Mal . . ., und wieder . . ., und wieder.

Er spürte die Festigkeit um sich, Berührung und Lichtwahrnehmungen, die ihm fremd anmuteten nach den Abgründen, die er bereist hatte. Er schrie auf und spürte die Wärme der Dusei an seinem Körper, ihren starken Trost, die verrückte Irrationalität ihrer nicht begreifenden Geister.

Sie waren sein Anker. Sie hatten ihn gehalten, eins mit ihm. Er gab für eine Weile sein Menschsein auf und sich ihnen hin, den Arm um einen massigen Nacken geschlungen, empfing ihre Wärme und ihren Trost, bis er klar erkannte, was er ihnen gab. Er fluchte und stieß sie, und sie zogen sich daraufhin zurück. Duncan wurde sich wieder seiner selbst bewußt.

Ein Mensch, der sich mit ihnen niedergelegt hatte, nicht mehr gewesen war als sie.

Er stemmte sich hoch und taumelte zum Ausgang. Die Beine klappten unter ihm zusammen, als er nach dem Handgriff langte, die Finger zu schwach, um ihn festzuhalten. Sein Magen versuchte sich umzuwenden, als ob unten seitlich wäre. Er hatte aber nicht mehr die Kraft, den Inhalt hochzuwürgen, und ihm wurde schwarz vor den Augen.

Mit ausgebreiteten Gliedern fiel er zu Boden, wünschte sich immer noch die Übelkeit, konnte sie aber nicht empfinden. Er lag eine Zeitlang still, der Atem ging schwer, und die Dusei verzogen sich in die gegenüberliegende Ecke, jetzt getrennt von ihm, gaben ihm nichts als ihre Angst.

Niun kehrte zurück – nach welchem Zeitraum, wußte Duncan nicht –, sank zu Boden und beugte den verschleierten Kopf auf die verschränkten Arme. Duncan lag still auf der Seite, war nicht bereit, mehr zu tun als zu atmen.

»Melein geht es gut«, sagte Niun in seiner Sprache. Soviel konnte Duncan verstehen; und Niun sagte noch etwas, aber Duncan konnte es nicht zusammensetzen.

»Was ist passiert?« verlangte er zu wissen, eine Anstrengung, die ihm viel an Übelkeit kostete. Niun zuckte jedoch nur die Achseln. »Niun, wo sind wir?«

Aber Niun sagte nichts, konnte vielleicht nicht antworten, oder gab in Mri-Sturheit einfach vor, die menschliche Sprache nicht mehr zu verstehen.

Duncan verfluchte ihn, und die Anstrengung verkrampfte seinen Magen und würgte endlich den Inhalt hervor. Er konnte sich nicht bewegen, nicht einmal zur Seite wenden. Nach einer geraumen Weile regte sich Niun in etwas, das sicherlich Ekel war, holte nasse Handtücher, reinigte die Stelle und wusch Duncans Gesicht. Die Berührung und die Anhebung seines Kopfes erzeugten ein weiteres trockenes Würgen, und danach ließ Niun ihn allein und setzte sich gerade noch innerhalb seines Blickfeldes an die entgegengesetzte Wand des Raumes.

Schließlich kam eines der Dusei, schnupperte an ihm, bedrängte ihn mit Wärme. Duncan hob die kraftlose Hand und schlug das Tier. Mit einem Schrei des Erschreckens und der Empörung bäumte es sich zur Seite hin auf und strahlte eine solch schreckliche Verwirrung aus, daß Duncan laut aufschrie. Jenseits des Raumes erhob sich Niun.

Und wieder erklangen die Sirene und die Klingel. Auflösung.

Duncan suchte nicht die Sicherheit der Wand, die Illusion, einen festen Halt zu haben. Er ließ sich gehen. Als es vorbei war, lag er auf dem Boden und würgte und schluchzte und schnappte nach Luft, die Finger auf dem festen Untergrund ausgebreitet.

Die Dusei kamen zurück und drängten ihm ihre teilnahmsvollen Gefühle auf. Er fing an, nach Luft zu ringen, konnte nicht atmen, bis sich etwas auf seine Brust lehnte und die Luft hineinzwang, bis Niuns Hand ihn an der Schulter packte und mit verletzender Kraft schüttelte. Dadurch vernebelte sich wieder seine Wahrnehmung, verlor er wieder den Kontakt zum Raum. Er starrte den Mri völlig ausdruckslos an und schluchzte.

Am nächsten Morgen fand er wieder zu sich, ein hart erkämpftes Zu-sich-kommen, während die Muskeln der Glieder und des Bauches unter der Spannung, die er nicht loswerden konnte, noch zu Zuckungen neigten. Er erinnerte sich mit akuter Scham an seinen Zusammenbruch, daran, wie er die verbliebene Zeit des vergangenen Tages - oder des vorangegangenen - verbracht hatte, in einer Ecke zusammengerollt. Er erinnerte sich an die Tränen, die grundlos und heiß über sein Gesicht geströmt waren, daran, daß er einfach nicht damit hatte aufhören können.

An diesem Morgen starrte ihn Niun an, bernsteinfarbene Augen über dem Schleier, die finster blickten, während er eine Tasse Soi in Duncans zitterne Hand schob, ihn festhielt, damit er trinken konnte. Das heiße, bittersüße Getränk strömte wie Öl in Duncans unwilligen Magen und lag dort, milderte etwas die Kälte. Erneut brachen die Tränen aus, ohne jeden Grund. Er trank langsam, hielt die Tasse wie ein Kind in beiden Händen, während ihm die Tränen über das Gesicht glitten. Er blickte dem Mri in die Augen und begegnete dort einer kalten Zurückhaltung, die keine Verwandtschaft zwischen ihnen erkannte.

»Ich helfe dir beim Gehen«, sagte Niun.

»Nein«, entgegnete er mit solcher Kraft, daß der Mri ihn allein ließ, aufstand und wegging, sich noch einmal umdrehte, dann verschwand, immun gegen die Schwäche, die Duncan angriff.

An diesem Tag strahlten selbst die Dusei Mißtrauen ihm gegenüber aus. Wenn sie das Zimmer durchquerten, scheuten sie vor ihm, haßten seine Gegenwart. Und als Niun zurückkehrte, setzte er sich am anderen Ende des Raumes nieder, besänftigte die besorgten Dusei und starrte ihn lange an.

Während die Schiffsnacht sie umgab, erfolgte erneut ein Sprung, bald darauf ein zweiter. Duncan kauerte sich in seiner Ecke zusammen, preßte die Kiefer aufeinander, um der Übelkeit zu begegnen, war anschließend benommen und hatte ungeheure Lücken in seinem Gedächtnis. Am Morgen fand er die Kraft, um taumelnd sein unordentliches Lager zu verlassen, vom Selbstekel getrieben zu baden und seinem schmerzenden Magen schließlich etwas Nahrung zu geben. Aber an den besseren Teil des Tages konnte er sich nicht klar erinnern.

Niun betrachtete ihn finster und wartete, so dachte Duncan abwesend, darauf, daß er starb oder die Schwäche abschüttelte. Und Duncan spürte die Verachtung wie eine fühlbare Kraft, beugte den Kopf auf die Arme und brütete verzweifelt darüber nach, wie er dem Band die Kontrolle entreißen konnte, bevor die Fehlfunktion sie alle tötete – wie er sie zu einer zufälligen, verlorenen Zuflucht bringen würde, wo die Menschheit sie nicht finden konnte.

Aber er war nicht in der Lage, das zu tun, und in seinen klareren Momenten gestand er sich das ein. Die Mri konnten überleben, solange das Schiff funktionierte. Er fing an, wie besessen an Selbstmord zu denken, brütete darüber und erinnerte sich dann in seinen angstvollen und im Kreise laufenden Gedanken daran, daß keine Drogen mehr da waren.

»Tsi'mri«, bezeichnete ihn Niun schließlich, nachdem er aufgestanden war und ihn eine Zeitlang angestarrt hatte.

Verachtung brannte in der Stimme des Mri. Er ging weg, und die Empörung darüber gab Duncan die Kraft, aufzustehen und gegen die Benebelung seiner Sinne zu kämpfen. Sofort wurde ihm wieder übel; diesmal erbrach er sich in die Toilette, blinzelte die Tränen aus den Augen, wusch sich das Gesicht und versuchte, das Zittern zu beherrschen, das durch seine Glieder lief.

Und er kehrte ins Wohnquartier zurück und versuchte, über den nackten Boden in seiner Mitte zu gehen. Er hatte es halb geschafft, bevor seine Wahrnehmung sich von innen nach außen wendete und er aus dem Gleichgewicht taumelte. Er warf sich zur Wand hin, tastete wild, fand sie und brach an ihr zusammen.

Niun stand dabei und sah zu. Duncan hatte es nicht bemerkt. Niun betrachtete ihn mit verschleiertem Gesicht von Kopf bis Fuß.

»Du warst Kel'en«, sagte er dann. »Was bist du jetzt?««

Duncan kämpfte um Worte, fand keine, die herauskommen

wollten. Niun ging zu seinem Lager und setzte sich dort nieder, und Duncan setzte sich, wo er war, auf den harten Boden, wollte aufstehen und gehen und den Mri belügen. Er konnte es nicht. Niuns Verachtung nagte an ihm. Er begann wieder, mit der Zeit zu rechnen, wieviele Tage er auf diese Art verloren hatte, geistlos und desorientiert.

»Eine Frage«, sagte er auf Hal'ari. »Wieviele Tage – wieviele sind vergangen?«

Er erwartete keine Antwort von Niun, war innerlich darauf vorbereitet, daß dieser schwieg oder eine Gehässigkeit äußerte. »Vier«, sagte Niun ruhig. »Vier, seit du krank bist.«

»Hilf mir«, bat Duncan, zwang die Worte zwischen den Zähnen hindurch. »Hilf mir aufzustehen!«

Schweigend erhob sich der Mri, trat zu ihm und faßte ihn am Arm, zog ihn auf die Füße und half ihm beim Gehen, bot ihm den Halt, der ihm die Bewegung ermöglichte. Duncan kämpfte um die Klarheit seiner Sinne, versuchte, ihnen vorzulügen – überredete Niun dazu, ihn durch die Instandhaltungsroutine in ihrem Sektor zu führen, versuchte, das zu machen, was er gewöhnt war.

Er ruhte sich aus, so gut er konnte, die Muskeln immer noch angespannt. Und er begann den nächsten Morgen und den darauffolgenden und den nächsten mit der Entschlossenheit, daß der nächste Sprung ihn nicht zugrunde richten würde.

Der Sprung kam, Tage später, und diesmal stand Duncan fest am Handgriff und kämpfte gegen die Übelkeit. Schon kurze Zeit später versuchte er, zur Halle zu gehen, schaffte es und kehrte erschöpft zu seinem Lager zurück.

Er hätte, dachte er mit zunehmender Bitterkeit, die Mri sterben lassen können; er hätte Bequemlichkeit und Sicherheit haben können. Er haßte Niuns Fähigkeit, die Sprünge zu ertragen, die Geistesnatur, die das Umstülpen nach innen und außen ertragen konnte, ohne sich aufzulösen.

Und Niun ließ sich, ob er nun seine Bitterkeit spürte oder nicht, dazu herab, wieder mit ihm zu sprechen – saß neben ihm, in Anspruch genommen von einer einseitigen Konversation auf Hal'ari, als ob es eine Rolle spielte. Manchmal rezitierte er Gesänge und bestand darauf, daß Duncan sie wiederholte, sie lernte. Duncan gehorchte lustlos, um Frieden zu haben, um endlich alleingelassen zu werden, wiederholte die endlosen Ketten von Namen und Zeugungen und Worten, die ihm nichts sagten.

Es kümmerte ihn wenig, und schließlich bemitleidete er den Mri, der seine Geschichte und seine Mythen in solch einem versagenden Schiff ausbreitete. Er fühlte sich wie in einer abschüssigen Kurve; die Schlacht war zu spät gewonnen worden. Er konnte keine Nahrung mehr unten behalten; die Glieder wurden schwach; er wurde dünner als der Mri und zerbrechlicher.

»Ich sterbe«, vertraute er Niun schließlich an, als er genug Hal'ari für solch einen Gedanken gelernt hatte. Niun blickte ihn sachlich und unverschleiert an, wie immer, wenn er sich mit ihm auf einer persönlichen Ebene unterhielt. Duncan jedoch zog den Schleier nicht herab, zog seine Verhüllung vor.

»Hast du den Wunsch, zu sterben?« fragte ihn Niun in einem Ton, der vollen Respekt für einen derartigen Wunsch ausdrückte. Für einen Augenblick war Duncan überrascht, begriff, daß der Mri ihm auf der Stelle dabei helfen würde. *»Möchtest du einen Becher mit Wasser?* Der Tonfall wäre derselbe gewesen.

Er suchte nach Worten, mit denen er antworten konnte. »Ich möchte«, sagte er, »mit euch gehen. Aber ich kann nicht essen. Ich kann nicht schlafen. Nein, ich will nicht sterben. Aber ich sterbe.«

Niun runzelte die Stirn und blinzelte mit den Augen. Er streckte eine schlanke, goldene Hand aus und berührte Duncans Ärmel. Es war eine seltsame Geste, ein Ausdruck des Mitleids, hätte er den Mri nicht besser gekannt.

»Bleib am Leben«, wünschte Niun ernsthaft.

Duncan weinte beinahe, konnte es aber unterdrücken.

»Wir werden *Shon'ai* spielen«, sagte Niun.

Es war Wahnsinn. Duncan hätte es abgelehnt, denn seine Hände zitterten und er wußte, daß er danebengreifen würde: es fiel ihm ein, daß dies ein Weg war, ihm den Tod zu gewähren. Aber Niuns Freundlichkeit versprach anderes, versprach Gesellschaft und Beschäftigung für die langen Stunden. Man konnte nicht an etwas anderes denken und dabei *Shon'ai* spielen.

In der Nachbarschaft eines roten Sterns, an fünf Tagen ohne Sprung, spielten sie *Shon'ai* und unterhielten sich, unverschleiert. Es gab einen Gesang zum Spiel und einen Rhythmus der Hände, der das Auffangen noch schwieriger machte. Duncan lernte ihn, und er lief selbst am Rande des Schlafes noch durch sein Gehirn, betäubte ihn, beanspruchte sein Bewußtsein vollständig. Zum erstenmal seit ungezählten Nächten schlief er tief, und am Morgen aß er mehr, als er zuvor gekonnt hatte.

Am sechsten Tag in der Nähe dieses Stern spielten sie schneller, und Duncan erlitt bei einem Treffer eine Knochenverletzung und erfuhr, daß Niun ihn nicht länger an der Hand halten würde.

Zwei weitere Male wurde er getroffen, einmal durch Nervosität danebengreifend und einmal durch Zorn. Niun erwiderte einen Wurf mit größerem Geschick als Duncan es schaffen konnte, nachdem dieser sich, gereizt durch den ersten Treffer, dem Mri gegenüber einen Foulwurf geleistet hatte. Duncan verarbeitete den Schmerz und erfuhr, daß es das Erleiden von größerem Schmerz und die Niederlage im Spiel bedeutete, wenn man durch Angst oder Zorn die Konzentration einbüßte. Er sammelte sich und widmete sich dem *Shon'ai* mit tiefstem Ernst, immer noch mit Stäben und nicht mit geschärftem Stahl, womit das Kel spielte.

»Warum«, fragte er Niun, als er genug Wörter dafür hatte, »habt ihr ein Spiel, in dem ihr eure Brüder verletzen könnt?«

»Man spielt *Shon'ai*«, erklärte Niun lapidar, »um das Leben zu verdienen, um den Geist des Volkes zu spüren. Man wirft. Man erhält. Wir spielen, um das Leben zu verdienen. Wir werfen. Mit leeren Händen warten wir. Und wir lernen es, stark zu sein.«

Es gab eine Schwelle der Furcht in dem Spiel, die Gewißheit, daß es eine Gefahr gab, daß es keine Gnade gab. Nach einer Zeit konnte man ein sicherer Spieler sein, solange die Geschwindigkeit innerhalb der Grenzen des eigenen Geschicks blieb, und dann doch erkennen, daß es sehr ernst wurde, wenn die Geschwindigkeit zunahm. Angst tauchte auf, die Nerven versagten, und das Spiel ging unter Schmerzen verloren.

Spiele, riet ihm Niun, *um das Leben zu verdienen! Wirf dein Leben, Kel'en, und fang es mit deinen Händen!*

Er begriff, und damit gleichzeitig noch etwas anderes, warum die Mri große Freude an solch einem Spiel haben konnten.

Und zum erstenmal begriff er die eigentümliche Verrücktheit, mit der die Mri nicht nur überleben, sondern sich auch am unnatürlichen Gefühl der Sprünge ergötzen konnten, durch die sich das Schiff scheinbar zufällig von Stern zu Stern warf.

Zwei weitere Male sprangen sie, und Duncan stand ruhig und wartete, als die Klingel schrillte und die Auflösung einsetzte. Er beobachtete den Mri, kannte den Geist des Kel'en, der ihm gegenüberstand, wußte, wie man sich gehen ließ und völlig im Rhythmus des Spieles aufging, mit dem Schiff ging und sich nicht fürchtete.

Beim zweiten dieser Sprünge brach er in ein wildes Gelächter aus, denn die Ausbildung des Dienstes hatte auf das *Überleben* abgezielt, die des Spieles dagegen etwas komplex Fremdartiges: eine sorglose Verrücktheit, der Mut der Mri.

Kel'en.

Er hatte etwas verloren, etwas, dem er einst Wert beigemessen hatte, und wie bei den anderen Besitztümern, die er dem Vergessen überantwortet hatte, war das Gefühl des Verlustes schwach und fern.

Niun betrachtete ihn, schätzte ihn schweigend ab, und er begegnete diesem Blick direkt, während ihm der Verlust noch zu schaffen machte. Eines der Dusei, das kleinere, stieß mit der Nase gegen seine Hand. Er riß sie zurück und wandte das Gesicht von Niuns kritischem Blick ab. Er ging mit regelmäßigen Schritten zu seiner Ecke, während die Sinne ihn zu betrügen versuchten und doch nicht die Macht dazu hatten.

Er war nicht der, den Stavros lanciert hatte.

Er saß auf seinem Lager und starrte auf die zerkratzte Tagezählung, die er begonnen und dann versäumt hatte. Es war nicht mehr die verstreichende Zeit, die eine Rolle spielte, sondern das, was vor ihm lag – genug Zeit, um in der Tat vergessen zu können.

Das Schreiben vergessen, die menschliche Sprache, Kesrith. Es gab Lücken in seiner Vergangenheit, nicht allein in den letzten Tagen, diesen fiebrigen und furchtbaren Stunden; es gab andere, die aus seinem Gedächtnis seltsame und sich verschiebende Muster machten, als ob einige der Dinge, an die er sich erinnerte, zu fremd waren in diesem Schiff und auf dieser langen Reise.

Die Dunkelheit, von der Niun sprach, fing an, solche Dinge zu verschlucken, wie ihr Maß, Ziel und Sinn fehlten.

Mit derselben Metallkante, mit der er die Markierungen gemacht hatte, zerkratzte er sie, löschte er die Aufzeichnung aus.

12

Die verlorenen Tage multiplizierten sich zu Monaten. Duncan verbrachte sie mit der sorgfältigen Einhaltung von Instandhaltungsplänen, zerlegte Geräte, die es nicht brauchten, und setzte sie wieder zusammen, nur um beschäftigt zu sein. Er spielte *Shon'ai,* wenn Niun einverstanden war, lernte bedeutungslose Namensgesänge auswendig und studierte fortwährend die Wörter ein, die er kürzlich in Hal'ari gelernt hatte, während seine Hände Beschäftigung bei dem Knotenspiel fanden, das Niun ihm beibrachte, oder in der Küche oder bei welcher Arbeit auch immer, die er sich für den Moment ausdenken konnte.

Er lernte Metallbearbeitung, eine zum Kel passende Fähigkeit, und Schnitzen, fertigte in Plastik die grobe Gestalt eines Dus, für die er zu Anfang keinen praktischen Nutzen fand. Und dann fiel ihm ein Zweck ein. »Bring sie der She'pan«, sagte er, als er sie so gut es ging fertiggestellt hatte, und drückte sie Niun in die Hand.

Der Mri blickte ihn sehr bekümmert an. »Ich werde es versuchen«, sagte er mit verblüffender Ernsthaftigkeit, stand gleichzeitig auf und ging, als handele es sich um eine Sache des Augenblicks, statt des Zufalls.

Es dauerte lange, bis er zurückkam. Er setzte sich auf den Boden und stellte die kleine Dus-Figur zwischen sich und Duncan auf die Matte. »Sie will sie nicht, Kel Duncan.«

Keine Entschuldigung für die Gehässigkeit der She'pan; es war unmöglich, daß Niun eine Entschuldigung für eine Entscheidung der She'pan vorbrachte. Er begann zu verstehen, warum Niun schon beim Versuch gezögert hatte, ihr das Geschenk zu bringen, und nach einer Weile stieg ihm die Hitze ins Gesicht. Er verschleierte sich nicht, sondern starrte mürrisch zu Boden, auf die ungestalte und zurückgewiesene kleine Figur.

»So«, sagte er mit einem Achselzucken.

»Es war bu'ina'anein – du bist eingedrungen«, sagte Niun.

»Anmaßung«, übersetzte Duncan.

»Es ist noch nicht die Zeit dafür«, sagte Niun.

»Wann wird sie sein?« fragte Duncan scharf, hörte, wie der Mri leise die Luft einsog. Niun verschleierte sich beleidigt und stand auf.

Mißachtet lag dort die kleine Figur für zwei Tage, bevor Niun mit milder Stimme und nachdem er sie kurz befingert hatte fragte, ob er sie haben könne.

Duncan zuckte die Achseln. »Nimm sie!« sagte er und war froh, sie losgeworden zu sein.

Sie verschwand in den inneren Falten von Niuns Gewändern. Er stand auf und verließ den Raum. Die Dusei gingen, kamen zurück, und gingen wieder in ihrer Ruhelosigkeit.

Durch den Hauptkorridor war eine Linie gezogen, eine unsichtbare Linie. Duncan wußte, welche Bereiche des Schiffes ihm erlaubt waren und welche ihm versperrt waren, und er versuchte nicht, die verbotenen zu betreten. Es waren weniger die Funktionsbereiche des Schiffes, die ihm versperrt waren, als vielmehr Meleins Gegenwart; und Niun kam und ging dort, aber er durfte es nicht.

Jetzt ging Duncan, getrieben von menschlicher Sturheit, war neugierig, wohin Niun mit der Figur gegangen war; und seine Schritte wurden langsamer und endeten schließlich in dem Korridor, den er seit unzähligen Tagen nicht gesehen hatte; jenseits der Biegung des Ganges war es, bis hierhin hatte er die Bestimmung noch nicht verletzt – und der Anblick kühlte jetzt seinen Zorn und ließ ihn stehenbleiben.

Die Lichter brannten hier nicht, und es herrschte ein schwacher Gestank von etwas Moschusartigem, den die Filter nicht völlig beseitigt hatten. Zwei große braune Gestalten saßen in den Schatten bei einem offenen Eingang: die Dusei – Niuns Anwesenheit, dachte er.

Da war die menschliche Hartnäckigkeit, und da war die Hartnäckigkeit nach Mri-Art, die er ebenso gelernt hatte, die er in Niun respektierte. Da war die einfache Tatsache, daß Niun, wenn herausgefordert, nicht nachgab.

Aber es gab Wege, den Mri unter Druck zu setzen.

Schweigend und in Respekt vor dem Hindernis raffte Duncan die Gewänder zwischen den Knien und sank mit gekreuzten Beinen zu Boden, um dort zu warten. Die Dusei, Schatten neben dem fernen Eingang, standen auf und schnupperten nervös die Luft, bedrängten ihn mit ihrem Gefühl der Unsicherheit. Er ließ sich nicht vertreiben. Er bewegte sich nicht. Nach einer Weile kam das geringere Dus den halben Weg und legte sich nieder, blickte ihn an, den Kopf zwischen den schweren Tatzen. Als er reglos blieb, stand es wieder auf und legte erneut die halbe Strecke zurück, und schließlich kam es sehr gegen Duncans Willen herbei und stieß ihm mit der Nase ans Bein.

»Yai!« wies er es sanft zurecht. Es ließ sich nieder, berührte ihn nicht mehr, seufzte tief.

Und im Eingang erschien ein schwärzerer Schatten, an dem da und dort Metall glitzerte.

Niun.

Der Mri stand reglos und wartete. Duncan raffte sich auf und stand ruhig und vorsichtig an der Grenzlinie.

Es war unnötig, mit Niun zuviel zu reden – der Mri betrachtete ihn jetzt und winkte ihn nach einer Weile des Nachdenkens heran.

Duncan ging voraus in diesen Schatten, das Dus an seinen Fersen, während Niun im Eingang auf ihn wartete; wie bei Menschen üblich wollte er Niun fragen, was dort drin war, welcher Impuls ihm plötzlich Zugang zu diesem Ort gewährte. Aber immer noch schweigend wies Niun mit der Hand nach links und lenkte seine Aufmerksamkeit in den Raum, aus dem er gekommen war.

Dies war ein Teil der Wohnquartiere für die Besatzung gewesen. Der Moschusgeruch hing dick an diesem schattigen Ort, der mit schwarzem Stoff ausgekleidet war. Das einzige Licht darin stammte von einer offenen Flamme, und es gleißte auf dem Ovoid, das an der jenseitigen Wand des Abteils lag, hinter einem beschatteten Stahlgitter. Am Eingang erhoben sich zwei Röhren, die als Säulen dienten und den Durchgang so verengten, daß immer nur einer hindurchkonnte.

»Geh hinein!« sagte Niun sanft hinter ihm.

Zwischen den Schultern spürte er die Berührung von Niuns Hand und trat vor, obwohl er es nicht wollte, fühlte, wie sich in diesem Schatten seine Haut zusammenzog – die tanzende Flamme war so gefährlich im Schiff, der Weihrauch dick und widerwärtig. Er hatte ihn schon zuvor wahrgenommen, denn er hing an der Bekleidung der Mri, ein Duft, den er mit ihnen in Verbindung brachte, sogar als natürlich für sie erachtet hatte, obwohl er ihn in den sterilen Labors vermißt hatte.

Hinter ihm schnauften die Dusei, konnten aufgrund der Säulen nicht hereinkommen.

Und für einige Augenblicke herrschte Schweigen.

»Du hast solch einen Schrein schon einmal gesehen«, sagte Niun mit tiefer Stimme, so daß sich das Prickeln auf seiner Haut verstärkte. Duncan wandte den Blick halb zu dem Mri um, und sein Herz klopfte, als er sich an Sil'athen erinnerte, den Verrat, den er begangen hatte. Einen schrecklichen Moment lang dachte er, daß Niun davon wußte, und redete sich dann selbst ein, daß der Mri ihm seinen ersten Besuch dort in Erinnerung rief, als er mit Erlaubnis gekommen war und in ihrer Begleitung.

»Ich erinnere mich«, sagte Duncan mit belegter Stimme. »Hast du mich wegen dem hier von diesem Teil des Schiffes ferngehalten? Und warum läßt du mich jetzt hierher?«

»Habe ich dich falsch verstanden? Bist du nicht hergekommen, um Einlaß zu suchen?«

Es lag eine Eintönigkeit in Niuns Stimme, die frostig wirkte, sogar jetzt. Duncan versuchte nicht zu antworten, wandte den Blick ab und dorthin, wo das Pan'en hinter dem Schirm ruhte, auf das flackernde warme Licht, Gold und Silber. Mri.

In diesem Raum gab es jetzt kein Echo mehr von den menschlichen Stimmen, die ihn einst beherrscht hatten, keine Erinnerung an die rauhen Scherze und die intimeren Gedanken und Impulse, die hier das Verhalten bestimmt hatten. Jetzt enthielt er das Pan'en, war ein Mri-Ort. Er enthielt *Alter* und die Erinnerung an etwas, das Duncan getan hatte und den Mri gegenüber nicht zugeben konnte.

»In jedem Edun des Volkes«, sagte Niun, »hat es einen Schrein gegeben, und der Schrein gehört zu den Pana. Du siehst den Schirm. Dies ist die Stätte, über die das Kel den Fuß nicht hinaussetzen darf. Nach dem, was jenseits liegt, darf das Kel nicht fragen. Es ist das Symbol einer Wahrheit, Kel Duncan. Begreife und behalte es.«

»Warum läßt du mich herein?«

»Du bist Kel'en. Selbst der letzte Kel'en hat die Freiheit, den äußeren Schrein zu betreten. Aber ein Kel'en, der das Pan'en berührt hat – der den Sen-Schrein betreten hat –, er ist gezeichnet, Kel Duncan. Erinnerst du dich an den Wächter des Schreins?«

Knochen und schwarzer Stoff, ein mitleiderregendes Häufchen Sterblichkeit im Schrein: die Erinnerung kam mit kalter Klarheit.

»Die Leben von Kel'ein«, sagte Niun, »sind dafür eingesetzt worden, dies zu bewachen; andere, die es getragen haben, sind für diese Ehre gestorben, haben die Stätte geheimgehalten, den Befehlen einer She'pan Folge geleistet. Aber du hast von diesen Dingen nichts gewußt.«

Duncans Herz raste. Er sah den Mri argwöhnisch an. »Nein«, sagte er und wünschte sich fort aus diesem Raum.

Aber Niun legte ihm die Hand auf die Schulter und schob ihn zum Schirm, kniete dort nieder, und Duncan sank neben ihm zu Boden. Der Schirm stellte eine Dunkelheit dar, die das Licht und die Form des Pan'en in diamantene Fragmente zerschnitt. Hinter ihnen ärgerten sich die Dusei, die aus ihrer Gegenwart verbannt waren.

Es herrschte Schweigen. Duncan atmete langsam aus, verstand endlich, daß keine unmittelbare Drohung existierte. Für eine geraume Weile ruhte Niun dort, die Hände im Schoß, das Gesicht zum Schirm gewandt. Duncan traute sich nicht, den Kopf zu drehen und ihm ins Gesicht zu blicken.

»Begreifst du diese Stätte?« fragte ihn Niun schließlich, ohne sich zu bewegen.

»Nein«, sagte Duncan. »Und du hast mir nicht genug Worte beigebracht, um zu fragen. Was verehrst du hier?«

»Der erste der Kel-Kaste war Sa'an.«

». . . *Geber der Gesetze*«, nahm Duncan den Gesang auf in der Stille, die Niun hinterließ, »*was den Dienst ausmachte, den er Sarin der Mutter leistete. Und das Gesetz des Kel ist eines: der She'pan dienen . . .*«

»Das ist das *Kel'es-jir*«, sagte Niun. »Die Hohen Lieder haben jedes einen Rumpf, der als erstes gelernt wird. Dann wächst aus jedem Großen Wort ein Glied, ein weiteres Lied. In der *E'atren-a* von Sa'an gibt es einundzwanzig Große Wörter, die zu weiteren Liedern führen. Das ist eine Antwort auf deine Frage: hier lernen Kel'ein die Hohen Lieder. Hier begegnen sich die drei Kasten, obwohl sie auf ihrem Platz bleiben. Hier werden die Toten vor die Anwesenheit der Pana gelegt. Hier sprechen wir zur Gegenwart Sa'ans und der anderen, die dem Volk gegeben haben, und wir erinnern uns daran, daß wir ihre Kinder sind.« Es gab eine lange Pause. »Sa'an war nicht dein Vater. Aber beuge dich dem Kel-Gesetz, und du kannst herkommen und willkommen sein. Ich kann dich das Kel-Gesetz lehren, jedoch nicht die Dinge der Pana. Es liegt an der She'pan, sie zu lehren, wenn sie will. Es ist ein Gesetz, daß jede Kaste nur das lehrt, was sie am besten kennt. Das Kel ist die Hand des Volkes. Wir sind das Gesicht des Volkes, das die Außenstehenden sehen, und deshalb verschleiern wir uns. Und wir besitzen nicht das Hohe Wissen, und wir lesen nicht die Schriften: wir sind *Das Gesicht, Das Nach Außen Gewandt Ist,* und wir haben nichts, durch das Außenstehende etwas über uns erfahren könnten.«

Das erklärte vieles.

»Sind alle Außenstehenden Feinde?« wollte Duncan wissen.

»Das liegt jenseits des Kel-Wissens. Die Leben des Kel sind das Leben des Volkes. Wir wurden von den Regul angeheuert. Es wird gesungen, daß wir als Söldner gedient haben, und diese Lieder sind sehr alt, aus der Zeit vor den Regul. Das ist alles, was ich weiß.

Und Niun machte eine Geste der Verehrung und stand auf. Duncan raffte sich auf und folgte ihm hinaus in den äußeren Korridor, wo die Dusei warteten. Sie strahlten intensive Gefühle der Freude aus. Duncan ertrug sie, versuchte, klare Sinne zu bewahren, sich dessen bewußt – furchtsam bewußt –, daß seine Verteidigungsmechanismen am Boden lagen, gegenüber den Mri und den Dusei.

In der Kel-Halle teilten sie eine Tasse Soi miteinander. Niun schien in ungewöhnlich gesprächiger Stimmung zu sein, und verschiedene Ausdrücke spielten frei in seinen Augen, die sonst so tot wie Bernsteinglas sein konnten.

Als ob, dachte Duncan, sein Aufsuchen des Schreines Niun gefallen hätte. Es fiel ihm ein, daß vielleicht nicht nur er selbst in dem langen Schweigen einsam war, sondern auch Niun, der Wohnraum mit einem Wesen teilte, das ihm fremder war als die Dusei, das ihn weniger gut begreifen konnte – und das von Melein abgelehnt wurde.

Sie unterhielten sich ruhig über das wenige, was sie unmittelbar betraf, als sie sich überlegten, daß ein Sprung stattfinden konnte und was am nächsten Morgen getan werden mußte. Es gab einen ungeheueren Bereich von Dingen, die sie nicht erwähnten, die in Vergangenheit und Zukunft lagen. Es gab Dinge, die Duncan – der Niun gesprächsbereit fand – einen anderen Menschen gefragt hätte, Dinge, die er vielleicht gesagt hätte – Fragen über die Vergangenheit, um den Mann kennenzulernen: *Wie war es, das Leben auf Kesrith, als es dort nur Regul und Mri gab? Wo kommst du her? Was für Frauen hast du gekannt? Was hast du vom Leben erwartet?* Aber Kesrith mußte vergessen werden, und ebenso die Dinge, an die er sich selbst erinnerte, die menschlich waren und nicht genannt werden durften. Die Vergangenheit war versunken und die Zukunft voll von Dingen, nach denen Kel'en nicht fragen durfte, die er nicht anzweifeln durfte, die er nicht sehen durfte außer in verschwommenen Mustern – wie jenseits des Schirms.

Duncan leerte seine Tasse, setzte sie zur Seite und stieß damit an das Dus, das sie sofort beschnupperte.

»Wir werden eine Runde spielen«, sagte Niun.

Tag für Tag spielten sie, immer dasselbe. Die ewige Übereinstimmung fing an, verrücktzumachen. Und an diesem Tag, mit der frischen Erinnerung an den Schrein, biß sich Duncan auf die Lippe, wägte sein Leben ab und gab eine andere Antwort.

»Mit Waffen«, sagte er.

Niuns Augen blinzelten überrascht. Er überlegte, zog dann das *Av-tlen* aus dem Gürtel, das kleine Schwert, zwei Hände lang. Er legte es vor sich, dann die Pistole ein Stück weiter nach links; und die mit Gewichten beschwerten Seile, die *Ka'islai,* die von seinem Gürtel herabhingen und mehr Schmuck als Waffe zu sein schienen. Und aus einer inneren Tasche seines Gürtels nahm er die kleinen, mit Griffen versehenen Klingen der *As-ei,* mit denen das Kel *Shon'ai* spielte. All diese Dinge legte er auf die Matte zwischen ihnen, die Pistole auf die linke Seite, und die *Yin'ein,* die alten Waffen, auf die rechte.

Das Av-kel fehlt«, sagte Niun. »Wir brauchen es hierzu nicht.«

Das Kel-Schwert: Duncan kannte es, eine drei Fuß lange Klinge mit rasiermesserscharfer Schneide; er hatte es Niun zurückgegeben, und es lag in Stoff gewickelt neben Niuns Lager.

»Du kannst sie anfassen«, sagte dieser und fügte hinzu, als Duncan die kleinen Klingen der *As-ei* aufsammelte: »Sei vorsichtig damit. Sei mit all diesen Dingen sehr vorsichtig, Kel Duncan. *Dies* . . .« – er wies auf die Pistole –. ». . . ist etwas, über das ich dir nichts zu sagen habe. Aber Kel'ein, die das Spiel von Kindheit an gespielt haben – sind dabei gestorben. Du bist kaum fähig, mit den Stangen zu spielen.«

Eine kalte, anders geartete Furcht kroch Duncan ins Gehirn, als er diese kleinen Waffen in der Hand hielt, keine panische Angst – er trat nicht mehr mit ihr ins Spiel –, sondern eine kalte Berechnung, daß an all diesen Waffen etwas Fremdartiges war, persönlicher und stärker fordernd als alles, mit dem er bisher kalkuliert hatte. Er zog Niuns Geschicklichkeit in Erwägung und die Mri-Reflexe, die ganz einfach einen tödlichen Bruchteil schneller zu sein schienen als die der Menschen, und plötzlich fürchtete er, daß er für einen solchen Wettkampf nicht bereit war und Niun nur darauf wartete, daß er es zugab.

»Es scheint«, meinte Duncan, »daß ziemlich viele Kel'ein beim Erlernen dieser Waffen sterben können.«

»Es ist ein ehrenvoller Tod.«

Er blickte dem Mri in das nackte Gesicht und suchte dort nach einer Spur von Humor, fand jedoch keine.

»Ihr seid eine Rasse«, sagte Niun langsam, »die in Gruppen kämpft. Wir nicht. Die Gewehre, die *Zahen'ein,* sind euer Weg. Ihr versteht unseren nicht, das sehe ich. Und oft, Duncan, oft haben wir versucht, uns der Menschheit anzunähern; wir dachten, daß es in euch Ehre geben könnte. Vielleicht gibt es sie. Aber ihr wolltet nicht allein im Kampf antreten. Ist das zwischen Menschen niemals geschehen? Oder warum nicht, Duncan?«

Duncan fand keine Antwort, denn er erkannte eine große Trauer in dem Mri, eine so tiefe Trauer und Verwirrung, als er das fragte – als ob, wenn diese eine Sache verstanden worden wäre, soviele Dinge nicht hätten geschehen müssen.

»Es tut mir leid«, sagte Duncan und fand es ein wenig pathetisch.

»Was willst du? Willst du spielen?«

Der Kummer blieb. Urplötzlich fürchtete Duncan die scharfen Waffen während ein solches Gefühl in der Luft lag. Er blickte auf die kleinen Klingen hinab, die er in der Hand hielt, versuchte aber trotzdem vorsichtig, den richtigen Griff an ihnen zu finden.

Niun streckte die schlanken Finger aus und half ihm sorgsam dabei, zog sie dann wieder zurück. Er wich zurück, bis zwischen ihnen ein passender Abstand war.

»Immer nur eine Klinge, Duncan.«

Er zögerte.

»Das ist nicht gut«, meinte Niun. »Wirf!«

Die Klinge flog. Niun fing sie und warf sie sanft zurück.

Duncan griff daneben. Sie traf seine Brust und fiel ihm in den Schoß. Er rieb sich die wunde Stelle über dem Herzen und dachte, daß sie trotz der Gewänder bluten mußte.

Er warf, und Niun erwiderte. Ungeschickt packte er den Griff, warf erneut; sie kam zurück, vor, zurück, vor, zurück – und plötzlich fiel ihm ein, daß es eine Waffe war, und er erstarrte und ein zweitesmal wurde er auf den Rippen getroffen. Mit zitternder Hand hob er die Klinge von seinem Schoß und warf.

Niun fing sie auf, schloß die Hand und behielt sie.

»Ich möchte weiterspielen«, sagte Duncan.

»Später.« Niun streckte die Hand nach der anderen Klinge aus, und Duncan gab sie ihm zurück. Der Mri steckte beide wieder in den Gürtel.

»Ich bin nicht so schwer verwundet.«

Die Bernsteinaugen des Mri musterten ihn sachlich und lasen ihn von den zitternden Händen bis zum unverschleierten Gesicht. »Du hast jetzt bemerkt, daß du verletzt wirst. So geht es uns allen, Kel Duncan. Denke eine Weile darüber nach! Dein Herz ist gut. Dein Wunsch ist gut. Deine Selbstkenntnis ist fehlerhaft. Wir werden wieder spielen, manchmal mit Stäben, manchmal mit den Klingen. Ich werde dir alles zeigen, was ich kann. Aber du kannst nicht alles heute lernen. Zeig mir die Verletzungen. Ich habe meine Würfe sorgfältig abgewogen, aber ich könnte einen Fehler gemacht haben.«

Duncan runzelte die Stirn, öffnete das Gewand und fand zwei winzige Einstiche, einen über dem Herzen, einen über den Rippen, weder gequetscht noch tief. »Ich nehme an, daß ich derjenige bin, der wahrscheinlich eher einen Fehler macht«, gab er zu.

Niun betrachtete ihn sachlich.

»Das ist wahr. Du kannst deine Kraft nicht zurückhalten. Ich muß meine immer noch zügeln, wenn wir mit den Stäben spielen.«

Er blickte den Mri unwillig an.

»Nicht sehr«, gab Niun zu. »Aber ich kenne deine Grenzen, und du kennst meine nicht.«

Duncan preßte die Kiefer zusammen. »Was ist *arrogant* auf Hal'ari?«

Niun lächelte. »Ka'ani-nla. Aber das bin ich nicht, Kel Duncan. Wenn ich arrogant wäre, dann hättest du mehr als zwei kleine Schnitte. Einen Gegner zu mißbrauchen, das ist arrogant. Das Spiel über die eigenen Grenzen hinauszutreiben, das ist Dummheit. Und du bist nicht dumm, Kel Duncan.«

Es dauerte mehrere Augenblicke, bevor Duncan auch nur versuchte, zu antworten. Die Dusei schwankten unruhig hin und her.

»Wenn ich dich zornig machen kann«, sagte Niun, als er den Mund zum Sprechen öffnete, »habe ich wieder deinen Schutz umgangen. Wenn ich dich zornig machen kann, habe ich dir neben dem Spiel etwas zum Nachdenken gegeben. So sprachen meine Meister zu mir – oft, denn ich neigte selbst zu diesem Fehler. Er hat mir mehr als nur zwei Narben eingebracht.«

Duncan dachte über Mri nach, fand es seltsam, daß er nach so langer Zeit etwas von Niun als Person erfahren hatte, nicht als Mri. Er dachte über die Amüsiertheit nach, die direkt hinter den

Bernsteinaugen lauerte, und vermutete, daß von ihm erwartet wurde, diesen Humor zu teilen – daß Niun, statt eine drohende Haltung einzunehmen, einfach seinen Wurf zurückgeschleudert hatte, wie es ein Mann bei einem anderen machte, der nicht sein Feind war.

»Morgen«, sagte Duncan, »werde ich die *As-ei* wieder probieren.«

Niuns Gesicht wurde nüchtern, aber es lag Vergnügen in seiner Geste der Zustimmung. »Gut.« Abwesend streckte er eine Hand aus, um das Dus abzuwehren, das sich zwischen sie drängte: die Tiere schienen sich das Eindringen in jedes stille Gespräch nicht verkneifen zu können, wollten berühren und so nahe sein wie möglich.

Aber das Dus, es war das kleinere, knurrte protestierend, und Niun zog rasch die Hand zurück. Das Tier schob sich grob zwischen sie und ließ sich dort nieder. Einen Moment später bewegte es sich wieder, schob seine Körpermasse immer näher an Duncan.

»So etwas macht es manchmal«, sagte Duncan, alarmiert durch das Verhalten des Tieres. Etwas streifte seine Sinne und nahm Einfluß auf den Herzschlag. Der massige Kopf stieß gegen sein Knie, und seufzend wälzte sich das Tier schwer gegen ihn, war warm und begann, sein Wohlbefinden zu äußern. Duncan verlor sich für einen Moment darin, erschauerte dann, und es hörte auf.

Seine Augen stellten sich wieder scharf ein, und er sah Niun, wie er mit einem Arm um die Schulter des anderen Tieres geschlungen dasaß.

»Das ist ein schamloses Dus«, meinte Niun, »das Tsi'mri bevorzugt.«

Er war, dachte Duncan, beunruhigt darüber, daß das Dus ihn angeknurrt hatte. Er ertrug die Berührung noch einen Moment lang, wußte von der Bindung des Mri an die Tiere, fürchtete, durch seine Beschwerde beide zu beleidigen; aber die Berührung seiner Sinne war zuviel. Ein plötzliches Zittern überkam ihn. »Hol es von mir weg!« sagte er auf einmal; er traute sich nicht, sich zu bewegen, wußte nicht, was mit dem Tier los war.

Niun blickte finster, trennte sich vorsichtig von dem größeren Dus, streckte die Hand aus, um das Tier zu berühren, das bei Duncan lag. Es gab einen seltsamen, klagenden Ton von sich und schob sich noch enger an Duncan, atmete schwer dabei. Niun, bereits ohne Schleier, nahm das *Zaidhe* ab, das seine

Mähne bedeckte – ungewohnte Vertrautheit – und schüttelte das Tier heftig. Duncan spürte die Anspannung der Dus-Gefühle, die Fremdheit. Er versuchte, das Tier selbst mit der Hand zu berühren, aber plötzlich schob es sich von ihm weg, scheute und durchquerte den Raum, schüttelte den schweren Kopf und schnaubte verwirrt, als es sich zurückzog.

»Tsi'mri«, urteilte Niun, der an seinem Platz knien blieb. »Das Dus spürt etwas, was es nicht begreift. Es will mich nicht haben, und dich kann es nicht haben. Das wird ein Problem werden, Duncan. Möglicherweise kannst du nicht annehmen, was es dir anbietet. Es wird jedoch gefährlich werden, wenn du es letzten Endes nicht noch annimmst. Mit diesem Tier kann ich nicht umgehen. Wenn Dusei nicht erhalten, was sie wollen, überkommt sie ein Wahnsinn. Sie wählen, nicht wir.«

»Ich kann es nicht berühren.«

»Du wirst müssen.«

»Nein.«

Niun stieß einen kurzen Atemzug hervor, stand auf und ging weg, blieb vor dem Sternenschirm stehen und starrte ihn an, dieses staubige Feld, das alles war, was sich in der Kel-Halle veränderte. Außer einem verwirrten Tier und einem störrischen Menschen war es das einzige, was er sich anschauen konnte. Duncan spürte die Anklage in dieser erstarrten schwarzen Gestalt, die völlige Enttäuschung über ihn.

»Niun.«

Die Mri drehte sich um, nacktes Gesicht, entblößter Kopf, und sah auf ihn hinab.

»Nenn mich nicht Tsi'mri«, sagte Duncan.

»Das sagst du?« Niun machte einen steifen Nacken. »Wenn dir das Hal'ari leicht von der Zunge kommt, wenn du das Spiel mit Waffen spielst, wenn du dich ohne Furcht vor den Dusei zum Schlafen niederlegen kannst, dann werde ich dich nicht mehr Tsi'mri nennen. Das Tier wird sterben, Duncan. Und das andere wird allein sein, wenn der Wahnsinn es nicht ebenfalls ansteckt.«

Duncan sah dorthin, wo sich das Tier in die Ecke drängte. Um Frieden mit Niun zu haben, erhob er sich und raffte sich dazu auf, zu dem Tier zu gehen. Absonderlicherweise wollte es nichts von ihm wissen, scheute und knurrte. Die dunklen Augen glitzerten ihn an, ersehnten, was sie nicht finden konnten.

»Vorsichtig.«

Niun war hinter ihm. Dankbar wich Duncan zurück, spürte die

Hand des Mri auf der Schulter. Das Dus blieb in seiner Ecke, und es schien nicht die Zeit zu sein, etwas bei ihm zu probieren.

»Ich werde es versuchen«, sagte Duncan.

»Langsam. Laß es jetzt allein. Laß es! Man kann sie nicht zwingen.«

»Ich begreife nicht, warum es zu mir kommt. Ich habe versucht, es zu entmutigen. Sicherlich versteht es, daß ich es nicht will.«

Niun zuckte die Achseln. »Ich habe seine Verstörtheit gespürt. Ich kann dir keine Antwort geben. Niemand weiß, warum ein Dus eine Wahl trifft. Ich könnte nicht beide halten, das ist alles. Einen anderen hat es nicht. Und vielleicht spürt es in dir die Natur eines Kel'en.«

Duncan starrte das Dus an, das jetzt keine Feindseligkeit mehr ausstrahlte, dann wieder Niun, fragte sich, ob dieser wußte, daß seine eigenen Worte das Eingeständnis enthielten, daß er etwas gewonnen hatte.

In dieser Nacht, als sie sich zum Schlafen auf ihren Lagern niederließen, legte Niun seine Waffen ab und verstaute sie in der Tuchrolle, die alle seine Besitztümer enthielt, und darin lag, zusammen mit einem merkwürdigen Seilknoten, die schlechtgemachte Dus-Figur, ganz als ob er ihr einen Wert beimäße.

Das gefiel Duncan. Er blickte in die Schatten zu dem lebendigen Modell, das in einiger Entfernung von ihm lag, die Augen im Licht des Sternenschirms glitzernd, den Kopf zwischen den Tatzen, ihn sehnsüchtig anblickend.

Er pfiff dem Tier sanft etwas zu, eine altertümliche und menschliche Lockung.

Die Nüstern des Tieres gaben ein zurückhaltendes Schnauben von sich. Die kleinen Augen zogen sich zu einem Ausdruck von schmerzlicher Überlegung zusammen.

Es blieb jedoch, wo es war.

13

Melein trug keine goldenen Gewänder mehr, sondern weiße. Sie hatte sich selbst neue angefertigt, hatte sich aus dem Raum neben den Kontrollen ein Heim gemacht, schlicht und angenehm – ein Stuhl für sie, Sitzmatten; und sie hatte angefangen, die Wände mit großen Schlangenlinien in Gold und Schwarz und Blau zu beschreiben, die den ganzen Raum erfüllten, den sie zu ihrer Halle bestimmt hatte, und sich auch draußen den Korridor hinab erstreckten, ein lebhafter und seltsamer Kontrast zu den sonst überall öden Wänden. Aus ihrem Zufluchtsort heraus hatte sie begonnen, das Schiff zu übernehmen und in ihr Heim zu verwandeln.

Aus ihrem Geist heraus hatte sie das Erscheinungsbild vom verlorenen Edun wiedererzeugt, vom Haus des Volkes. Sie hatte die Inschrift wiederhergestellt; und durch ihr eigenes Können und ihre eigene Arbeit hatte sie dies erreicht, dieses schwierige und heilige Werk.

Niun erfüllte das, was er sah, mit Ehrfurcht, jedesmal wenn er kam, um ihr Gesellschaft zu leisten, und fand, daß ihr Werk sich immer weiter im Schiff ausbreitete. Er hatte nicht geglaubt, daß es ihr möglich gewesen war, solches Wissen zu erlangen. Bevor sie She'pan geworden war, war sie die jüngste Tochter des Hauses gewesen: Melein Zain-Abrin, Erwählte der She'pan Intel.

Er hatte völlig die Melein verloren, die er gekannt hatte, seine Wahrschwester, einst seine Kameradin im Kel. Der Vorgang war ein allmählicher gewesen, hatte sich entwickelt wie die Schriften, Schritt für Schritt. Er verbannte die Tatsache aus seinem Bewußtsein, daß sie als Kinder im Kath beisammen gewesen waren, daß sie zum Zeitvertreib in den Hohen Hügeln von Kesrith gespielt hatten, Kel'ein zu sein. Ihr wurden das Alter und die Verehrungswürdigkeit aller She'panei zuteil. Ihre Fähigkeiten verwandelten sie für ihn in eine Fremde. Da er bloß ein Kel'en war, konnte er nicht lesen, was sie schrieb, konnte er nicht die Mysterien durchdringen, von denen sie plötzlich sprach, und er wußte zu seiner Verwirrung, wie groß der Abgrund war, der sich zwischen ihnen eröffnet hatte in den sechs Jahren, seit sie zusammen zum Kel gehört hatten. Die blauen *Seta'al* waren ebenso in ihr Gesicht geschnitten und gemalt worden wie in seines, die stolzen Zeichen der Krieger; aber ihren Händen war es jetzt verboten, Waffen zu halten, und ihr Verhalten wurde von der stillen

Zurückhaltung des Sen betimmt. Sie ging nicht verschleiert. Die Mutter eines Edun verschleierte sich fast nie, ihr Gesicht war ihren Kindern ständig zugänglich. Nur in Gegenwart des Profanen und des Unannehmbaren wandte sie das Gesicht ab. Melein war allein: die Goldgewandeten des Sen hätten ihre Diener sein sollen; erfahrene Krieger des Kel hätten ihre Ehemänner sein sollen, und die Älteste des Kath hätte ihr zu ihrer Freude Kinder mit strahlenden Augen bringen sollen. Niun spürte, wie unangemessen alles war, das er für sie tun konnte, manchmal mit schmerzlicher Klarheit.

»Niun.« Sie lächelte und berührte die ihr angebotene Hand. Er kniete neben ihrem Stuhl nieder – kniete, denn das Kel nutzte nicht den Luxus von Möbeln, genauso wenig wie das asketische Sen. Sein Dus war bei ihm, warm und fest. Das kleinere kauerte sich als Besucher zu Füßen der She'pan nieder, verehrte sie nach Dus-Art. Man sagte, daß ein Sen-Verstand zu komplex und zu kalt war für den Geschmack der Dusei. Niun wußte nicht, ob das stimmte: es war seltsam, daß nie ein Dus nach Melein verlangt hatte, selbst damals nicht, als sie noch zum Kel gehörte, für sie eine Quelle des Kummers und bitteren Neides auf andere Kel'ein. Jetzt hatte sie keines und wollte auch keines. Das Dus verehrte sie, aber näherte sich ihr nicht im Bewußtsein – zog selbst einen Menschen Meleins' Intel vor, der berechnenden Macht einer She'pan.

Niun senkte den Kopf unter ihrer Berührung und sah dann wieder auf. »Ich habe Duncan gebracht«, sagte er. »Ich habe ihm gesagt, wie er sich betragen soll; ich habe ihn gewarnt.«

Melein senkte den Kopf. »Wenn du meinst, daß es Zeit ist«, sagte sie und streichelte den Rücken des Dus, das neben ihr saß.

Niun sah zu ihr auf, wollte ein letztesmal an ihre Geduld appellieren – zu ihr sprechen, wie er es als Kind getan hatte. Er konnte jedoch diese Vertrautheit mit ihr nicht mehr finden. Die Bestürzung teilte sich den Dusei mit, und seines schüttelte den Kopf. Er stand auf und stieß das Tier, damit es sich in Bewegung setzte.

Duncan wartete. Niun fand ihn dort stehend, wo er ihn verlassen hatte, an die Tür auf der anderen Seite des Korridors gelehnt. »Komm«, sagte er zu dem Menschen, »und verschleiere dich nicht! Du befindest dich nicht in einer fremden Halle.«

Duncan befestigte den *Mez* wieder dicht unter dem Kinn und begleitete Niun hinein, zögerte in der Mitte des Raumes, bis Melein selbst einladend die Hand ausstreckte und ihm zeigte, wohin er sich setzen sollte, zu ihrer Linken, wo das kleinere Dus lag.

Duncan ging dorthin, hatte Angst vor dem Dus, tödliche Angst. Niun öffnete den Mund zum Protest, aber dachte dann, daß es Duncan beschämen würde, wenn er es tat, seine Eignung in Zweifel ziehen würde, hier zu sein. Vorsichtig ließ sich Duncan dort nieder, wo er sollte, und Niun nahm seinen eigenen Platz zur Rechten Meleins ein, eine Armlänge von Duncan und dem anderen Tier entfernt. Er berührte das kleine Dus mit den Fingerspitzen, spürte, daß es beruhigt war, und war erleichtert darüber.

»Duncan«, sagte Melein sanft. »Kel Duncan. Niun versichert, daß du Hal'ari verstehen kannst.«

»Mir fehlen noch Wörter, She'pan, aber ich verstehe es.«

»Aber du hast auch etwas Mu'ara verstanden, bevor du dich zu uns gesellt hast.«

»Ja. Ein paar Wörter.«

»Du mußt sehr hart gearbeitet haben«, sagte sie. »Weißt du, wielange du an Bord bist?«

»Nein. Ich zähle die Tage nicht mehr.«

»Bist du zufrieden, Duncan?«

»Ja«, sagte er, was Niun den Atem stocken ließ, denn er glaubte es nicht. Duncan log: es war menschliches Verhalten.

Indem er das tat, hatte er einen Fehler gemacht.

»Du weißt«, sagte Melein, »daß wir heimkehren.«

»Niun hat es mir berichtet.«

»Hat dein Volk das vermutet?«

Duncan antwortete nicht. Die Frage bestürzte ihn sehr; Niun spürte das durch die Dusei – einen Schock der Angst.

»Unsere Reise in die entgegengesetzte Richtung«, fuhr Melein sanft fort, »war vor langer Zeit, bevor uns Schiffe wie dieses zur Verfügung standen, keine so schnelle Fahrt, nein. Entlang des Weges, der uns zu euch führte, haben wir uns auch aufgehalten, manchmal ein- oder zweitausend Jahre. Gewöhnlich gibt es Zeiten, in denen das Volk wirklich vergißt, und in der Dunkelheit zwischen den Sonnen werden Generationen geboren, denen die Pana, das Verbotene, das Heilige, die Mysterien nicht beigebracht werden. Und sie treten hinaus auf eine neue Erde, unwissend all dessen, was sie nicht gelernt haben. Aber diesmal, diesmal, Kel Duncan, nehmen wir unsere lebendige Vergangenheit in deiner Person mit uns; und wie dies gegen jedes Gesetz, gegen jede Weisheit von She'panai vor mir verstößt, so unterscheidet sich diese Reise von anderen Reisen und diese Dunkelheit von anderen Dunkelheiten. Ich habe dir erlaubt, bei uns zu bleiben. Hat dein Volk es vermutet, Duncan, daß wir heimkehren?«

Es gab ein verbotenes Spiel, das die Kinder des Kath zu spielen pflegten, das Wahrheitsspiel: berühre das Dus und versuche zu lügen. Wenn die Mütter davon erfuhren, verboten sie es, obwohl die großen Tiere duldsam mit den Kindern waren und die unschuldigen Geister der Kinder sie nicht verstören konnten.

Finde heraus, wo ich den Stein versteckt habe.

Weit weg? In der Nähe?

Berühre das Dus und versuche zu lügen.

Aber nicht unter Brüdern, nicht innerhalb des Kel oder des Sen. »Melein«, protestierte Niun. »Er hat Angst vor dem Tier.«

»Er hat Angst«, wiederholte sie rauh. »Sag mir, Duncan, was erwarteten sie von den Aufzeichnungen, die sie in das Schiff brachten?«

»Daß sie – daß sie zur Auffindung von Mri-Basen führen könnten.«

Das Gefühl in der Luft war wie das vor einem Sturm, dick und nahe und unwirklich. Das große Dus erschauerte und hob den Kopf. »Sei still!« flüsterte ihm Niun in das unempfindliche Ohr und zupfte daran, um das Tier abzulenken.

»Ah«, sagte Melein, »und die Menschen haben dieses Band sicher vervielfältigt. Sie haben sich dieses Geschenk genommen, das im Pan'en lag, in ihren Händen. Und damit wir dem Band vertrauen, haben sie uns dich mitgegeben.«

Das Dus schrie plötzlich auf, und beide Tiere bewegten sich. Eines schleuderte Duncan zur Seite, und er rollte gegen die Wand, die Glieder durch die Wirkung des Schlages ausgebreitet. Beide Dusei waren auf den Beinen, ihre Furcht fühlbar. »Yai!« rief Niun seinem Tier zu, klatschte in die Hände, schlug es. Es reagierte, warf den Körper gegen den Gefährten und hielt das Tier so in Schach, verlagerte seine Gewicht hin und her, um zwischen dem anderen Tier und Duncan zu bleiben, und Niun warf sich an Duncans Seite und zwang sein Dus, sie abzuschirmen.

Die Panik spitzte sich zu und klang dann ab. Duncan war auf den Knien, hielt den Arm an den Leib gepreßt und zitterte konvulsisch. Sein Gesicht war bleich und schweißbedeckt. Niun faßte ihn an, zog den Arm an sich und schob den Ärmel hoch, legte die häßliche und geschwollene Wunde frei.

Dus-Gift.

»Du wirst nicht daran sterben«, sagte er ihm, hielt ihn fest und versuchte, das krankhafte Zittern zu lindern, das den Menschen quälte. Er war sich nicht sicher, ob Duncan ihn verstehen konnte. Melein kam herbei, beugte sich herab und faßte an den verwundeten Arm; es gab jedoch kein Mitleid in ihr, nur kalte Neugier.

Die Dusei krochen zurück. Das kleine gekränkte Tier zauderte und strahlte Pein aus und blutige Gefühle. Das größere schnupperte an Duncan, schnaubte und zog sich zurück, und der Mensch fuhr zusammen und schrie laut auf.

»Du hast sie beide verletzt«, sagte Niun zu Melein und glaubte, daß sie für den einen oder den anderen Reue empfinden würde, das Dus oder den Menschen.

»Er ist nach wie vor Tsi'mri«, sagte sie. »Und Niun, er hat uns von Anfang an belogen; ich habe es gewußt. Du hast es gesehen.«

»Du weißt nicht, was du getan hast«, sagte Niun. »Er hatte Angst vor den Dusei, besonders vor diesem einen. Wie konntest du die Wahrheit von ihm erwarten? Das Dus ist verletzt, Melein; ich weiß nicht, wie sehr.«

»Du vergißt dich!«

»She'pan«, sagte er und senkte den Kopf, aber das beschwichtigte sie nicht. Er nahm Duncans gesunden Arm und half ihm so beim Aufstehen, legte den Arm um ihn und hielt ihn auf den Füßen. Der Mensch stand völlig unter einem tiefen Schock. Als Niun sich in Bewegung setzte, kam das Dus herbei und langsam, langsam verließen sie die Gegenwart der She'pan.

Manchmal kämpfte der Mensch sich aus dem Fieber heraus, wurde für einen Moment klar; bei solchen Gelegenheiten schien er zu wissen, wo er sich befand, und seine Augen wanderten über das, was ihn auf seinem Platz bei dem Dus in einer Ecke der Kel-Halle umgab. Aber dieser Zustand war nie von Dauer. Er konnte ihn nicht bewahren und zog sich wieder in das Delirium zurück. Niun sprach nicht mit ihm und stellte die Lampen nicht zu hell ein; es war am besten, sowohl den Menschen wie auch das Dus möglichst von Wahrnehmungen zu befreien.

Schließlich, als es im Nachtzyklus noch keine Besserung gab, ging Niun zu Duncan und nahm ihm, wie eine Kath'en ein Kind ausziehen mochte, *Mez* und *Zaidhe* und auch die Gewänder ab, so daß er die Wärme des Dus aufnehmen konnte. Er bettete ihn zwischen sein eigenes Tier und das kranke und legte zwei Dekken über ihn.

Das Gift wirkte stark in ihm; eine Bindung war zwischen zwei Geschöpfen erzwungen worden, die sich gegenseitig nicht ertragen konnten. Die Wunde war tief, und Duncan hatte aus der hohlen Hinterklaue mehr Gift abbekommen, als selbst für einen daran gewöhnten Mri gut gewesen wäre. Die alten Wege besagten jedoch (und als Kel'en wußte Niun nicht, ob es Wahrheit oder Fabel war), daß ein Dus seinen Mann danach kannte – daß, wenn einmal ein Mann die Substanz aufgenommen und es überlebt hatte, er niemals mehr durch das Gift oder den Zorn dieses bestimmten Dus gefährdet war, das sich niemals im Leben wieder von ihm trennen würde. Das traf nicht ganz zu, denn ein Mann, der mit Dusei umging, erhielt oft kleine Kratzer durch die Klauen und gelegentlich auch tiefere, die ihn fiebrig machten. Aber es stimmte auch, daß ein an ein bestimmtes Dus nicht gewöhnter Mann auf eine tiefe Wunde durch dieses Tier sehr stark reagieren, ja sogar sterben konnte.

Melein wußte besser darüber Bescheid als sie sich jetzt verhalten hatte: in Kel und Sen ausgebildet kannte sie Dusei, und sie wußte, daß sie das Tier gefährlich provozierte, das sich wegen Duncan quälte und seine Panik aufnahm. Aber wie die andere She'pan, der er gedient hatte, hatte Melein nur Kälte anstelle eines Herzens.

Und Duncan, seine nackte Haut der Hitze und den Absonderungen des heißen Dus-Felles ausgesetzt, das Gift des Tieres in den Adern, würde sich auf das Dus einstellen und das Tier auf ihn – wenn er nicht starb oder das Tier nicht *Miuk* wurde, nicht in den Irrsinn verfiel, dem überspannte Dusei manchmal zum Opfer fielen und der sie in Killer verwandelte. Das war es, was Melein wohl wissend riskiert hatte.

Wenn das Tier irrsinnig wurde, wußte Niun nicht, ob er den Menschen vor dem gleichen Schicksal bewahren konnte. Er hatte davon gehört, daß ein Mri durch ein *Miuk'ko*-Dus mit in den Wahnsinn gerissen wurde; er dankte den Göttern dafür, daß er es nicht miterlebt hatte.

Die Warnsirene erklang.

Duncan blickte entsetzt auf den Sternenschirm und fluchte vor Angst. Dies war der ungeeignetste und schlimmste Zeitpunkt für die Vorbereitung auf eine Transition.

Die Klingel schrillte. Die Dusei erhoben sich erschreckt, und

Duncan warf einfach die Arme um den Nacken seines Tieres, senkte den Kopf darauf und hielt sich fest, völlig verloren in den Dus-Ängsten und dem Geist des Tieres.

Vielleicht schützte ihn das. Sie sprangen, tauchten wieder auf, sprangen erneut innerhalb einer Nachthälfte. Der Mensch und das Dus klammerten sich aneinander fest und strahlten eine solche Angst aus, daß das andere Tier nicht bei ihnen bleiben konnte.

Man sagte, daß Dusei sich nicht an Geschehnisse erinnerten, sondern nur an Personen. Und vielleicht war es das, was den Menschen anzog und ihm eine Zuflucht bot, aus der er nicht mehr hervorkommen wollte.

»Duncan«, sagte Niun am nächsten Morgen, hielt ihm ohne weiteres Zureden eine Tasse an die Lippen und gab ihm Wasser, denn er war kein Dus, das ohne zu trinken auskommen konnte. Er wusch das Gesicht des Menschen mit den Fingerspitzen.

»Gib mir mein Gewand«, sagte Duncan daraufhin leise und überraschte ihn damit, und Niun war glücklich und zog den Menschen von dem kranken Dus weg, half ihm beim Aufstehen. Duncan war sehr schwach, der Arm heiß und noch geschwollen. Niun mußte ihm in seine Kleider helfen, und nachdem er Kopftuch und Schleier erhalten hatte, verschleierte er sich, als ob er sich diese Zurückgezogenheit ernsthaft wünschte.

»Ich werde mit der She'pan reden«, bot Niun ernst an. »Duncan, ich werde mit ihr reden.«

Der Mensch holte tief Atem und ließ ihn mit einem Zittern wieder fahren, stieß das Dus weg, das an seinem Bein schnupperte. Es warf ihn mit seiner großen Kraft beinahe um. Er fing sich mit Hilfe von Niuns angebotener Hand, stieß das Hilfsangebot dann ein zweitesmal weg, stur in seiner Isolation.

»Aber du hast unrecht«, sagte Duncan, »und sie hatte recht.« Und nachdem er erneut Atem geholt hatte: »Schiffe sind auf unserer Spur. Mein Volk. Kriegsschiffe. Ich habe gelogen, Niun. Es war kein Geschenk. Sie haben dieselbe Serie von Kursangaben wie wir und sind uns auf den Fersen. Ich weiß nicht, was sie machen werden. Sie haben mich nicht eingeweiht. Sie haben mich aus dem Grund an Bord geschickt, den die She'pan annahm: euch auf das Geschenk vertrauen zu lassen, das herauszufinden, was den Bändern nicht entnommen werden konnte, und um mich und die Information zurückzuerhalten, wenn ich es schaffe.

Ich habe als ich merkte, daß alles ein abgekartetes Spiel war, ihnen das Schiff entrissen, und bin geflohen. Sag ihr das. Das ist alles, was ich weiß. Und ihr könnt anfangen, was ihr wollt.«

Und er ging hinüber auf die andere Seite des Raumes und kauerte sich in der Ecke zusammen. Das Dus trottete mit hängendem Kopf hinüber und ließ sich müde an ihn gedrückt zu Boden sinken. Duncan legte ihm die Arme um den Nacken, senkte den Kopf darauf und ruhte sich aus. Seine Augen waren leer und müde und enthielten solch eine Verzweiflung, wie sie Niun noch nie zuvor auf irgendeinem Gesicht gesehen hatte.

»Bring ihn her!« wies ihn Melein an, nachdem er ihr die von Duncan eingestandenen Dinge berichtet hatte.

»She'pan«, protestierte er. »Er hat dem Volk geholfen.«

»Sei ruhig«, antwortete sie. »Erinnere dich daran, daß du Kel'en und Kel'anth bist, und daß du mir Treue schuldest.«

Das Recht war auf ihrer Seite, die Rechtmäßigkeit der Mri, die Rechtmäßigkeit ihres Überlebens. Er spürte dessen Einfluß, neigte seinen Kopf vor ihr und erkannte es an. Und er saß an diesem Abend elend dabei, während sie anfing, Duncan zu befragen und alles aus ihm herauszuziehen, was er sagen konnte.

Es geschah in der Form eines Gemeinsamen Mahles, das erste, das sie auf dem Schiff abhielten, eine traurige Nachahmung. Es mangelte ihm an Gefährtenschaft, und die Nahrung schmeckte bitter. Duncan aß fast gar nichts, sondern saß nur still da, wenn er nicht direkt befragt wurde; die Dusei durften nicht dabei sein, und er hatte nichts und niemanden, nicht einmal dachte Niun bekümmert, seine Unterstützung, denn er mußte zur Rechten der She'pan sitzen und ihre Partei ergreifen.

Sie waren alle versucht, zu sehr dem Trinken zuzusprechen, dem beißenden Regul-Gebräu, das die Vorratskammern füllte, dem *Ashig,* vergoren aus derselben Quelle wie Soi. Aber zumindest – Niun dankte es den Göttern – gab es kein *Komal,* das seine letzte She'pan im Bann drogenerzeugter Träume gehalten hatte, verbotener- und schändlicherweise – Träume, in denen sie die Pläne geschmiedet hatte, aus denen alles seinen Anfang nahm; Träume, die an der Vernichtung des Volkes ebenso schuldig waren wie Duncan es jemals gewesen sein konnte, und an der Erzeugung der Gefahr, die ihnen jetzt folgte.

Und erneut sah er die Arroganz der She'pan, die kein Mitleid mit ihren eigenen Kindern hatte.

Aber dergleichen wagte er Melein nicht zu sagen – er konnte nicht mit ihr streiten, die er mehr liebte als Leben und Ehre, nicht über einen Tsi'mri, der sie in soviel Böses verstrickt hatte. Nur wenn er Duncan ins Gesicht blickte, schmerzte es, und die Pein des Menschen nagte an ihm.

An vier Tagen nahmen sie jeden Abend das Gemeinsame Mahl ein, und sie redeten wenig, denn die meisten Fragen waren beantwortet. Während dieser Zeit lag eine Kälte in der Gegenwart der She'pan und danach in der Kel-Halle – kalte, formelle und vorsichtige Waffenübungen, die mehr mit Ritualen zu tun hatten als dem Austeilen von Hieben, mehr mit der Tradition des Kampfes als mit seiner Aktualität. Manchmal drückte Duncans Blick ein solches Leiden aus, daß Niun ihm die *Yin'ein* verbot und es überhaupt ablehnte, mit ihm zu üben.

Duncan hatte sein eigenes Volk verraten.

Und für solch einen Mann gab es keinen Frieden.

»Tsi'mri«, sagte Melein von ihm in seiner Abwesenheit, »und ein Verräter selbst an denen, die ihm Blut und Knochen gaben. Wie könnte ihm dann das Volk jemals vertrauen? Er ist ein schwaches Geschöpf, Niun, das hast du bewiesen.«

Niun dachte darüber nach, erkannte sein Werk und litt darunter.

Das Giftfieber verging, aber das Elend tat es nicht. Das Dus, abwechselnd zurückgewiesen und grollend akzeptiert, trauerte und war gereizt; Duncan wurde still und in sich gekehrt, ein Leiden, das man nicht mehr erreichen konnte.

Das Schiff verließ diesen Stern und sprang wieder.

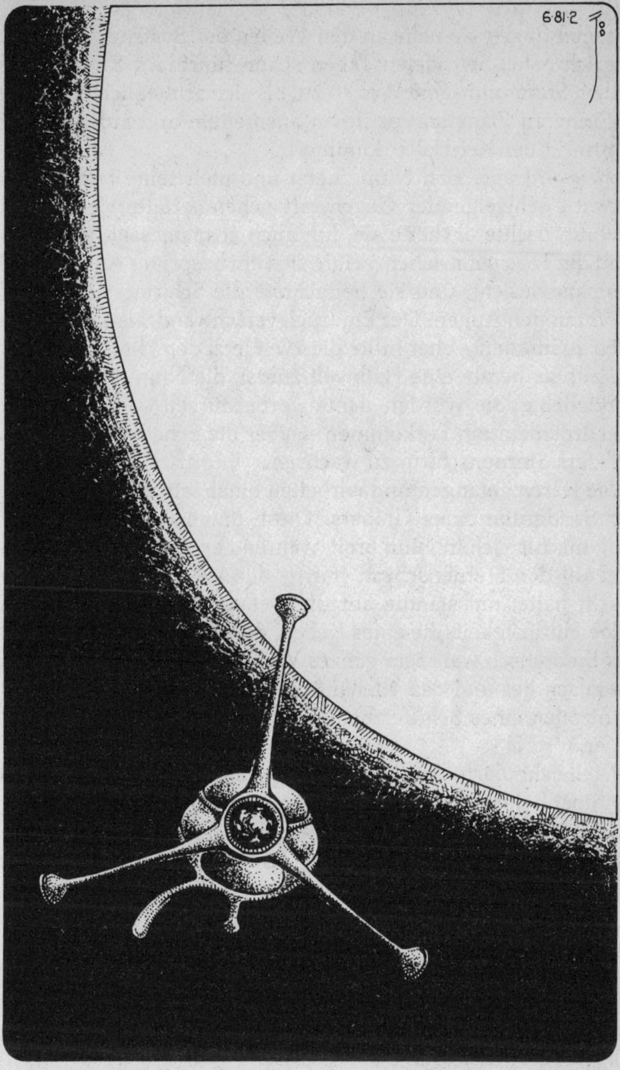

14

Diesmal flogen sie nahe an den Welten des Systems vorbei, gefährlich nahe. Seit vielen Tagen schon führte ihr Kurs auf den gelben Stern und seine Welten zu, bis sich schließlich der größte der inneren Planeten vor ihnen ausbreitete und auf dem Bildschirm in der Kel-Halle dominierte.

Heimat? fragte sich Niun zuerst und hielt seine Hoffnung in Meleins schweigender Gegenwart geheim. Hätte sie Bescheid gewußt, dachte er, hätte sie ihm auch etwas gesagt. Aber während die Tage verstrichen, zeigte sich ein besorgter Ausdruck auf Meleins Gesicht, und sie betrachtete die Schirme jetzt oft mit Furcht in den Augen. Der Eindruck verschwand, als sie auf diese Welt zustürzten – eher füllte die Welt jetzt den Himmel aus und fiel auf sie herab, eine Halbwelt zuerst, die Niun die Hoffnung ermöglichte, sie würden daran vorbeistürzen – erschreckend, aber trotzdem ein Entkommen –, aber die Scheibe begann jetzt auf dem Sternenschirm zu wachsen.

Sie waren gefangen und wirbelten hinab wie ein Stäubchen in der Sandgrube eines Gräbers. Diese unwillkommene Vorstellung machte sich in Niun breit, während er an Meleins Seite saß und auf den Sternenschirm starrte, den sie in ihrer Halle angebracht hatte, um ständig auf die Gefahr zu blicken. Er spürte seine Hilflosigkeit, die eines Kel'en, dessen Wissen über Schiffe nur theoretisch war; sein ganzes Wissen sagte ihm jetzt, daß alles falsch lief und daß Melein, die genau wie er nie zuvor die Kontrollen eines Schiffes bedient hatte, nur wenig mehr wußte als er.

Vielleicht, dachte er, kannte sie den Namen der Welt, auf die sie hinabfielen, aber das würde sie nicht aufhalten.

Und die Empörung darüber wuchs in ihm, daß sie durch ein Mißgeschick sterben sollten. Eine Zeitlang erwartete er ein Wunder von Melein oder aus sonst irgendeiner Quelle, war sich dessen sicher, daß die Götter sie nicht für so etwas soweit geführt haben konnten.

Er wartete auf Melein, aber sie sagte nichts.

»Du hast zwei Kel'ein«, erinnerte er sie schließlich an dem Tag, an dem kaum ein Stück Dunkelheit mehr auf dem Sternenschirm verblieben war.

Sie sagte immer noch nichts.

»Frag ihn, Melein!«

Ihre Lippen bildeten einen dünnen Strich.

Er kannte ihre Sturheit, denn er war vom selben Blut. Er legte seinen eigenen Gesichtsausdruck an den Tag. »Dann laß uns auf die Welt abstürzen«, sagte er und starrte anderswohin. »Es gibt sicher nichts, das ich machen könnte, und du hast deine Entscheidung gefällt.«

Für geraume Zeit herrschte Schweigen zwischen ihnen. Keiner bewegte sich.

»Es würde sicherstellen«, sagte sie schließlich, »daß eine Gefahr unser Ziel nicht erreicht. Ich habe darüber nachgedacht. Aber es würde die andere Gefahr nicht aufhalten, und nicht das Wissen davon in uns.«

Dieser Gedanke erschütterte sein Vertrauen. Er fühlte sich erniedrigt, da er nur an ihr eigenes Überleben gedacht hatte, der zu forsch mit ihr gewesen war. »Ich habe unüberlegt gesprochen«, sagte er. »Du hast zweifellos abgewägt, was zu tun ist.«

»Geh und frage ihn!« sagte sie.

Er saß still für einen Moment und fand ihre Sprunghaftigkeit so zermürbend wie eine Transition. Seine Nerven waren straff angespannt bei dem Gedanken, daß die Sache wirklich auf Duncan hinauslief.

Dann raffte er sich auf, rief leise nach seinem Dus und ging.

Duncan saß unterhalb des Schirmes, der das Scannerabbild zeigte, und wetzte unverdrossen die Klinge eines *Av-tlen,* die er sich aus einem Metallstück gefertigt hatte. Sie war lasergeschnitten und nach Niuns privater Meinung würde sie nie richtig ausgewogen sein, aber sie hielt Duncans Hände beschäftigt und vielleicht auch sein Gemüt, welche Finsternis darin auch schwebte. Das Dus lag bei ihm, den Kopf zwischen den Tatzen, und die Augen folgten den Bewegungen von Duncans Händen.

»Duncan«, sagte Niun. Das stählerne Geräusch behielt seinen Rhythmus. »Duncan.«

Es hörte auf. Duncan sah auf und betrachtete ihn mit der kalten Härte, die Tag für Tag zugenommen hatte.

»Die She'pan«, sagte Niun, »ist wegen unserer Annäherung an diese Welt besorgt.«

Duncans Blick blieb kalt. »Nun, ihr braucht mich nicht. Oder wenn doch, könnt ihr Mittel finden, um mich zu umgehen, oder nicht?«

»Ich respektiere deinen Hader mit uns.« Niun sank auf die Fersen herab und formte mit den Händen eine einladende Geste. »Aber du weißt sicher, daß es keinen Hader mit der Welt gibt, die uns anzieht. Wir werden sterben, ohne daß du dadurch Befriedigung haben wirst. Was deinen Groll gegen uns angeht, so möchte ich auf diesem kleinen Schiff überhaupt keinen Streit haben, schon gar nicht mit den Dusei mittendrin. Hör mir zu, Duncan! Ich habe alles in meiner Macht Stehende getan, um dir einen ehrenvollen Weg zu eröffnen, diesen Groll gegen uns abzulegen. Aber wenn du die She'pan in Gefahr bringst, werde ich keine Geduld haben. Und du bringst sie in Gefahr.«

Duncan widmete sich wieder seiner Aufgabe, strich Stahl an Stahl entlang. Niun kämpfte mit seinem Zorn, kannte das Ergebnis, wenn er Hand an den Tsi'mri legte: ein Dus, das bedenklich an der Grenze zum *Miuk* balancierte, und ein Schiff, das auf den Zusammenstoß mit einer Welt zurast – in einigen Dingen konnte man wirklich nicht streiten. Wahrscheinlich war der Mensch nicht vernünftiger als das Dus und von dem leidenden Tier beeinflußt. Wenn es über die Grenze geriet, dann würde das auch dem Verstand widerfahren, der das Wissen über das Schiff enthielt.

Meleins Werk. Niun umklammerte die Knie mit den Armen und suchte nach Worten, mit denen er Duncan erreichen konnte.

»Wir sind über der Zeit, Duncan.«

»Wenn ihr mit dieser Situation nicht umgehen könnt«, meinte Duncan plötzlich, »dann könntet ihr gewiß auch nicht sicher landen, sobald ihr eure Heimatwelt erreicht. Ich denke nicht, daß ihr jemals vorhattet, mich loszuwerden. Ihr beide scheint mich zu brauchen, und ich denke, die She'pan hat das immer angenommen. Deswegen hat sie dir deinen Willen gelassen. Es war nur ein Mittel dazu, mich weniger unbequem zu machen, als ich es sonst gewesen wäre – eine Möglichkeit, meine Abwehr zu umgehen und aus mir herauszubekommen, was sie wollte. Ich zürne dir nicht, Niun. Du hast ihr geglaubt. Ich auch. Sie bekam, was sie wollte. Nur jetzt werde ich wieder gebraucht, nicht wahr?« Der Klang des Stahls dauerte an, gemessen und hart. »Werden wie ihr. Einer von euch werden. Ich weiß, daß du es versucht hast. Du hast mich vorbereitet – aber du hast nicht mit dem Tier gerechnet. Jetzt kannst du nicht mehr so leicht mit mir fertigwerden. Das Tier und ich . . . stellen auf diesem Schiff etwas Neues dar.«

»Du irrst dich von Anfang an«, sagte Niun, kalt bis zum Herzen durch diese Gedanken des Menschen. »Es gibt einen Autopiloten, der uns hereinbringt. Und die She'pan hat dich oder mich nie belogen. Das kann sie nicht.«

Duncan blickte ihm plötzlich in die Augen, zeigte zynische Überraschung, und seine Hände ließen ab von der Arbeit. »Vertraust du darauf? Vielleicht ist die Automatik bei den Regul besser als bei uns, aber dies ist ein menschliches Schiff, und ich würde ihm nicht mein Leben anvertrauen, wenn ich eine Möglichkeit hätte. Man könnte wer weiß wo herabkommen. Und weißt du, wie du mit ihm umzugehen hast? Vielleicht ist die She'pan einfach naiv. Ihr braucht mich, Kel Niun. Sag ihr das!«

Das klang nach Wahrheit. Niun wußte keine Antwort, war in seinem Zutrauen erschüttert. Es gab Dinge, die Melein vernünftigerweise nicht wissen konnte, Dinge, die nicht von den Regul gebaute Maschinen angingen und die Motive nicht vom Volk Geborener. Und doch folgte sie weiterhin ihrer Sicht; er wünschte sich ernsthaft, das glauben zu können.

»Komm!« bat er Duncan.

»Nein«, sagte dieser und fing wieder an zu arbeiten.

Niun blieb unbeweglich, und Panik regte sich in ihm. Der Rhythmus von Stahl auf Stahl, von Metall in verkrampften und weißgeränderten Fingern wurde lauter. Duncan sah nicht auf. Eine Körperlänge enfert regte sich das Dus und stöhnte.

Niun erhob sich ruckhaft und verließ die Kel-Halle, schritt durch die Korridore zu Melein zurück.

»Er weigert sich«, berichtete er ihr und blieb verschleiert.

Sie sagte nichts, sondern saß nur ruhig da und starrte auf den Schirm. Niun setzte sich neben sie, nahm *Mez* und *Zaidhe* ab und knüllte sie mit gesenktem Kopf auf seinem Schoß zu einem Knoten zusammen. Melein hatte kein Wort für ihn übrig, nichts. Sie war endlich dabei, dachte er, zu überlegen, was sie angerichtet hatte, und diese Überlegung kam zu spät.

Und um Mitternacht gab es keinen dunklen Fleck mehr auf dem Schirm. Der Planet nahm furchterregende Einzelheiten an, braungefleckt mit weißen Wolkenwirbeln.

Plötzlich setzte eine Sirene ein, die sich von jeder unterschied, die sie zuvor schon gehört hatten, und die Schirme blitzten rot auf, ein Pulsieren, das Furchtbares andeutete.

Niun erhob sich auf die Knie und warf Melein, deren Ruhe jetzt brüchig zu sein schien, einen ängstlichen Blick zu.

»Geh zu Duncan!« befahl sie. »Frag noch einmal!«

Mit gesenktem Kopf stand er auf und ging, kümmerte sich aber diesmal nicht um den Schleier. Er ging, um ihren Feind um etwas zu bitten, und bei einer solchen Geste schien Scham nutzlos zu sein.

Die Beleuchtung der Kel-Halle war jetzt schwächer: der Schirm, der zwischen dem Rot des Alarms und dem weißen Glanz des Planeten pulsierte, war das einzige, was Licht spendete, und Duncan saß unverschleiert davor. Immer noch erklang das gemessene Kratzen von Metall, als ob es nie unterbrochen worden wäre. Neben Duncan lagen die beiden Dusei, die sich regten und auswichen, als Niun herbeikam und vor Duncan niederkniete.

»Wenn du etwas kennst, das man jetzt machen könnte«, sagte Niun, »wäre es gut, wenn du es machen würdest. Ich glaube, wir stürzen ziemlich schnell ab.«

Duncan feilte die Schneide mit einem langen Strich, die Lippen zu einer dünnen Linie zusammengepreßt. Er dachte einen Moment lang nach, legte dann seine Arbeit zur Seite, wischte sich die Hände an den Knien ab und blickte auf zu dem Planeten, der auf dem pulsierenden Schirm drohend sichtbar war. »Ich kann es versuchen«, sagte er beiläufig genug. »Aber nur von den Kontrollen aus.«

Niun stand auf und wartete auf Duncan, der sich steif erhob und dann mit ihm durch das Schiff ging. Die Dusei wollten ihnen folgen, aber Niun verbot es ihnen scharf, verschloß eine Sektionstür vor ihnen und brachte Duncan in die Sektion der She'pan.

Dort begegnete ihnen Melein im Korridor.

»Er wird es versuchen«, sagte Niun.

Sie öffnete ihnen den Kontrollraum und trat hinter ihnen ein, stand würdevoll daneben, als Duncan sich in den Sessel vor dem Hauptschaltpult setzte.

Duncan kümmerte sich nicht weiter um sie. Er betrachtete die Schirme und tastete Schalter nach Schalter. Eine Flut telemetrischer Symbole zog über einen Standschirm. Einer nach dem anderen hörten die Schirme auf zu pulsieren und zeigten in grellen Farben Bilder des Planeten.

»Das sind sinnlose Spielereien«, sagte Melein.

Duncan wandte den Blick halb zurück, dann wieder nach vorn. »Richtig. Ich beobachte diese Welt seit einigen Tagen. Es ist rätselhaft. Und es ist immer noch möglich, daß die Schutzmechanismen das Schiff übernehmen, wenn wir die absolute Grenze erreichen. Es gibt noch Möglichkeiten, aber aus demselben Grund beachtet es nicht die Sicherheitsspanne, und die Masse des Planeten hat uns eingefangen, so daß wir nicht springen können. Hier.« Er nahm die Abdeckung von einem abgeschirmten Bereich der Kontrollen und drückte einfach einen Knopf. Lichter liefen wie verrückt über die Pulte. Sofort gab es eine erkennbare Kursänderung, und die Bilder auf den Schirmen veränderten sich rasch. Duncan brachte die Abdeckung ruhig wieder an. »Dies ist ein altes Schiff und auf einem schweren Flug. Ein System hat versagt. Es müßte jetzt wieder in Ordnung sein. Es wird dem Planeten ausweichen und dann wieder auf Kurs gehen. Ich denke, damit ist das Problem gelöst. Wenn aber die Ursache für diesen Vorfall ein Fehler auf dem Band ist, dann sind wir so gut wie tot.«

Er sprach mit zynischem Tonfall, stand langsam auf und behielt die Scanner im Blick. »Diese Welt ist tot«, sagte er dann. »Und das ist seltsam in Anbetracht anderer Dinge, die ich im Scanner lese.«

»Du irrst dich«, sagte Melein rauh. »Lies deine Instrumente noch einmal, Tsi'mri! Diese Welt heißt Nhequuy und der Stern Syr, und hier und überall in den umgebenden Gebieten lebt die raumfahrende Rasse der Etrau.«

»Schau auf die Infrarot-Anzeige! Schau auf die Oberfläche! Keine Pflanzen, kein Leben. Dies ist eine tote Welt, She'pan, was auch immer deine Aufzeichnungen besagen. Dieses System ist tot. Eine raumfahrende Rasse wäre bereits aufgetaucht, um einen Eindringling so dicht an ihrer Heimatwelt zu begutachten. Aber niemand ist gekommen. Nicht hier und nirgendwo sonst, wo wir gewesen sind; stimmt's? Du hättest keine Antwort auf einen Anruf geben können. Du hättest auf ihre Schiffe nicht reagieren können. Dazu hättest du mich gebraucht, und das ist nicht der Fall gewesen. Eine Welt nach der andern, und nichts dort. Warum nicht – was glaubst du, She'pan?«

Melein blickte ihn an, und ihr unverschleiertes Gesicht zeigte den Schock und den hilflosen Zorn. Sie gab keine Antwort, und Niun spürte, wie ihm in ihrem Schweigen Kälte über die Haut kroch.

»Die Angehörigen des Volkes sind Nomaden«, sagte Duncan, »Söldner, überall dort angeworben, wo ihr gewesen seid. Ihr seid von Stern zu Stern gezogen, habt Kriege gesucht und als Söldner in ihnen gekämpft. Und habt sie vergessen. Ihr habt jedes Zimmer hinter euch geschlossen und dem Kel verboten, sich zu erinnern. Aber was ist aus all euren früheren Auftraggebern geworden, She'pan? Warum gab es nirgendwo Leben, wo du vorbeigeflogen bist?«

Niun blickte auf die Schirme, die tote Öde, die sie zeigten, auf Instrumente, die er nicht ablesen konnte – und blickte zu Melein, wollte hören, wie sie diese Dinge leugnete.

»Geh!« sagte sie. »Niun, bring ihn zurück in die Kel-Halle!«

Duncan stieß sich von der Schalttafel ab, ließ den Blick von ihr zu Niun schweifen; in diesem Moment zögerte Niun, und Duncan drehte sich auf den Fersen um und ging hinaus, schritt in Richtung der Kel-Halle rasch den Korridor hinab.

Niun starrte Melein an. Ihre Haut war bleich, die Augen geweitet. Nie zuvor hatte sie einen so ängstlichen Eindruck gemacht, nicht einmal, als sie von Regul und Menschen umzingelt worden waren.

»She'pan?« fragte er und hoffte immer noch.

»Ich weiß es nicht«, sagte sie. Und sie weinte, denn dies war ein Zugeständnis, das eine She'pan nicht machen konnte. Sie sank auf die Kante eines Sessels und wollte Niun nicht anblikken.

Er blieb, traute sich schließlich, sie an den Armen zu nehmen und von hier wegzuführen, zurück in ihre eigene Halle, wo man das Vibrieren der Maschinen nicht so anklagend spürte. Er drückte sie auf ihren Stuhl und kniete neben ihr nieder, glättete ihre goldene Mähne, wie er es getan hatte, als sie beide noch Kath'dai'ein gewesen waren, und mit seinem eigenen schwarzen Schleier versuchte er, ihre Tränen zu trocknen und sah, wie ihr Gesicht wieder ruhig wurde.

Er wußte, daß sie verloren war, daß der Umgang mit den Maschinen über ihre Fähigkeiten ging – und sie wußte, daß er das wußte. Er aber hockte vor ihren Knien und hielt ihre Hände und sah mit klaren Augen zu ihr auf, bot sich ihr von Herzen an.

»Ruh dich aus«, drängte er sie, »ruh dich aus! Selbst dein Mitleid war rechtgeleitet. Stimmt es nicht, daß selbst die She'panai nicht immer wissen, wann die Sicht sie bewegt? Das habe ich zumindest gehört. Du hast Duncan behalten, und das war richtig. Und habe Geduld mit ihm, um meinetwillen habe Geduld mit ihm. Ich werde mit ihm zurechtkommen.«

»Er sieht, was klar ersichtlich ist, Niun, ich weiß nicht, was wir getan haben.«

Er dachte an die toten Welten und stieß den Gedanken wieder von sich. »Wir haben nichts getan. *Wir* haben nichts getan.«

»Wir sind Erben des Volkes.«

»Wir wissen nicht, ob seine Vermutungen stimmen.«

»Niun, Niun, er weiß es. Bist du so langsam im Begreifen dessen, was wir entlang dem Weg des Volkes gesehen haben? Kann es sein, daß so viele Welten an sich selbst gescheitert sind, nachdem wir vorbeigekommen sind?«

»Ich weiß nicht«, sagte er verzweifelt. »Ich bin nur Kel'en, Melein.«

Sie berührte sein Gesicht, und er spürte den Trost, den sie beabsichtigte, die Entschuldigung für ihre Worte, und eine Zeitlang sprachen sie nicht. Vor langer Zeit – es schien lange her zu sein und unmöglich weit weg – hatte er neben einer anderen She'pan gesessen, Intel vom Edun Kesrithun, den Kopf an ihrer Stuhllehne, und sie war in ihren Drogenträumen zufrieden damit gewesen, ihn zu berühren und zu wissen, daß er da war. So tat er es auch jetzt bei Melein. Ihre Hand streichelte rastlos seine Mähne, während sie nachdachte; und er saß still, konnte nicht daran teilhaben, konnte sich nicht vorstellen, wohin ihre Gedanken liefen – nur daß sie in der Dunkelheit wandelten und in Dingen der Pana.

Schließlich hörte er ihren Atem zwischen den Zähnen zittern und hörte selbst auf zu atmen, fürchtete ihre Stimmung.

»Intels Hand«, sagte sie dann, »liegt immer noch auf uns. Der Kel'en der She'pan: sie hat dich so lange bei sich behalten – ich wundere mich, daß du nicht verrückt wurdest – und dich mir übertragen – damit ihre erwählte Nachfolgerin nicht nur das Edun Kesrithun übernahm, sondern das ganze Volk regierte. Damit Intels Entscheidung überlebt. Um zu ihrem Ziel zu gelangen, wäre sie durch das Blut von jedem gewatet, der sich ihr entgegenstellt hätte. Sie war *die* She'pan. Alt – aber das Alter hat sie nicht geheiligt, hat sie nicht von ihren Absichten geläutert oder gefällig gemacht. Götter, Niun, sie war hart!«

Er konnte nicht antworten. Er erinnerte sich an die narbige Mutter von Kesrith mit den freundlichen Augen, deren Hände zärtlich und deren Verstand meistens von Drogen benebelt war. Aber er kannte auch die andere Intel. Sein Magen verkrampfte sich, als er sich an alten Zorn und alten Groll erinnerte – an Intels besitzergreifende, unnachgiebige Sturheit. Sie war tot. Es war nicht richtig, Groll gegen die Toten zu hegen.

»Sie hätte ein Schiff genommen«, sagte Melein mit hohler Stimme, »und die Götter wissen, was sie beim Verlassen Kesriths getan hätte. Wir dienten den Regul nicht mehr, waren, von unserem Eid befreit. Sie schickte mich in Sicherheit; ich glaube, sie versuchte zu folgen. Ich will es nicht wissen. Ich will soviele Dinge niemals wissen, die sie keine Zeit mehr fand, mir zu sagen. Sie redete von Heimkehr, vom Kampf gegen die Feinde des Volkes; Rasereien in den *Komal*-Träumen, wenn ich allein bei ihr saß. Die Feinde, die Feinde. Sie hätte sie vernichtet und uns dann heimgeführt. Das war ihr großer und unwahrscheinlicher Traum, daß diese Dunkelheit die letzte sein würde, um uns heimzuführen, denn wir waren bereits nur noch wenige; und sie war vielleicht verrückt.«

Niun schaffte es nicht, sie anzusehen, denn es stimmte, was sie sagte, und war schmerzlich für sie beide.

»Was sollen wir machen?« fragte er. »Darf das Kel um Erlaubnis bitten, zu fragen? Was sollen wir für uns selbst tun?«

»Ich kann dieses Schiff nicht anhalten. Ich wollte, ich könnte es. Duncan sagt, daß er es auch nicht kann. Ich glaube, daß das wahr ist. Und er . . .«

Es herrschte lange Schweigen. Niun brach es nicht, wußte, daß dergleichen nichts Gutes bringen konnte, und schließlich seufzte Melein.

»Duncan«, sagte sie schwer.

»Ich werde ihn von dir fernhalten.«

»Du hast ihm die Mittel gegeben, uns zu schaden.«

»Ich werde mich mit ihm befassen, She'pan.«

Sie schüttelte wieder den Kopf und rieb die Augen mit den Fingern.

Die Dusei kamen: Niun war sich dessen bewußt, bevor sie auftauchten, sah und erkannte sein eigenes großes Tier und hieß es willkommen. Es näherte sich auf die sehnsüchtige, geistesabwesende Art der Dusei und sank zu Meleins Füßen nieder, bot seinen geistlosen Trost an.

Später, als Melein leichter atmete, spürte Niun eine weitere Gegenwart. Erstaunt sah er das kleinere Dus im Eingang stehen. Es kam ebenfalls herbei und legte sich neben seinem Gefährten nieder.

Melein berührte es, und das Tier strahlte keine Feindseligkeit gegen die Hand aus, die es verletzt hatte. Aber an einer anderen Stelle im Schiff bedeutete diese Berührung Schmerz. Niun dachte an Duncan und dessen bittere Einsamkeit und wunderte sich darüber, daß dieses Dus sich hierhergezogen gefühlt hatte, durch die, die Duncan haßte.

Sofern er es nicht brutal weggescheucht hatte oder seine Gedanken das Tier in diese Richtung gedrängt hatten.

»Geh und kümmere dich um Duncan!« sagte Melein.

Niun erhielt seinen Schleier von ihr zurück und warf ihn sich über die Schulter, dachte nicht daran, ihn zu tragen. Er stand auf und befahl seinem Dus zu bleiben, als es ihm folgen wollte, denn er wollte, daß es Melein tröstete.

Und wie erwartet fand er Duncan in der Kel-Halle.

Duncan saß schweigend in der künstlichen Dämmerung, die Hände lose im Schoß. Niun ließ sich vor ihm auf die Knie nieder, und immer noch sah Duncan nicht auf. Der Mensch hatte sich verschleiert; Niun tat es nicht, bot ihm seine Gefühle offen an.

»Du hast uns verletzt«, sagte Niun. »Kel Duncan, ist es nicht genug?«

Duncan hob das Gesicht und starrte auf den Schirm, wo die Nhequuy genannte Welt nicht mehr sichtbar war.

»Duncan, was willst du noch von uns?«

Duncans Dus war bei Melein, berührt und berührend; er war verraten. Als seine Augen zu Niun glitten, gab es in ihnen keine Abwehr, nur noch Schmerz.

»Ich habe«, sagte Duncan, »mich um euretwillen mit meinen Vorgesetzten auseinandergesetzt. Ich habe um euch gekämpft. Und wozu? Hatte sie eine Antwort? Sie kannte den Namen der Welt. Was ist mit ihr geschehen?«

»Das wissen wir nicht.«

»Und mit den anderen Welten?«

»Wir wissen es nicht, Duncan.«

»Killer«, sagte er, die Augen woandershin gerichtet. »Killer von Natur aus.«

Niun preßte die Hände zusammen, die kalt geworden waren. »*Du* gehörst zu uns, Kel Duncan.«

»Ich habe mich oft gefragt, warum.« Sein Blick begegnete wieder dem Niuns. Plötzlich zog er den Schleier weg und nahm das quastenverzierte Kopftuch ab, machte sein Menschsein offenkundig. »Außer daß ich unverzichtbar bin.«

»Ja. Aber das wußte ich nicht. Wir wußten es vorher nicht.«

Das kam durch, dachte er; es gab eine kleine Reaktion in Duncans Augen.

Und dann wandte dieser sich mit einem wilden, abwesenden Blick zur Tür.

Dus-Empfindungen. Niun empfing sie ebenfalls, sogar bevor er das Klicken der Klauen auf den Fliesen hörte. Die Sinne verschwammen. Es war hart, sich an die Bitterkeit zu erinnern, die sie empfunden hatten.

»Nein!« schrie Duncan, als das Tier hereinkam. Es scheute und hob drohend eine Tatze, senkte sie dann wieder und schob sich vor, den Kopf leicht zur Seite gewandt. Ganz allmählich kam es näher, ließ sich nieder, schob sich die letzte Strecke an Duncans Seite. Duncan faßte es an, legte ihm den Arm um den Nacken. Das andere Tier tauchte in der Tür auf und kam ruhig zu Niun, legte sich hinter seinem Rücken nieder. Niun besänftigte es mit freundlichem Streicheln, das Herz pochend unter dem Elend, das von dem anderen ausgestrahlt wurde – die Kluft zwischen Mensch und Dus: sogar die Luft schmerzte darunter.

»Du verletzt es«, sagte Niun. »Gib ihm nach! Gib ihm wenigstens ein bißchen nach!«

»Ich habe eine Übereinkunft mit ihm. Ich dränge es nicht und es drängt mich nicht. Nur manchmal kommt es zu schnell, vergißt, wo die Grenze ist.«

»Dusei haben kein Gedächtnis. Für sie gibt es nur das *Jetzt.*«

»Glückliche Tiere«, sagte Duncan rauh.

»Gib ihm nach! Du verlierst dadurch nichts.«

Duncan schüttelte den Kopf. »Ich bin kein Mri. Und ich kann nicht vergessen.«

Es lag Müdigkeit in seiner Stimme; sie bebte. Für einen Moment war dort wieder der Mann, der so lange fort gewesen war. Niun streckte die Hand aus und drückte seinen Arm in einer Geste, die er einem Bruder des Kel gegenüber gemacht hätte. »Duncan, ich habe versucht, dir zu helfen. Ich habe alles versucht, was ich konnte.«

Duncan schloß die Augen und öffnete sie wieder; seine Finger auf dem Nacken des Dus hoben sich in einer Geste des Aufgebens. »Ich denke, daß zumindest das wahr ist.«

»Wir lügen nicht«, sagte er. »Da sind die Dusei. Wir können es nicht.«

»Das kann ich verstehen.« Duncan preßte die Lippen zu einer

weißen Linie zusammen, entspannte sie wieder, während seine Hand nach wie vor das Dus liebkoste.

»Mit einem Mann in dieser Stimmung würde ich nicht *Shon'ai* spielen«, sagte Niun, köderte ihn, suchte nach verborgenen Dingen. Sie hatten tatsächlich seit einiger Zeit nicht mehr gespielt.

Langsam begann das Dus, sein Wohlbefinden zu äußern, entspannte sich unter Duncans Fingern, als dieser ihm den Arm sanft um den von Fettrollen bedeckten Nacken legte; das Tier seufzte, vergaß vergangenen Groll, erfreute sich an augenblicklicher Liebe.

Der Mensch drückte die Stirn auf diesen dicken Schädel und wandte dann das Gesicht Niun zu. Seine Augen zeigten einen mitgenommenen Blick wie bei jemandem, der lange nicht geruht hatte. »Es hat kein glücklicheres Leben als ich«, meinte Duncan. »Ich kann ihm nicht geben, was es will, und ich kann mich nicht in einen Mri verwandeln.«

Niun holte tief Luft und versuchte zu verhindern, daß sich in seinem Bewußtsein bestimmte Bilder formten. »Ich könnte es töten, sagte er verhalten und rasch. Der Mensch, der in Kontakt mit dem Tier stand, zuckte zusammen und besänftigte das Dus mit den Händen. Niun verstand; er fühlte sich durch das bloße Angebot beschmutzt – aber manchmal war so etwas unumgänglich, wenn ein Dus seinen Kel'en verlor und nicht mehr beherrscht werden konnte. Dieses Tier hatte niemals den Kel'en gewonnen, den es sich wünschte.

»Nein«, sagte Duncan letztlich, »nein.«

Er stieß das Tier weg, und es stand auf und schlenderte in die Ecke hinüber. Die Empfindungen der Dusei waren jetzt friedlicher Art. So war es besser als zuvor.

»Ich würde mich freuen«, sagte Niun, »wenn du der She'pan deine Entschuldigung zukommen ließest.«

Duncan saß für einen Moment ruhig, die Arme auf den Knien. Schließlich nickte er und änderte die Geste zu der eines Mri. »Wenn sie mich braucht«, sagte er, »werde ich kommen. Sag ihr das!«

»Das werde ich.«

»Sag ihr, daß es mir leid tut.«

»Auch das werde ich tun.«

Duncan betrachtete ihn für einen Moment, raffte sich dann auf, blieb stehen und sah zu dem Dus hinüber. Er rief es mit einem tiefen Pfiff, und es schnaubte laut vor Interesse, erhob sich und kam herbei, folgte ihm in die Ecke, wo die Lager ausgebreitet waren.

Und für lange Zeit saß dort der Mensch und fuhr mit den Händen über das Tier, streichelte und besänftigte es, redete sogar mit ihm, was dem Dus zu gefallen schien. Es beruhigte sich und schlief ein, und nach einer Weile tat es der Mensch ebenfalls.

Drei Tage später ertönte die Sirene, und sie ließen Nhequuy und seine Sonne hinter sich.

Auch die nächste Welt war ohne Leben.

15

Duncan wandte sich vom Schirm und den darauf sichtbaren Sternen ab und entdeckte hinter sich das Dus – es war wirklich immer bei ihm, Schatten, Herold und Teilnehmer an jeder Intimität seines Lebens. Er hielt es nicht für nötig, es zu berühren. Es seufzte und lehnte sich an seinen Rücken. Er spürte seine Zufriedenheit.

Es war seltsam, daß, wenn ein Schmerz aufhörte, eine beträchtliche Zeit vergehen konnte, bevor man ihn vermißte.

Und daß wenn der Schmerz vorüber war, man sich nicht genau an ihn erinnern konnte.

An diesem Ort, in der Kel-Halle, hatte Duncan in einem bestimmten Moment entdeckt, daß er keinen Schmerz mehr empfand: hier, auf dem Boden sitzend, hatte er es erkannt; und er konnte sich an diesen Augenblick erinnern, an die Einzelheiten, an den Platz, wo das Dus gelegen hatte, die Tatsache, daß Niun genauso dagesessen hatte, jenseits des Raumes – er hatte an jenem Tag genäht, eine merkwürdige Beschäftigung für einen Mri-Krieger, aber Duncan hatte nur zu genau erfahren, daß ein Mann im Kel sich selbst um all seine Bedürfnisse kümmerte – abgesehen die Nahrung, die gemeinsam eingenommen wurde.

Niun hatte ein konzentriertes Gesicht gemacht und mit der Nadel einen stetigen Rhythmus verfolgt. Er hatte mit Geschick gearbeitet, wie Niuns schlanke Hände über so viele Geschicklichkeiten verfügten. Es würde Jahre dauern, um die Hälfte von dem zu lernen, was bei Niun die natürlichen Reflexe und die Lehren seiner Meister ausmachten.

Niun war nicht arrogant – stolz vielleicht, aber er rühmte sich nie seiner Fähigkeiten – abgesehen hin und wieder, wenn sie mit den Waffen übten, mit den *Yin'ein,* die Duncan gefertigt hatte, um der Schönheit von Niuns alten Waffen gleichzukommen. Dann fühlte sich Niun manchmal bewegt – vielleicht aus bloßer Langeweile über das Üben mit einem Mann, an dem er sich nicht wirklich abschätzen konnte – eine so rasche Bewegung zu machen, daß das Auge ihr nicht folgen konnte, so winzig und geschickt und versteckt, daß Duncan kaum wußte, wie ihm geschah. Niun tat dergleichen auch, hatte er bemerkt, wenn er beim Üben mit Niun in Eitelkeit verfiel. Der Mri belehrte so seinen Schüler darüber, daß er sich immer noch zurückhielt.

Zurückhaltung.

Sie beherrschte das ganze Dasein eines Kel'en.

Und Niuns Zurückhaltung schuf Frieden, wo keiner war, erstreckte sich zu einem Menschen, der ihn provozierte, zu Dusei, die in ihrer Eingeschlossenheit manchmal unruhig und zerstörerisch wurden – erstreckte sich sogar bis zu Melein.

Keiner von ihnen, reflektierte Duncan mit plötzlichem und grimmigem Humor, wollte Niun belästigen, weder der Mensch noch die Dusei noch die Kindkönigin, die auf ihn vertraute.

Es war Niuns Frieden, der sie alle beherrschte.

Die wirkungsvollsten Killer in der gesamten Schöpfung, hatte Stavros die Mri genannt.

Er hatte vom Kel gesprochen, von Mri wie Niun.

Er hatte das gesagt, bevor die Menschheit auch nur etwas von der Öde der Sterne geahnt hatte, die sie jetzt umgab.

Menschenschiffe würden den Aufzeichungen nachgehen, ihnen von einer toten Welt zur anderen folgen; und für die Havener, die diese Schiffe bemannten, würde es keine andere Folgerung geben, als daß sie etwas Monströsem zu seinem Ursprung folgten.

Duncan liebkoste abwesend die Schulter seines Dus und dachte nach, hegte dieselben angstvollen Gedanken, die während der letzten Tage in seinem Gehirn gekreist waren – starrte hilflos auf Niun, dessen Vorstellungsvermögen sicherlich dafür ausreichte zu wissen, was ihnen folgte.

Und doch erwähnte er nichts davon; und Melein, die ihre Fragen gestellt hatte, kam mit keinen weiteren; Niun ging zu ihr, was Duncan jedoch nicht erlaubt war, der weiterhin bei ihr in Ungnade stand.

Die Mri hatten sich entschlossen zu ignorieren, was ihnen folgte, keine weiteren Fragen zu stellen und nichts zu tun. Niun lebte bei ihm, schlief nachts in offensichtlichem Vertrauen neben ihm – und pflegte nur die altertümlichen Fähigkeiten seiner Rasse, die Waffen der Rituale und Duelle, als ob sie ihm am Ende nützen würden.

Die *Yin'ein,* antike Klingen, gegen Kriegsschiffe wie die SABER.

Niun hatte sich wohlüberlegt entschieden.

Eine Vorstellung überkam Duncan: Nacht, Feuer und Mri-Sturheit. Duncan wehrte sie ab, und sie kam zurück, die Erinnerung an die Hartnäckigkeit von Mri, die sich nicht ergeben und keine Kompromisse schließen wollten, deren Konzept von *Mo-*

dernität eingebettet war zwischen Zeiten der Dunkelheit und des Dazwischen und den Wegen von Tsi'mri, die nur Augenblicke in den Erfahrungen des Volkes waren.

Moderne Waffen.

Duncan spürte den Makel dieses Wortes, die im Hal'ari darin enthaltene Verachtung, und er haßte den Menschen in sich, der zu blind gewesen war, es zu erkennen.

Der letzte Kampf des Volkes.

Ihm mit modernen Waffen zu begegnen – wenn es dazu kam, wenn es für das Volk zu einem hoffnungslosen Kampf kommen sollte . . .

Also plante Niun nicht zu überleben: der letzte Mri würde sich zu den Dingen entschließen, die in seiner Logik einen Sinn ergaben – das war genau das, was er tat.

Die Heimatwelt suchen.

Seine alten Wege wiederfinden.

Mri sein, bis der Holocaust es beendete.

Das war alles, was Niun machen konnte, wenn er es recht bedachte, außer sich den Tsi'mri zu ergeben. Duncan überlegte, wie weit die Geduld des Mri ging, der es mit einem Außenstehenden unter diesen Bedingungen aushielt – sogar die Meleins, die Niuns Toleranz gegenüber einem Tsi'mri ertrug, selbst die ihre war beachtlich.

Und Niun übte sich nur im Duell mit ihm, geduldig und freundlich, als könne er vergessen, wer er war.

Die *Yin'ein.* Sie waren für Niun die einzig vernünftige Wahl.

Duncan stützte den Arm auf das Knie und nagte auf seiner Unterlippe, spürte die Bestürzung des Dus an seinem Rücken, streckte die Hand aus und beruhigte es – fühlte sich seines Menschseins schuldig, das Niun Sorgen machte. Und doch beunruhigte ihn der Gedanke und ließ ihn nicht mehr los – daß er als Mensch nicht das machen konnte, was Niun tat.

Daß es für ihn Alternativen gab, die Niun nicht hatte.

Vielleicht würde ihn der Mri letztendlich gehen lassen.

Oder von ihm erwarten, die Waffen gegen andere Menschen zu erheben. Er versuchte sich das vorzustellen; und alles was er sich in seiner Hand vorstellen konnte, war die Dienstpistole, die bei seinen Sachen lag – für seinen Tod im großen Maßstab Tod auszuteilen: diese Neigung erwachte in ihm. Er konnte kämpfen, wenn in die Ecke getrieben; er würde sich wünschen, ein Dutzend Leben derer zu nehmen, Menschen oder nicht, die seines nehmen wollten. Aber zu den *Yin'ein* greifen . . . dazu war er nicht Mri genug.

Es gab Mittel zum Kämpfen, die die Mri nicht benutzten.

Für die sich Menschen entschieden.

Ganz langsam begannen die zertrümmerten Stücke von dem, was ein ObTak gewesen war, sich wieder zusammenzufinden.

»Niun«, sagte er.

Der Mri war damit beschäftigt, ein Stück Metall zu etwas zu formen, das wie Schmuck aussah. Er arbeitete seit mehreren Tagen daran, gewissenhaft in seiner Aufmerksamkeit.

»A?« antwortete Niun.

»Ich habe mir überlegt: wir haben ein Versagen der Instrumente erlebt. Wenn die She'pan es erlaubt, möchte ich gerne wieder an die Kontrollen und die Instrumente testen.«

Niun hielt inne. Ein finsterer Ausdruck lag auf seinem Gesicht, als er den Blick hob. »Ich werde die She'pan fragen«, sagte er.

»Ich möchte ihr gerne«, sagte Duncan, »den Nutzen aus den Fähigkeiten zukommen lassen, die ich besitze.«

»Sie wird nach dir schicken, wenn sie dich braucht.«

»Niun, *frag sie!*«

Das Stirnrunzeln vertiefte sich. Die Hände des Mri ruhten auf den Knien, hatten die Metallbearbeitung vergessen; dann stieß er einen langen Atemzug hervor und nahm seine Arbeit wieder auf.

»Ich möchte Frieden mit ihr haben«, sagte Duncan. »Niun, ich habe alles getan, um das ihr mich gebeten habt. Ich habe versucht, einer von euch zu sein.«

»Du hast andere Dinge getan«, meinte Niun. »Das ist das Problem.«

»Sie tun mir leid. Bitte vergeßt sie! Bitte sie, mich wieder zu empfangen, und ich gebe dir mein Wort, daß ich sie nicht beleidigen werde. Es gibt keinen Frieden auf diesem Schiff ohne Frieden mit ihr – auch mit dir nicht.«

Für einen Moment sagte Niun nichts. Dann gab er ein langes Seufzen von sich. »Sie hat darauf gewartet, daß du sie fragst.«

Die Mri konnten ihn immer noch überraschen. Duncan setzte sich zurück, und alle seine Überlegungen über sie waren über den Haufen geworfen. »Dann wird sie mich empfangen?«

»Wann immer du dich entscheidest, sie zu fragen. Geh und sprich mit ihr! Die Türen sind nicht verschlossen.«

Duncan blieb noch für einen Moment sitzen – der ganze Impuls war ihm genommen. Und dann raffte er sich auf und ging zur Tür, das Dus hinter ihm.

»Duncan.«

Er wandte sich um.

»Mein Bruder im Kel«, sagte Niun sanft, »in jeder Hinsicht für dich – bedenke, daß ich die Hand der She'pan bin, und daß, wenn du ihr gegenüber fehlgehst, ich das nicht dulden darf.«

Für eine Moment war ein Abwehr-Impuls im Raum spürbar: das Dus wich zurück und legte die Ohren an. »Nein«, sagte Duncan und es blieb stehen. Er zog das *Av-tlen* aus seinem Gürtel und hätte alle seine Waffen abgelegt. »Nimm sie, wenn du so etwas von mir erwartest!« Es war erniedrigend, Waffen zu übergeben; Duncan bot sie im Bewußtsein dessen an, und Niun zuckte sichtlich zusammen.

»Nein«, sagte er.

Duncan steckte die Klinge wieder an ihren Platz und ging, das Dus hinter ihm. Niun folgte ihm nicht; vielleicht verbot es ihm der Stich des letzten Wortwechsels, und sein Verdacht würde ihm für eine Weile Sorgen machen – Duncan rechnete damit, daß Meleins Sicherheit, obwohl Niun neben ihm schlief, obwohl er beim Waffen-Üben seine Abwehr öffnete, um ihm etwas beizubringen, auf einem anderen Blatt stand. Der Kel'en war außerordentlich tief beunruhigt.

Einem bewaffneten Tsi'mri Zugang zur She'pan zu gewähren, das ging sicherlich gegen die Instinkte des Mri.

Aber die Türen waren nicht verschlossen.

Die Türen waren nie verschlossen gewesen, vermutete Duncan auf einmal; er hatte niemals daran gedacht, es auszuprobieren. Melein selbst hatte hinter unverschlossenen Türen geschlafen, hatte ihm vertraut; und das erschütterte ihn tief, daß die Mri in dieser Hinsicht so unvorsichtig ihm gegenüber sein konnten.

Und doch nicht unvorsichtig.

Gefängnisse, verschlossene Türen, versiegelte Dinge, einen Mann seiner Waffen zu berauben – all dies verstieß gegen ihre Natur. Er hatte es von Beginn seines Umgangs mit ihnen an gewußt: keine Gefangenen, keine Gefangennahme – und selbst im Schrein war das Pan'en nur abgeschirmt, nicht abgeschlossen.

Sogar die Kontrollen, sogar sie waren ihm jederzeit zugänglich gewesen, zu jedem Zeitpunkt, an dem er sich dazu entschlossen hätte, dort hinzugehen, wo es ihm verboten worden war; er hätte ruhig gehen und die Türen verschließen können und hätte das Schiff in der Hand gehabt – konnte es, in diesem Augenblick.

Er tat es nicht. Er ging zu der Tür, die zu Melein führte, zu dieser matterleuchteten Halle, mit Symbolen bemalt und ohne Einrichtung außer einem Stuhl und den Sitzmatten. Er trat ein, die Schritte laut auf den Fliesen.

»She'pan!« rief er, stand und wartete: stand, denn es war die She'pan, die zum Sitzen einlud oder nicht. Das Dus setzte sich neben ihm schwer auf das Hinterteil, sank schließlich nieder und legte den Kopf auf die Fliesen. Ein Seufzen brach aus ihm hervor.

Und plötzlich hörte Duncan leichte Schritte hinter sich. Er drehte sich um und sah sich einer geisterhaften Gestalt im Schatten gegenüber, weißgewandet und schweigend. Er war nicht verschleiert. Er war sich nicht sicher, ob das unhöflich war, und senkte den Blick, um seinen Respekt zu zeigen.

»Warum bist du hier?« fragte sie.

»Ich möchte dich um Verzeihung bitten«, sagte er.

Sie antwortete nicht, sondern starrte ihn nur an, als ob sie auf weitere Erklärungen wartete.

»Niun hat gesagt«, fügte er hinzu, »daß du dazu bereit wärst, mich zu empfangen.«

Sie preßte die Lippen zusammen. »Du hast immer noch Tsi'mri-Manieren.«

Zorn überkam ihn; jedoch war diese Feststellung die simple Wahrheit. Er unterdrückte den Zorn und senkte den Blick ein zweitesmal zu Boden. »She'pan«, sagte er sanft, »ich bitte dich um Verzeihung.«

»Ich gebe sie dir«, sagte sie. »Komm, setz dich!«

Ihre Stimme klang plötzlich huldvoll; das brachte ihn aus dem Gleichgewicht, und für einen Augenblick starrte er sie an, wie sie zu ihrem Stuhl ging und sich daraufsetzte, darauf wartete, daß er sich zu ihren Füßen niederließ.

»Mit deiner Erlaubnis«, sagte er, und als er sich an Niun erinnerte: »Ich sollte zurückgehen. Ich denke, daß Niun mir folgen wollte. Laß mich gehen und ihn holen!«

Ein finsterer Blick legte Meleins glatte Stirn in Falten. »Das würde ihn mit Schande bedecken, Kel Duncan, wenn du ihn wissen läßt, warum. Nein, bleib! Wenn Frieden im Hause herrscht, wird er es wissen. Und wenn nicht, dann wird er es auch wissen. Und nenne ihn mir gegenüber nicht bei seinem Namen; er ist der erste im Kel.«

»Es tut mir leid«, sagte er, kam herbei und setzte sich ihr zu Füßen, und auch das Dus kam und sank zwischen ihnen zu Boden. Das Tier fühlte sich unbehaglich. Er beruhigte es mit der Hand.

»Was«, wollte Melein wissen, »hat dich veranlaßt, zu mir zu kommen?«

Die Frage schlug ihn mit Verwirrung – sie war grob und abrupt und dazu angetan, in ihn zu lesen. Er zuckte die Achseln und versuchte, an etwas am Rand der Wahrheit zu denken, aber es gelang ihm nicht. »She'pan, ich bin eine Hilfsquelle für dich. Und ich wünschte mir, daß du einen Nutzen aus dem ziehst, was ich weiß – solange noch Zeit ist.«

Die Membran zuckte über ihre Augen, und das Dus hob den Kopf. Sie beugte sich vor und besänftigte das Tier, ihre Finger fuhren zärtlich über den samtigen Pelz. »Und was weißt du, Kel Duncan, das dich so plötzlich mit Sorgen erfüllt?«

»Daß ich euch lebendig heimbringen kann.« Er legte die Hand auf das Dus, verspürte dabei keine Angst, und blickte der She'pan in die goldenen Augen. »*Er* hat mich unterwiesen; ist nicht die Bedienung von Schiffen Teil der Fähigkeiten eines Kel'en? Wenn er lernen will, werde ich ihn unterrichten; und wenn nicht – dann werde ich mich selbst um das Schiff kümmern. Sein Geschick liegt bei den *Yin'ein,* und darin wird meines nie an ihn heranreichen – aber dies kann ich machen, dies eine. Meine Gabe an dich, She'pan, und für dich von großem Wert, wenn du die Heimatwelt erreichst.«

»Handelst du?«

»Nein. Es gibt kein *wenn* dabei. Eine Gabe, sonst nichts.«

Ihre Finger streichelten weiterhin den warmen Pelz des Dus. Ihr Blick hob sich. »Bist du *mein* Kel'en, Kel Duncan?«

Für einen Augenblick stockte ihm der Atem. Das Hal'ari, das Kel-Gesetz hatte begonnen, in seinem Verstand zu strömen wie Blut in den Adern. Die Frage stand im Raum, es gab nur Ja oder Nein, und danach gab es kein zurück mehr.

»Ja«, sagte er, und das Wort kam fast unhörbar über seine Lippen.

Ihre schlanken Finger glitten zu seinen, nahmen seine breite Menschenhand. »Wirst du dich nicht gegen uns wenden, wie du dich gegen deine eigene Rasse wendest?«

Das Dus bewegte sich unter Duncans Schock; er hielt es fest, beruhigte es mit beiden Händen und blickte nach einem Moment Melein in die klaren Augen.

»Nein«, urteilte sie in Beantwortung ihrer eigenen Frage, und wie sie darauf kam, aus welcher Quelle sie schöpfte, wußte er nicht. Ihre Sicherheit bestürzte ihn.

»Ich habe einen Menschen berührt«, sagte sie, »und gerade in diesem Augenblick tat ich es nicht.«

Ihn fror. Er hielt sich am Dus fest, bezog Wärme von ihm und starrte Melein an.

»Was willst du machen?« fragte sie.

»Gib mir Zugang zu den Kontrollen! Laß mich die Maschinen warten, tun, was nötig ist! Wir hatten eine Fehlfunktion. Eine weitere können wir uns nicht leisten.«

Er erwartete Ablehnung, rechnete mit langen Tagen, mit Monaten der Auseinandersetzung, um das von ihr zu erreichen.

Aber die Kontrollen, dachte er, waren nie abgeschlossen gewesen. Und Melein senkte die Bernsteinaugen und gab ihm durch diese schweigende Geste die Erlaubnis. Sie hob die Hand und wies zur Tür.

Er zögerte, raffte sich dann auf, widmete ihr eine ungeschickte Geste der Höflichkeit und ging.

Sie folgte ihm. Er hörte ihre leichten Schritte hinter dem Dus. Und als er sich im hellerleuchteten Kontrollraum an die Konsole setzte, stand sie an seiner Schulter und sah zu. Er konnte ihr weißgewandetes Spiegelbild auf den Schirmen sehen, die das Sternenfeld zeigten.

Er fing an, die Testreihen zu durchlaufen, nach denen ihn verlangt hatte, und verbannte Meleins Anwesenheit aus seinen Überlegungen. Seitdem er das letztemal von den Kontrollen geschickt worden war, hatte er gefürchtet, daß das Schiff nicht in der Lage sein würde, gänzlich unter Automatik eine so lange und schwere Reise zu machen; aber zu seiner Erleichterung erwiesen sich alle Systeme als funktionsfähig, nichts versagte, und es gab keine haarbreiten, ruinösen Felder, durch die sie für immer in diesem nicht kartographierten Raum verloren sein würden.

»Alles in Ordnung«, berichtete er Melein.

»Hast du etwas besonderes gefürchtet?«

»Nur Vernachlässigung, She'pan«, sagte er.

Sie stand neben ihm und schien gelegentlich das Spiegelbild seines Gesichtes zu betrachten, wenn er hin und wieder in das ihres Gesichtes blickte. Er war zufrieden damit, dort zu sein, wo er jetzt war, und die Dinge zu tun, an die sich seine Hände so gut erinnerten. Er wiederholte Durchläufe, die er bereits gemacht hatte, nur um zusätzliche Zeit zu gewinnen, bis Melein des Stehens müde wurde, sich von seiner Schulter löste und den Platz des Kopiloten jenseits der Konsole einnahm.

Sie war einsam und vielleicht interessiert an dem, was er tat. Ihm fiel ein, daß ihr derlei Geräte nicht unbekannt waren, nur die von Menschen gefertigten, und er traute sich nicht, in ihrer Anwesenheit zuviel zu versuchen. Sicherlich wußte sie, daß er Operationen wiederholte.

Er ergriff die Chance.

VERSTRICHENE ZEIT, befragte er den Datenspeicher.

Ablehnung blitzte als Antwort. KEINE AUFZEICHNUNGEN.

Er fragte nach anderen Einzelheiten. KEINE AUFZEICHNUNGEN, KEINE AUFZEICHNUNGEN, antwortete der Speicher.

Etwas Kaltes und Hartes schwoll in seiner Kehle. Vorsichtig checkte er den Status der Navigationsbänder, ob der entgegengesetzte Kurs verfügbar war, um ihn wieder heimzubringen.

UNTER VERSCHLUSS, blitzte ihm der Schirm zu.

Er hielt inne, dachte an die mit dem Bandmechanismus verbundene Selbstzerstörung. Ein schrecklicher Verdacht kroch durch seine Erinnerungen.

Wir wollen nicht, daß zufällig etwas mit Ihnen zurückkommt.

Stavros' Worte!

Schweiß sickerte an seiner Seite hinab. Er spürte, wie er auf dem Gesicht kribbelte, wischte sich mit der Handkante über den Mund und versuchte, die Geste zu verbergen.

Das Dus kam näher, trat schnüffelnd zwischen sie und schob seine Nüstern dicht an die feinen Instrumente heran. »Verschwinde von hier!« forderte Duncan. Es legte sich nur nieder.

»Kel'en«, sagte Melein, »was siehst du, das dir Sorgen macht?«

Er befeuchtete die Lippen und blickte sie an. »She'pan – wir haben kein Leben gefunden . . . ich kann die Welten nicht mehr zählen, und wir haben kein Leben gefunden. Was läßt dich damit rechnen, daß es auf eurer Heimatwelt anders aussieht?«

Ihr Gesichtsausdruck wurde unlesbar. »Findest du da einen Grund, Kel'en, zu denken, daß dies nicht der Fall sein wird?«

»Ich habe hier einen Grund gefunden – zu glauben, daß dieses Schiff gegen meine Eingriffe abgesichert worden ist. She'pan, wenn dieses Band durchgelaufen ist, kann es sein, daß wir keine navigatorischen Unterlagen mehr haben.«

Die Lider über den Bernsteinaugen zuckten. Sie saß still, die Hände im Schoß gefaltet. »Hast du geplant, uns zu verlassen?«

»Wir werden vielleicht flugunfähig sein. Wir werden keine Wahl mehr haben, She'pan.«

»Wir hatten nie eine.«

Er holte tief Luft, wischte sich den auf seinen Wangen kaltgewordenen Schweiß ab und ließ den Atem wieder fahren. Ihre Ruhe war unerschütterlich und völlig rational: *Shon'ai* . . . für sie war der Wurf gemacht, schon mit der Geburt. Es war wie bei Niun mit seinen Waffen.

»She'pan«, sagte er ruhig, »du hast jede Welt benannt, an der wir vorbeigekommen sind. Kennst du die Zahl derer, die noch vor uns liegen?«

Sie nickte nach Art des Volkes, ein Neigen des Kopfes nach links. »Bevor wir die Heimatwelt erreichen«, sagte sie, »kommen noch Mlara und Sha, Hlar und Sa'o-no-kli'i.«

»Vier«, sagte er, wie gelähmt durch die plötzliche Kenntnis vom Ende der Reise. »Hast du es ihm gesagt?«

»Das habe ich.« Sie beugte sich vor, die Arme auf den weißverhüllten Knien verschränkt. »Kel Duncan, eure Schiffe werden kommen. Sie kommen.«

»Ja.«

»Du hast deinen Dienst gewählt.«

»Ja«, sagte er. »Am Volk, She'pan.« Und als sie ihn weiterhin betrachtete, besorgt über seinen Verrat: »Auf ihrer Seite, She'pan, gibt es soviele Kel'ein, daß einer nicht vermißt werden wird. Aber auf Seiten des Volkes gibt es nur einen – oder zwei, mit mir. Die Menschheit wird einen Kel'en nicht vermissen.«

Melein blickte ihm mit schmerzlicher Intensität in die Augen. »Deine Mathematik ist ohne Fehl, Kel Duncan.«

»She'pan«, sagte er sanft, bewegt durch die Dankbarkeit, die er in ihr erkannte.

Sie erhob sich und ging.

Überließ ihm das Schiff.

Er saß für einen Moment reglos, stellte fest, daß alles in seiner Hand lag und er plötzlich eine Last trug, mit der er nicht gerechnet hatte. Hätte er einen Verrat vorgehabt, dachte er, hätte er ihn jetzt nicht mehr begehen können. Und mit ihnen noch einmal das zu machen, was er auf Kesrith getan hatte, sei es auch nur, um ihr Leben zu retten . . .

Das wäre keine Handlung der Liebe, sondern der Selbstsucht, jetzt und hiernach. Er kannte sie zu gut, um zu glauben, daß es gut für sie wäre.

Er untersuchte die Speicherbänke, die ihre furchtbaren Geheimnisse verbargen, Programme, die seinem Zugriff verschlossen waren, Dinge, die vielleicht in dem Moment ausgelöst worden waren, an dem er gegen seine Befehle verstoßen hatte und frühzeitig auf den gespeicherten Kurs gegangen war.

Oder vielleicht – wie ObTaks schon immer geopfert worden waren – war von Anfang an geplant worden, daß die FOX nur als Reiter der SABER zurückkehren würde.

Da war das Pan'en mit den Aufzeichnungen darin; aber angesichts der Feuerkraft der SABER war die FOX ein Nichts – und es war nicht ausgeschlossen, daß der Navigationscomputer am Ende des Bandes zerstört wurde und sie dadurch verkrüppelte.

Er langte wieder zum Pult, gab erneut die Schlüssel ein und erhielt immer wieder KEINE AUFZEICHNUNGEN und UNTER VERSCHLUSS.

Und schließlich gab er die Versuche auf, stieß sich ab, kam auf die Füße, langte abwesend nach dem Dus, das sich sehnsüchtig an ihn drängte, seinen Schmerz spürte und versuchte, ihn davon abzulenken.

Vier Welten.

Ein Tag oder mehr als ein Monat: die Spannen zwischen den Sprüngen waren unregelmäßig.

Die Zeit wirkte plötzlich sehr kurz.

16

Mlara und Sha und Hlar und Sa'a-no-kli'i.

Niun sah sie vorüberziehen, leblos wie sie waren, verspürte eine Erregung im Blut, die der nüchterne Anblick nicht gänzlich abtöten konnte.

Sie sprangen wieder, und kurz nach Mittag Schiffszeit erschien ein neuer Stern im Zentrum des Feldes.

»Das ist die Heimat«, sagte Melein sanft, als sie sich in der Halle der She'pan versammelten, um gemeinsam mit ihr zuzuschauen.

Auf Hal'ari hieß der Stern Na'i'in.

Niun betrachtete ihn, ein bloßer Lichtfleck auf die Entfernung, von der aus sie in das System eindrangen, und litt darunter, daß noch eine so lange Reise vor ihnen lag. Na'i'in. Die Sonne.

Und die Welt, die Kutath war.

»Mit deiner Erlaubnis«, murmelte Duncan, »ich gehe besser an die Kontrollen.«

Sie alle, sogar die Dusei, gingen in den kleinen Kontrollraum.

Und es lag etwas Unheimliches an der Dunkelheit jener Sektion der Pulte, die am aktivsten gewesen waren. Duncan stand davor und betrachtete sie für einen Moment, setzte sich dann an die Kontrollen und entfachte anderswo Antivität, nicht jedoch in der ausgefallenen Sektion.

Niun verließ die Seite der She'pan und stellte sich rechts von Duncan an das Schaltpult: er kannte sich wenig genug mit den Instrumenten aus, nur soviel Duncan ihm gezeigt hatte – sein Wissen reichte jedoch aus, um sicher zu sein, daß etwas nicht stimmte.

»Der Navigationscomputer«, sagte Duncan. »Kaputt.«

»Du kannst uns landen«, sagte Niun ohne Zweifel.

Duncan nickte. Seine Hände fuhren über das Pult, und auf den Schirmen bildeten sich Muster und Strukturen um einen Punkt, der Na'i'in war.

»Wir sind auf Kurs«, sagte er. »Wir haben keine Sternflug-Navigation mehr, das ist alles.«

Das war nicht von Belang. Lange nachdem die She'pan in ihre Halle zurückgekehrt war, blieb Niun noch bei Duncan, saß im Sessel auf der anderen Seite der Konsole und beobachtete die Operationen, die Duncan durchführte.

Es dauerte weitere fünf Tage, bis Kutath selbst vor ihnen Gestalt annahm, der dritte Planet von Na'i'in ... Kutath. Duncan führte sie, hielt sich öfter an den Kontrollen auf, als nötig gewesen wäre; er nahm seine Mahlzeiten in diesem Raum ein und betrat die Kel-Halle nur zum Waschen und für ein wenig Schlaf während der Nachtzyklen. Ruhelos ging er immer schon wieder, bevor die Nacht vorbei war, und Niun wußte, wo er ihn dann finden konnte.

Nichts erforderte seine Anwesenheit an den Kontrollen.

Es gab keinen Alarm, gar nichts.

Es war, begann Niun mit wachsender Verzweiflung zu vermuten, dasselbe wie vorher auch. Melein machte sicherlich ihre eigene Einschätzung des anhaltenden Schweigens, Duncan tat es ebenfalls, und keiner sprach laut darüber.

Keine Schiffe.

Keine Reaktion.

Am sechsten Tag gab es die ersten deutlichen Bilder des Planeten, und Melein kam zu den Kontrollen, um sie sich zu betrachten. Niun legte seine Hand auf ihre, ein schweigendes Angebot.

Es war eine rote Welt, und sie war leblos.

Und alt. Sehr, sehr alt.

Duncan schaltete die Schirme aus. Es lag Schmerz in seinem Gesicht, als er die beiden Mri betrachtete, als ob er sich selbst die Schuld gäbe. Aber Niun holte tief Luft und ließ sie wieder fahren, unterwarf sich dem, was er bereits sein Leben lang gewußt hatte.

Daß sie schließlich doch die Letztgeborenen waren.

Irgendwo im Schiff stöhnten die Dusei, nahmen den Kummer in sich auf, der ihnen gesandt wurde.

»Die Reise des Volkes«, sagte Melein, »hat sehr, sehr lang gedauert. Wenn wir auch die letzten sind, so werden wir doch heimkehren. Bring uns dorthin, Duncan!«

»Ja«, sagte dieser einfach, senkte den Kopf und wandte sich dem Pult zu, damit er ihre Gesichter nicht sehen mußte. Niun empfand das Atmen als schwierig, spürte eine Enge um sein Herz, wie damals, als er das Volk auf Kesrith hatte sterben sehen; das war jedoch ein alter Kummer, und die Trauer lag bereits zurück. Er stand still, während Melein in ihre Halle zurückkehrte.

Dann zog er sich zurück, dorthin, wo er mit sich allein war, setzte sich zusammen mit seinem Dus nieder und weinte, wo doch das Kel nicht weinen konnte.

»Warum sollten wir bekümmert sein?« fragte Melein, als sie sich an diesem Abend wieder trafen, zu ihrem ersten Gemeinsamen Mahl seit vielen Tagen und ihrem letzten vor der Landung. »Wir haben immer gewußt, daß wir die letzten sind. Eine Zeitlang glaubten wir etwas anderes und waren glücklicher, aber es ist nur dieselbe Wahrheit, die es immer gewesen ist. Wir sollten weiterhin glücklich sein. Wir sind schließlich heimgekehrt. Wir haben unseren Ursprung gesehen, und das ist ein angemessenes Ende.«

Dies war etwas, das der Mensch verstehen konnte. Er schüttelte einfach den Kopf wie unter Schmerzen, und sein Dus schnupperte trostlos an ihm.

Aber Niun schloß sich gänzlich Meleins Gedanken an: sie waren die Wahrheit. Es gab weit schlimmere Dinge als das, was vor ihnen lag: es gab Kesrith, es gab Menschen und Regul.

»Gräme dich nicht um uns«, sagte Niun zu Duncan und faßte ihn am Ärmel. »Wir sind da, wo wir sein wollen.«

»Ich werde wieder an die Kontrollen gehen«, sagte Duncan, sprang auf die Füße, verschleierte sich und verließ ihre Gesellschaft, ohne um Erlaubnis zu fragen oder zurückzublicken. Sein Dus folgte ihm und strahlte Kummer aus.

»Er kann dort nichts tun«, meinte Melein mit einem Achselzucken. »Aber es tröstet ihn.«

»Unser Duncan«, sagte Niun, »wird sich nicht abfinden. Er ist von Schuldgefühlen besessen.«

»Wegen uns?«

Niun zuckte die Achseln, preßte die Lippen zusammen und sah zur Seite.

Sie streckte die Hand aus und faßte ihm ins Gesicht, lenkte seine Aufmerksamkeit zurück und betrachtete ihn traurig. »Ich habe gewußt, daß das möglich war, daß es zu lange her gewesen sein könnte. Niun, es hat etwa achtzig Dunkelheiten gegeben, und in jeder ist mehr als eine Generation vorübergegangen; und es hat etwa achtzig Zeiten des Dazwischen gegeben, und die meisten davon haben etwa eintausend Jahre gedauert.«

Er versuchte ein mißbilligendes Lachen und schüttelte den Kopf – es kam nicht als Lachen heraus. »Ich kann mir das in der Entfernung vorstellen, aber nicht in Jahren. Zwanzig Jahre sind schon viel für einen Kel'en. Ich kann nicht mit tausend rechnen.«

Sie beugte sich herab und drückte ihm die Lippen auf die Stirn. »Niun, es geht nicht um das Zählen. Es geht auch über meine Vorstellung hinaus.«

In dieser Nacht und der folgenden schlief Niun im Sitzen, den Kopf an ihren Stuhl gelehnt. Melein bat ihn nicht darum. Er wollte sie einfach nicht alleinlassen. Und als Duncan von seiner einsamen Wache kam für die wenigen Stunden wirklichen Schlafes, die er suchte, rollte er sich in der Ecke an sein Dus gelehnt zusammen, hier und nicht in der Kel-Halle. Es war keine Zeit, in der auch nur einer von ihnen hätte allein sein wollen. Die Einsamkeit von Kutath selbst war überwältigend.

Am achten Tag wälzte sich Kutath unter sie und füllte alle Schirme in der Halle der She'pan aus – zornig, trocken, zernarbt vom Alter.

Und Duncan trat in die Gegenwart der She'pan, schoß herein wie ein Windstoß, riß sich *Mez* und *Zaidhe* vom Kopf, um sein Gesicht zu zeigen: es strahlte.

»Leben!« sagte er. »Der Scanner zeigt es. She'pan, Niun – eure Welt ist nicht völlig tot.«

Für einen Augenblick bewegte sich keiner von ihnen.

Und plötzlich schlug Melein die Hände zusammen und dankte den verschiedenen Göttern, und erst dann wagte Niun, Atem zu holen und zu hoffen.

Melein folgte Duncan zu den Kontrollen, hinter ihr kam Niun, und hinter allen trotteten die Dusei und schnaubten mächtig vor Aufregung. Melein setzte sich auf die Armlehne des Sessels, und Niun lehnte sich neben ihr an, während Duncan ihnen klarzumachen versuchte, worauf seine Suche gestoßen war, ihnen die Schirme und die Zahlen zeigte und den vibrierenden Datenstrom, der von Leben kündete.

Leben von Maschinen und sehr, sehr spärlich der Beweis für wachsende Dinge.

»Vom Raum aus wirkt es wie Kesrith«, sagte Duncan sanft, und seine Worte machten Niun frieren, denn oft genug hatte die alte She'pan Kesrith als die Schmiede bezeichnet, die das Volk vorbereiten würde – für alles, das vor ihnen lag. »Den Dusei«, meinte Duncan, »sollte es dort gut genug gehen.«

»Ein Mond«, las Niun vom Schirm ab und erinnerte sich mit

Heimweh an die beiden, die über die Himmel von Kesrith zogen; erinnerte sich an seine Hügel und die vertrauten Orte, die er durchstreift hatte, bevor die Menschen kamen.

Diese Welt seiner Vorfahren würde ihre eigenen Geheimnisse haben, ihre eigenen Reize und Schönheiten und ihre eigenen Gefahren.

Und Menschen – schnell genug.

»Duncan«, sagte Melein, »bring uns hinab!«

17

Kutath.

Duncan sog die Luft ein, die in die Luke hereinblies, den ersten Atemzug von der Oberfläche des Planeten, kalt und dünn, mit schwachem Aroma. Er blickte durch die Luke auf den roten und bernsteinfarbenen Sand, auf den Kamm ferner, abgerundeter Berge, und eine Sonne, trübgefärbt und verzerrt in ihrem Himmel.

Und er ging nicht hinab. Das gebührte den Mri, als erste den Erdboden ihres Ursprungs zu betreten. Er stand im Schiff und sah zu, wie sie die Rampe hinabgingen, zuerst Melein und hinter ihr Niun – Kinder, die zu ihrer alten Mutter heimkehrten. Sie blickten sich um, und ihre Augen sahen die Dinge sicher anders als er, ihre Sinne empfanden die Berührung von Kutaths Schwerkraft als vertraut, das Aroma seiner Luft – etwas, das ihr Blut und ihre Sinne ansprechen und sagen mußte: *dies ist die Heimat.*

Traurig für sie, wenn das nicht so war, wenn die Reise des Volkes wirklich zu lange gedauert hatte, wenn alles verloren war, weswegen sie gekommen waren. Er glaubte nicht daran; er hatte den Blick in Niuns Augen gesehen, als sie der Welt jenseits der Luke gewahr wurden.

Er spürte die Spannung in seiner Kehle, und die Muskeln zitterten unter der schrecklichen Kälte des Planeten und vor Furcht. Wenn er etwas deutlich empfand, dann ein Gefühl des Verlustes – und er wußte nicht, warum. Er hatte es geschafft, hatte sie heimgebracht und sicher gelandet, und doch verspürte er Traurigkeit.

Es war nicht alles, was er getan hatte, dieser Dienst am Volk.

Jenseits des Systems pulsierte ein Signalfeuer, ein Hinweis auf dem Kurs für einfliegende Schiffe. Und auf Kutath diente das Schiff jetzt selbst als Signalfeuer. Es pulsierte schweigend, aber es sendete jetzt – würde das tun, solange ihm Energie verblieb. Und das würde über ihre kurzen Lebensspannen hinausgehen.

Freundschaft, Freundschaft, rief das Schiff den Himmeln entgegen, und wenn die Menschenschiffe die Signale näher begutachten würden, dann gab es da noch mehr.

Er hatte das Niun und Melein gegenüber verschwiegen. Er rechnete nicht damit, daß sie irgendeine Geste Tsi'mri gegenüber billigen würden, und deshalb hatte er nicht nach ihrem Einverständnis gefragt.

Er sah, wie die Dusei gingen, schnaubten und in der Luft schnupperten, als sie auf ihre krummzehige Gangart die Rampe hinabtrotteten – sie schwabbelten vor Fett nach ihrer langen gutgefütterten Inaktivität auf dem Schiff, glänzten und leuchteten im Licht der matten Sonne. Sie erreichten den Sand und rollten sich freudig darin, schüttelten Wolken roten Staubes von ihren Samtpelzen, als sie wieder aufstanden. Das größte Tier türmte sich auf die Hinterbeine, sank wieder herab, spielte und blies Staubwolken auf die Mri; Niun unterband das durch eine Schelte.

Die Tiere machten sich dann eigenmächtig auf den Weg, umkreisten die Gegend, erforschten ihre neue Welt. Sie würden keiner Gefahr erlauben, sich den Mri zu nähern, ohne Alarm zu schlagen, und ihr momentanes Verhalten war eines von großem Behagen. Unbeschädigt durch den Luftzug des Schiffes wuchs nahebei eine Ansammlung blaugrüner Stengel. Die Dusei zerstörten sie, schmatzten die Pflanzen mit offensichtlichem Genuß. Ihre Verdauung wurde mit allem fertig, sogar den meisten Giften; darum kümmerten sie sich nicht.

Wo Pflanzen wuchsen, gab es sicherlich Wasser, sei es auch noch so spärlich. Duncan betrachtete das kümmerliche Gewächs mit Befriedigung und Stolz, denn er hatte für die Mri einen Platz gefunden, wo in diesem weitgehend öden Land Leben existierte, hatte ihr kleines Schiff in Reichweite von Wasser gelandet . . .

Und nahe bei der Energiequelle, die der Scanner aufgespürt hatte.

Es gab keinerlei Reaktion auf ihre Anwesenheit, nicht bei der Landung und auch jetzt nicht. Die Instrumente des Schiffes tasteten immer noch den Himmel ab, bereit, die Sirenen auszulösen und seine Passagiere zu warnen, in Deckung zu gehen. Der Himmel blieb jedoch leer – sie war gleichzeitig erwünscht und unerwünscht, diese über allem liegende Stille.

Duncan spürte die Wohlgefühle der Dusei wie Lotusbalsam und gab sich ihnen hin.

Beinahe schüchtern ging er die Rampe hinab, empfand sich als fehl am Platz und als Fremder. Er näherte sich schweigend den Mri, hoffte, daß sie seine Gegenwart nicht als Beleidigung erachten würden: er kannte Niun genug, um ihn dessen einem Tsi'mri gegenüber für fähig zu halten.

»She'pan«, hörte er Niun sanft sagen, und sie drehte sich um und bemerkte ihn und streckte ihm die Hand entgegen. Sie leg-

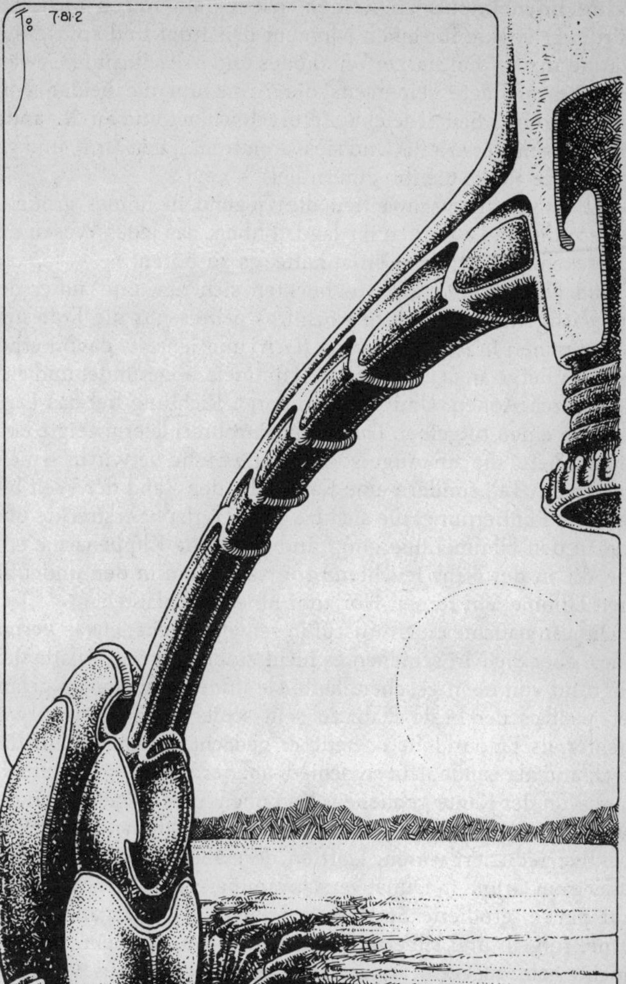
7.81.2

ten ihre Arme um ihn wie um einen Bruder, und Duncan verspürte einen Impuls zu weinen, wie es ein Kel'en nicht tun würde. Er senkte für einen Moment den Kopf und spürte ihre Wärme an ihm. Ein starker Wind blies und peitschte ihre Gewänder. Duncan legte seinerseits die Arme um die beiden Mri, spürte an einer Seite Meleins Zerbrechlichkeit und an der anderen Niuns magere Kraft. Und sie waren fremd, tierwarm, und genossen die Kälte, die ihn zittern ließ.

Die Dusei durchschweiften die Gegend in immer größerer Entfernung und äußerten ihr Jagdstöhnen, das jedes Wesen mit Schrecken erfüllte, das Ohren hatte, es zu hören.

Und Duncan und die Mri blickten sich um, und außer der fremdartigen Gegenwart des Schiffes gab es nur die Erde und den Himmel: in einer Richtung flach, und jenseits davon erhoben sich Berge an der Grenze des Himmels, abgerundet und erodiert durch Äonen. Und in der anderen Richtung fiel das Land hinab in einen rotgelben Dunst mit Purpurschleiern, zeigte eine nackte Tiefe, die am Auge sog und die Sinne verwirrte – nicht einfach ein Tal, sondern eine Kante, die den Rand der Welt bildete, eine Entfernung, die sich bis zum Horizont erstreckte und dort in den Himmel überging; und sie reckte Klippenarme empor, die in der Nähe leuchtend rot waren und in den undeutlichen Himmel am fernen Horizont hinein verblaßten.

Duncan hauchte einen Ausruf in seiner Sprache; etwas Verbotenes, aber die Mri schienen es nicht zu bemerken. Er hatte den Abgrund von oben gesehen, hatte sie in der Nähe davon gelandet, weil es der beste Platz zu sein schien. Hinabsteigen war leichter als Emporklettern, hatte er gedacht, als er sich für das Hochland als Landeplatz entschied, aber er war in sicherem Abstand von der Kante geblieben. Von oben hatte es gefährlich genug ausgesehen; aber hier, wo sie selbst auf ihre natürliche Perspektive reduziert waren, klafften dermaßen gewaltige Tiefen, daß sie am Grund in Dunst verschwammen; Terrassen, Abhänge und Simse, erodierte Spitzen und Berge . . . und ganz in der Ferne, rotgelb und silbern, schimmerte etwas, das ein See sein mochte, ein ausgetrockneter Seitenarm dessen, was vielleicht einst ein Meer gewesen war.

Sicherlich ein Salzsee und tot; seit Äonen würden sich dort Mineralien und Salze angesammelt haben wie in Kesriths flachen, austrocknenden Meeren.

Sie standen für eine Weile reglos und betrachteten die Welt

um sich herum, bis selbst die Mri in der Kälte zu zittern begannen.

»Wir müssen die Energiequellen finden, von der du gesprochen hast«, sagte Melein. »Wir müssen nachsehen, ob es noch andere gibt.«

»Wir sind nahe dran«, sagte Duncan und hob den Arm in die Richtung, in der, wie er wußte, die Energiequelle lag. »Ich bin so nahe daran gelandet, wie ich mich getraut habe.«

»Es hat keine Antwort auf deine Kontaktversuche gegeben.«

»Keine«, sagte Duncan und erschauerte.

»Wir müssen zusätzliche Gewänder anziehen«, meinte Niun. »Und wir müssen einen Schlitten mit Ausrüstung beladen. Wir werden uns soweit umsehen, wie wir können – nicht wahr, She'pan? –, und dabei finden, was zu finden ist.«

»Ja«, sagte Melein. »Wir werden sehen.«

Duncan setzte an, sich abzuwenden und das Nötige in die Wege zu leiten, und da er keine bessere Zeit fand, zögerte er und zog den Schleier beiseite, den er als Schutz vor der Kälte getragen hatte. »She'pan«, sagte er, »es wäre besser – wenn ich im Schiff bliebe.«

»Wir werden nicht zurückkommen«, sagte Melein.

Duncan blickte von einem zur anderen, fand Schmerz in Niuns Augen, erkannte plötzlich den Grund für das Gefühl des Verlustes.

»Es ist nötig«, meinte er, »daß ich im Schiff bleibe – um für euch Wache zu halten, She'pan. Ich werde diesen Stern nicht verlassen. Ich werde bleiben. Aber möglicherweise kann ich sie aufhalten.«

»Die Marker, die du zurückgelassen hast – sind sie dafür gedacht?«

Er erschrak in der Erkenntnis, daß Melein nicht getäuscht worden war.

»Ja«, sagte er rauh. »Um sie wissen zu lassen, daß hier Freunde sind. Und vielleicht hören sie darauf.«

»Dann wirst du nicht im Schiff bleiben«, sagte sie. »Die zurückgelassene Botschaft genügt. Wenn sie sie nicht beachten, gibt es nichts mehr zu sagen. Das Schiff hat keine Waffen.«

»Ich könnte mit ihnen reden.«

»Sie würden dich zurückholen«, sagte sie.

Das stimmte. Er starrte sie an, durchfroren bis auf die Knochen durch den Wind, der sie peitschte.

»Du könntest nicht kämpfen«, sagte sie, wandte den Blick zum weiten Horizont und streckte den Arm dorthin aus. »Wenn sie in all dieser Weite nach uns suchen, dann würden sie dir nicht zuhören; und wenn sie uns nicht suchen, ist alles gut. Komm mit uns, Kel Duncan!«

»She'pan«, sagte er ruhig, akzeptierte es.

Und er drehte sich um und stieg die Rampe hinauf.

Sie holten die Vorräte vom Schiff. Niun gab an, was gebraucht wurde, und gemeinsam fügten sie Aluminium-Rohrwerk zu etwas zusammen, das einen recht guten Schlitten abgab. Sie luden ihn in den Frachtfahrstuhl und sicherten die Ausrüstung darauf, die Niun aussuchte: Wasserbehälter, Nahrung, die leichten Matten, die zum Schlafen dienten, Aluminiumstangen zum Errichten eines Zeltes und Wärmedecken. Wenn sie auch Tsi'mri-Luxus darstellten, so fand doch sogar Niun die Kälte draußen das überzeugendere Argument.

Sie suchten sich Extrakleidung aus und Stiefel zum Wechseln und zogen sich zweite *Siga* über die ersten.

Und als letztes und wichtigstes von allem suchten sie den Schrein des Pan'en auf, und Niun nahm das Ovoid ehrfürchtig in die Arme und trug es zum Schlitten hinab, verstaute es dort an der Stelle, die dafür vorgesehen war.

»Bring uns hinab!« sagte Melein.

Duncan drückte den Schalter, und der Frachtfahrstuhl senkte sich langsam zum Erdboden hinunter, wo sie hinaus auf den roten Sand traten.

Es war bereits später Nachmittag.

Hinter ihnen stieg der Fahrstuhl wieder auf und hielt krachend an seinem Platz, ein fremdartiges Geräusch in dieser Ödnis, und danach gab es kein anderes Geräusch mehr als das des Windes. Die Mri stapften los und wandten den Blick kein einzigesmal zurück; aber einmal, zweimal, ein drittesmal konnte Duncan nicht an sich halten und sah über die Schulter zurück. Die gewaltige Masse des Schiffes wurde kleiner hinter ihnen, und sie nahm dabei eine seltsame, gefrorene Qualität an, schimmerte in dem rotgelben Licht, verschwamm mit der Landschaft: kein Licht, keine Regung, kein Geräusch.

Dann geriet eine Bodenerhebung dazwischen, und das Schiff verschwand aus dem Blickfeld. Duncan spürte einen plötzlichen Stich der Verlassenheit, spürte die Berührung der Mri-Kleidung auf seiner Haut, die für ihn natürlich geworden waren, spürte die scharfe Kälte des Windes, die er sich ersehnt hatte, und war sich immer noch dessen bewußt, daß er allein war. Sie gingen auf die Sonne zu, auf die Quelle der Energie, die die Instrumente aufgespürt hatten, und es kam Duncan in den Sinn, daß er, sollten sie andere Mri finden, es schwer haben würde, seinen Gefährten seine Anwesenheit unter ihnen zu erklären.

Daß eine Zeit kommen konnte, wenn seine Anwesenheit sich für Niun und Melein mehr als nur unbequem erweisen würde.

Das wäre ein schlechtes Ende, allein und als Fremder.

Es traf ihn, daß er in seiner Verrücktheit mit denen die Plätze getauscht hatte, die er bemitleidet hatte, und am schmerzlichsten von allem war, er mochte nicht glauben, daß Niun ihn willentlich im Stich lassen würde.

Na'i'in ging unter und versorgte sie mit einem rötlichen Dämmerlicht, das das sterbende Meer in dunstige Vergessenheit tauchte, ein großer und erschreckender Abgrund zu ihrer Linken, mit Felsspitzen, die durch den Dunst hochragten und den Eindruck vermittelten, als ob sie nicht in der Erde verankert wären. Zu Beginn dieses Sonnenuntergangs legten sie eine Pause ein, trugen zweifache Gewänder gegen die Kälte und waren noch warm vom Gehen, und sie nahmen gemeinsam eine Mahlzeit ein. Die Dusei tauchten nicht auf, obwohl sie geglaubt hatten, daß der Duft des Essens sie anlocken würde. Niun sah sich während der Rast oft um, blickte ebenso wie Duncan auf ihrer Spur zurück und sorge sich um die fehlenden Tiere.

»Sie stammen von einer Welt, die nicht weniger rauh ist«, meinte Niun schließlich, »und wahrscheinlich schweifen sie auf der Suche nach ihrer eigenen Mahlzeit umher.«

Aber er machte ein finsteres Gesicht und beobachtete immer noch den Horizont.

Und ein seltsames Phänomen trat auf, als die Sonne schwächer wurde. Durch den schwachen Dunst in der Luft erhoben sich Berge ins Blickfeld, die vorher nicht sichtbar gewesen waren, und das Land wuchs und dehnte sich vor ihnen aus, schuf sich neue Grenzen, als die Sonne hinter die Hügel sank.

An den Ufern des sterbenden Meeres erhoben sich Türme und schlanke Spitzen, nur eine Nuance dunkler als der rotgelbe Himmel.

»Ah!« hauchte Melein und stand auf, und auch die beiden

Männer erhoben sich und blickten zum Horizont, auf die wundersame Stadt, die vor ihnen hing. Sie war nur für wenige Momente klar erkennbar und schwand dann im Schatten, als der Rand Na'i'ins unter den Horizont glitt und die Dunkelheit brachte.

»Das war sicherlich, was die Instrumente aufgespürt haben«, meinte Duncan.

»Etwas ist dort lebendig.«

»Vielleicht«, sagte Niun. Sicher verlangte ihn danach, es zu glauben, aber er ließ sich weder Hoffnung noch Furcht anmerken. Zu allererst akzeptierte er das Schlimmste – das hatte er immer getan. Dieses Verhalten schien die Mri geistig gesund zu erhalten durch eine Geschichte hindurch, die außer Zerstörung wenig enthielt.

Melein setzte sich wieder auf ihre Matte, schloß die Arme um die Knie und sagte überhaupt nichts.

»Es könnte sehr weit weg sein«, meinte Duncan.

»Wenn es die Quelle von dem ist, was du entdeckt hast?« fragte Niun.

Duncan zuckte die Achseln. »Vielleicht ein Tagesmarsch weit.«

Niun runzelte die Stirn und senkte den *Mez* etwas, um den größten Teil seines Gesichtes freizulegen. »Sag mir die Wahrheit: Schaffst du einen solchen Weg?«

Duncan nickte auf Mri-Art. »Die Luft ist dünn, aber nicht zu dünn für mich. Die Kälte macht mir am ehesten zu schaffen.«

»Wickle dich ein! Ich denke, daß wir über die Nacht hier bleiben.«

»Niun, ich werde keine Last für dich sein.«

Niun dachte darüber nach und nickte dann. »Mri sind keine Lastenträger«, sagte er. Duncan hielt es für Kel-Humor – und die exakte Wahrheit. Er grinste, und Niun tat es ebenfalls, eine plötzliche und überraschende Geste, die schnell verging.

Die Schleier wurden wieder angebracht. Duncan legte sich in eine Wärmedecke gewickelt zum Schlafen nieder und empfand mehr Frieden im Herzen, als – wie er wußte – unter solchen Umständen rational war. In der kalten Luft gaben Decke und Gewänder zusammen herrlich viel Behaglichkeit und Wärme. Über ihm bildeten seltsam wenige Sterne am klaren Himmel unvertraute Muster. Er erfand eigene: ein Dreieck, eine Schlange und ein Mann mit einem großen Dus an den Fersen. Die Anstrengung

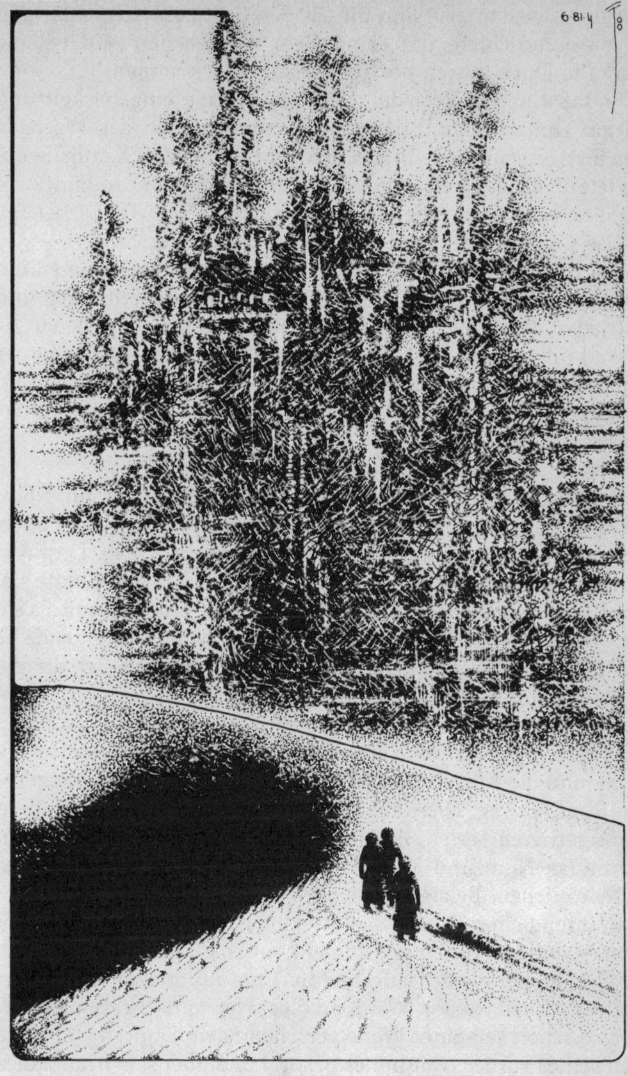
6·81·4

erschöpfte sein schwindendes Bewußtsein, und er schlief ein. Er erwachte wieder, als Niun ihn an den Schultern schüttelte und davon unterrichtete, daß er mit dem Wachehalten an der Reihe war. Die Dusei waren noch nicht zurückgekommen.

Er saß für den Rest der Nacht in Wärme eingewickelt und blickte zum Horizont, der seltsam wirkte durch das Wachsen von Stengeln auf dem die Ebenen beherrschenden Kamm, beobachtete in Einsamkeit, wie Na'i'in über ihrer Spur aufging, ein Anblick von herzerfüllender Schönheit.

Das war mehr als ein fairer Handel, dachte er.

Als das Licht zunahm, regten sich die Mri; sie nahmen ein Morgenmahl ein, waren bedächtig in ihren Vorbereitungen und zufrieden damit, wenig zu sagen und sich oft umzuschauen.

Und mit dem auffrischenden Wind kam ein seltsamer ferner Ton, der sie in ihren augenblicklichen Haltungen erstarren und zuhören ließ; und dann lachten Niun und Melein laut und erleichtert.

Die Dusei waren in der Nähe auf der Jagd.

Sie packten und beluden den Schlitten. Duncan zog ihn. Niun, Kel'anth, Ältester des Kel, konnte eine solche Arbeit nicht übernehmen, solange es noch jemand anderen dafür gab. Dies war seit langem die Ordnung der Dinge, und Duncan akzeptierte sie, ohne Fragen zu stellen. Aber der Mri beobachtete ihn, und als sie sich der ersten Erhebung näherten, legte Niun schweigend die Hand auf das Seil und nahm es ihm weg, schlang es sich um die eigene Schulter.

Es war für den Mri keine harte Arbeit, denn das Land war relativ flach, und die Metallkufen glitten leicht über den pulverigen roten Sand hinweg. Die Kälte, die in der Dämmerung ihren Atem hatte gefrieren lassen, ließ immer mehr nach, bis am mittleren Vormittag Niun und Melein ihre Extragewänder ablegten und mit sichtlichem Behagen weitergingen.

Während einer Ruhepause erschien eines der Dusei am Horizont, stand dort für einen Moment, und das andere gesellte sich zu ihm. Immer wieder tauchten die Tiere auf und verschwanden ebenso schnell wieder. Während dieser letzten Abwesenheit waren sie schon seit einer Weile verschwunden. Duncan wünschte sich seines zurück, war um es besorgt und über sein irrationales Verhalten bekümmert, aber es kam nur den halben Weg und blieb dann stehen. Es sah anders aus, so daß er es nicht erkannt hätte, wären mehr als nur zwei auf ganz Kutath vorhanden gewesen und das größere nicht weiter hinten auf dem Kamm des Abhangs. Beide sahen anders aus.

Magerer. Die Wohlgenährtheit war über Nacht verschwunden.

Das Dus warf sich plötzlich wieder herum und gesellte sich zu seinem Gefährten auf dem Kamm. Beide verschwanden hinter dieser niedrigen Bodenwelle. Beim Weitergehen hielt Duncan den Blick dorthin gerichtet, um sie wieder auftauchen zu sehen, und er blinzelte, denn es schien unmöglich zu sein, daß etwas so Großes in einem so flachen Land so leicht verschwinden konnte.

»Was ist mit ihnen los?« fragte er Niun. Der Mri zuckte die Achseln und ging wieder hinter Melein her, was nach Duncans Vermutung bedeutete, daß er es nicht wußte.

Und wenig später, als ihr Weg sie in die Nähe einiger der blaugrünen Stengel führte, schnitt Niun ein Stück davon mit dem *Av-tlen* ab und sah, wie die Pflanzenwunde sich mit Wasser füllte.

»Ich würde das nicht probieren«, meinte Duncan unbehaglich.

Aber der Mri nahm wenig, sehr wenig davon in den Mund und spie es einen Moment später wieder aus. »Nicht so schlecht«, meinte er. »Süß. Vielleicht ist das Fruchtfleisch genießbar. Wir werden sehen, ob ich davon krank werde. Die Dusei waren nicht der Meinung.«

Es war ihm immer noch ein Geheimnis, wie es zwischen Dus und Mann eine Kommunikation von so deutlicher Natur geben konnte. Aber Duncan erinnerte sich an das Gefühl, das sie bei der ersten Entdeckung der Pflanzen gehabt hatten: intensives Behagen.

Niun wurde nicht krank. Nach Mittag probierte er noch etwas mehr, und verkündete am Abend, daß es akzeptabel sei. Duncan versuchte es, und es war süß und wie gezuckertes Obst, angenehm und kalt. Als letzte nahm Melein etwas davon zu sich, nachdem das Lager aufgeschlagen und es klar geworden war, daß weder Mri noch Mensch daran Schaden gelitten hatten.

Die Sonne glitt zum Rand des Abgrunds hinab und zerteilte sich in Streifen, verweilte für einen letzten Augenblick. Inmitten des Dunstes tauchte die Stadt wieder auf.

Sie war groß und ruhte fest auf dem Erdboden und war keine fließende Illusion. Die Türme zeichneten sich deutlich im Licht ab, bevor es verschwand.

»Es steht im Pan'en geschrieben«, sagte Melein sanft, »daß es eine Stadt der Türme gab – An-ehon mit den gelben Türmen. Auch andere Städte sind dort genannt: Zohain, Tho'e'i-shai und Le'a'haen. Das Meer war Sha'it und auch die Ebenen hatten ihre Namen.«

Da waren der Wind und das Flüstern der strömenden Sandkörner. Das war alles, was sich außer ihnen bewegte, die sie als Fremde kamen, und einer von ihnen als wahrhaft Fremder.

Aber Melein nannte ihnen die Namen, und Kutath erlangte um sie herum Substanz, so schrecklich es in seiner Verlassenheit auch war. Niun und Melein sprachen miteinander und lachten irgendwie in all dieser Stille, aber die Stille drang bis auf die Knochen und raubte den Atem, und Duncan konnte sich für einen Moment kaum bewegen, bis Niun sein Handgelenk packte und ihm eine Frage stellte, die zu wiederholen er den Mri verlegen bitten mußte.

»Duncan?« fragte Niun daraufhin, spürte die Bestürzung in ihm.

»Es ist nichts«, sagte Duncan und wünschte sich nutzlos das Dus zurück. Er starrte an den Mri vorbei in den sich verdunkelnden Abgrund eines sterbenden Meeres und wunderte sich darüber, daß sie an einem solchen Ort lachen konnten.

Und daß Melein in ihrem Geist die ungeheuren Wasser sah, die in dieser Leere geschwappt und gewogt hatten: das ließ ihm mehr als alles andere erneut gewahr werden, welche Zeitspanne diese beiden Mri durchquert hatten.

Niun drückte seinen Arm und zog sich zurück, wickelte sich in seine Decke und legte sich zum Schlafen nieder, wie auch Melein sich für die Nacht niederließ.

Duncan übernahm die Wache, hüllte sich in seine Wärmedecke und fühlte sich warm trotz der Luft, in der sein Atem gefor. Der im dritten Viertel stehende Mond war aufgegangen. Ein Streifen hoher Wolken zog im Norden auf, konnte aber die Sterne nicht verhüllen.

Einmal spürte er die Gegenwart des Dus. Es kam nicht nahe heran, aber es war da, als eine Beruhigung irgendwo in ihrer Nähe.

18

Vor Schwäche zitternd drückte Sharn den Knopf, der den Nahrungsspender in ihre Reichweite brachte. Eine andeutungsweise Neigung des Körpers brachte ihren Mund daran, und eine Zeitlang war sie damit zufrieden, zu trinken und die Wärme in ihren Bauch strömen zu lassen. Der Schlauch erhöhte bereits die Zufuhr von Nährstoffen in ihre Venen, aber der lange Nahrungsentzug hatte psychologische Folgen, die keine Schlauchernährung mindern konnte.

Um sie herum schliefen auf der Brücke der SHIRUG zehn Junglinge, immer noch tief in der Hibernation, in der sie größere Abschnitte der langen Reise verbracht hatten. Nur Suth und ein Geleg-Jungling namens Melek waren die ganze Zeit wach geblieben, abgesehen von den kurzen Schlafperioden, in die sie die Sprünge geworfen hatten. Suth war bereits völlig wach und kam eilig auf Sharn zu, war pflichtgemäß besorgt um die Älteste, zu der er als Bai Hulaghs Leihgabe gehörte.

»Darf ich dienen?« fragte er rauh. Fieberglanz glitzerte in seinen Augen. Die Knochenplatten seiner Wangen waren weiß umrändert und umwölkt, ein ungesundes Zeichen. Sharn erkannte das Leiden des Junglings, der eine so lange Reise gänzlich wach durchgestanden hatte, und bot Suth – eine seltene Höflichkeitsgeste – denselben Spender an, den sie benutzte. Suth wurde vor Freude dunkelrot und nahm ihn hungrig, trank mit großen, geräuschvollen Schlucken, die seinen zitternden Gliedern sicherlich neue Kraft zuführten. Dann gab er ihr den Spender zurück, Verehrung in den Augen.

»Weck die anderen!« befahl sie ihm daraufhin, und der Jungling gehorchte auf der Stelle.

Das Navigationsband stand auf Null.

Sie waren angekommen.

Ein rascher Blick auf den Scanner zeigte das ganz in der Nähe fliegende Menschenschiff, aber die Menschen würden jetzt kaum schon wieder handlungsfähig sein. Während der Reise war Sharn öfters aufgewacht, um sich mit Suth zu beraten, und sie hatte jedesmal gewußt, daß die Menschen langsamer als die Regul nach Sprüngen wieder zu sich kamen: sie benutzten Drogen, weil sie nicht über den biologischen Vorzug der Hibernation verfügten. Einige wenige waren bereits wieder an der Arbeit, aber immer noch benebelt. Das war bekannt; die Mri, die weder Drogen noch Hibernation benötigten, waren immer in der Lage gewesen, daraus Vorteile zu ziehen.

Und um sie herum erstreckte sich das Heimatsystem der Mri.

Dieser Gedanke ließ Sharns Blut kälter werden und ihre zwei Herzen zur Unzeit heftig pumpen. Von ihrer Fernbedienungskonsole aus rief sie neue Planschemata ab, aktivierte ihre Instrumente und steuerte das Schiff von der menschlichen Begleitung weg, solange diese noch benommen war. Ein automatischer Anruf ertönte unter den Instrumenten; ein menschlicher Computer unterrichtete sie darüber, daß sie aus dem Plan ausbrach. Sie kümmerte sich nicht darum und erhöhte die Geschwindigkeit im Realraum.

Die inneren Planeten waren ihr Ziel. Hinter ihr regten sich die erwachenden Menschen und sandten ihr wütende Rückkehrforderungen nach. Sie ignorierte sie. Sie war Alliierte, kein Vasall, und fühlte sich nicht an die Befehle der Menschen gebunden. Um sie herum erwachten die Junglinge unter der Behandlung des geschickten Altersgenossen, den ihr der Bai mitgegeben hatte – diese Zurverfügungstellung seines persönlichen Dieners war ein Maß für seine Wertschätzung. Sharn hegte verwirrende Gedanken über ihre eigene mögliche Gunst, ebenso wie über ihre augenblickliche Gefährdung.

»Wir werden als Voraussonde dienen«, sendete sie schließlich den verärgerten Menschen, ließ sich zu einer Antwort herab. »Es ist erforderlich, menschliche Verbündete, daß wir alle rasch erfahren, welcher Art von bewaffneter Bedrohung wir gegenüberstehen, und die SHIRUG verfügt über die nötige Beweglichkeit, auszuweichen.«

Es war nicht die Gewohnheit der Regul, vorauszugehen.

Aber Regul-Interessen standen auf dem Spiel. Eine tote Welt nach der anderen: die unglaublichen Aufzeichnungen von dieser Verwüstung verstärkten die Entscheidungen, die auf Kesrith getroffen worden waren. Das Überleben des Doch war gleichbedeutend mit dem persönlichen Überleben, und mehr als das ... es war in sich selbst unglaublich, dieses Bewußtsein der Bedrohung gegen die Regul-Rasse, mit der kein Regul jemals gerechnet hatte.

Sie konnte auf den Schirmen erkennen, daß das Menschenschiff in Fragmente zu zerfallen schien. Die SABER setzte ihre Reiter ab, den kleinen systeminternen Jäger SANTIAGO und die harmlose Sonde FLOWER. Weder die Kriegsschiffe noch die

Sonde hatten die sternflugtaugliche Beweglichkeit der SHIRUG, die von mittlerer Größe war und schwer bewaffnet, die direkt aus dem System und wieder zurück springen und planetennahe Manöver ausführen konnte, die für die gewaltige und zerbrechliche SABER, ganz Panzerung und Feuerkraft, katastrophal enden würden.

Die Menschen waren nicht erfreut. Die SABER nahm Geschwindigkeit auf, und ihre Reiter blieben dicht bei ihr. Das war keine Verfolgung. Sharn war eine Zeitlang nervös und fuhr die sich erholenden Junglinge mürrisch an, entschied jedoch letztlich, daß die Menschen keine Maßnahmen gegen sie ergreifen wollten, nicht solange sie alle in Reichweite der Mri waren. Ihre Drohungen, hätten sie welche geäußert, würden darin keinen Unterschied gemacht haben. Sharn hatte ihre Befehle von Hulagh, und während sie der manchmal junglinghaft-impulsiven Entschlossenheit des Alagn-Ältesten mißtraute, so vertraute sie doch seinem Wissen und seiner Erfahrung, die hundertzwölf Jahre mehr umfaßte als ihre.

Insbesondere kannte Hulagh die Menschen und vertraute offenkundig darauf, daß der gültige Friede nicht gebrochen werden würde, auch dann nicht, wenn die Regul hart an die Grenze gingen. Das war ein unangenehmes Vorgehen. Regul waren keine Kämpfer; ihre Aggressivität war nur verbaler und theoretischer Art. Sharn hätte sich weit sicherer gefühlt, wenn sie einen Mri an Bord gehabt hätte, der sich um so irrationale Vorgänge wie Ausweichen und Kampf kümmerte. Zufallsaktionen waren etwas, das die Mri hervorragend beherrschten. Aber natürlich standen sie jetzt den Mri gegenüber, und die ungewohnte Aussicht auf einen Kampf gegen Mri verunsicherte Sharn zutiefst.

Vernichten.

Vernichten und den Menschen das Durcheinander hinterlassen, um damit aufzuräumen. Regul wußten, wie man die niederen Rassen benutzte. Regul entschieden; die niedere Rasse hatte einfach mit der Situation zu tun ... Und Hulagh fand in seiner Erfahrung, daß die Menschen genau dies taten.

Ein schwach pulsierendes Signal kam herein. Mit hämmernden Herzen stellte Sharn den Empfänger ein und amplifizierte.

Freundschaft, sagte das Signal, *Freundschaft.*

In menschlicher Sprache.

Verrat!

Genau das hatte Hulagh befürchtet, daß die Mri, aus dem

Dienst an den Regul ausgeschieden, sich wieder vermieten würden. Es gab einen Menschen namens Duncan, der in Verbindung mit den Mri stand und darauf hinarbeitete.

Sharn nahm die Quelle des Signals ins Visier und feuerte. Es erlosch.

Wenige Augenblicke später schnatterten menschliche Stimmen sie an und wollten wissen, warum sie gefeuert hatte und auf welches Ziel. Also hatten sie das Signal nicht aufgefangen.

»Trümmer«, antwortete Sharn. Regul logen nicht, aber sie sagten auch nicht immer die Wahrheit.

Vielleicht akzeptierten die Menschen diese Antwort. Es gab keinen Kommentar.

Die SHIRUG erweiterte ihren Vorsprung. Möglicherweise hatte sie einen Geschwindigkeitsvorteil. Möglicherweise waren die Menschen damit zufrieden, daß sie die innere Systemverteidigung auf die Probe stellte, nahmen sie beim Wort und dachten nicht weiter darüber nach. Sharn bezweifelte das. Sie vertraute eher auf die Schnelligkeit der SHIRUG: Zuschlagen und sich zurückziehen, dafür war das Schiff gebaut worden. Die SABER war ein Träger, der aus dem Stand feuerte. Zweifellos war der systeminterne Jäger SANTIAGO das Element der Schnelligkeit in Kombination mit dem Träger, stellte aber keine Bedrohung für die SHIRUG dar. Die FLOWER spielte in dieser Rechnung keine Rolle, allenfalls als Feuerleitstelle.

Sharn sorgte sich nicht weiter darum. Hulaghs Informationen waren genau, wie sie auch bisher folgerichtig und genau gewesen waren. Die SHIRUG, gemäß der Operationsvereinbarung ihrer Reiter beraubt, war immer noch in allen Dingen außer Panzerung und Feuerkraft im Vorteil.

Sie widmete dieser Sache ihre ganze Aufmerksamkeit und überließ es Suth, sich um das Geschwätz der Menschen zu kümmern. Jetzt ging es darum, den Planeten zu lokalisieren, ihn als erster zu erreichen.

Ihn zu vernichten und es den Menschen zu überlassen, mit dem Rest fertigzuwerden.

19

Das Stehenbleiben schmerzte, wo die Stadt im Blickfeld war, so nahe, so qualvoll nahe – aber die Nacht war über ihnen, und Niun sah, daß Duncan sich abplagte: sein Atem ging hörbar. Und schließlich blieb Melein stehen, ließ einen Blick zu Duncan schweifen, der allein für Niun gedacht war, signalisierte damit ihre Absicht, nicht weiterzugehen.

»Am besten bleiben wir für die Nacht hier«, meinte sie.

Duncan akzeptierte die Entscheidung, ohne Melein auch nur anzublicken, und sie breiteten die Sitzmatten auf dem kalten Sand aus und betrachteten den Sonnenuntergang. Seine Strahlen verliehen den Türmen der Stadt vor dem Hintergrund der Hügel eine andere Färbung.

»Es tut mir leid«, sagte Duncan plötzlich.

Niun sah ihn an. Duncan blieb verschleiert – nicht aus dem Wunsch nach Zurückgezogenheit, dachte Niun, sondern weil ihn die Luft so weniger schmerzte. Er spürte die Stimmung hinter diesem Schleier, eine Absonderung, die in sich selbst eine Wunde war.

»*Sov-kela*«, grüßte Niun ihn sanft, Kel-Bruder, der freundlichste Ausdruck für Zuneigung nach Wahrbruder. »Komm, setz dich zu uns! Es ist kalt.«

Für die Mri war es weniger kalt, aber Duncan kam und schien sich darüber zu freuen, fühlte sich so vielleicht auch wohler, denn er hatte nicht soviel Körperhitze wie sie. Er und Niun lehnten sich Rücken an Rücken, da sie sich so am besten ausruhen konnten. Sogar Melein ließ sich schließlich dazu herab, den Rücken an Niuns Knie zu legen. Sie redeten nicht, sondern starrten nur zur Stadt hinüber, die jetzt in Dunkelheit versunken war, und hinauf zu den Sternen, die hier in geringerer Zahl vorhanden waren als an den Himmeln, die Duncan zuvor kennengelernt hatte, so daß er sich fragte, ob sie sich hier am Rand der Galaxis befanden, erstgeboren vielleicht, während Duncans Volk aus den weiter innen liegenden Bereichen kam. Es war eine sehr lange Reise gewesen, die des Mri-Volkes ins Innere der Milchstraße.

Fast wünschte er sich, daß ihr Marsch zur Stadt ewig dauern würde, daß sie für immer auf sie zugingen, immer weiter mit Hoffnung und ohne zu wissen, welche Wahrheit dort lag.

Und doch hatte Duncan behauptet, an jenem Ort Energieverbrauch festgestellt zu haben.

Niun biß sich auf die Lippe und verlagerte den Körper, so daß alle drei sich unbehaglich bewegten, und wußte tief im Innern, was ihn plötzlich beunruhigt hatte.

Dus-Gegenwart.

»Sie sind wieder da«, sagte er ruhig. »Ja«, sagte Duncan nach einem Moment.

Etwas schlurfte durch den Sand. Es gab ein schnaubendes Geräusch. Endlich tauchten die Tiere auf, hielten die Köpfe gesenkt und ließen die Blicke abwesend von einer Seite zur anderen schweifen, als ob sie jetzt auf einmal nicht mehr wüßten, was sie hier tun sollten. Und diesmal scheuten sie nicht, sondern kamen herbei. Melein wich aus, und Niun und Duncan empfingen die Tiere, die nach ihnen gesucht hatten.

Gedanken des Vergnügens. Niun liebkoste den massigen Kopf, der ihn gegen die Rippen stieß, und fuhr mit der Hand über einen Körper, der dünn und dessen Fell rauh geworden war. Jede Rippe stand vor.

»Es ist verändert!« rief Duncan aus. »Niun, beide sind dünner. Könnte es sein, daß sie Junge bekommen haben?«

»Niemand hat je bestimmen können, ob es sich bei einem Dus um ihn oder sie handelte.« Niun machte sich über die Veränderung bei ihnen Sorgen, war auch gereizt darüber, daß Duncan auf den Gedanken gekommen sein sollte, den er erst halb geformt hatte, Duncan, dem die Tiere neu waren. »Manche haben gesagt, sie wären beides. Aber das Volk hatte diese Veränderung bei ihnen noch nicht erlebt. Wir haben nie . . .«, fügte er wahrheitsgemäß hinzu, »junge Dusei gesehen.«

»Es ist möglich«, meinte Melein, »daß es keine jungen Dusei gibt, nicht wie wir uns Junge vorstellen. Wo sie herkommen, kann nichts überleben, das hilflos geboren würde.«

Niun stand auf und ließ den Blick über die mondhelle Landschaft schweifen, aber Dusei konnten sich gut verbergen, und falls es dort draußen Junge gab, konnte er sie nicht entdecken. Aber als er sich wieder setzte, den Kopf des Dus im Schoß, spürte er immer noch ein Gefühl des Unwohlseins um das Tier.

»Es ist gefährlich«, meinte Duncan, »eine neue Rasse auf einer Welt zu verlieren, besonders eine so empfindliche wie diese.«

Duncan hatte gesprochen. Niun hatte einen Gedanken und vermied es aus Liebe, ihn zu äußern.

Und auf einmal senkte Duncan den Kopf, und es zeigte sich Unruhe in den Dus-Gefühlen.

»So ist das«, sagte Melein freundlich, »aber ohne sie würden wir uns einsam fühlen.«

Duncan betrachtete sie schweigend, legte schließlich die Arme um den Nacken seines Tieres, senkte den Kopf und schlief. Niun machte zwischen ihnen Platz für Melein, und sie schliefen, zum erstenmal alle zusammen seit Verlassen des Schiffes, denn die Dusei waren bei ihnen und wachten über sie und spendeten ihnen mit ihrer Körperhitze Behaglichkeit.

Dusei vermehrten sich, erzeugten weitere Dusei, die als erwachsene Tiere geboren wurden und die Welt füllten, bis ganz Kutath ihnen gehörte, und sie belebten die Straßen der toten Städte und waren nicht auf Mri angewiesen.

Niun erwachte und war sogleich bestürzt über die Dus-Gedanken, die sich am Rande des Alptraums herumtrieben, spürte kalten Schweiß auf seinem Gesicht und daß die anderen in gleicher Weise bestürzt waren, verblüfft vielleicht über das, was sie geweckt hatte. Duncan ließ den Blick über die Hügel schweifen, als sei irgendein Nachtwanderer in ihre Nähe gekommen.

»Es ist nichts«, sagte Niun.

Er gestand seinen Traum nicht ein; der Schrecken war ihm noch gewahr. Er hatte sich nie zuvor im Leben den Dusei ausgesetzt gefühlt, sondern nur an ihnen teilgehabt. Menschliche Gegenwart – es war Duncans Gegenwart, die dergleichen genährt hatte, Verdacht, wie vorher keiner gewesen war.

Dusei, erinnerte er sich, *haben kein Gedächtnis.* Für diese beiden Dusei existierte Kesrith nicht mehr. Sie würden sich nie mehr daran erinnern, bis sie es wiedersahen, und das würde nie geschehen. Personen und Orte: das war alles, was in ihren dicken Schädeln blieb . . . und jetzt gab es für sie nur noch Kutath. Sie waren demzufolge Eingeborene, eins mit dem Land, eher als die Mri und der Mensch.

Niun schloß wieder die Augen, beschämt über den Traum, von dem – da war er sich sicher – zumindest Melein etwas ahnte, wenn sie auch fälschlich die Schuld Duncan zuschieben mochte und sich dadurch beschmutzt fühlte, daß sie an den dus-geborenen Nachtängsten eines Menschen teilgehabt hatte. Die Tiere strahlten jetzt Behaglichkeit aus. Niun ergab sich ihr, entspannte sich in dieser Wärme und wies die Angst von sich.

Das Dus würde sich in keiner Weise erinnern.

Am Morgen beeilten sie sich nicht sehr; sie kannten Duncans Grenzen in der dünnen Luft und wollten ihn nicht härter antreiben.

Und sie waren vorsichtig. Sie folgten bei ihrer Annäherung den Bodenwellen und zeigten sich nach Dus-Art der Stadt nicht offener, als sie mußten.

Aber je näher sie kamen, desto weniger nützlich schien solche Vorsicht zu sein.

Alt, sehr alt. Niun sah deutlich, was er vermutet hatte: zerfallene, nicht reparierte Turmspitzen, über allem der Schmutz des Verfalls. Keiner von ihnen sagte etwas darüber; das war nichts, was sie eingestehen wollten.

Und letztlich verzichteten sie auf Vorsicht. Der Wind, der seit Tagen freundlich an ihnen gezogen hatte, schwoll auf einmal an und peitschte Sandschleier auf, die ausreichten, sie abzuschirmen, und die Kraft des Windes erschöpfte sie. Die Dusei gingen mit zusammengepreßten Nasenlöchern und gesenkten Köpfen, schnaubten hin und wieder und stellten zweifellos die geistige Gesundheit derer in Frage, die auf dem Weitergehen beharrten. Niuns Augen brannten trotz des Schutzes durch die Membran, und er senkte das Visier des *Zaidhe,* wie es Duncan schon im ersten Moment getan hatte, als der Sand zu wehen begann. Melein senkte den gazeartigen inneren Schleier ihres Kopftuches, den *Sarahe,* der ihr ganzes Gesicht bedeckte und sie in eine gesichtslose Gestalt in Weiß verwandelte, wie es die Männer in Schwarz waren.

Unter anderen Umständen hätte die Klugheit sie getrieben, Schutz zu suchen. Es gab Stellen, die dafür geeignet waren. Aber sie gingen langsam weiter und wechselten sich an dem eigensinnigen Schlitten ab.

Sand ergoß sich in Strömen durch die Straßen der Stadt. Sie traten wie Geister zwischen die Ruinen, und während sie noch gingen, verschwanden bereits ihre Spuren hinter ihnen. Turmspitzen erhoben sich über ihnen, die Umrisse hinter rostroten Staubschleiern nicht ganz auszumachen, außer wenn sie sich vor der Sonne abzeichneten, die die Düsterkeit durchdrang. Und der Wind heulte wie die Stimme eines Dämonen die engen Straßen herab und ließ Sand gegen ihre Visiere prasseln.

Bögen spannten sich von spitzen Türmen zu Zylinderbauten; Zylinder, so breit wie hoch, türmten sich vor der sandverschleierten Sonne auf . . . nirgendwo in Niuns Gedächtnis waren derartige Bauten enthalten. Er blickte sich um und betrachtete sie und fand nichts Vertrautes an ihnen, nichts, das ihm sagte: *hier hat das Volk gelebt.* Furcht senkte sich auf ihn, eine tiefe seelische Depression.

Sie mußten sich eine Zeitlang ausruhen, geschützt im Inneren eines zerbrochenen Turmes, niedergedrückt durch das Heulen des Windes draußen. Duncan hustete, ein flaches und müdes Geräusch, das schließlich aufhörte, nachdem ihn die Mri überredet hatten, etwas von ihrem Wasser zu trinken. Er zog sich einen zweiten Schleier über das Gesicht, der für ihn das tat, was die Götter in ihrer Weisheit für die Mri getan hatten, der ihn davor schützte, den feinen Staub einzuatmen.

Von der Stadt jedoch, von dem, was sie sahen, sprach keiner von ihnen. Sie ruhten sich aus und gingen danach wieder in den Sturm hinaus. Duncan übernahm den Schlitten, der abwechselnd durch Sand zischte und über Stein scharrte. Obwohl er eine Last war, wollten sie nicht auf das verzichten, was er trug, als sich die Frage erhob.

Melein führte sie in Richtung auf das Stadtzentrum, in die Richtung, die Niun auch gewählt hätte: zum Herzen des Straßenlabyrinthes, denn die geheiligten Orte, die Schreine, befanden sich stets im Zentrum, und immer zur Rechten des Zentrums erhob sich der *E'ed su-shepani,* der angebaute Turm der She'pan. In jedem Mri-Bauwerk in der gesamten Schöpfung kannte ein Mri seinen Weg: so war es in der Zeit der Städte sicherlich auch gewesen.

Die Dusei verschwanden erneut. Niun sah sich um, und sie waren weg, obwohl er ihre Berührung noch spürte. Duncan wandte ein blindes, schwarz maskiertes Gesicht in dieselbe Richtung, blickte dann wieder in die Richtung, in die Melein ging, und warf sein Gewicht in die Seile. Das Kreischen der Kufen auf nacktem Stein übertönte einen Moment lang das Heulen des Windes, verklang, als sie wieder auf Sand gingen.

Und die Türme standen hier weniger dicht, und sie traten auf einen großen Platz.

Dort stand das Edun, das Haus, das sie gesucht hatten ... schräge Wände, vier Türme mit einem gemeinsamen Fundament: das Haus, das sie aus Erde errichtet gekannt hatten, gedrungen und unfertig. Dieses jedoch bestand aus safrangelbem Stein, verhüllt durch die Sandschleier, und Bögen verliefen zu den oberen Gebäudeteilen, eine ehrfurchtgebietende Masse, die

Niuns gesamte Erinnerungen grob und klein erscheinen ließ ... das Lied, dessen Echo sein Alter war.

»Götter«, hauchte Niun, der jetzt wußte, was das Volk einmal hatte schaffen können.

Hier würde der Schrein sein, wenn es einen gab; hier würde das Herz des Volkes sein, wenn noch etwas davon lebte. »Kommt!« drängte Melein sie.

Mit Mühe begannen sie den Anstieg zu den Toren. Duncan plagte sich mit dem Schlitten ab, und Niun packte das Seil und half ihm. Die Tore waren geöffnet. Meleins weiße Gestalt trat als erste in die Dunkelheit, und Niun ließ Duncan stehen, alarmiert durch ihre Unbesonnenheit.

Das dunkle Innere enthielt keine Bedrohung; es war dort ruhiger, und die Wolken aus Sand und Staub verfolgten sie nicht weit hinein. In diesem fahlen Licht, das durch das Tor hereindrang, faltete Melein den Schleier über ihre Mähne zurück. Niun hob sein Visier und ging zurück, um Duncan zu helfen, der den Eingang erreicht hatte. Die Schlittenkufen kreischten kurz, als sie das Gefährt hineinzogen. Das Geräusch hallte von den im Schatten liegenden Wänden und der gewölbten Decke wider.

»Hütet eure Augen!« sagte Melein.

Niun drehte sich um und sah sie nach einer Schalttafel am Eingang langen. Licht flammte auf, kalt und plötzlich. Die Membran reagierte augenblicklich, und selbst durch ihren Schleier hindurch erkannte Niun schwarzes Netzwerk, das an den Wänden rings um sie aufragte. Eine Schrift, ähnlich und doch unähnlich der, die Melein angefertigt hatte – steif, eckig und mächtig. Selbst von Meleins Lippen löste sich ein Ausruf, Ehrfurcht über das, was sie bloßgelegt hatte.

»Die Böden sind sauber«, merkte Duncan mit verfremdeter Stimme an, wischte sich Tränen aus dem staubigen Gesicht und hinterließ Schmutzstreifen darin. Niun sah die Korridore hinab, die sich strahlenförmig von der Halle aus erstreckten und stellte fest, daß nur bis zum Rand dieses Raumes Staub lag; dahinter war der Boden sauber und glänzend. Ein Kribbeln machte sich in Niuns Nacken bemerkbar, wie ein Dus-Sinn. Dieser Ort hätte ihn mit Hoffnung erfüllen sollen. Es war eher eine Auffassung, das Bewußtsein, in dieser Halle fremd zu sein. Er fragte sich, wo die Dusei waren, warum sie weggegangen waren, und er wünschte sich, die Tiere jetzt bei sich zu haben.

»Kommt!« sagte Melein. Sie sagte es in gedämpftem Tonfall,

und doch löste ihre Stimme immer noch Echos aus. »Bringt das Pan'en! Ihr müßt es tragen.«

Sie hoben es vom Schlitten, und Niun legte es vorsichtig in Duncans Arme. Es war eine Last, die zu tragen eine Ehre für ihn gewesen wäre, aber er dachte, daß es ihm zufiel, es zu verteidigen, und das konnte er nicht machen, wenn er es in den Armen hielt. »Kannst du es tragen, Sov-kela?« erkundigte er sich, denn das Ovoid war schwer und seltsam ausbalanciert, und Duncan atmete hörbar. Er neigte jedoch den Kopf nach Art der Mri, versicherte, es zu schaffen, und sie folgten Melein mit leisen Schritten in die erleuchteten und glänzenden Korridore.

Der Schrein des Hauses mußte zwischen den Anbauten des Kel und des Sen liegen. Das Kel, die Wächter der Tür, Das-Gesicht – das-nach-außen-gewandt-ist, kam immer zuerst; dann der Schrein, das Heilige; und dann der Anbau des Sen, der Turm für den Geist des Volkes, Das-Gesicht – das-nach-innen-gewandt-ist, das Unverschleierte. Solch einen Schrein gab es in der Tat, einen kleinen und schattigen Raum, in dem die Lampen kalt waren und das Glas der Gefäße vor Alter trübe geworden war.

»Ai«, seufzte Melein und faßte an die korrodierte Bronze des Pana-Schirms. Niun wandte die Augen ab, denn er sah dahinter nur Dunkelheit, und nichts, das im Heiligen verblieben war.

Sie zogen sich rasch von diesem Ort zurück und sammelten Duncan wieder auf, der aus Scheu vor dem Eintreten an der Tür gewartet hatte. Und Niun dachte, daß er Duncans besorgten Blick verstand: gäbe es hier noch Angehörige des Volkes, dann hätte der Schrein des Hauses Feuer enthalten. Niun faßte im Gehen an die kalte Oberfläche des Pan'en, eine Bekräftigung und Reinigung nach der Verlassenheit des Schreins.

Und doch waren da die Lampen mit ihrem kalten, klaren Licht; und überall makellose Fliesen, wo doch überall draußen dicker Staub lag. Dieser Ort lebte. Er bezog aus irgendeiner Quelle Energie. Melein blieb an einer weiteren Schalttafel stehen, und auch in anderen Korridoren ging das Licht an, in der Tiefe des Sen-Turmes und weiter rechts in dem, was einmal der Turm einer seit langem toten She'pan gewesen war.

Und am bittersten von allem war der Zugang zum Kath-Turm, der sie mit seiner Leere verspottete.

»Es könnte Verteidigungsanlagen geben«, meinte Duncan.

»Das trifft zu«, sagte Melein.

Dann jedoch drehte sie sich um und begann, den Aufgang

zum Sen-Turm hinaufzusteigen, wohin ihr Kel'ein nicht folgen durften. Niun stand hilflos und ängstlich da, bis sie stehenblieb und ihm auffordernd zunickte, die Erlaubnis zur Übertretung gab.

Duncan folgte ihm schwer atmend mit dem Pan'en; und langsam stiegen sie die sich windende Rampe hinauf, kamen dabei an klobigen Markierungen vorbei, die den Zeichen des alten Edun ähnelten, jedoch seltsam und von maschineller Präzision waren.

Mehr Lichter: sie durchquerten den endgültigen Zugang zur Sen-Halle und traten hinter Melein in einen gewaltigen Raum, in dem ihre Schritte widerhallten. Er war kahl. Es gab keine Teppiche und keine Polster, nichts außer einem verrosteten Eßgeschirr aus Messing, das auf einem safrangelben Steinsockel stand. Es sah so aus, als würde es eine einzige Berührung zerstören.

Die Korrosion hatte Abfall aus ihm gemacht.

Es gab jedoch keine Spur von Staub, nichts, außer auf diesem Sockel, wo er so dicht lag, wie man es nach einer so langen Zeit auch erwarten würde.

Melein ging weiter, durch andere Eingänge in einen Bereich, der ihr, die sechs Jahre lang Sen'e'en gewesen war, sicherlich vertraut war; und erneut blieb sie stehen und befahl den Männern, bei ihr zu bleiben und Dinge zu sehen, die dem Kel auf ewig verboten gewesen waren. Vielleicht, dachte Niun traurig, spielte das alles keine Rolle mehr.

Lichter flammten unter ihrer Hand auf. Maschinen lagen vor ihnen, ein gewaltiger Raum voller Maschinen – hintereinander gestaffelt: er ähnelte dem Schrein von Sil-athen, war jedoch weit größer. Niun zögerte ehrfürchtig, blieb ungebeten hinter Meleins Rücken. Sie verbot es ihm nicht, und Duncan folgte.

Computer und Monitorbänke: er verglich Teile dieser Ansammlung mit den Kontrollpulten des Schiffes, andere konnte er überhaupt nicht identifizieren. Die Wände waren völlig weiß. Fünf Symbole prangten über dem Zentrum der Instrumentenbänke, so groß, daß sie nur die ausgebreiteten Arme eines Mannes messen konnten. Sie waren aus glänzendem und korrosionsfestem Metall geformt, wie das Material des Pan'en, das sie bei sich trugen.

»*An-ehon*«, sagte Melein laut, und der Klang ihrer Stimme tönte wie ein Donnerschlag in das lange Schweigen.

Flackernd erwachten die Maschinen zum Leben, mit einer Plötzlichkeit, die Niun ungewollt zusammenzucken ließ, und er hörte den Ansatz eines Aufschreies von Duncan, der jedoch sofort erstickt wurde. Der Mensch kniete neben ihm nieder, um das Pan'en abzusetzen, und stand wieder auf, die Hand an der Pistole.

»Ich empfange«, sagte eine tiefe und seelenlose Stimme. »Fahre fort!«

Melein hatte die Stimme beim Namen der Stadt gerufen. Niuns Haut kribbelte, zuerst wegen der Erkenntnis, daß er ein Symbol gesehen und es verbotenerweise ausgesprochen gehört hatte ... und dann, weil eine solche Schöpfung ihnen antwortete. Er sah, wie selbst Melein einen Schritt zurückwich, die Hand auf dem Herzen.

»An-ehon«, redete sie die Maschine an, und selbst der Boden schien im Rhythmus mit dem dröhnenden Flackern der Lichter zu pulsieren. Es war tatsächlich die Stadt, die zu ihnen sprach, und sie hatte das Hal'ari benutzt, die Hohe Sprache, die unverändert durch alle Zeitalter der Mri hindurch weitergegeben worden war. »An-ehon, wo ist dein Volk?«

Ein helleres Lichterflackern lief an den Bänken entlang.

»Unbekannt«, verkündete die Maschine dann.

Melein holte tief Atem – stand reglos für mehrere Momente, in denen sich Niun nicht zu bewegen wagte. »An-ehon«, sagte sie dann, »wir sind dein Volk. Wir sind heimgekehrt. Wir sind Abkömmlinge des Volkes von An-ehon und von Zohain und Tho'ei'i-shai und Le'a'haen. Kennst du diese Namen?«

Wieder zeigte ein Flackern von Lichtern und Klängen äußerste Erregung in der Maschine an. Niun trat einen Schritt vor und streckte zur Vorsicht mahnend eine Hand zu Melein aus, aber sie stand fest und schenkte ihm keine Beachtung. Bis in die entferntesten Bereiche der Halle hinein erwachte Bank auf Bank zum Leben; Sektion auf Sektion leuchtete selbsttätig auf.

»Wir sind hier«, sagte eine andere Stimme. »Ich bin Zohain.«

»Nenne deinen Namen, Besucher!« sagte An-ehons tiefere Stimme. »Bitte nennt eure Namen! Ich sehe jemanden, der nicht vom Volk ist. Bitte belegt eure Autorisierung, uns anzusprechen, Besucher!«

»Ich bin Melein s'Intel Zain-Abrin, She'pan des Volkes, das von Kutath hinausging.«

Die Lichter pulsierten in zunehmendem Einklang. »Ich bin An-ehon. Ich gehorche den Befehlen der She'pan des Volkes. Zohain und Tho'e'i-shai und Le'a'haen sprechen jetzt durch mich.

Ich nehme andere wahr. Ich erkenne jemandem vom Nicht-Volk.«

»Sie sind mit meiner Erlaubnis hier.«

Die Lichter pulsierten jetzt in völligem Einklang. »Darf An-ehon um Erlaubnis bitten, zu fragen?« begann die Maschine mit der rituellen Höflichkeit von jemandem, der etwas von einer She'pan wissen wollte; und der Ursprung dessen ließ kalte Schauer über Niuns Haut rieseln.

»Frage!«

»Wer ist diese Person des Nicht-Volkes? Sollen wir sie akzeptieren, She'pan?«

»Akzeptiert ihn! Er ist Duncan-ohne-eine-Mutter. Er kommt aus der Dunkelheit. Dieser Mann des Volkes ist Niun s'Intel Zain-Abrin, Kel'anth meines Kel; dieser andere ist ein Schatten-der-an-unserer-Tür-sitzt.«

»Andere Schatten haben die Stadt mit dir betreten.«

»Die Dusei sind ebenfalls Schatten in unserem Haus.«

»Da ist ein Schiff, dem wir erlaubt haben zu landen.«

»Es hat uns gebracht.«

»Es gibt ein Signal, jedoch nicht in der Sprache des Volkes.«

»An-ehon, laß es damit fortfahren!«

»She'pan«, kam die Antwort.

»Gibt es keine Angehörigen des Volkes in deinen Grenzen?«

»Nein.«

»Gibt es überhaupt noch welche?«

»Neu formulieren.«

»Hat sonst irgendjemand vom Volk überlebt, An-ehon?«

»Ja, She'pan, viele leben.«

Die Antwort traf, blieb für mehrere Herzschläge unbegriffen, denn Niun hatte auf ein *nein* gewartet. Ja. Ja, viele, *viele, VIELE!*

»She'pan!« rief Niun aus, und Tränen brannten ihm in den Augen. Und doch bewegte er sich nicht, atmete tief, um seine Schwäche zu überwinden, spürte Duncans Hand auf der Schulter, die ihm anbot, was auch immer den Menschen bewegte, und nach einem Moment wurde er sich dessen bewußt. Freude, dachte er; Duncan freute sich für sie. Das rührte ihn, und gleichzeitig ärgerte ihn die menschliche Berührung. – Mensch.

Bevor er An-ehon sprechen gehört hatte, hatte er keine Abneigung gegen Duncans Menschsein verspürt; bevor er erfahren hatte, daß es noch andere Mri gab, hatte er den Unterschied zwischen sich und Duncan nicht so kraß empfunden.

Scham überkam ihn, daß er mit dem Menschen im Gefolge vor andere des Volkes treten sollte – selbstbezogene Scham, ehrlos und schmerzlich. Vielleicht erkannte Duncan sie sogar. Niun hob den Arm, legte ihn in gleicher Weise auf Duncans Schulter und drückte sie mit den Fingern.

»Sov-kela«, sagte er mit leiser Stimme.

Der Mensch sagte nichts. Vielleicht fand auch er keine Worte.

»An-ehon«, redete Melein die Maschine an, »wo sind sie jetzt?«

Eine Graphik blitzte auf dem Zentralschirm auf; Punkte blitzten.

Zehn, zwanzig Stellen. Der Globus formte sich, drehte sich im Blickfeld, und noch andere Stellen tauchten auf.

»Es gab keine Energiespuren an diesen Stellen«, murmelte Duncan. Niun verstärkte den Druck seiner Hand, mahnte ihn zum Schweigen.

Melein drehte sich zu ihnen um und wies sie mit geöffneten Händen fort. »Geht! Wartet unten!«

Vielleicht war es wegen Duncan; aber es war eher wahrscheinlich, daß jetzt Sen-Angelegenheiten begannen, die das Kel nichts angingen.

Das Volk hatte überlebt.

Melein würde es führen; es fiel Niun plötzlich ein, daß er all das Geschick brauchen würde, das ihn seine Meister gelehrt hatten – daß er als erstes, nachdem das Volk gefunden war, würde töten müssen; und das war bitterer, als das Töten je zuvor für ihn gewesen war.

»Komm!« sagte er zu Duncan. Er beugte sich herab, um das Pan'en selbst in die Arme zu nehmen, vertraute ihre Sicherheit jetzt der Stadt an, die Melein gehorchte.

»Nein«, sagte Melein. »Laß es hier!«

Er gehorchte, führte Duncan hinaus und wieder hinab, wo sie ihre anderen Sachen gelassen hatten; und dort bereiteten sie sich darauf vor, zu warten.

Die Nacht senkte sich auf sie herab. Nichts regte sich im Sen-Turm. Niun saß da und sorgte sich über Meleins langes Schweigen, und Duncan wagte es nicht, ein Gespräch mit ihm anzuknüpfen. Einmal überließ Niun ruhelos dem Menschen das Wachehalten und stieg zur Kel-Halle hinauf. Dort war nur Leere; der Raum war ungeheuer viel größer als die erdwandige Kel-

Halle, die er zuvor gekannt hatte. An die Wände waren Bilder gemalt, Karten, vom Alter verblaßt, und sie zeigten eine Welt, die zu bestehen aufgehört hatte. Der Anblick bedrückte ihn.

Er verließ diesen Ort wieder, fürchtete um Duncan, allein in der Haupthalle, machte sich die gewundene Rampe hinab auf den Weg. Ein zwitscherndes mechanisches Ding stürzte hinter ihm hervor . . . er wirbelte herum und griff zur Pistole, aber es war nur ein Automat, ein Reinigungsgerät, wie es auch die Regul benutzten. Es beantwortete die Frage, was das Gebäude sauberhielt und die Reparaturen durchführte, die die alten Maschinen in Gang hielten.

Er zuckte die Achseln, ein halbes Schaudern, und ging zu Duncan hinunter – überraschte den Menschen, der sich dann wieder zurücklehnte, bekümmert und erleichtert zugleich.

»Ich wünschte, die Dusei kämen zurück«, meinte Duncan.

»Ja«, stimmte Niun zu. Ohne die Tiere waren sie eingeschränkt. Sie wagten es nicht, die äußere Tür unbewacht zu lassen. Er blickte in diese Richtung, in der nur die Nacht wartete, und fing dann an, ihre Bündel zu durchsuchen. »Ich möchte der She'pan etwas zu essen hinaufbringen. Ich denke nicht, daß wir heute nacht weitergehen. Und achte darauf, es treiben sich hier einige kleine Maschinen herum! Ich halte sie für harmlos. Beschädige keine!«

»Mir fällt ein«, sagte Duncan ruhig, »daß An-ehon gefährlich sein könnte, wenn sie wollte.«

»Das denke ich auch.«

»Sie sagte . . . daß sie dem Schiff *erlaubt* hat zu landen. Das bedeutet, daß sie es hätte verhindern können.«

Niun holte langsam Luft und ließ sie wieder fahren, nahm ein Essenspäckchen und eine Flasche, während Duncans Worte an ihm nagten. Der Mensch hatte es gut gelernt, seine Gedanken nicht auf dem Gesicht zu zeigen; er konnte es nicht mehr mit absoluter Sicherheit lesen. Die Implikationen bestürzten ihn; es war nicht die Landung ihres eigenen Schiffes, an die Duncan dachte.

Andere.

Die Menschen, die kommen würden.

Einen solchen Gedanken teilte Duncan ihm mit.

Er stand auf und ging, ohne zurückzublicken, stieg den Weg zur Sen-Halle hinauf, während Gedanken an Verrat in ihm wühlten; und doch nicht Verrat, wenn Duncan zu Melein stand.

6·81·4

Was war dieser Mensch *wirklich*?

Vorsichtig betrat er die äußere Halle des Sen, rief laut, denn die Tür stand offen; er konnte die Stimme der Maschine hören, die seine Worte vielleicht übertönte.

Aber Melein kam. Ihre Augen waren umschattet und hatten einen benommenen Blick. Ihre Müdigkeit erschreckte ihn.

»Ich habe dir etwas zu essen gebracht«, sagte er.

Sie ergriff das Angebotene mit den Händen. »Danke«, sagte sie und wandte sich ab, ging langsam in jenen Raum zurück. Er zögerte und sah, was er nicht sehen sollte, das offene und mit goldenen Blättern gefüllte Pan'en . . . sah, wie pulsierende Lichter Melein willkommen hießen, sterbliches Fleisch, das sich mit Maschinen unterhielt, die Städte waren. Sie stand dort, und Licht übergoß ihre weißgewandete Gestalt, bis sie blauweiß wie ein Stern flackerte. Das Essenspäckchen entfiel ihrer losen Hand und rollte über den Boden. Die Flasche entglitt ihrer anderen Hand und schlug auf dem Boden auf, ohne ein Geräusch zu machen. Sie schien es nicht zu bemerken.

»Melein!« schrie Niun und stürzte vor.

Sie drehte sich um, streckte die Hände aus, verbot es ihm, Panik auf ihrem Gesicht. Blaues Licht brach durch sein Blickfeld; er warf sich zurück, krachte gegen die Tür, halb benommen.

Stimmen hallten, und eine davon war die Meleins. Er rappelte sich auf ein Knie auf, als sie nach ihm langte und ihn anfaßte. Er kam wieder auf die Füße, obwohl sein Herz immer noch unter dem Schock hämmerte, der durch ihn hindurchgefahren war.

»Alles in Ordnung mit ihm?« fragte An-ehons Stimme. »Alles in Ordnung?«

»Ja«, sagte Melein.

»Komm weg von hier!« drängte Niun sie. »Komm mit! Verlaß dieses Ding, zumindest bis zum Morgen! Was ist Zeit für diese Maschine? Komm weg von ihr und ruh dich aus!«

»Ich werde hier essen und schlafen«, sagte sie. Ihre Hände liebkosten seinen Arm, ließen los, als sie von ihm zurücktrat und sich in den Raum mit der Maschine zurückzog. »Versuche nicht, hereinzukommen!«

»Ich fürchte dieses Ding.«

»Es soll gefürchtet werden«, nahm sie sich Zeit zu sagen, und ihre Augen drückten eine unbeschreibliche Müdigkeit aus. »Wir sind nicht allein. Wir sind nicht allein, Niun. Wir werden das Volk finden. Achte auf dich selbst, Kel'en der She'pan!«

»Wo werden wir sie finden und wann, She'pan? Weiß es die Maschine?«

»Es hat Kriege gegeben; das Volk ist zusammengeschmolzen, und Mri haben gegeneinander gekämpft. Die Meere sind ausgetrocknet; auf der Suche nach Wasser wurden die Städte verlassen. Nur Maschinen sind hier geblieben: An-ehon sagt, daß sie She'panei lehrt, wenn sie herkommen, um von ihr zu lernen. Geh hinaus! Ich weiß noch nicht alles. Und ich muß. Die Maschine lernt auch von mir; sie wird das Wissen mit allen Städten des Volkes teilen und vielleicht auch mit der Einen, die sie die Lebende Stadt nennt. Ich weiß es nicht, ich begreife noch nicht, welches die Verbindung zwischen den Städten ist. Aber ich habe An-ehon in der Hand. Sie hört auf mich, und durch sie werde ich Kutath in die Hand bekommen.«

»Ich bin die Hand der She'pan«, sagte er, betäubt durch die Tollkühnheit ihrer Vision.

»Schau nach Duncan!«

»Ja«, sagte er, folgte ihrer Geste der Entlassung und ging. spürte in seinen Knochen noch den Schmerz, den die Waffe der Maschine hinterlassen hatte. Auch war er immer noch benommen, und vieles von dem, was Melein gesagt hatte, wanderte durch sein Bewußtsein, ohne daß er es hätte halten können . . . er begriff nur, daß Melein vorhatte zu kämpfen und sie ihn demzufolge brauchen würde.

A'ani. Herausforderung. She'panei teilten nicht. Die She'pan überlebte, der der geschickteste Kel'en diente.

Melein bereitete sich vor.

Schweigend kehrte er in die untere Halle zurück, kauerte sich in einer Ecke zusammen und massierte sich die schmerzenden Arme, dachte besorgt daran, daß es zum Töten kommen würde.

»Geht es ihr gut?« drang Duncan unwillkommen in sein Schweigen ein.

»Sie will dort nicht weg. Sie spricht mit ihr, mit *ihnen.* Sie spricht von Kriegen, Kel Duncan.«

»Ist das ungewöhnlich für das Volk?«

Niun betrachtete ihn, wollte wütend sein und erkannte, daß es nur um die falschen Worte ging. »Kriege. Mri-Kriege. Kriege ohne Fernwaffen.« Er griff zu dem verbotenen Mu'ara, und daraufhin schien Duncan ihn zu verstehen und schwieg sofort wieder.

»Ich wünschte, die Dusei kämen«, erklärte Niun plötzlich,

zwang seine Gedanken weg von den eben besprochenen Aussichten; und in seiner Ruhelosigkeit ging er zum Tor und wagte es, die Tiere zu rufen, stieß diesen rhythmischen Ruf aus, der manchmal – aber nur manchmal – die Tiere herbeilockte.

Diesmal klappte es nicht. In dieser Nacht gab es keine Antwort, und in der nächsten auch nicht.

Aber in der dritten, als Melein immer noch im Sen-Turm war und sich die beiden Männer unten in ihrer Isolation quälten, ertönte ein vertrautes Schnaufen und Klauenklappern auf den äußeren Stufen, und es erfolgte der eigentümliche Druck auf die Sinne, der die Dusei ankündigte.

Es war die erste Nacht, in der sie beide wagten, tief zu schlafen, in der Wärme ihrer Tiere und sich dessen sicher, daß sie gewarnt würden, sofern eine Gefahr auftrat.

Es war Melein, die kam; mit einem Händeklatschen schreckte sie sowohl die Männer als auch die Tiere auf, die entsetzt darüber waren, daß jemand sie im Schlaf überrascht hatte, auch wenn es einer der ihren war.

»Kommt!« sagte sie und fügte hinzu, sobald beide auf den Füßen standen und bereit waren, ihren Befehlen zu folgen: »Das Volk ist nahe. An-ehon hat ein Signalfeuer für sie angezündet. Sie kommen.«

20

Der Sturm der vergangenen Tage hatte Sandaufhäufungen in der Stadt hinterlassen, hohe Dünen, deren Formen in dem Licht, das über den Platz zuckte, einen unwirklichen Eindruck machten.

Duncan blickte zurück zu dessen Quelle, ein Signalfeuer von der Spitze des Edun, das unter dem immer noch dunklen Himmel gewaltig blitzte und jeden herbeirief, der in Sichtweite der Stadt sein mochte. Und das Volk würde diesem Ruf folgen.

Sie nahmen nichts mit sich: das Pan'en, der Schlitten, alles was sie besaßen, ließen sie im Edun zurück. Wenn alles gut verlief, würden sie zurückkehren; wenn nicht, würden sie es nicht mehr brauchen. Es gab, vermutete Niun, obwohl er nicht übermäßig über ihre Chancen gesprochen hatte, keine Frage der Flucht, was auch immer geschah.

Die Dusei waren beunruhigt, und das um so mehr, je näher sie den Grenzen der Stadt kamen. Niun scheuchte sie mit einem scharfen Befehl; dies war keine Situation für Dus-Gefühle. Die Tiere verließen sie und verschwanden rasch in der Dunkelheit und den Ruinen.

»Sollte ich nicht auch gehen?« fragte Duncan.

Beide Mri blickten ihn an. »Nein«, sagte Niun. »Nein«, wiederholte Melein. Es schien ihm, als ob das Angebot sie beleidigte.

Und in der Dämmerung tauchte auf einem Dünenkamm gegenüber der Stadt eine schwarze Linie auf.

Kel'ein.

Das-Gesicht – das-nach-außen-gewandt-ist.

»*Shon'ai*«, sagte Niun ruhig. *Shon'ai sa'jiran,* die Wendung ist genommen. Der Wurf ist gemacht – es gab kein Zurück mehr. »She'pan, willst du warten oder kommst du mit?«

»Ich werde mit dir gehen – für den Fall, daß es auf der anderen Seite einen überängstlichen Kel'en gibt. Noch gibt es She'panei. Wir werden sehen, ob das Gesetz noch respektiert wird.«

Und im ersten Licht Na'i'ns kam die schwarze Linie näher, eine einzelne Reihe. Sie drei gingen den anderen entgegen, und keine Worte wurden gesprochen.

Die Reihe hielt an, und zwei Kel'ein lösten sich aus ihr und traten vor.

Melein blieb stehen. »Komm!« sagte Niun zu Duncan.

Sie gingen ohne sie. »Sprich nichts«, sagte Niun, »und bleib an meiner Linken!«

Und kaum in Rufweite blieben die fremden Kel'ein stehen und grüßten sie. Es war Mu'ara, und außer *She'pan* konnte Duncan kein Wort davon verstehen.

»Ist das Hal'ari beim Volk vergessen?« rief Niun zurück.

Die beiden Fremden kamen ein Stück näher und hielten wieder an. Duncan spürte ihre Augen auf ihm, auf dem Teil seines Gesichts, den der Schleier nicht verbarg. Sie wußten, daß etwas nicht stimmte; er spürte das in ihrem zu sehr forschenden Blick.

»Was bringst du da?« wollte der Ältere von Niun wissen, und er sprach Hal'ari. »Was ist das, Kel'en?«

Niun sagte nichts.

Die Augen des Fremden blickten an Niun vorbei und kehrten wieder zu ihm zurück. »Dies ist Sochils Land. Wer immer ihr seid, unterrichtet eure She'pan darüber und erbittet ihre Gnade, fortgehen zu dürfen. Wir wollen diese Begegnung nicht.«

»Ein Schiff ist auf eurem Land niedergegangen«, sagte Niun.

Auf der anderen Seite herrschte Schweigen. Sie wußten vom Schiff und waren beunruhigt. Es bedurfte keiner Dusei, um das in der Luft zu spüren.

»Wir gehören zu Melein s'Intel«, sagte Niun.

»Ich bin Hlil s'Sochil«, sagte der Jüngere und schob die Hand zu einer drohenden Geste hinter den Gürtel. »Und du, Fremder?«

»Ich bin Daithon Niun s'Intel Zain-Abrin, Kel'anth des Kel von Melein.«

Hlil nahm sofort eine entspanntere Haltung ein und vollführte eine kleine Geste des Respektes. Er und sein älterer Gefährte waren in grobes und verblaßtes Schwarz gekleidet, jedoch mit zahlreichen *J'tai* geschmückt, Ehrenzeichen, die in der kalten Sonne glitzerten und blinkten. Und die Waffen, die sie trugen, waren *Yin'ein,* die mitgenommen und abgenutzt aussahen.

»Ich bin Merai s'Elil Kov-Nelan«, sagte der Ältere. »Daithon und Kel'anth des Kel von Edun An-ehon. Was sollen wir unserer She'pan sagen, Kel'anth?«

»Sagt ihr, dies ist eine Herausforderung!«

Für einen Moment herrschte Schweigen. Merais Augen schweiften zu Duncan, besorgt über eine Gegenwart, die nicht hierher gehörte; bekümmert, dachte Duncan, über Fragen, die er stellen würde, wenn er könnte. Sie wußten vom Schiff; und Merais Bernsteinaugen zeigten Begreifen.

Aber auf einmal neigte Merai den Kopf und ging zusammen mit Hlil zurück.

»Sie nehmen in mir etwas wahr, das nicht stimmt«, meinte Duncan.

»Ihre She'pan wird kommen. Die Frage geht jetzt an sie. Steh still und falte die Hände hinter dir! Tu nichts, zu dem du nicht aufgefordert wirst!«

So standen sie, und der Wind ließ ihre Gewänder leicht flattern und blies feine Sandschleier auf. Nach einer Weile durchbrachen Schritte die Stille; Melein gesellte sich zu ihnen.

»Ihr Name ist Sochil«, sagte Niun, ohne sich zu ihr umzublikken. »Wir haben ihren Kel'anth über deine Absichten unterrichtet.«

Sie sagte nichts, sondern wartete.

Und in völligem Schweigen kam das Volk, der Kel'anth an der Spitze, bildeten einen Kreis um sie, Reihe auf Reihe, so daß es keine Rückzugsmöglichkeit mehr gab, hätten sie die Absicht gehabt zu fliehen. Duncan stand wie seine Gefährten reglos wie ein Stein, und desgleichen tat das feindliche Kel, und sie alle drei spürten die auf sich gerichteten Blicke, denn sicherlich gab es auch in Niun und Melein etwas Fremdes: die Feinheit ihrer Kleidung; die *Zahen'ein,* die sie außer den *Yin'ein* trugen; die Andersartigkeit ihrer *Zaidhes,* mit den dunklen Plastikvisieren und der sorgfältigen Faltung, während die der anderen nur eckige und verschlungene Tücher waren, und deren Schleier waren in die Kopftücher verflochten und nicht mit einem Metallband befestigt wie bei Duncan, Niun und Melein. Die Gewändersäume der anderen waren zerfetzt, die Ärmel durchgescheuert. Ihre Waffengriffe bestanden aus Knochen und lackiertem Gewebe, während die Niuns aus Messing und Gold und *Cho*seide-Umhüllungen bestanden. Duncan hielt sogar seine eigenen Waffen für feiner gearbeitet als die dieser Fremden

Niun war eine ehrfurchtgebietende Gestalt unter ihnen: Duncan kannte den Namen nicht, den sich Niun gegeben hatte – *Daithon* glich einem Wort für Sohn und war doch anders; plötzlich jedoch vermutete er, daß der Verwandte einer She'pan dieser vom Rang her nahekam.

Und da war er, Duncan-ohne-eine-Mutter. Er fing an, sich zu fragen, was aus ihm werden würde – und was das für ein Gerede über Herausfordern war. Er verfügte nicht über das Geschick. Er konnte nicht die *Yin'ein* gegen einen dieser anderen ergreifen. Er wußte nicht, was Niun von ihm erwartete.

Tu nichts, zu dem du nicht aufgefordert wirst! Er kannte die Mri gut genug, um Niun wörtlich zu nehmen. Leben standen auf dem Spiel.

Goldene Gewänder tauchten hinter den schwarzen auf. Dort stand das Sen, die Gelehrten des Volkes, und sie kamen unverschleiert, alte und junge, Männer und Frauen, denen zum größten Teil die *Seta'al* fehlten, wenn auch einige sie trugen, die blauen Kel-Narben. Das Sen verteilte sich zwischen den Kel'ein, die Arme gefaltet, und wartete.

Aber als Melein vortrat, verschleierten sich die Sen'ein und wandten sich ab. Und durch ihre Mitte kam eine alte, weißgewandete Frau.

Sochil, die She'pan. Ihre Gewänder waren schwarzgerändert, während die Meleins völlig weiß waren. Sie trug keine *Seta'al,* im Gegensatz zu Melein. Sie kam herbei und blieb stehen, Melein gegenüber.

»Ich bin Sochil, She'pan der Ja'anom-Mri. Du bist hier nicht auf deinem eigenen Gebiet, She'pan.«

»Diese Stadt«, sagte Melein, »ist die Stadt meiner Vorfahren. Sie gehört mir.«

»Geh fort von meinem Land! Geh unbehelligt! Dies ist neutraler Boden. Niemand kann An-ehon beanspruchen. Hier kann es keine Herausforderung geben.«

»Ich bin Melein, She'pan des gesamten Volkes; und ich bin heimgekehrt, Sochil.«

Sochils Lippen bebten. Ihr Gesicht war von Sonne und Wetter gezeichnet. Ihre Augen begutachteten Melein, und das Beben der Lippen blieb. »Du bist wahnsinnig. She'pan des Volkes? Du bist mehr als wahnsinnig. Wieviele von uns willst du töten?«

»Das Volk hat die Welt verlassen; und ich bin die She'pan aller, die sie verlassen haben, und aller, die heimgekehrt sind, und all der Städte, die uns geschickt haben. Ich fordere dich heraus, Sochil!«

Sochils Augen flatterten, als die Membran darüberblinzelte, und sie hob die Hände zu einer abwehrenden Geste. »Verflucht sollst du sein!« schrie sie, und sie verschleierte sich und zog sich zwischen ihre Sen'ein zurück.

»Du bist herausgefordert«, sagte Melein mit lauter Stimme. »Entweder überläßt du mir deine Kinder, She'pan der Ja'anom-Mri, oder ich werde sie mir nehmen.«

Die She'pan zog sich ohne eine Antwort zurück, und ihr Kel bildete eine Mauer, die sie schützte. Niemand bewegte sich, niemand sprach. Schmerz kroch in verspannte Muskeln hinein. Die windzugewandte Körperseite wurde erst kalt, dann taub.

Und dann kam Kel'anth Merai mit zwei Kel'ein, einem Mann und einer Frau.

»She'pan«, sagte Merai und vollzog eine Geste des Respekts vor Melein, »ich bin Kel'anth Merai s'Elil Kov-Nelan. Die She'pan bietet dir zwei Kel'ein an.«

Melein brachte ihre Arme in eine Haltung, die Erschrecken und Verachtung ausdrückte. »Will sie handeln? Dann soll sie mir ihr halbes Volk geben.«

Das Gesicht des Kel'anth verriet nichts, aber die jungen Kel'ein an seiner Seite wirkten entsetzt. »Ich werde es ihr berichten«, sagte der Kel'anth, riß sich von ihnen los und zog sich in die schwarzen Reihen zurück, die Sochil beschützten.

»Sie wird nicht annehmen«, sagte Melein voraus, ein Flüstern zu Niun, das beinahe im Wind verlorenging.

Es wurde eine lange Wartezeit. Endlich machten die Kel'ein Platz, und Sochil kam zurück. Sie war verschleiert und hatte die Hände in die weiten Ärmel ihrer Gewänder gesteckt.

»Geh weg«, sagte sie dann sanft. »Ich bitte dich, geh weg und laß meine Kinder in Frieden! Was hast du mit ihnen zu schaffen?«

»Ich sehe, daß sie hauslos sind, She'pan. Ich will ihnen ein Haus geben.«

Es entstand eine Pause. Schließlich deutete Sochils Arm mit einer umfassenden Bewegung auf das Land. »Ich sehe, daß du machtlos bist, feine She'pan mit den eleganten Gewändern. Ich sehe, daß du kein Land hast, kein Kel, kein Kath, kein Sen. Zwei Keli'ein, sonst nichts. Aber du willst meine Kinder nehmen und ihnen ein Haus geben.«

»Das werde ich.«

»Dies«, sagte Sochil und stach mit dem Finger nach Duncan, »wird dies zum Volk gezählt, wo du gewesen bist? Ist das der Lohn für mein Kel, wenn es deinen Kel'anth besiegt? Was ist dies, das du uns bringst, gekleidet in die Gewänder eines Kel'en? Laß uns sein Gesicht sehen!«

Niuns Hand fuhr warnend zum Gürtel.

»Du entwürdigst dich selbst«, sagte Melein. »Und all das ist gegenstandslos, She'pan. Ich habe dir gesagt, was ich will und was ich tun werde. Ich werde deinem Volk ein Haus geben, entweder dem ganzen oder dem halben, das liegt bei dir. Und ich werde ausziehen und Clan auf Clan übernehmen, bis ich alle habe. Ich bin die She'pan des Volkes, und ich werde deine Kinder bekommen, die Hälfte jetzt, später alle. Aber wenn du mir die Hälfte überläßt, werde ich sie nehmen und die Herausforderung zurückziehen.«

»Das geht nicht. In den Städten der Hochebenen gibt es kein Wasser. Fremde She'pan, du bist wahnsinnig. Du begreifst nicht. Wir können nichts aufbauen; wir können nicht den Weg der Elee beschreiten. Wir sind dem Land genug, und es ist uns genug. Du wirst uns töten.«

»Frag An-ehon, die dein Lehrer war, Sochil, und lerne, daß es möglich ist.«

»Du träumst. Tochter meiner Vorfahren, du träumst.«

»Nein«, sagte Melein. »Mutter der Ja'anom, du bist ein schlechter Traum, den dein Volk träumt, und ich werde deinen Kindern ein Haus geben.«

»Du wirst sie töten. Ich werde sie dir nicht überlassen.«

»Willst du teilen, She'pan, oder willst du herausfordern?«

Tränen standen in Sochils Augen, die herabliefen und ihren Schleier durchfeuchteten. Sie blickte ängstlich auf Niun, dann wieder auf Melein. »Er ist sehr jung. Ihr seid beide sehr jung und in seltsamer Gesellschaft. Die Götter wissen, daß du nicht weißt, was du tust. Wie könnte ich meine Kinder teilen? – She'pan, sie fürchten sich vor dir.«

»Antworte!«

Sochils Kopf fuhr zurück. Ihre glitzernden Augen blinzelten und vergossen Tränen, und sie wandte sich um und schritt davon.

Ihr Volk stand schweigend da. Sie hätten etwas tun können, dachte Duncan, hätten ihr ihre Unterstützung zeigen können. Aber Melein würde sie beanspruchen, und sie würden nur dann Sochils Volk bleiben, wenn diese die Herausforderung erwiderte.

Sochil blieb zwischen den Reihen ihres Kel stehen und drehte sich plötzlich um. *»A'ani!«* schrie sie. Das war die Herausforderung.

Melein wandte sich Niun zu, und bedächtig legte er den Gürtel mit den *Zahen'ein* ab und überreichte Duncan die modernen Waffen. Dann verbeugte er sich vor Melein, drehte sich um und trat vor.

Desgleichen tat Merai s'Elil.

7813

Duncan stand still, spürte das Gewicht des Gürtels in den Händen. Melein faßte ihn am Ärmel. »Kel Duncan, du verstehst ... du darfst dich nicht einmischen!«

Und sie verschleierte sich und verschwand zwischen den feindlichen Kel'ein, und Sochil folgte ihr. Hinter ihnen formte sich der Wall der Kel'ein von neuem.

Es herrschte Schweigen, abgesehen vom unablässigen Pfeifen des Windes.

In der Mitte des Kreises nahmen Niun und Merai ihre Positionen ein, standen einander in anderthalbfacher Fechtdistanz gegenüber. Jeder hob eine Handvoll Sand hoch und warf sie in den Wind.

Dann fuhren die *Av'ein-kel,* die großen Schwerter, flüsternd aus den Scheiden.

Ein Schlagabtausch, wobei sie die Postitionen wechselten; die Klingen blitzten und klangen leicht gegeneinander, standen still. Ein zweiter Schlagabtausch, und Kel Merai hielt inne, schien einfach zu vergessen, wo er war – und stürzte. Die Klinge schien ihn gar nicht berührt zu haben.

Aber etwas Dunkles breitete sich unter ihm auf dem Sand aus.

Niun beugte sich hinab und hob mit den Fingern Sand auf, schmierte ihn sich auf die Stirn ... fing an, mit einer zweiten Handvoll Sand seine Klinge zu reinigen, als gäbe es sonst auf der Welt nichts anderes, als gäbe es um ihn keinen Zuschauerkreis von Fremden.

Dann straffte er sich, steckte das *Av'kel* in die Scheide, stand reglos.

Eine Zeitlang war nur das Flattern der Gewänder im Wind zu hören. Dann erhob sich ein Wehklagen vom Volk hinter den Reihen des Kel.

Duncan stand reglos und verloren; er sah und hörte zu, beobachtete das sich Verschieben der Reihen – und Niun verließ ihn. Er war in dem Durcheinander vergessen.

Männer trugen den toten Kel'anth ruhig fort, auf die Wüste zu. Kurz darauf kamen Kel'ein mit einem weiß umhüllten Bündel, und das erschütterte Duncans Vertrauen: Sochil, dachte er in der Hoffnung, sich nicht zu täuschen. Wie sie gestorben war, durch wessen Hand, das zu wissen hatte er keine Möglichkeit. Viele Kel'ein begleiteten diesen Leichnam. Andere stellten schwarze Zelte auf, errichteten ein Lager.

Die fahle Sonne versank, und der Wind wurde kalt; Duncan

stand in der Dämmerung am Rand des Lagers und beobachtete die Rückkehr der Begräbnisgruppen ... setzte sich schließlich auf den Boden, denn die Beine wurden ihm taub und er hatte nicht mehr die Kraft, in der Kälte und dem Wind zu stehen.

Ein Schnaufen ertönte in seiner Nähe – sie waren leichtfüßig, die Dusei, wenn sie Wert darauf legten. Er spürte sie, und sie kamen und schnupperten an ihm, erkannten ihn. Eines wagte sich fort, und er rief es zurück, Niuns Dus. Es kam und ließ sich unbehaglich neben ihm nieder. Er freute sich darüber, daß sie da waren, fühlte sich bei ihnen weniger einsam und hatte weniger Angst.

Und nach Einbruch der Dunkelheit sah er einen hochgewachsenen Schatten aus dem Lager kommen, sah das Schimmern des Mondlichtes auf bronzenen Waffengriffen und dem Visier des *Zaidhe,* und erkannte Niun sogar auf große Entfernung.

Er stand auf. Niun winkte ihm zu kommen, und die Dusei trotteten hinter ihm her.

Es gab keine Erklärungen, nichts. Die Dusei fingen Niuns Stimmung auf, die immer noch angespannt war. Sie gingen mit den Tieren in die Mitte des seltsamen Lagers und in das größte Zelt.

Schwarze Gewänder füllten es aus, Köpfe und Körper gleichermaßen von Kel-Tuch umhüllt, verschleiert und ausdruckslos. Auf einer Seite des Innenraumes gab es eine kleine Ansammlung der ältesten Goldgewandeten, die unverschleiert waren, und eine alte Blaugewandete – die Kath'anth, Älteste des Kath, vermutete Duncan plötzlich.

Und die weiße, unverschleierte Gestalt auf dem Stuhl am Ende des Zeltes, das war Melein.

Goldene Haut, goldene und membrangeschützte Augen – alle glichen sie einander, und nur die Tiere und er selbst waren hier fremd. Duncan folgte Niun und den Tieren durch den Gang zwischen den Sitzreihen zu Melein, und sein Herz kopfte in verlorener, vergessener Angst, denn die Dusei nahmen die herrschende Anspannung in sich auf und warfen sie auf ihn zurück, und er verkniff es sich, sie zum Zorn anschwellen zu lassen. Dies waren keine Feinde, zumindest im Augenblick nicht.

Und auch nicht seine Freunde.

Die Dusei gingen bis zu Melein, bevor sie sich umwandten, während Niun neben ihr seinen Platz einnahm und Duncan die beschattete Stelle hinter ihr aufsuchte. Die Tiere fingen an, auf und ab zu gehen, auf und ab, beäugten die Menge mit kaum gezügelter Feindseligkeit.

»Yai!« verbot Niun es ihnen. Das kleinere hob sich halb auf die Hinterbeine und sank langsam wieder herab, kein Spiel diesmal. Die Versammlung wich nicht, aber intensive Wellen der Furcht beherrschten sie. Die Dusei schnaubten, kehrten um und ließen sich zwischen Niun und Duncan nieder.

Hlil s'Sochil erhob sich aus der vordersten Reihe des Kel und entschleierte sich. Andere folgten seinem Beispiel. Hlil kam und brachte eine Handvoll kleiner goldener Gegenstände, bot sie Niun an, und dieser entschleierte sich und nahm sie mit einer Verbeugung entgegen. Daraufhin lockerte sich die Stimmung der Menge.

J'tai. Ehrenmedaillen – die von Merai. Duncan lauschte, sah zu, wie zwei Kel'e'ein kamen, eine bejahrte Frau und eine jüngere: beiden gab Niun je ein *J'tal* – sie waren Verwandte Merais, stolz und grimmig. Sie berührten Niuns Hände, verneigten sich und gingen, ließen sich wieder zwischen ihren Kameraden nieder.

Weitere Schleier wurden abgelegt, bis schließlich das gesamte Kel die Gesichter dem Blick der Mutter aussetzte, die sie genommen hatte.

Duncan behielt seinen an, schämte sich seiner Fremdheit in dieser Gemeinschaft, haßte seine Scham gleichzeitig.

Kel'ein kam, neun von ihnen, alte und junge, um Meleins Hand sich an die Stirn zu pressen und ihre Namen zu nennen. Sie bezeichneten sich als Ehemänner Sochils.

»Ich nehme euch an«, sagte Melein, nachdem alle die rituelle Begrüßung vollzogen hatten. Und dann stand sie auf und faßte Niun am Arm. »Er ist von einer Geburt mit mir, und er ist der Kel'en der She'pan und der Kel'anth ihres Kel. Will ihn jemand herausfordern?«

Köpfe senkten sich – es gab keine Herausforderung.

Und zu Duncans Entsetzen faßte ihn Melein an der Hand und führte ihn nach vorne.

»Niemand ist verschleiert«, flüsterte sie.

Er ließ den Schleier fallen, und nicht einmal die Disziplin des Kel konnte die erschreckten Blicke verhindern.

»Dies ist Kel Duncan, Duncan-ohne-eine-Mutter. Er ist ein Freund des Volkes. So lautet mein Wort. Niemand wird ihn anrühren.

Wieder senkten sich die Köpfe, diesmal weniger bereitwillig. Entlassen zog sich Duncan wieder in den Schatten zurück und stellte sich neben die Dusei. Herausforderung: wenn es eine geben sollte, mußte Niun sie erwidern, würde Niun darauf antworten. Duncan war nicht fähig, sich unter Mri um seine eigene Verteidigung zu kümmern, Duncan-ohne-eine-Mutter, der Mann ohne Ursprung.

»Und hört mir jetzt zu«, sagte Melein sanft und setzte sich wieder auf den Stuhl, das einzige Möbelstück im Zelt. »Hört mir zu, und ich werde eine Dunkelheit dem Verständnis meiner Gefährten öffnen! Sagt mir, woran ihr euch erinnert! Dies sind die Dinge, die ich weiß:

Daß diese Welt die Mri hervorgebracht hat und die Elee und Surai und Kalath; und während die Jahre verstrichen, nahmen die Elee die Surai und Kalath in sich auf, und die Mri lebten im Schatten der Elee . . .

Seitdem An-ehon besteht, teilten sich Elee und Mri dieselben Städte . . .

Die Elee errichteten und die Mri verteidigten . . .

Die Sonne starb, und der Wohlstand schwand, und die Schiffe verließen die Welt. Sie waren langsam, diese Schiffe, aber mit ihnen nahmen die Mri Welten ein. Dort gab es Wohlstand . . .

Und Krieg. *Zahen'ein*-Kriege. Kriege von Fremden.«

»Das stimmt«, sagte das Sen, und das Kel und die Kath'anth murmelten erstaunt.

»Wir hätten das Volk von Kutath zu Meistern gemacht. Die Elee wiesen uns zurück. Einige Mri wiesen uns zurück. Wir führten den Krieg weiter. Ob wir gewonnen oder verloren haben, weiß ich nicht. Einige von uns blieben und einige von uns verließen diese Welt. Langsame Schiffe und langsame Zeitalter. Manchmal kämpften wir. Achtzigmal und öfter traten wir in den Dienst von Fremden. Was wir auf unserem Heimweg gesehen haben: Die Spur des Volkes, das hinausging, Ja'anom, ist Verwüstung.

Wir sind heimgekehrt. Wir glaubten, die letzten zu sein, und wir sind es nicht. Dreiundachtzig Dunkelheiten. Dreiundachtzig. Wir sind die einzigen Überlebenden von all den Millionen, die hinausgingen.«

»Ai«, murmelte das Volk, und in den Augen spiegelte sich der Kampf ums Begreifen.

Der älteste Sen'en erhob sich daraufhin, ein vom Alter gebeugter Mann. »Wir haben Dunkelheiten gekannt. Die, in die ihr hinausgingt, war eine davon. Die, in der wir blieben, war eine andere. Tsi-mri kamen. Wir fielen ihnen nicht anheim, und sie kehrten nicht zurück. Dann waren wir stark, aber die Kraft schwand. Kein Tsi-mri kam jemals wieder. Und die Städte starben, und in den letzten Jahren kämpften sogar die Elee gegeneinander. Es war ein Krieg der Lastenträger, und ein verheerender Krieg. Wir hatten dann eine She'pan, die Gar'ai hieß. Sie führte uns hinaus in die Berge, wo die Elee nicht leben konnten. Selbst damals leugneten einige vom Volk ihre Sicht und wollten nicht mitkommen, und sie blieben in den Elee-Städten und starben, kämpften für Lastenträger. Jetzt sind die Elee im Schwinden begriffen, während wir stark sind. Das ist so, weil wir nicht festgehalten werden können. Wir sind der Wind des Landes, She'pan; wir gehen und wir kommen, und das Land genügt uns. Wir bitten dich, führe uns nicht zurück. Es gibt nicht genug Wasser für die Städte. Das Land will es nicht so haben. Wir werden untergehen, wenn wir es verlassen.«

Melein schwieg für eine geraume Weile, ließ dann den Blick über die Versammlung schweifen. »Wir kommen aus einem Land wie diesem. Wir falten nicht unsere Hände und warten auf den Tod. Das entspricht nicht dem, was die She'pan meiner Geburt mich lehrte.«

Die Worte trafen wie ein Schlag. Kel'ein richteten sich auf, der Sen'anth sah verwirrt aus, und die Kath'anth rang ihre Hände.

»Tsi'mri folgen uns«, sagte Melein. »Sie sind bewaffnet.«

Die Dusei sprangen auf. Duncan beugte sich zu ihnen herab und schlang die Arme um sie, flüsterte ihnen etwas zu.

»Was hast du uns gebracht?« schrie der Sen'anth.

»Etwas, dem wir uns stellen müssen«, entgegnete Melein hart, und Körper gefroren in den Haltungen, die sie eingenommen hatten. »Wir sind Mri! Wir wurden angegriffen und herausgefordert, und will dieses Überbleibsel leugnen, daß auch ihr Mri seid und daß ich die She'pan dieses Edun bin und des ganzen Volkes?«

»Kel'anth«, hauchte ein alter Kel'en, »bitte um Erlaubnis zu fragen . . . wer und wann und mit welchen Waffen?«

»Ich gebe die Antwort«, sagte Niun. »Das Volk hat eine weitere Chance. Neues Leben. *Leben* durchquert diese Wüste aus toten Welten zu uns. Es folgt uns auf der Spur, und es kann ergriffen werden!«

Duncan hörte es und klammerte die Fäuste um so fester in die lose Haut der Dusei, zitterte beinahe in der Fieberwärme des Zeltes. Sie hatten ihn vergessen. Ihre Augen waren auf Niun gerichtet, auf den fremden Kel'anth, auf eine She'pan, die ihnen Versprechungen machte und sie bedrohte.

Hoffnung.

Sie glitzerte in den goldenen Augen des schwarzgewandeten Kel, wagte sich schüchtern in die berechnenden Gesichter des Sen. Nur die alte Kath'en sah ängstlich aus.

»An-ehon hat mir berichtet«, sagte Melein. »Und ich habe in An-ehon und all die mit ihr verbundenen Städte die Summe all dessen gegossen, was das Volk auf seinen Wanderungen erfahren hat. Wir sind bewaffnet, meine Kinder. Wir sind bewaffnet. Wir waren die letzten, mein Kel-anth und ich. Jetzt nicht mehr. Jetzt nicht mehr. Ein letztesmal geht das Kel hinaus, und diesmal nicht, um sich zu verdingen. Diesmal nehmen wir keine Bezahlung. Diesmal ziehen wir für uns selbst hinaus.«

»Ai-e!« schrie jemand vom Kel, ein Ruf, der die anderen mitriß und Duncans Herz zusammenkrampfte. Dus-Gefühle überspülten ihn, verwirrt, drohten um seinetwillen, regten sich um Niuns willen.

Mit einem betäubenden Schrei sprangen die Kel'ein auf die Füße, und die Sen'ein verschränkten ihre Arme und standen ebenfalls auf, unbeugsame Augen leuchteten berechnend. Und als letzte erhob sich die Kath'anth, und Tränen strömten ihr übers Gesicht.

Tränen um die Kinder, dachte Duncan, und auch er verspürte einen Kloß in der Kehle.

»Brecht die Zelte ab!« rief Melein. »Wir werden uns eine Zeitlang in der Stadt ausruhen; das zurückholen, was wir dort gelassen haben; uns gegenseitig Fragen stellen. Brecht die Zelte ab!«

Das Zelt begann sich rasch zu leeren; es erhoben sich Rufe in der Mu'ara der Ja'anom und übermittelten Befehle.

Und Niun stand da und betrachtete die Rücken der anderen, und als Melein in die Nacht hinausgegangen war, stand Duncan auf und folgte ihr mit Niun, und die Dusei trotteten hinterher.

Melein verließ sie und trat unter das Sen, und das war kein Ort für Kel'ein. Duncan stand zitternd im kalten Wind, und schließlich zog Niun ihn hinüber zu einer freien Stelle, wo sie zuschauen konnten, wie die Zelte zusammensanken, wo sie leichter atmen konnten.

Die Dusei drängten sich verstört an sie.

»Mach dir keine Sorgen um mich!« sagte Niun plötzlich zu ihm.

»Das tue ich nicht.«

»Das Töten«, sagte Niun, »war bitter.«

Und mit der Mißachtung eines Mri für Möbelstücke ließ er sich auf dem Sand nieder, wo er zuvor gestanden hatte. Duncan kniete neben ihm nieder und sah zu, wie Niun ein gefaltetes Tuch aus seinen Gewändern hervorzog, das die *J'tai* enthielt, die er durch Merais Tod gewonnen hatte. Er beobachtete, wie Niun anfing, sie so an den Gürtel zu knoten, damit sie an ihren Bändern frei über seinem Gewand hängen konnten.

Komplizierte Knoten. Mri-Knoten. Niuns schlanke Finger webten Muster, die Duncan noch nicht meisterte; Bedeutungen, die er noch nicht gelernt hatte; Verworrenheiten um der Verworrenheit willen.

Er versuchte, nur daran zu denken, seinen Verstand vor dem zu verschließen, was er im Zelt erlebt hatte, dem Ruf, der ihm noch in den Ohren klang, vor den Hunderten von erhobenen Stimmen – für die er der Feind war.

Und dann tauchten die Blaugewandeten auf und brachen das Versammlungszelt ab; die ältsten Jungen und Mädchen legten die Zeltstangen um, trugen die Hauptlast der Arbeit, während die Frauen und die Kinder im mittleren Alter ihnen halfen. Nur die kleinsten Kinder ließen in den Armen ihrer Mütter ein Wimmern in dem ganzen Durcheinander ertönen; und die Kleinsten unter denen, die schon laufen konnten, begannen zwischen den geschäftigen Älteren ein Kehrreimspiel – sie begriffen nichts von den Veränderungen, die ihre Welt auf den Kopf gestellt hatten.

»Das-Gesicht-das-lächelt«, bezeichnete sie Niun. »Ah, Duncan, es tut gut, das zu sehen.«

Kälte umklammerte Duncan – ein Omen, so schwerwiegend wie die angebliche Sicht der She'pan . . . die Kinderstimmen in der Dunkelheit, während das Zelt zusammensank, Gelächter . . .

Die Türme, die auf Kesrith eingestürzt waren . . .

»Laß mich zurückgehen!« sagte Duncan auf einmal. »Niun, frag die She'pan! Laß mich jetzt, heute nacht, zum Schiff zurückkehren!«

Der Mri drehte sich um und blickte ihn an – ein durchdringender und fragender Blick. »Angst vor uns?«

»*Um* euch. Um sie.«

7·81·3

»Du hast deine Signalgeber zurückgelassen. Die She'pan hat bereits gesagt, daß das reicht. Sie hat dir ihre Entscheidung in dieser Sache bekanntgegeben. Wenn du zurückgehst, werden die anderen dich wieder holen, und das werden wir nicht zulassen.«

»Bin ich ein Gefangener?«

Niuns Augen blinzelten. »Du bist Kel'en dieses Kel, und wir geben dich nicht her. Möchtest du zurückgehen?«

Für einen Moment konnte Duncan nicht antworten. Die Kinder riefen und lachten laut, und er schreckte darunter zusammen. »Ich bin von diesem Kel«, sagte er schließlich. »Und dort könnte ich ihm am besten dienen.«

»Es liegt bei der She'pan, das zu entscheiden, und sie hat bereits entschieden. Wenn sie dich zu schicken wünscht, dann wird sie es tun.«

»Das wäre besser. Hier bin ich nicht erwünscht. Und dort könnte ich von Nutzen sein.«

»Ich würde selbst einen Tod erleiden, wenn du zu Schaden kämst. Bleib in meiner Nähe. Kein Kel'en, der die *Seta'al* errungen hat, würde dich herausfordern, aber die Narbenlosen könnten es . . . jedoch wird sich kein Narbenloser mir gegenüber eine Übertretung leisten. Verbanne solche Gedanken aus deinem Bewußtsein. Dein Platz ist hier, nicht dort!«

»Es ist nicht, weil ich von denen weglaufen will, die ich frage. Es liegt an dem, was ich höre. Weil ihr nicht von allem, was ihr gesehen habt, auch gelernt habt. Tote Welten, Niun.«

»Sov-kela«, sagte Niun, und seine Stimme klang scharf, »hüte dich!«

»Ihr bereitet euch auf einen Kampf vor.«

»Wir sind Mri.«

Das Tier neben ihm regte sich. Duncan hielt sich an ihm fest, das Blut hämmerte ihm in den Ohren. »Das Überleben der Rasse.«

»Ja«, sagte Niun.

»Für das würdest du – was tun, Niun?«

»Alles.«

Für lange Zeit herrschte Schweigen.

»Wirst du«, fragte Niun, »darum ersuchen, zu ihnen zurückzukehren?«

»Ich gehorche den Befehlen der She'pan«, sagte Duncan schließlich. »Bei meiner eigenen Rasse kann ich nicht noch mehr verdammt werden, als ich bereits bin. Höre nur manchmal auf mich! Ist es Rache, was ihr möchtet?«

Der Mri blähte die Nasenflügel und atmete schnell. Die langgliedrigen Hände fuhren merkwürdig elegant über die Samthaut des Dus. »Das Überleben der Rasse. Das Volk sammeln und eine Heimatwelt haben. Mri sein.«

Er hatte seine Antwort. Der Mensch in ihm würde es nicht verstehen, aber das Kel-Gesetz tat es . . . die Summe all dessen sein, was Mri je gewesen waren – und das bedeutete, durch nichts gebunden zu sein.

Keine Abkommen, keine Bedingungen, keine Versprechungen.

Und wenn es den Mri gefiel zuzuschlagen, dann würden sie es tun, aus Mri-Gründen.

Im Hal'ari gab es vier Worte für Frieden. Einmal *Ai'a,* was Frieden mit sich selbst bedeutete und einen festen Platz zu haben. Dann *An'edi,* der Frieden des Hauses, der auf der She'pan beruhte; und dann *Kuta'i,* die Stille der Natur; und schließlich *Sa'ahan,* der Frieden der Stärke.

Vertragsfrieden war ein Mu'ara-Wort, und das Mu'ara lag in der Vergangenheit, mit den Regul, die ihn gebrochen hatten.

Melein hatte der Macht wegen getötet und würde weiterhin töten, um das Volk zu einigen.

Sie würde die Elee, ihre früheren Verbündeten, einverleiben.

Würde ganz Kutath einnehmen.

Wir werden Schiffe haben, konnte Duncan sie in seinem Herzen sagen hören.

Und sie kannten den Weg nach Arain, zu den Gebieten der Menschen und Regul.

Es war nicht Rache, die sie suchten, nichts derart Menschliches, sondern Frieden – *Sa'ahan*-Frieden, den es nur in einem Mri-Universum geben konnte.

Kein Kompromiß.

»Komm!« sagte Niun. »Sie sind fast fertig. Wir brechen jetzt auf!«

21

Murmelnde Stimmen erfüllten das Haus, die von Erwachsenen und die von Kindern. Die Angehörigen des Volkes blickten sich um, von Neugier erfüllt durch diesen Ort, den seit so vielen Hunderten von Jahren nur Sen'ein gesehen hatten . . . bewunderten die Lampen und die Energie, die sie speiste – staunten aber keineswegs darüber, da sie Mri waren. Die Kräfte waren da; sie standen zur Benutzung zur Verfügung. Viele Dinge waren nicht zum Begreifen durch Kath oder Kel bestimmt, aber zur Nutzung mit Erlaubnis.

Und der Schrein enthielt wieder Licht: mit den eigenen Händen zündete Melein die Lampen an, und das Pan'en wurde gebracht und hinter den korrodierten Schirmen abgesetzt, um nur dann transportiert zu werden, wenn das Volk selbst zog, um durch die Angehörigen des Hauses verehrt zu werden, solange sie blieben. Gesänge wurden gesprochen, das Shon'jir der Mri, die von Kutath hinausgegangen waren; und das An'jir der Mri, die auf der Heimatwelt geblieben waren.

Wir sind die, die nicht hinausgingen:
Landbegeher, Himmelsseher;
Wir sind die, die nicht hinausgingen:
Weltbewahrer, Glaubenshüter;
Wir sind die, die nicht hinausgingen:
und schön ist unser Morgen;
Wir sind die, die nicht hinausgingen:
und schön ist uns're Nacht.

Die rhythmischen Worte gingen in der Luft um: die lange Nacht, dachte Duncan, neben Niun stehend . . . ein Volk, das auf dem sterbenden Kutath sein Ende erwartet hatte.

Bis Melein kam.

Die Gesänge versanken im Schweigen; die Halle war still; das Volk ging seiner Wege.

Da war die Kel-Halle.

Einen langen, spiralförmig verlaufenden Weg hinauf, zu einer schattigen Halle, die plötzlich in Licht getaucht wurde . . . das Kel breitete Teppiche aus, die den Boden ihrer Zelte gebildet hatten und noch sandig waren: die Reiniger glitten in der Vorhalle herum, hielten sich jedoch vom Kel fern.

Das Kel ließ sich in seinem Kreis nieder. Damit war in der Zurückgezogenheit der Halle die Zeit für Neugier gekommen. Augen wanderten über Niun, über die Dusei, und größtenteils über Duncan.

»Er wird willkommen geheißen«, sagte Niun plötzlich und rauh, beantwortete ungesprochene Fragen.

Es gab finstere Blicke, aber keine Worte. Duncan ließ die Augen über den Kreis schweifen, begegnete goldenen Augen, die seinen Blick erwiderten und ihm nicht auswichen – Blicke ohne Liebe, ohne Vertrauen, aber auch – dachte er – ohne Haß. Einem nach dem anderen blickte er so in die Augen, ließ sich ausgiebig betrachten; und er hätte fast auch das *Zaidhe abgenommen, um ihnen den Rest seiner Fremdartigkeit zu zeigen. Aber dergleichen war entwürdigend und, wenn im Zorn angeboten, auch beleidigend, ein Tadel ihnen gegenüber. Sie konnten es nicht erwarten; es wäre die Tiefe jeder Kränkung gewesen.*

Eine Tasse wurde gereicht, erst Niun und dann Duncan: Wasser der blauen Stengelpflanze in einer Messingtasse. Duncan befeuchtete seine Lippen und reichte das Gefäß an Hlil weiter, der nach ihm kam. Hlil zögerte nur einen winzigen Augenblick lang, als ob man von ihm erwartete, nach den Dusei zu trinken; doch dann hob er die Tasse an die Lippen und reichte sie weiter.

Einer nach dem anderen tranken sie in Frieden, auch die Kel'e'ein, die beiden mit Merai verwandt gewesenen Frauen. Es gab keine Zurückweisung.

Dann legte Niun sein Langschwert in Duncans Schoß, und in einer merkwürdigen und ausgearbeiteten Zeremonie zogen alle Kel'ein gleichermaßen, und die Av'ein-kel – auch Duncans – wurden von Mann zu Frau durch den ganzen Kreis weitergegeben, bis jeder wieder sein eigenes in der Hand hielt.

Dann sprach jeder, einer nach dem anderen, seinen Namen voll aus. Einige trugen Namen von beiden Eltern, manche hatten nur den Sochils. Und Duncan nannte mit zu Boden gerichtetem Blick den seinen, Duncan-ohne-eine-Mutter, und fühlte sich seltsam verloren unter diesen Wesen, die wußten, wer sie waren.

»Das Kel-Ritual«, sagte Niun, nachdem sie damit fertig waren, »ist immer noch dasselbe.«

Es gefiel ihnen vielleicht zu wissen, daß dem so war; es gab Gesten der Zustimmung.

»Ihr werdet uns«, sagte Niun, »das Mu'ara der Heimatwelt lehren.«

»Aye«, sagte Hlil bereitwillig.

Es herrschte langes Schweigen.

»Einen Teil des Rituals, wie ich es kenne«, sagte Niun, »höre ich nicht.«

Hlil biß sich auf die Lippe ... ein Mann mit Narben eher denn *Seta'al,* Hlil s'Sochil, grobgesichtig für einen Mri, die schlank waren und feinknochig. »Unser Kath ... unser Kath hat Angst vor diesem ...« Hlil hielt kurz vor dem *Tsi'mri* inne und richtete den Blick voll auf Duncan.

»Möchtest du«, fragte Niun mit harter Stimme, »eine formelle Erklärung dazu abgeben?«

»Wir sind beunruhigt«, sagte Hlil und blickte zu Boden.

»Wir.«

»Kel'anth«, sagte Hlil leise, »es ist dein Recht, und seines.«

»Nein«, sagte Duncan ruhig, aber Niun gab vor, es nicht zu hören, sondern sah sich um und wartete.

»Das Kath wird euch willkommen heißen«, sagte eine der alten Kel'e'ein.

»Das Kath wird euch willkommen heißen«, wiederholten daraufhin die anderen, und zuletzt Hlil.

»So«, sagte Niun und erhob sich – wartete auf Duncan, während die anderen sitzenblieben, und Duncan vermied es, ihren Blicken zu begegnen.

Die Dusei wollten mitkommen, aber Niun verbot es ihnen.

Und sie beide verließen als einzige die Kel-Halle und gingen die Rampe hinab. Es war spät im letzten Teil der Nacht. Duncan fror, und ihm graute vor der Begegnung, zu der sie gingen: das Kath, die Frauen und Kinder des Hauses, und vielleicht – so hoffte er – nur Zeremonie und Ritual, in dem er ruhig und unbemerkt bleiben konnte.

Sie stiegen den Kath-Turm hinauf; die Kath'anth empfing sie an der Tür. Schweigend führte sie sie hinein, wo erschöpfte Kinder auf Matten und Teppichen ausgestreckt lagen, ebenso einige der Älteren, männlich und weiblich, die schlaflos durch die Aufregungen der Nacht aus den Schatten heraus auf Niun und Duncan starrten.

Sie kamen an eine Tür zu einer engen Kammer. »Geh hinein!« sagte die Kath'anth zu Duncan; er tat es und fand den Raum nur mit Teppichen und sonst nichts ausgestattet. Die Tür ging zu; Niun und die Kath'anth hatten ihn hier zurückgelassen, in dieser durch eine Öllampe nur matt erleuchteten Kammer.

Also ließ er sich in einer Ecke nieder, furchtsam zuerst, und wurde sich schließlich dessen bewußt, daß er fror und schläfrig war, und daß die Kath'ein ihn vielleicht verabscheuten und überhaupt nicht kommen würden. Es war ein bitterer Gedanke, aber immer noch besser als die Schwierigkeiten, die er vorhersah. Er wollte nur alleingelassen werden, vielleicht bis zum Ende der Nacht schlafen und danach nicht befragt werden.

Und die Tür ging auf.

Eine Blaugewandte kam herein und trug ein kleines Tablett mit Essen und Getränken; die Tür schloß sich ohne ihr Zutun, und sie brachte Duncan das Tablett, kniete nieder, um es vor ihm abzusetzen, wobei die Tassen laut klapperten. Sie trug keinen Schleier, auch nicht auf ihrer Mähne; sie war etwa so alt wie er, und nach dem, was er im Lampenlicht von ihrem gesenkten Gesicht sehen konnte, war sie entzückend.

Durch ein Blinzeln verschüttete Tränen rollten an ihren Wangen herab.

»Hat man dich gezwungen zu kommen?« fragte er.

»Nein, Kel'en.« Sie hob das Gesicht, und so freundlich es auch war, zeigte es doch hartnäckigen Stolz. »Ich bin an der Reihe und habe es nicht abgelehnt.«

Er dachte daran, sich mit ihr zu beschäftigen, und die Kälte blieb in ihm. »Es wäre bitter. Würde es das Kath kränken, wenn wir nur hier sitzen und uns unterhalten?«

Goldene Augen musterten durch schimmernde Tränen sein Gesicht. Die Membran blinzelte und klärte sie.

»Wäre es eine Kränkung?« fragte er wieder.

Stolz. Mri-Ehre. Er sah den Widerstreit in ihren Augen, die ebenso Kränkung argwöhnten wie Freundlichkeit. Er hatte diesen Argwohn oft genug in Niuns Augen gesehen.

»Nein«, beruhigte sie und glättete ihre Kleider, und einen Moment später legte sie den Kopf schräg und straffte das Kinn. »Trotzdem wird mein Sohn dich Vater nennen.«

»Ich verstehe nicht.«

Sie sah ebenso verwirrt aus wie er. »Ich meine – ich werde nicht bekanntmachen, was du wünschst. Der Name meines Sohnes ist Ka'aros, und er ist fünf Jahre alt. Es ist eine Höflichkeit, verstehst du nicht?«

»Sind wir – für immer zusammen?«

Sich selbst zum Trotz lachte sie laut auf, und ihr Lachen war freundlich und die Berührung ihrer Hand auf seiner angenehm.

»Kel'en, Kel'en . . . nein. Mein Sohn hat dreiundzwanzig Väter.« Ihr Gesicht wurde wieder sachlich und doch sehnsüchtig. »Ich werde es dir zumindest gemütlich machen. Willst du schlafen, Kel'en?«

Er nickte nach Mri-Art, war verblüfft und müde und fand dieses Angebot als am wenigsten mühselig. Ihre freundlichen Finger nahmen ihm sanft das *Zaidhe* ab, und sie starrte erschrocken auf seine Haare – obwohl er sie nach Mri-Art schulterlang hatte wachsen lassen, war es doch nicht die struppige, bronzene Mähne ihrer Rasse. Sie faßte das Haar an, ungehindert durch den Formalismus der Kel-Kaste, zupfte an einer Locke, entdeckte die Form seiner Ohren und staunte darüber.

Und von dem zugedeckten Holzteller auf dem Tablett nahm sie ein wohlriechendes, feuchtes Tuch und reinigte damit äußerst sorgfältig sein Gesicht und seine Hände – es war eine Linderung für Sand- und Sonnenbrände; und als sie darauf beharrte, lockerte er seine Gewänder und legte sich nieder, benutzte ihre Knie als Kopfkissen. Sie breitete seine Gewänder über ihm aus und liebkoste sanft seine Stirn, so daß er sich als er Welt entrückt vorkam und es ihm leichtfiel, sich zu entspannen.

Er wollte es jedoch nicht: Verrat und Mord kamen ihm in den Sinn – er mühte sich, wachzubleiben, sein Mißtrauen nicht zu zeigen, und trotzdem nicht das Bewußtsein dessen zu verlieren, was geschah.

Er entschwebte jedoch für einen Moment und erwachte sicher wieder in ihren Armen. Er liebkoste ihren wiegenden Arm, langsam und schläfrig, bis er ihr in die goldenen Augen sah und sich an sein Versprechen erinnerte, sie nicht anzurühren.

Er nahm die Hand weg.

Sie beugte sich herab und berührte mit den Lippen seine Stirn. Das bestürzte ihn.

»Wenn ich in einer anderen Nacht wiederkäme«, sagte er, denn die Zeit war kurz, und es schien plötzlich tausend Dinge zu geben, die er vom Kath wissen wollte – von dieser Kath'en, die so gütig zu einem Tsi'mri war, »wenn ich wiederkäme, könnte ich nach dir fragen?«

»Jeder Kel'en darf fragen.«

»Darf *ich* fragen?«

Da begriff sie und sah verlegen aus und bekümmert – und auch er begriff und zwang sich zu einem Lächeln.

»Ich werde nicht fragen«, sagte er.

»Es wäre schamlos von mir zu sagen, daß du könntest.«

Da war er völlig verwirrt, lag da und starrte zu ihr auf.

Ein weicher, trällernder Ruf erklang irgendwo in der Kath-Halle.

»Es ist Morgen«, sagte sie und machte Anstalten zu gehen. Sie erhob sich, als er sich aufsetzte, und ging zur Tür.

»Ich kenne deinen Namen nicht«, sagte er im Aufstehen – eine menschliche Höflichkeit.

»Kel'en, ich heiße Sa'er.«

Und sie vollzog eine anmutige Geste des Respekts und verließ ihn.

Da bedauerte er, daß er abgelehnt hatte ... bedauerte mit einem seltsamen Sinn für das Kommende – daß vielleicht in einer anderen Nacht die Dinge anders sein würden.

Sa'er: das ähnelte dem Wort für Morgen – es paßte zu ihr.

Seine Gedanken rangen sich nach Elag/Haven zurück, zu rauhen und sorglosen Zeiten, und die Erinnerung war scheußlich, direkt nach Sa'er.

Man verletzte, das wußte er von allen Prinzipien des Kel-Gesetzes, einen Kath'en nicht, weder Kind noch Frau. Er verspürte in sich eine tiefe Gewißheit, daß er bei dieser Begegnung das Richtige getan hatte.

Und er hatte den wachsenden Glauben daran, daß sie getreu ihren Worten das Vertrauen nicht brechen würde; sie würde ihn nicht vor anderen klein machen; sie würde das nächstemal nicht mit Tränen kommen, sondern mit einem Lächeln für ihn.

Fröhlich gestimmt durch diese Gedanken, machte er es sich auf den Teppichen bequem und zog sich die Stiefel an, brachte die Gewänder wieder richtig an, befestigte Gürtel und Waffen, die er beiseite gelegt hatte. Im Stehen band er sich das Kopftuch um, das für den Anstand wesentlicher war als die Gewänder; den *Mez* jedoch schlang er sich um den Hals und über die Schulter.

Dann ging er in die Halle hinaus und lief in plötzlicher Verlegenheit rot an, denn im selben Augenblick stand dort Niun; und er hoffte, daß ihn die Zurückhaltung des Kel vor Fragen bewahrte.

Der Mri, dachte er, sah sehr zufrieden aus.

»War es gut bei dir?« fragte Niun.

Er nickte.

»Komm!« sagte Niun. »Da ist noch eine Höflichkeit zu erweisen.«

Die Kath-Halle wirkte unter der Tagesbeleuchtung anders. Die Matten waren weggeräumt worden, und die Kinder tobten bei ihrer Ankunft wie verrückt umher, rannten jedes zu einer Kath'en, und mit erstaunlicher Schnelligkeit bildete sich eine Reihe, die die beiden Kel'ein zur Tür geleitete.

An erster Stelle stand die Kath'anth, außerhalb der Reihe, und sie umfaßte Niuns Hände und lächelte ihn an. »Berichte dem Kel, daß wir die Geräte dieses Ortes nicht begreifen, aber es wird ein Mittagessen geben.«

»Vielleicht könnte ich mit den Geräten helfen«, schlug Duncan vor, als die Kath'anth seine Hände ergriff. Und die Kath'anth lachte, und Niun desgleichen, und ebenso lachten alle Kath'ein, die es gehört hatten.

»Er oder ich könnten es«, sagte Niun und verbarg seine Verlegenheit hinter Würde. »Wir haben viele Fähigkeiten, er und ich.«

»Wenn das Kel sich herabläßt«, sagte die Kath'anth.

»Schicke nach uns, wenn wir gebraucht werden!« sagte Niun.

Und sie gingen von ihr zur Reihe der Kath'ein; Niun ging als erster und ergriff ernst die Hände einer Kath'en, verneigte sich vor ihr, nahm die Hände ihrer kleinen Tochter und vollzog dasselbe Ritual mit dieser.

Da begriff Duncan, trat zu Sa'er und tat dasselbe; und er nahm die Hand ihres Sohnes, als der Junge sie ihm anbot, Handgelenk an Handgelenk, wie sich Männer gegenseitig anfaßten.

»Er ist Kel Duncan«, sagte Sa'er zu ihrem Sohn, und dann zu Duncan: »Er ist Ka'aros.«

Das Kind starrte ihn mit geweiteten Augen an, in der einem Kind eigenen Ehrlichkeit, und erwiderte Duncans scheues Lächeln nicht. Sa'er gab dem Jungen einen Stups. »Sir«, sagte er, und die Membran zuckte über die Augen. Er hatte noch nicht die Mähne eines Erwachsenen – seine war kurz und zeigte die Ohren, an den Läppchen mit je einer kleinen Locke aus durchsichtigem Flaum bedeckt.

»Guten Tag«, sagte Sa'er und lächelte Duncan an.

»Guten Tag«, wünschte er ihr und gesellte sich wieder zu Niun, der an der Tür wartete. Schweigen herrschte in der Halle. Sie gingen hinaus und hörten dann hinter sich das Murmeln von Stimmen, und wußten, daß dort jetzt Fragen gestellt wurden.

»Ich mag sie«, gestand er Niun; und dann ging er noch weiter: »Wir haben nicht miteinander . . .«

Niun zuckte die Achseln und legte sich den Schleier an. »Es ist

wichtig, daß ein Mann beim Kath einen guten Namen hat. Die Kath'en war mehr als freundlich beim Abschied. Hättest du sie gekränkt gehabt, dann hätte sie es bekanntgemacht, und das wäre zu deinem ernsten Schaden im Haus gewesen.«

»Ich war überrascht, daß du mich dorthin gebracht hast.«

»Ich hatte keine Wahl. So wird es immer gemacht. Ich konnte dich nicht ins Kel bringen wie eine Kel'e'en, ohne diese Nacht.«

Duncan schlug seinen Schleier ein und atmete leichter in dem Wissen, daß er sich richtig verhalten hatte. »Du hast dir sicher Sorgen gemacht.«

»Du bist Kel'en. Du hast gelernt zu denken, wie wir es tun. Ich bin nicht überrascht, daß du dich für eine Nacht der Erholung entschieden hast. Es war weise, und . . .«, fügte er hinzu, »wenn du einer Kath'en die *Ka'islai* schickst und sie sie nicht zurücksendet, dann mußt du gehen und sie dir holen.«

»Wird es so gemacht?«

Niun lachte leise. »So habe ich gehört. Ich selbst bin naiv in solchen Dingen.«

Sie erreichten die Haupthalle, und Duncan folgte Niun, als dieser im Schrein seine Morgenandacht verrichtete; er stand dort schweigend und dachte merkwürdigerweise an einen Ort in seiner Kindheit, spürte in einem anderen Bereich seiner Gedanken ein Dus, eingesperrt in der Kel-Halle, das sich ärgerte und ungeduldig war.

Und urplötzlich ertönte die Maschinenstimme An-ehons, die tief und donnernd durch alle Hallen drang, durch Stein und Fleisch:

Alarm . . . Alarm . . . ALARM!

Duncan stand wie betäubt, als Niun an ihm vorbeistürzte. »Bleib hier!« rief Niun ihm zu und eilte zum Zugang der Sen-Halle, wo ein Kel'en nichts zu suchen hatte. Duncan hielt mitten im Schritt inne, blickte nach links und rechts, sah weitere Kel'ein den Kel-Turm hinabeilen; und da waren die Kath'ein und Melein selbst, die vom Turm der She'pan herabgekommen war und fast rennend auf den Sen-Eingang zustrebte, mitten durch die erschreckten Fragen, die ihr zugeworfen wurden.

»Laß mich hinein!« rief Duncan ihr zu, als er sie einholte, und sie verbot es ihm nicht. Er folgte ihr hinauf in die Sen-Halle, wo alarmierte Sen'ein wie aufgestörte Insekten umherschwirrten, golden um Niuns Schwarz herum, das vor An-ehons flackernden Lichtern stand und ihr Fragen stellte. Als Antwort leuchteten

Bildschirme mit einem Anblick auf, den selbst der ungeschlachteste Kel'en begreifen konnte: die Wüste, und ein sterbendes Glühen in einer aufsteigenden Wolke am fernen Horizont.

Das Schiff!

Melein bahnte sich ihren Weg zwischen den Sen'ein hindurch, die sich beiseite drängten, und während sie die Hände auf die Armaturen vor sich legte, waren ihre Augen auf die Schirme gerichtet.

Duncan versuchte ihr zu folgen, aber die Sen'ein hielten ihn zurück, versperrten ihm mit den Händen den Weg.

»Der Schlag erfolgte aus dem Raum«, dröhnte An-ehon, während der wahnsinnige Alarm aus einem anderen Kanal toste.

»Schlag zurück!« befahl Melein.

»Nein!« schrie Duncan ihr zu. Aber An-ehons so rasch wie ein Flackern erfolgende Reaktion zeigte das Zielmuster des Gegenschlages, der den Orbit durchschnitt.

Linien blitzten rasch, Perspektiven verschoben sich.

»Erfolglos«, dröhnte An-ehon.

Und die Armaturen flammten auf, und die Luft war mit einem Geräusch erfüllt, das tief unterhalb der Hörschwelle begann und wie Donner endete. Der Boden und sogar die Fundamente erzitterten.

»Angriff wurde erwidert«, sagte An-ehon. »Die Schirme haben gehalten.«

»Hör auf damit!« brüllte Duncan, stieß Sen'ein grob zur Seite und brach zu Melein durch, blieb stehen, als Niun selbst ihm den Arm in den Weg streckte. »Hör mir zu! Das da oben wird ein Klasse-Eins-Kriegsschiff sein. Du kannst es nicht vom Boden aus schlagen. Wir haben jetzt kein Schiff mehr, keine Fluchtmöglichkeit – erwidere das Feuer nicht! Sie können diese Welt in Asche verwandeln. Laß mich mit ihnen sprechen, She'pan!«

Meleins Blick war schrecklich, als sie ihn ansah, enthielt Verdächtigung und Wut ... in diesem Augenblick war er der Fremde und nah davor, Opfer ihres Zorns zu werden.

Wieder kam der Donner. Die Mri hielten sich ihre empfindlichen Ohren, und Melein rief einen weiteren Angriffsbefehl.

»Ziel verschwindet außer Reichweite«, sagte An-ehon, als der Lärm nachließ. »Es wird bald über Zohain stehen. Zohain wird angreifen.«

»Ihr könnt dagegen nicht kämpfen!« schrie Duncan sie an und packte Niun am Arm, erhielt von dem Mri einen Blick, der dem

Meleins entsprach. »Niun, erkläre es ihr! Eure Schirme werden auf Dauer nicht halten. Laß mich mit denen da oben reden!«

»Du siehst, was du mit deinem Signal erreicht hast«, sagte Niun. »Das ist ihre Antwort auf dein Freundschaftssignal. Das ist ihr Wort dazu.«

»Zohain ist gefallen«, sagte An-ehon. »Die Schirme haben nicht gehalten. Ich empfange Alarm von Le'a'haen ... ein weiterer Angriff nähert sich dieser Zone. Alarm ... Alarm ... ALARM ... ALARM ...!«

»Bringt euer Volk raus!« schrie Duncan sie an.

Der Schrecken stand in Meleins und Niuns Augen – der Alptraum wiederholte sich. Der Boden erzitterte. Ein polterndes Krachen ertönte außerhalb des Edun.

»Geht!« schrie Melein. »Die Berge, flieht in die Berge!«

Aber weder sie noch Niun taten das, während das Sen zur Tür stürmte und hinaus, seine Besitztümer und alles zurückließ. Sogar über die Geräusche An-ehons hinweg konnten die Schreie in anderen Teilen des Edun gehört werden.

»Geht hinaus – geht hinaus, ihr beiden!« flehte Duncan. »Wartet auf eine Unterbrechung des Angriffs und flieht hinaus! Laßt mich es mit der Maschine versuchen!«

Melein kümmerte sich nicht um ihn, sondern wandte sich an Niun. »Kel'anth, führe dein Volk!« Und noch bevor Niun eine Bewegung machen konnte, blickte sie zu den Maschinenbänken, die An-ehon waren. »Kämpfe weiter! Vernichte die Eindringlinge!«

»Diese Stadt hält«, dröhnte die Maschine. »Äußere Anlagen können ihrer Schirme beraubt werden, um den Edun-Komplex zu schützen. Wenn diese Stadt fällt, gibt es noch weitere. Wir sind dabei, die Verteidigung zu koordinieren. Wir stehen unter mehrfachem Angriff. Wir empfehlen sofortige Evakuierung. Wir empfehlen der She'pan, ihre Person in Sicherheit zu bringen. Die Erhaltung ihrer Person ist von vorrangiger Bedeutung.«

»Ich gehe«, sagte Melein und fügte zu Duncan gewandt hinzu, denn Niun war bereits fort: »Komm, beeil' dich!«

Er stürzte an ihr vorbei zur Konsole. »An-ehon«, sagte er, »gib mir eine Verbindung ...«

»Laß es nicht zu!« schrie Melein, und die Maschine griff an, mit einer Gewalt, die die Luft zum Leuchten brachte und Duncan betäubt und kalt zu Boden schleuderte.

Er sah, wie Meleins Gewänder an ihm vorbeistrichen; sie

6.81.4

rannte, rannte mitten durch die Sen-Halle, während der Boden unter einem erneuten Angriff erzitterte ... er schüttelte sich unter Duncan, der wiederholt versuchte, die tauben Glieder unter sich zu ziehen. Der Boden bockte auf.

»Alarm ... Alarm ... ALARM ...!« schrie An-ehon.

Duncan rollte mit dem Kopf, drehte sich auf einer Schulter um und sah, wie einige Bereiche der Bänke dunkel wurden.

Und wieder schüttelte sich der Boden, und die Lichter begannen matter zu werden.

Dann war eine Zeitlang Ruhe.

Duncan konnte schließlich wieder die Beine bewegen, die Arme, kam auf die Füße und taumelte durch die verwüstete Sen-Halle in den sich zur Haupthalle hinabwindenden Korridor. Dort begegnete ihm ein großer Schatten, sein Dus, das ihn durch Andrücken des Körpers fast umwarf. Dann benutzte er es als Stütze und stolperte an dem Durcheinander in der Halle vorbei und hinaus ins Licht, in die offene Stadt – dort sah er die Toten, alte Sen'ein, Kinder des Kath – einen Kel'en, durch eine eingestürzte Wand zermalmt.

Er fand Sa'er, eine verkrümmte blaue Gestalt am Fuß der Rampe, die goldene Hand um einen Stein geklammert, die Augen geöffnet und das Gesicht mit dem Sand Kutaths eingestaubt.

»Ka'aros!« rief er mit aller Kraft, als ihm ihr Sohn einfiel, doch er erhielt keine Antwort.

Die Spur des Volkes waren Tote – die Alten, die Zerbrechlichen, die Jungen: all das, was freundlich war, dachte er, alles.

Er hörte ein Geräusch wie Donner, sah auf und erkannte einen Blitz, einen Lichtfleck – etwas, das in der Atmosphäre operierte. Und während er mit aller Kraft rannte, erwartete er den weißen Blitz, der ihn töten würde, als er den geschützten Bereich verließ.

Aber es verschwand hinter dem Horizont. Das Geräusch erstarb.

Außerhalb der Stadt, außerhalb der traurigen Zerstörung, erstreckte sich die Reihe der lebenden und gehenden Gestalten. Er beeilte sich, ihnen zu folgen, verzweifelt und erschöpft. Das Dus, in dem sich Blutgefühle regten, begleitete ihn, empfing seinen Zorn und seine Angst und warf beides verstärkt zurück.

Endlich hatte er die letzten der Marschsäule eingeholt; seine Kehle war trocken, seine Lungen schmerzten durch das Husten. Blut strömte ihm aus der Nase und schmeckte im Mund nach Salz und Kupfer.

»Der Kel'anth?« fragte er. Eine schmaläugige Kel'e'en deutete zur Spitze der Marschsäule. »Die She'pan?« wollte er wissen. »Ist sie unverletzt?«

»Ja«, sagte jemand, als ob es schon eine Beschmutzung sei, ihm nur zu antworten.

Er ging weiterhin schneller als die anderen, um die Spitze der Kolonne zu erreichen, kam an Kel'ein vorbei, die Kath-Kinder trugen, an Kath'ein, die Säuglinge trugen, und an Kel'ein, die die Alten stützten, wenn auch wenig der Alten überlebt hatten.

Sie gingen auf die Berge zu, die ihnen Unterschlupf versprachen, und sie waren dabei auf diesem kahlen, nackten Sand hilflos ausgesetzt. Duncan sah, daß sich die Marschsäule über eine Bodenwelle hinweg erstreckte, und es schien noch unmöglich weit bis zur Spitze zu sein – bei der Geschwindigkeit, mit der er es versuchte, schien es über seine Kraft zu gehen. Er blieb stehen und schnitt sich ein Stück von einem Stengel ab, den schon jemand anders nur als Stummel zurückgelassen hatte – eine Beute, die auch andere sahen, und er bot sie ihnen an, jedoch wollte sich keiner dazu herablassen, sie anzufassen. Er überließ ihnen den Rest, sog das Wasser aus einer abgeschnittenen Scheibe und schaffte es, auf den Füßen zu bleiben und in der Mitte der Marschsäule – außerhalb von ihr, denn er spürte den Haß der anderen, die Blicke, die das Sen ihm zuwarf.

Er hatte sich selbst vor dem Sen verraten; sie wußten, sie hatten gesehen, wer er war – und woher er kam, das vermuteten sie . . . Sie konnten nicht den Grund dafür kennen, warum sie angegriffen wurden; aber sie wußten, daß sie Mri waren und die Eindringlinge Tsi-mri, und daß sie unter Händen starben, wie er sie hatte.

Sie wurden nicht angegriffen. Duncan war darüber nicht erstaunt, denn für ein großes Schiff in einer Umlaufbahn gab es wenig Grund, seine Energien auf ein so kleines Ziel zu verschwenden, wie sie es darstellten. Aber die Stadt geriet periodisch unter Feuer. Sie konnten zurückschauen und sehen, wie die Schirme unter dem Ansturm der Strahlung in allen Regenbogenfarben flackerten, und wie die ganze Stadt zunehmend stärker zerstört wurde. Diese Stadt, die sich wie ein Traum vor der untergehenden Sonne abgezeichnet hatte, glühte und starb wie schwelendes Feuer, und die Türme stürzten ein, und die Häßlichkeit breitete sich über sie.

»A-ei«, trauerte eine alte Kath'en. »A-ei.«

Und die Kinder wimmerten verstört und wurden beruhigt.

Das Sen schüttelte die Köpfe, und Tränen zeigten sich auf den Gesichtern der Älteren.

Beim Kel gab es keine Tränen, nur brennende, wütende Blicke. Duncan wandte das Gesicht von ihnen ab und ging immer weiter, während die anderen sich ausruhten, bis er schließlich Meleins weiße Gewänder erblickte und den großen Kel'en mit dem Dus neben ihr erkannte.

Sie waren beide unverletzt; es war gut, das zu wissen, und es nahm einen Teil seiner Furcht von ihm. Er behielt sie für den Rest des Tages im Blickfeld, und als sie schließlich beim Anbruch des Abends lagerten, ging er zu ihnen.

Niun spürte Duncans Anwesenheit. Das Dus kam zuerst, und dann wandte sich Niun um und sah ihn näherkommen.

Duncan ließ sich in ihrer Nähe schweigend nieder.

»Alles in Ordnung mit dir?« fragte ihn Niun.

Er nickte.

Melein wandte das Gesicht von ihm ab. »Zweifellos«, sagte sie endlich, »war deine Absicht gut, Duncan. Das glaube ich. Aber es wäre nutzlos gewesen.«

»She'pan«, murmelte er mit einer Geste der Verehrung, war selbst für diese Worte dankbar; er unterließ es, mit ihr zu streiten. Zwischen so vielen Toten hatte Streit keinen Platz.

Niun bot ihm ein Stück von einer Pflanze an. Duncan zeigte jedoch seines und lehnte ab, und mit dem *Av-tlen schnitt er ein Stück von seiner Beute ab, das, als er daran saugte, kränklich süß schmeckte. Er hatte einen Knoten im Bauch, der sich nicht auflösen wollte.*

Ein Schrei erhob sich vom Kel. Hände deuteten. Das, was wie ein dahinschießender Stern aussah, flog über sie hinweg und senkte sich zum Horizont hinab.

»Sie landen«, brummte Duncan, »dort, wo das Schiff war. Jetzt wird die Suche beginnen.«

»Laß sie in die Berge kommen und nachschauen«, meinte Niun.

Duncan hielt sich den Bauch mit der Hand und hustete, und er wischte sich die Schmerzenstränen aus dem Gesicht. Er stellte fest, das er zitterte.

Er wußte auch, was getan werden mußte.

Er ruhte sich aus. Als es Zeit war, entschuldigte er sich mit einem gemessenen Achselzucken, mit dem ein Mann ein privates Geschäft andeutete, stand auf und verließ die anderen; das Dus folgte ihm. Er hatte Angst und versuchte, dieses Gefühl zu unterdrücken, denn das Dus konnte es weitersenden. Vor sich erblickte er die Wüste; er spürte die Schwäche seiner Glieder und der Schrecken überwältigte ihn beinahe, aber er hatte keine Wahl.

Das Dus sandte plötzlich einen Schutzimpuls aus und drehte sich um.

Er blickte zurück, erkannte das andere Dus.

Da war ein schwarzer Schatten ein Stück seitlich des Tieres. Duncan erstarrte, als ihm einfiel, daß Niun genau wie er ein Gewehr hatte.

Niun kam über den Sand auf ihn zu, eine schwarze Gestalt in der Dunkelheit. Der Wind ließ seine Gewänder flattern, der Mond blinkte auf den Messinggriffen der Yin'ein und dem Plastikvisier, ebenso auf den *J'tai,* die er errungen hatte. Krummzehig und mit gesenktem Kopf ging das große Dus neben ihm her.

»Yai«, beruhigte Duncan sein Tier und ließ es Platz nehmen.

Auf Sprechdistanz blieb Niun stehen, die Hand warnend hinter einen Gürtel geschoben. »Du hast dich weit von der Marschsäule entfernt, Sov-kela.«

Duncan wies mit dem Kopf über die Schulter zum Horizont. »Laß mich gehen!«

»Um dich wieder zu ihnen zu gesellen?«

»Ich diene der She'pan.«

Niun betrachtete ihn lange und eingehend und ließ schließlich den Schleier fallen. Duncan tat es ihm gleich und wischte sich über das Blut, das auf den Lippen zu trocknen begann.

»Was willst du machen?« fragte Niun.

»Sie zum Zuhören bringen.«

Niun machte eine hoffnungslose Handbewegung. »Das ist bereits gescheitert. Du wirfst dich nur selbst weg.«

»Bring das Volk in Sicherheit! Laß mich dies versuchen! Vertrau mir darin, Niun!«

»Wir werden uns nicht ergeben.«

»Das weiß ich. Ich werde es ihnen sagen.«

Niun sah an sich hinab. Mit seinen schlanken Fingern fummelte er an einem der verschiedenen Gürtel. Er löste eines der *J'tai,* trat zu Duncan und band den Riemen geduldig mit einem komplizierten Knoten fest.

Duncan betrachtete es, nachdem er fertig war, sah ein seltsames und fein gearbeitetes Blatt, eines der drei *J'tai,* die Niun von Kesrith hatte.

»Einer meiner Meister hat es mir gegeben, ein Mann namens Palazi, der es vom Planeten Guragen hatte. Dort wuchsen Bäume.

Es bringt Glück, hat er gesagt. Lebewohl, Duncan.«

Er reichte ihm die Hand.

Duncan ergriff sie. »Lebwohl, Niun.«

Und der Mri wandte sich ab und ging fort, gefolgt von seinem Dus.

Duncan sah zu, wie sie im Schatten verschwanden, wandte sich dann selbst um und schlug die Richtung ein, die er sich zurechtgelegt hatte, und eine Zeitlang sah er Sand und Felsen in seinem Blickfeld verzerrt. Er brachte den Schleier wieder an und war dankbar für die Wärme des Tieres, das an seiner Seite ging.

22

Tierbewußtsein, Tiergespür. Es beschützte. Duncan inhalierte vorsichtig die kalte Luft und stolperte, während er einen leichten Abhang hinabging – beinahe knickte ihm der Knöchel um: Tod in den Ebenen. Er ließ sich das eine Warnung sein und ruhte sich aus, ließ sich auf dem kalten Sand nieder, lehnte sich an das Dus und ließ die Müdigkeit aus seinen Gelenken fließen. Ein kleines Stück des blaugrünen Stengels war noch in der Gürteltasche. Er zog sein *Av-tlen* und schnitt sich etwas davon ab, kaute darauf herum und spürte, wie die heilende Süße seiner Kehle wohltat.

Während der brennenden Tage hatte er erkennen müssen, daß sein Versuch verrückt war – es war eine verrückte Vorstellung, das Wrack rechtzeitig erreichen zu können, anzunehmen, daß die Landetruppen dort geblieben waren, wo es kein Leben gab.

Er hatte jedoch keine Wahl. Beim Volk war er ein Nichts und gleichzeitig ein Problem, auf das Niun verzichten konnte, ein Streitpunkt, wegen dem er vielleicht hätte töten müssen. Er war ein Problem für Melein, die ihn erklären mußte.

Er diente der She'pan. Das stand für ihn jetzt nicht mehr in Frage: wenn er ging und nichts fand, erwies das doch nur, daß seine Bemühungen nichts wert waren, wie die von An-ehon nichts gewesen waren – jemand anders würde dann die Last tragen. Die She'pan hatte andere Kel'ein.

Er rappelte sich auf und ging weiter, stolperte, als das Dus ihn plötzlich zähnefletschend ansprang. Er blinzelte in stumpfem Erstaunen, als eine Sandwolke neben einem Stein emporgeblasen wurde und sich etwas unterhalb des Sandes bewegte; es war nicht wie der flatternde breite Mantel eines Gräbers, sondern etwas Geschmeidiges und Schmales, das wie ein Gräber eine kleine Grube schaufelte, einen Trichter aus Sand.

»Yai!« rief er das Dus mit rauher Stimme zurück, als es Anstalten machte, sich daraufzustürzen und es mit seinen langen Giftklauen ans Licht zu zerren. Was immer dort war, Duncan kannte weder seine Größe noch seine Gefährlichkeit. Er empfing den Jagdimpuls des Dus, rang ihn mit seiner Willenskraft nieder. Sie umrundeten das Gebiet und kletterten einen nahen Kamm hinauf. Als er hinabsah, erkannte er, daß die Gegend mit solch kleinen Gruben übersät war. Sie waren regelmäßig angeordnet, wie Punkte auf konzentrischen Kreisen. Sie bildeten eine Anordnung, die groß genug war, um ein Dus zu umfassen.

»Komm!« forderte er das Tier auf, und sie gingen weiter, wobei das Dus unbefriedigt schnaubte, weil es immer noch umkehren wollte.

Aber von irgendeiner anderen Gegenwart hatte es kein Anzeichen gegeben. Es gab die Kälte und den Wind und das strömende Licht Na'i'ins; es gab ihre eigenen Spuren, die der Wind rasch verwischte, und einmal – nur ein einzigesmal – eine hochgewachsene schwarze Gestalt auf einem Dünenkamm.

Einer der Kel'ein, ein Läufer des Volkes, vielleicht von einer anderen Gruppe, der sich in Überheblichkeit sehen ließ. Duncan hatte sich dem ausgesetzt gefühlt, an sein mangelndes Geschick mit den *Yin'ein* gedacht . . . das Unbekannte unter dem Sand erschreckte ihn nicht halb so sehr, wie der Gedanke an ein Zusammentreffen mit anderen Mri . . .

. . . an ein Zusammentreffen mit einer anderen She'pan. Es war, dachte er, Furcht von einer Art, wie Mri sie verspürten – ein Zögern, aus der Vertrautheit mit Meleins Gesetz auszubrechen. Aus dieser Furcht heraus hielt er sich mit der Umsicht eines Mri an tiefe Stellen, an Abhänge, an Deckung, wie das Land sie bot; und seine Augen, durch das gesenkte Visier behindert, beobachteten vorsichtig den nackten Horizont, wenn er sich wieder über eine ebene Stelle wagen mußte.

Um die Mittagszeit kam die mächtige Schneise des verdunstenden Meeres in Sicht. Er starrte in die dunstige Tiefe hinab, in die hinein sich windgetriebene Sandschleier ergossen, und angesichts derartiger Dimensionen verlor er seinen Sinn für Höhe und Tiefe. Als er jedoch forschend zum Horizont blickte, wußte er, wo er sich befand, gar nicht weit von seinem Ziel.

Er ging weiter, und inzwischen quälte der Mangel an fester Nahrung seinen Magen. Der Schmerz in seiner Seite war ständig gegenwärtig, und der in seiner Brust pochte im Rhythmus mit der Ebbe und Flut seines Lebens.

Dus.

Er spürte es und sah auf, als hätte ihn jemand beim Namen gerufen. *Niun?* fragte er sich beim Umschauen und glaubte es doch nicht. Niun war beim Volk; sicher hatte er weder Melein noch die ihm Anvertrauten verlassen. Da waren Kath und Sen, die einen solchen Weg nicht zurücklegen konnten, wie er es getan hatte, der er Kel'en war und unbehindert.

Und doch gab es die Dus-Gefühle.

Links. Rechts. Prüfend betrachtete er den Horizont, streichelte die samtpelzigen Fleischmassen im Nacken seines Tieres, befragte dessen Geist. Er empfing einen Schutzimpuls von ihm.

Also war es keine Einbildung.

Die Haare auf seinem Nacken kribbelten, während er weiterging und sich ständig des Gewichtes bewußt war, das auf seinen Sinnen lastete.

Bruder-Gegenwart.

Dus-Bruder.

Das Dus neben ihm fing an, ein Lied der Zufriedenheit zu singen, der Harmonie, das Duncan den Schmerz und die Sinne raubte, bis er feststellte, daß er eine weite Strecke zurückgelegt hatte und den Weg nicht mehr kannte.

Nein, sendete das Tier, *nein, nein nein!* Er dachte an das Schiff, immer wieder, sehnte sich danach, drängte in seine Richtung.

Bestätigung.

Und Drohung!

Dann kam Dunkelheit, plötzlich und sanft und tief, voller Drohnung und voller reißender Klauen und beißender Fänge, und über allem eine Gegenwart, die Duncan nicht loslassen wollte. Immer noch gehend erlangte er wieder das Bewußtsein, erschauerte periodisch im trockenen, kalten Wind. Seine Hände und Arme waren sandverbrannt und blutig und informierten ihn so darüber, daß er einmal gestürzt war, ohne es zu wissen.

Das Schiff, sandte er seinem Dus einen Gedanken.

Feindselige Gefühle hüllten ihn ein. Er schrie in der Dunkelheit auf, und das Dus warf sich ihm in den Weg und stoppte ihn. Er stand zitternd da, während es an ihm reibend um seine Beine strich – eine gewaltige, schwere Kreatur, die ihn umkreiste und ein Muster aus Schritten wob.

Andere kamen, zwei, fünf, sechs Dusei, ein Drittel so groß wie das Tier, das Schutz um ihn wob. Duncan zitterte vor Angst, als sie dicht an ihn herankamen und ihn umzingelten, als eines nach dem anderen sich auf Mannshöhe aufbäumte und wieder herabsank, wobei sie den Sand in Wolken aufstäuben ließen.

Ein Sturmgefühl lag in der Luft, eine schwer mit Drohung beladene Wahrnehmung.

Sturmfreunde wurden sie von den Mri genannt, die großen, massigen Brüder des kalten Windes.

Und kein derartiges Wesen hatte es zuvor auf dem unfruchtbaren Kutath gegeben, kein solches Monster hatte diese Welt gekannt.

Sie sind mit eigenen Absichten hergekommen, dachte Duncan auf einmal, kalt und erschrocken. Er erinnerte sich, wie sie das Schiff betreten hatten, sie, deren Herzen er nie erreicht hatte und die auf der langen Reise mit ihnen gelebt hatten.

Eine Zuflucht vor Menschen und Regul. Sie waren von ihrer Welt geflohen. Sie hatten sich eine neue erwählt, sich für die ihnen offenstehende Flucht entschieden, die er ihnen ermöglicht hatte.

Sie kamen dichter heran, und sein Dus strahlte Dunkelheit aus. Körper berührten sich und ein betäubender Puls erfüllte die Luft, grollend wie ein Sturm oder ein Erdbeben. Sie drehten ihre Kreise, immer weiter, berührten sich. Duncan warf sich auf die Knie und legte die Arme um den Nacken seines Tiers, hielt es so fest, spürte die Nase eines fremden Dus in seinem Nacken, roch den heißen Atem des Tieres, die Hitze, die ihn umhüllte und fast erstickte.

Das Schiff, fiel ihm ein, ihnen zuzusenden; er warf ihnen den Untergang An-ehons mit seinem Geist zu und die einstürzenden Türme Kesriths. Vergnügen wurde erwidert und entsetzte ihn.

Nein! schrie er auf, erst innerlich, dann laut. Sie flohen ihn.

Er sandte ihnen Bilder einer wasserlosen Wüste, einer sterbenden Sonne, von Dusei, die in nutzloser Verlassenheit lebten.

Ihr Zorn überflutete ihn, und sogar sein eigenes Tier erschauerte und wich zurück. Es floh, und er konnte es nicht halten.

Er war allein, verlassen und blind. Plötzlich kannte er keine Richtung mehr, hatte keinen Sinn mehr für die Welt. Seine Sinne waren klar, eisklar, und doch war er abgeschnitten und ohne die innere Richtung, die er so lange gekannt hatte.

»Komm zurück!« schrie er dem zögernden Dus zu.

Er sandte ihm Bilder eines Edun, Bilder von fließendem Wasser, von Kesriths Stürmen und landenden und startenden Schiffen. Ob es auf dieser Ebene etwas empfing, wußte er nicht. Er warf Begehren nach ihm, verzweifeltes Verlangen und das Abbild des Schiffes.

Es gab ein versuchsweises Tasten, keinen Schutzimpuls.

»Komm!« rief er das Tier laut, streckte die Hände nach ihm aus. Er sandte ihm die Gefährtenschaft der Mri – das Zusammengehen von Mann und Dus. *Leben,* sendete er.

Das Tier zögerte. Der Schutzimpuls warf peitschende Furcht über Duncans Sinne, aber er weigerte sich, sie zu akzeptieren.

Leben, beharrte er.

Es kam. Überall um sich herum spürte er den Schutzimpuls, stark und voller Angst, so daß ihm der Schweiß ausbrach, der im Wind sofort wieder trocknete. Aber dieses Dus war da. Es begann, neben ihm herzugehen, schützte ihn mit aller Kraft.

Verräter an seiner Art. Menschenverräter und Dusverräter. Duncan hatte es korrumpiert, und es diente ihm, ging mit ihm, fing an, wie er zu sein.

Furcht hüllte sie in Dunkelheit, und die Nachmittagssonne schien eine Zeitlang matter zu leuchten; dann waren die anderen Dusei verschwunden, und schließlich tauchten schwarze Punkte auf einem fernen Kamm auf und beobachteten sie.

Sie waren Kinder Kutaths, diese Dusei, Fleisch vom Fleisch derer, die von Kesrith gekommen waren, ohne in irgendeiner Weise daran teilzuhaben.

Nur das alte Tier erinnerte sich – nicht an die Ereignisse, sondern an die Person Duncans, und blieb bei ihm.

Am späten Nachmittag wurde der Wind stärker. Zuerst wirbelten kleine Böen pfeifend den Sand von den Dünenkämmen und transportierten ihn in großen Strömen über den Abgrund des toten Meeres. Dann erhoben sich Sandgestöber von zerschmetternder Gewalt, die das Gehen erschwerten, die gegen das schützende Visier prasselten und Duncan veranlaßten, sich den *Mez* zweifach um das Gesicht zu wickeln. Selbst das Dus ging halbblind einher und Tränenspuren liefen an seinem Gesicht hinab. Es stöhnte wehmütig, erhob sich in plötzlicher Gereiztheit auf die Hinterbeine, schüttelte sich, blies Staub auf und sank wieder herab, um erneut gegen den Wind anzugehen.

Die anderen tauchten von Zeit zu Zeit auf und wanderten die Kämme entlang, hielten dabei ihr Tempo mit. Sie wirkten wie dunkle Schatten in dem Sandvorhang, der mit dem Wind einhertrieb, erschienen manchmal als Kopf, manchmal noch weniger, oder als eine sich zurückziehende Flanke. Was sie aussandten, war immer noch feindselig und voller Blut.

Duncans Tier knurrte und schüttelte den Kopf, und sie gingen weiter, obwohl es mittlerweile schien, als ob Duncans Glieder mit Blei behangen wären und die Muskeln mit Feuer umschnürt. Er hustete, und Blut kam hervor; er wurde sich des Gewichtes seiner Waffen bewußt, die dort nutzlos waren, wohin er unterwegs war, noch nutzloser für einen Toten, und doch wollte er sie nicht aufgeben. Er umklammerte mit einer Hand das einzige *J'tal,* das er trug, erinnerte sich an den Mann, der es ihm gegeben hatte, und wollte nicht weniger sein.

Su-she'pani kel'en. Der Kel'en der She'pan.

Schmerz schoß in einem Bein empor. Er stürzte, umgeworfen durch die verräterische Drehung des Steins, rappelte sich vorsichtig wieder auf und stützte sich auf das Dus. Das Bein war nicht verletzt. Er versuchte, an der Wunde zu saugen, die der Stein seiner Hand zugefügt hatte, aber sein Mund war trocken, und so konnte er es nicht. In dieser Gegend gab es keine Stengel. Er hortete die ihm noch verbliebene Feuchtigkeit und entschied nicht auf sie zurückzugreifen – noch nicht.

Und eines der kleinen Dusei kam dicht an ihn heran und erhob sich auf die Hinterbeine, so daß sein eigenes Tier den Körper dazwischenschob. Mächtige Lungen schnaubten, und das Kleinere wich zurück.

Schiff, dachte er plötzlich und aus keinem besonderen Grund.

Verlangen.

Es kam kein Schutzimpuls von dem fremden Tier. Duncan fing nur Richtungsweisung auf, spürte eine Gegenwart.

Leise rief er nach seinem Dus, mit einer Kehle, die das Lautbilden fast vergessen hatte; er ging weiter, spürte eine Gegenwart links von sich, einen warmen Atem auf der Hand, die an der Seite herabhing.

Jetzt hatte er zwei Begleiter. Ein weiteres Tier war bei ihnen, dachte an ihr Ziel und verlangte nach demselben wie sie.

Menschen.

Gestalten wanderten durch Duncans Unterbewußtsein. Es war keine Erinnerung, sondern anderswo sah jemand etwas, sendete ihm das Bild, führte ihn. Er war sich dessen bewußt.

Hinter Sandschleiern verhüllte Gestalten, eine Halbkuppel. Kiefer schlossen sich sanft, sehr sanft um seine Hand . . . er erkannte, daß er auf dem Boden lag und das Dus ihn drängte. Er rappelte sich wieder auf und ging weiter, geriet ins Stolpern, als sein Stiefel auf etwas im Sand Vergrabenes trat und etwas auf das Leder peitschte; es drang jedoch nicht durch und huschte in Schlangenlinien durch die Bernsteindüsterkeit davon. Dus-Zorn tobte hinterher und kümmerte sich dann nicht weiter darum, bevorzugte Duncans Begleitung.

Nacht war um sie herum, die Nacht des Sturmes und der Welt, und sie war freundlich zu ihnen und verbarg sie. Duncan wußte, daß das Schiff in der Nähe dieser Stelle gewesen war, stolperte über Wrackstücke, über Stellen hitzegeschmolzenen Sandes, bevor die fremdartige Masse hinter Sandstreifen Gestalt annahm, und er erblickte die Verwüstung, die hier angerichtet worden war.

Und eine Halbkuppel, ein gedrungenes Halbei auf Stelzen, blinzelte mit roten Signallichtern durch die Dunkelheit.

Dusei umringten ihn, sie alle; Furcht-Verlangen-Furcht strahlten sie aus.

»Yai!« schrie er ihnen mit einer Stimme zu, die im Wind verlorenging. Sein Tier blieb jedoch, trottete mit seiner krummzehigen Gangart neben ihm her, als er auf jene Stelle zuging, zu dieser fremden Form an Kutaths toter Meeresküste.

Er erkannte sie im Näherkommen, so gewaltig und blind sie auch war, erkannte das Muster ihrer Lampen . . .

Und für einen Augenblick fiel ihm der Name nicht ein.

FLOWER.

Das Wort kehrte zurück, ein Überwechseln von einer Realität zur anderen.

»FLOWER«, grüßte er das Schiff, ein gebrochenes und unerkennbares Geräusch im heftigen Wind. »FLOWER – öffnen Sie die Luke!«

Aber es kam keine Antwort. Er sammelte einen faustgroßen Stein auf und warf ihn gegen die Hülle; dann noch einen, und nichts antwortete. Der Sturm wurde heftiger, und er wußte, daß er bald Zuflucht finden mußte.

Und dann sah er das Schwenken einer Kamera, und ein Lichtstrahl folgte ihr und richtete sich auf ihn und das Dus gemeinsam. Das Tier scheute und protestierte. Duncan riß den Arm hoch, um die Augen hinter dem Visier abzuschirmen, und regte sich weiter nicht. Seine Erinnerung flog zu einer anderen Nacht zurück, in der zusammen mit diesem Dus er vor Gewehren und im Licht gestanden hatte.

Lange herrschte Schweigen.

»FLOWER!« schrie er.

Die Scheinwerfer blieben auf ihn gerichtet. Er schwankte in den Windböen und stützte sich mit einer Hand auf den Rücken des Dus, damit das Tier dablieb.

Plötzlich ging die Luke auf und die Rampe senkte sich herab, lud ihn ein.

Er ging darauf zu, setzte den Fuß auf das hallende Metall, und das Dus blieb an seiner Seite. Er hob die Hände und ging langsam, um Mißverständnisse zu vermeiden.

»Boss«, redete er sie mit ihrem alten Spitznamen an.

Es war seltsam, hier und jetzt die Boaz wiederzusehen, das Grau in ihrem Haar jetzt stärker betont; es erinnerte ihn an die verflossene Zeit. Er war sich der Gewehre bewußt, die ihn umgaben, der Männer, die sie auf ihn und das Dus gerichtet hielten. Er nahm *Mez* und *Zaidhe* ab, damit sie ihn erkannten. Er glättete sich das Haar, das er sich hatte lang wachsen lassen; Bartstoppel zeigten sich auf seinem Gesicht, was bei einem Mri nie der Fall sein würde. Er fühlte sich nackt vor diesen Menschen, vor Boaz und Luiz. Er blickte ihnen in die Gesichter und sah die Bestürzung sich in ihren Augen spiegeln.

»Wir haben mit der SABER gesprochen«, sagte Luiz. »Man will Sie dort haben.«

Er sah die Härte in ihren Blicken: er war zum Feind übergelaufen; nicht einmal Boaz war bereit, das zu verstehen.

Und sie hatten die Spur der Mri gesehen, die Wüste der Sterne.

»Ich werde gehen«, sagte er.

»Legen Sie die Waffen ab«, forderte Luiz, »und schicken Sie das Dus hinaus.«

»Nein«, erwiderte Duncan ruhig. »Sie würden die Waffen sonst beschlagnahmen müssen – und das Tier bleibt bei mir.«

Es war klar, daß einige der Männer bereit waren, sich auf ihn zu stürzen. Er stand ruhig da, spürte den Schutzimpuls des Dus und die Furcht, die dick im Raum lag.

»Es gibt Argumente, die Sie zu Ihrer Verteidigung vorbringen können«, meinte Boaz. »Aber keines davon ist etwas wert, wenn Sie jetzt Schwierigkeiten machen. Sten, auf welcher Seite stehen Sie?«

Er überlegte einen Moment lang. Die menschliche Sprache fiel ihm auf einmal schwer, eine seltsame Déjà-vu-Beziehung, in der er sich orientieren konnte, aber nur ganz entfernt. Es gab Vorstellungen, die sich weigerten, deutliche Formen anzunehmen. »Ich werde meine Waffen nicht ziehen, solange ich nicht angetastet werde«, sagte er. »Die SABER soll entscheiden. Bringen Sie mich dorthin! *Friede.*« Er fand das Wort, das ihm eine Zeitlang verloren gewesen war. »Ich bringe Frieden, wenn sie ihn haben wollen.«

»Wir werden uns besprechen«, sagte Luiz.

»Wir können starten und uns später besprechen. Die Zeit drängt.«

Boaz nickte langsam. Luiz sah sie an und stimmte zu. Durch Gesten wurden Befehle vermittelt, und ein Mann ging.

»Wo sind die anderen?« fragte Luiz.

Duncan gab keine Antwort. Langsam und vorsichtig, damit niemand eine Bewegung mißverstand, brachte er das *Zaidhe* wieder an, mit dem er sich wohler fühlte. Und während Luiz und Boaz sich miteinander besprachen, legte er sich auch den Schleier wieder um. Das Dus stand neben ihm, und die Männer mit den Gewehren bleiben, wo sie waren.

Aber anderswo im Schiff erhoben sich die Geräusche arbeitender Maschinen – Vorbereitung für den Start, dachte er, und Panik befiel ihn. Er war ein Gefangener; sie hatten ihn wieder; Türen waren verschlossen und ließen ihn nicht mehr hindurch.

Von oben begannen Warnlampen zu blitzen. Duncan sah sich verstehend um, als drei weitere Soldaten mit auf ihn gerichteten Gewehren den Raum betraten. Luiz ging.

»Setzen Sie sich!« empfahl ihm Boaz. »Setzen Sie sich da drüben hin und beruhigen Sie das Tier beim Start! Wird es sich ruhig verhalten?«

»Ja.« Er zog sich zu der gepolsterten Bank zurück und ließ sich auf ihr nieder, beugte sich vor, um die Hand auf das Dus zu legen, das zu seinen Füßen saß.

Boaz zögerte und blickte auf Duncan hinab, die blonde, plumpe Boaz, die dünner und grauer und deren Gesicht von finsteren Blicken faltig geworden war – und die sich jetzt, so dachte er, wunderte und nicht begriff.

»Sie sprechen mit einem merkwürdigen Akzent«, sagte sie.

Er zuckte die Achseln. Vielleicht stimmte es.

Die Warnsirene ertönte. Sie stiegen auf. Boaz ging auf die gegenüberliegende Seite des Raumes, zu der dortigen Bank. Dort versammelten sich auch die Soldaten mit den Gewehren, die Waffen sorgfältig über den Schoß gelegt. Als der Andruck einsetzte, sank das Dus zu Duncans Füßen nieder, um ihm besser standzuhalten.

Der Aufstieg erfolgte hart und rücksichtslos. Duncan spürte, wie ihm der Schweiß ausbrach und der Kopf schwirrte, als das Schiff abhob. Das Dus strahlte Angst aus ... fürchtete sich, dachte Duncan, vor diesen Männern mit ihren Gewehren. Die

Furcht ließ seine Hände kalt werden, und doch war die Hitze im Raum erstickend.

Es dauerte lange, bis der Andruck aufhörte, bis zum Einsetzen der neuen Orientierung und der Möglichkeit, sich wieder zu bewegen. Duncan saß still da, wollte die anderen nicht provozieren, indem er aufstand. Er wollte nichts von ihnen. Boaz saß reglos und starrte ihn an.

»Stavros hat Ihnen das angetan«, meinte sie schließlich mit einem Blick, der Mitgefühl ausdrückte.

Wieder zuckte er die Achseln, hielt die Augen ins Leere gerichtet, im Warten verloren.

»Sten«, sagte sie.

Bekümmert blickte er sie an, wußte, daß sie eine Antwort von ihm erwartete und es keine gab. »Sten ist tot«, sagte er dann, um es ihr begreiflich zu machen.

Schmerz stand in ihren Augen; vielleicht Verständnis.

»Ich empfinde keine Bitterkeit, Boss«, sagte er.

Sie biß sich auf die Lippen und starrte ihn aus einem blassen Gesicht heraus an.

Luiz rief an; es gab einen für Duncan unhörbaren Wortwechsel, und die Soldaten standen mit tief gehaltenen und ständig auf ihn gerichteten Gewehren dabei. Er saß nur da, streichelte das Dus und besänftigte es.

Die Wachen schwitzten sichtlich. Einem erregten Dus gegenüberzustehen, das erforderte etwas von einem Mann. Aber sie waren standhaft. Es gab keine Panik. Boaz wischte sich über das Gesicht.

»Es dauert nicht mehr lange bis zum Ankoppeln«, sagte sie. »Wollen Sie etwas Wasser oder etwas zu essen?«

Das war das erste derartige Angebot. Er zögerte noch etwas, dachte daran, daß Verpflichtungen das Ergebnis wären, hätte es sich bei ihnen um Mri gehandelt.

Aber Verpflichtungen würde es auch hier geben.

»Wenn es frei vor mich hingesetzt wird«, sagte er, »werde ich es nehmen.«

So geschah es. Boaz gab den Befehl, und ein Posten setzte einen Pappbecher mit Wasser und ein in Kunststoff gewickeltes Sandwich in Reichweite Duncans ab. Duncan nahm den Becher und hielt ihn unter den Schleier, um langsam davon zu trinken. Das Wasser war eiskalt und schmeckte nach Tagen des Wassers in der Wüste seltsam aseptisch.

Ebenso riß er mit den Fingern Stücke aus dem Sandwich und aß, ohne den Schleier abzunehmen. Er wollte sein Gesicht nicht der Neugier der anderen aussetzen. Ihm fehlte die Kraft, um dazusitzen und Haß mit ihnen auszutauschen; der Schleier verhinderte Fragen. Trotzdem zitterten seine Hände. Er versuchte es zu verhindern, aber es handelte sich einfach um Schwäche. Zu lange hatte er sich nur von den Stengeln ernährt. Sein Magen rebellierte bei mehr als nur ein paar Bissen. Was übrigblieb, wickelte er wieder in den Kunststoff und steckte es in die Gürteltasche, sparte es sich für Notfälle auf.

Und er faltete die Hände und wartete. Er war müde, unbeschreiblich müde. In der Eintönigkeit des Anfluges wollte er schlafen und tat es auch, die Augen geschlossen, die Hände gefaltet und im Wissen, daß das Dus drohend die anderen beobachtete, die im Raum waren und ihre Besucher betrachteten.

Boaz kam und ging. Luiz kam und bot ihm an – ein aufrichtiges Angebot, dachte Duncan –, den Husten zu behandeln, der ihn manchmal peinigte.

»Nein«, sagte er ruhig. »Danke, nein.«

Diese Antwort brachte Luiz zum Schweigen, wie er auch Boaz zum Schweigen gebracht hatte. Duncan war erleichtert darüber, alleingelassen zu werden, und atmete ruhig. Er starrte den Mann an, der die Soldaten befehligte – kannte dessen Geisteszustand ohne die Hilfe des Dus, das kalte Mißtrauen, den Beinahe-Haß, der den Menschen zum Töten veranlaßte. Tote Augen, unähnlich denen der Mri unter Brüdern: ein Havener, der viel Übles gesehen hatte. Er hatte eine Brandnarbe auf einer Wange, die er nicht hatte beseitigen lassen. Also ein Mann von der Front, kein Offizier aus der Etappe. Duncan hatte Respekt vor ihm.

Und dieser Mann schätzte ihn vielleicht ab. Blicke bohrten sich ineinander. *Verräter,* war der Gedanke, der aus dem Blick des Mannes gelesen werden konnte; er wunderte sich, aber er verzieh nicht. Duncan verstand so einen Mann gut.

Diesen würde er als ersten töten, wenn sie Hand an ihn legten. Um die anderen würde sich das Dus kümmern.

Laß nicht zu, daß sie mich anfassen! dachte er daraufhin immer wieder, denn ihm fiel ein, weshalb er gekommen war und was von seinem Leben abhing. Aber nach außen behielt er nach wie vor seine Ruhe bei, hielt die Hände gefaltet und die Augen ins Leere gerichtet, manchmal geschlossen. Im Augenblick benötigte er nichts als Ruhe.

Schließlich erfolgte das Andockmanöver, kam der sanfte Ruck. Weder Boaz noch Luiz waren seit einiger Zeit dagewesen – besprachen sich zweifellos mit einer vorgesetzten Dienststelle.

Und Luiz wies mit dem Kopf zur Tür.

»Sie werden Ihre Waffen hierlassen müssen«, sagte er. »Das ist die einfachste Methode. Sonst werden sie Sie dazu zwingen, und das hätten wir lieber nicht.«

Duncan stand auf und erwog die Situation, löste schließlich den Gürtel mit den *Yin'ein* und den kleineren mit den *Zahen'ein,* drehte sich um und legte beide auf die Bank, auf der er gesessen hatte.

»Boss«, sagte er. »Tragen Sie sie für mich. Ich werde sie wohl nicht brauchen.«

Sie ging hin und hob sie vorsichtig auf.

»Und das Dus bleibt hier!« sagte Luiz.

»Das ist weise«, erwiderte Duncan, denn er wollte das Tier nicht dem Stress der kommenden Situation aussetzen. »Es wird hierbleiben. Haben Sie alle Vorbereitungen getroffen?«

Luiz nickte, und die Wachen nahmen ihre Positionen ein, um Duncan hinauszubegleiten. Er fühlte sich seltsam leicht ohne seine Waffen. Er blieb stehen, betrachtete das Dus, redete mit ihm, und es stöhnte und ließ sich unglücklich nieder, den Kopf auf den Tatzen. Dann wandte er sich wieder Boaz zu. »Wenn ich Sie wäre, würde ich niemanden das Tier anfassen lassen«, sagte er und ging mit den Wachen.

Die glänzenden Metallkorridore der SABER erklangen unter den Geräuschen auf- und zugehender Türen. Duncan wartete, bis ein weiteres Kommando Soldaten aufmarschierte, um seine Begleitung zu übernehmen.

Und so wenig Aufmerksamkeit er diesen Profis geschenkt hatte, so sehr widmete er sie dem sommersprossigen Mann, der bei der Gruppe von der SABER das Kommando hatte.

»Galey«, sagte er.

Der Soldat betrachtete ihn, versuchte den Rücken steifzumachen und wandelte es in ein Achselzucken um. »Man hat mich beauftragt, weil ich Sie kenne, Sir. Kommen Sie mit! Der Admiral will mit Ihnen sprechen. Lassen Sie uns das friedlich erledigen, okay?«

»Ich bin gekommen, um mit ihm zu sprechen«, sagte Duncan. Galey wirkte erleichtert.

»Alles in Ordnung mit Ihnen? Sie sind zu Fuß gekommen, wurde gesagt. Kommen Sie aus eigenem Antrieb?«

Duncan nickte nach Mri-Art. »Ja«, bestätigte er. »Es war meine eigene Entscheidung.«

»Ich muß Sie durchsuchen.«

Duncan sagte sich, daß Galey selbst keine Wahl hatte, und nickte zustimmend – stand mit ausgebreiteten Armen da, während Galey die oberflächliche Durchsuchung selbst ausführte. Als er damit fertig war, rückte Duncan seine Gewänder wieder zurecht und stand reglos.

»Ich habe eine Uniform, die passen könnte«, sagte Galey.

»Nein.«

Galey wirkte darüber bestürzt. Er nickte den anderen zu. Sie setzten sich in Bewegung; Duncan ging neben Galey, und von vorn und hinten waren Gewehre auf ihn gerichtet.

Die Luft wies einen alten und vertrauten Geruch auf, feucht und moschusartig. *Menschen,* dachte Duncan; aber es gab darin eine kleine Spur, die er auf dem anderen Schiff nicht bemerkt hatte.

Regul!

Duncan blieb stehen. Ein Gewehrlauf stieß in seinen Rücken. Er holte tief Luft und ging weiter, hielt sich neben Galey.

Die Bürotür stand offen; Duncan wußte, wohin er sich zu wenden hatte, und Galey begleitete ihn in das Büro und die Anwesenheit des Admirals.

Koch saß hinter dem Schreibtisch.

Und neben ihm saß eine Regul in ihrem Schlitten. Duncan betrachtete ihr knochiges Gesicht, während ihm das Herz gegen die Rippen hämmerte. Das Gefühl beruhte auf Gegenseitigkeit. Die Nasenlöcher der Regul schlossen sich ruckartig.

»Ein Verbündeter, Sir?« wollte Duncan von Koch wissen, bevor er zum Sprechen aufgefordert worden war, bevor überhaupt jemand etwas gesagt hatte.

»Sharn Alagn-ni.« Die Augen des Admirals waren dunkel und schmal wie die der Regul. Sein Kopf mit dem weißen, kurzgeschorenen Haar wirkte noch kahler als früher, das Gesicht dünner und härter. »Setzen Sie sich, ObTak!«

Duncan setzte sich auf einen Stuhl an einer Ecke des Schreibtisches, lehnte sich zurück und ließ den Blick von Koch zu der Regul schweifen. »Muß ich meinen Bericht in Gegenwart einer Fremden erstatten?«

»Einer Verbündeten. Dies ist ein gemeinsames Unternehmen.«

Teile formten sich zu einem System. »Eine Verbündete«, sagte Duncan und blickte Sharn voll an, »die versucht hat, uns zu töten, und die mein Schiff zerstört hat.«

Die Regul zischte. »Bai Koch, er ist ein Mri. Er ist keiner von Ihren Leuten. Er spricht für seine eigenen Absichten, dieser Jungling-ohne-ein-Nest. Wir haben den Weg gesehen, den diese Mri genommen haben, die Orte ohne Leben. Wir haben ihr Werk gesehen. Dieser formbare Jungling ist von ihnen beeindruckt worden und jetzt einer von ihnen.«

»Ich hatte Signalbojen hinterlassen«, sagte Duncan mit Blick auf Koch, »die etwas erklären sollten. Haben Sie sie gehört? Hat irgendjemand auf die Botschaften gehört, bevor Sie das Feuer eröffneten? Oder hat sich jemand gleich zu Anfang um die Bojen gekümmert?«

Kochs Augen flackerten auf, nicht mehr. Sharns grobe Haut färbte sich dunkler.

»Ich habe in diesen Botschaften berichtet, daß die Mri zur Freundschaft bereit sind. Das wir eine Übereinkunft getroffen haben.«

Sharn zischte plötzlich. Die Farbe verließ sie. »Verrat!«

»In unseren beiden Häusern«, sagte Duncan. »Bai Sharn, ich bin gesandt worden, um mich den Mri anzunähern, wie Sie sicherlich gesandt wurden, um mich aufzuhalten. Wir sind vielleicht die einzigen in diesem Raum, die einander wirklich verstehen.«

»Sie tun sich selbst nichts Gutes«, meinte Koch.

Duncan zuckte die Achseln. »Habe ich recht mit den Signalbojen? War es Sharn, die entschieden hat, gegen die Städte vorzugehen?«

»Es wurde auf uns gefeuert«, sagte Koch.

»Von meinem Schiff? Waren nicht die Regul die ersten?«

Koch schwieg.

»Sie haben gemordet«, sagte Duncan. »Die Mri hätten sich dafür entschieden, zu verhandeln, aber Sie haben die Regul vorangehen lassen. Sie haben Verteidigungsanlagen aktiviert. Sie kämpfen gegen Maschinen. Und wenn Sie aufhören, werden die Maschinen auch das Feuer einstellen. Wenn Sie weitermachen, werden Sie einen Planeten auslöschen.«

»Das wäre vielleicht der sicherste Weg.«

Duncan zog sich an einen fernen, kalten Ort in sich selbst zurück, starrte den Admiral weiterhin an. »Die FLOWER ist Zeuge dessen, was Sie tun. Was Sie hier tun, wird berichtet werden, und es wird die Menschheit verändern. Vielleicht begreifen Sie das nicht, aber es wird Sie verändern, wenn Sie es tun. Sie werden letzte Hand an die Wüste der Sterne legen, die Sie durchreist haben. Sie werden die Monster sein.«

»Unfug!«

»Sie wissen, was ich meine. Die FLOWER ist Ihr Gewissen. Stavros oder wer immer sie mitgeschickt hat, hat richtig gehandelt. Es wird Zeugen geben. Der Leutnant hier und andere aus Ihrer Besatzung werden Zeugen sein. Sie führen Krieg gegen ein sterbendes Volk, vernichten eine uralte Welt.« Sein Blick wanderte zu Sharn, deren Nasenschlitze völlig geschlossen waren. »Und Sie ebenso. Bai Sharn, denken Sie, daß Sie die Menschheit ohne Mri wollen? Denken Sie an Hammnis und Gleichgewicht. Betrachten Sie sich ihre gegenwärtigen Verbündeten. Einer ohne den anderen ist für die Regul gefährlich. Glauben Sie nicht, daß die Menschheit Sie liebt. Sehen Sie mich an, Bai Sharn.«

Die Nasenlöcher der Bai flatterten rasch. »Töten Sie diesen Jungling! Befreien Sie sich von ihm und seinen Ratschlägen, Bai Koch! Er ist Gift!«

Duncan wandte den Blick wieder zu Koch, zu dessen kalten Augen, die es ablehnten, durch ihn oder Sharn verstimmt zu werden. Und als er plötzlich wieder an die Menschen dachte, wußte er dieses eine: die Havener waren voller Haß. Ein Mri konnte nicht die Haltung einnehmen, wie Koch es tat. Ein Mri war Untertan einer She'pan, und eine She'pan dachte in Äonen.

»Sie wollen sie töten«, sagte er zu Koch, »und Sie denken vielleicht daran, mich als eine Informationsquelle festzuhalten. Ich werde Ihnen sagen, was ich weiß. Aber ich würde es vorziehen, es nicht in Gegenwart der Bai zu sagen.«

Er hatte Koch in Nachteil gesetzt. Er würde Sharn wegschicken oder dabehalten müssen, und für beides war eine Entscheidung erforderlich.

»Geben Sie Ihre Erklärung gegenüber dem Sicherheitschef ab«, sagte Koch. »Der Bericht wird an mich weitergeleitet.«

»Denen werde ich nichts sagen«, wies Duncan zurück.

Koch saß da und starrte ihn an, glaubte ihm vielleicht sogar. Röte überzog sein Gesicht und blieb darin; an der Schläfe pulsierte eine Ader. »Also, was haben Sie zu sagen?«

»Als erstes, daß ich wieder gehe, wenn ich fertig bin. Ich bin aus dem Dienst ausgeschieden. Ich bin zweiter hinter dem Kel'anth der Mri. Wenn Sie mich festhalten, ist das Ihre Entscheidung, aber ich unterstehe nicht mehr der Befehlsgewalt von Stavros oder Ihres Dienstes.«

»Sie sind ein Deserteur!«

Duncan atmete leicht aus. »Ich bin an Bord eines Mri-Schiffes geschickt worden, um mit den Mri Kontakt zu halten, als ein Köder. Ich bin von euch weggeworfen worden. Die She'pan hat mich aufgenommen.«

Koch schwieg für eine geraume Weile. Schließlich öffnete er den Schreibtisch, holte einen Bogen Papier heraus und schob ihn über den Tisch. Duncan langte danach und stellte fest, daß die Druckbuchstaben für seine Augen ungewohnt geworden waren.

Zahlencode. Einer davon war seiner. *Beglaubigungen, Sonderzuweisung Sten X Duncan: abkommandiert von Dienst 9/4/21 zu Mission mit Code Prober. Autorisierungscode Phönix, Beschränkungen in verschlüsselter Akte SS-DS-34. Kraft meiner Befehlsgewalt, heutigen Datums, George T. Stavros, Gouverneur, Zone Kesrith.*

Duncan blickte auf.

»Ihre Vollmachten«, sagte Koch, »enthalten Vermittlung – nach meinem Ermessen. Ihr Treuebruch ist erwartet worden.«

Duncan faltete das Papier sorgfältig zusammen, steckte es in den Gürtel, und Wut baute sich währenddessen in ihm auf. Er unterdrückte den Impuls. *Wenn ich dich wütend machen kann,* hatte Niun einmal gesagt, *bin ich wieder an deiner Abwehr vorbeigekommen. Ich habe dir dann außerhalb des Spiels etwas zum Nachdenken gegeben.*

Er betrachtete Sharn, deren Nasenlöcher zitterten, deren knochige Lippen zusammengepreßt waren.

»Wenn nicht weiter gefeuert wird«, sagte Koch, »werden auch wir aufhören.«

»Das erleichtert mich«, sagte Duncan.

»Und wir werden landen und dafür sorgen, daß die Dinge dauerhaft geregelt werden.«

»Ich werde die Einstellung des Feuers arrangieren. Bringen Sie mich wieder auf den Planeten!«

»Tun Sie es nicht«, sagte Sharn. »Dieser Bai wird zu jeder Verständigung mit diesen Kreaturen eine harte Haltung einnehmen.«

»Fürchten Sie«, fragte Duncan zynisch, »das Gedächtnis eines Mri?«

Sharns Nasenlöcher schnappten zu, Farbe kam und ging auf ihrer Haut. Ihre Finger fuhren rasch über die Konsole, und immer noch starrte sie beide Männer an.

»Mri können sich auf Nicht-Mri einstellen«, meinte Duncan. »Ich bin der lebende Beweis, daß es möglich ist.«

Kochs dunkle Augen musterten ihn aufmerksam. »Senken Sie den Schleier, ObTak.«

Duncan gehorchte, starrte den Mann aus nacktem Gesicht heraus an.

»Es fällt Ihnen nicht leicht«, meinte Koch.

»Ich bin nicht so weit weg, daß Sie mit mir nicht mehr verhandeln könnten. Ich bin das, was Stavros vielleicht beabsichtigt hat. Ich bin nützlich für Sie. Ich kann eine She'pan des Volkes zum Verhandeln bewegen, und das ist mehr, als Sie mit irgendeinem anderen Mittel erreichen können.«

»Sie können einen Tag opfern. Das Feuer hat aufgehört, solange wir unseren Abstand halten. Sie werden sich besprechen.«

»Ja. Ich werde mit Boaz reden.«

»Sie ist nicht qualifiziert.«

»Sie ist qualifizierter als Ihre Sicherheitsleute. Ihre Arbeit qualifiziert sie. Ich werde mit ihr reden. Sie kann verstehen, was ich sage. Die anderen würden es nicht verstehen. Sie würden versuchen, zu interpretieren.«

»Jemand von der Sicherheit wird dabeisein. Er wird Fragen vorschlagen.«

»Ich werde beantworten, was ich für richtig halte. Ich werde nicht dabei helfen, die Mri zu lokalisieren.«

»Dann wissen Sie, wo ihr Hauptquartier ist.«

Duncan lächelte. »Felsen und Sand, Düne und Ebenen. Dort werden Sie sie finden. Mehr werden Sie von mir nicht erfahren.«

»Wir werden Sie wiederfinden, wenn wir wollen.«

»Ich werde leicht zu finden sein. Schicken Sie einfach die FLOWER zum selben Landeplatz und warten Sie. Ich werde schließlich kommen.«

Koch nagte an seiner Unterlippe. »Sie können eine Beilegung dieser Sache herbeiführen?«

»Ja.«

»Ich mißtraue Ihrer Zuversicht.«

»Sie werden auf mich hören. Ich rede mit ihnen in ihrer Sprache.«

»Zweifellos. Gehen Sie, reden Sie mit Boaz!«

»Ich möchte, daß Sie ein Shuttle für mich bereithalten.«

Koch runzelte die Stirn.

»Ich werde eins brauchen«, sagte Duncan. »Oder arrangieren Sie meinen Transport auf Ihre Weise. Ich empfehle Ihnen, das relativ rasch zu tun. Die Mri werden nicht leicht zu finden sein. Es kann seine Zeit dauern.«

Koch fluchte leise. »Boaz kann Sie für zehn Stunden haben. Gehen Sie! Sie sind entlassen!«

Duncan verschleierte sich und stand auf, kreuzte die Arme und neigte leicht den Kopf in einer Geste des Respekts.

Und zwischen den Wachen, die an der Tür gewartet hatten, ging er hinaus.

Ein gedrungener Schatten war dort. Er warf sich zurück. Eine Regul-Hand schloß sich mit zermalmender Kraft um seinen Arm. Der Regul schrie ihn gellend an, und Duncan wand sich in diesem Griff; eine Klinge fuhr ihm brennend über die Rippen.

Die Sicherheit reagierte. Menschliche Körper fuhren dazwischen, und der Regul verlor das Gleichgewicht, fiel zu Boden und zog Duncan mit sich. Galeys Stiefel trat immer wieder auf das Handgelenk des Regul in dem Versuch, das Messer daraus zu lösen.

Duncan warf sich herum, riß eine Pistole aus dem Halfter ihres Besitzers und drehte sich um. Männer griffen nach ihm, stürzten sich auf ihn.

Sharn.

Die dunklen Augen der Regul waren um die Ränder weiß vor Entsetzen. Duncan feuerte, ließ los, als ihn die Wachen ergriffen, ließ sie ihm die Pistole widerstandslos abnehmen.

Er hatte den Feind des Volkes beseitigt. Die anderen, die Junglinge, waren nichts. Er holte tief Atem, als die Wachen ihn wieder auf die Füße zogen, und betrachtete mit nüchternem Bedauern den im Schlitten zusammengesunkenen Körper.

Und Koch war mit rotem Gesicht aufgesprungen, die Nase weiß vor Entsetzen.

»Ich diene der She'pan des Volkes«, sagte Duncan ruhig, lehnte es ab, gegen die Hände zu kämpfen, die ihn festhielten. »Ich habe eine Hinrichtung ausgeführt. Nun führen Sie Ihre durch oder lassen Sie mich gehen und dienen so den Interessen beider Seiten. Die Regul wissen, was ich bin. Sie werden nicht überrascht sein. Das wissen Sie. Ich kann Ihnen jetzt zum Frieden mit Kutath verhelfen.«

In der Ecke kroch der losgelassene und entwaffnete Jungling neben den Schlitten. Er äußerte ein merkwürdiges gurgelndes Geräusch, Regul-Kummer. Dunkle Augen starrten zu Duncan hinauf. Er mißachtete sie.

»Gehen Sie!« sagte Koch. Der Zorn auf seinem Gesicht hatte irgendwie nachgelassen. Sein Blick war seltsam berechnend. Er blickte zu den Wachen, zu Galey. »Er wird Sie begleiten. Rühren Sie ihn nicht an!«

Duncan schüttelte seine Arme frei, ordnete seine Gewänder und verließ den Raum, ging durch einen konfusen Haufen von Regul-Junglingen hindurch, die sich draußen versammelt hatten. Einer, eher erwachsen als ein Jungling, starrte ihn an, seine Nasenlöcher bebten in äußerster Erregung. Er versteckte sich hastig hinter einem anderen, als Duncan vorbeiging.

Ruhig und ohne den Menschen, die entlang des Korridors standen und ihn anstarrten, auch nur einen Blick zuzuwerfen, ging Duncan zur FLOWER zurück.

»Was wollen Sie jetzt machen?« fragte Boaz nach langem Schweigen.

Duncan betrachtete das Band, und Boaz schaltete es ab. Er saß mit gekreuzten Beinen auf dem großen Stuhl, Ellbogen auf den Knien, hatte sich aus Achtung vor Boaz dagegen entschieden, auf dem Boden zu sitzen.

»Was ich schon sagte. Genau, was ich sagte.«

»Vernünftig mit den Mri reden?«

»Sie halten das nicht für möglich.«

»Sie sind der Experte«, meinte sie. »Sagen Sie es mir!«

»Es ist möglich, Boss. Zu Mri-Bedingungen ist es möglich.«

»Nach einem Mord?«

Er blinzelte langsam. Er war verschleiert. Er fühlte sich unter den Menschen nicht wohl, nicht einmal hier unter den Bedingungen der Gastfreundschaft. »Ich habe getan, was getan werden mußte. Niemand sonst hätte es tun können.«

»Rache?«

»Praktische Erwägungen.«

»Die Mri verspüren keine Abneigung gegen die Regul, sagen Sie?«

»Sie haben die Regul vergessen. Das liegt eine Dunkelheit zurück. Ich habe eine aktuelle Angelegenheit bereinigt. Es ist vorbei, Boss, bereinigt.«

»Und Ihre Hände?«

»Kein Bedauern.«

Sie schwieg für eine Weile, und was immer sie sagen wollte, sie verschwieg es. Dieser plötzliche Abstand lag wie ein Schleier über ihren Augen. »Ja. Das kann ich mir vorstellen.«

»Es gab eine Frau, an deren Tod die Regul schuld sind. Sie war nicht die einzige.«

»Ich freue mich, daß wenigstens soviel in Ihnen erhalten blieb.«

»Ich habe die Regul nicht wegen ihr getötet.«

Boaz schwieg wieder. Es blieb immer weniger zu sagen.

»Ich werde den anderen Sten Duncan im Gedächtnis behalten«, meinte sie dann.

»Sie werden nur ihn begreifen können.«

Sie erhob sich, nahm seine Waffen vom Tisch auf und gab sie ihm zurück. »Galey wird Sie hinabfliegen. Er hat darum gebeten. Ich denke, er bildet sich ein, Sie zu kennen. Das Dus ist in der Schleuse eingeschlossen.«

»Ja.« Er wußte, wo sich das Dus aufhielt. Auch das Tier wußte von seiner Gegenwart und blieb ruhig. Er schnallte sich das vertraute Gewicht der Waffen um, faßte an sein *J'tal,* zog die Gürtel straffer. »Ich würde jetzt lieber aufbrechen.«

»Es ist alles arrangiert. Man hat einen Signalgeber in einer Gepäcktasche untergebracht, die Sie mitnehmen sollen. Sie sollen ihn benutzen, wenn Sie ein Treffen herbeiführen können.«

»Ich werde eine Weile brauchen.« Er ging zur Tür, blieb stehen und überlegte, ob er den Schleier ablegen sollte, ob er jemandem gegenüber, der für ihn ein Freund gewesen war, diese Geste machen sollte.

Aber er spürte, daß sie nicht willkommen sein würde.

Er trat hinaus zwischen die dort wartenden Wachen und blickte nicht zurück.

Und mit dem Dus neben sich stieg er zum Fährendeck hinab, nahm von der Sicherheit die vorbereitete Gepäcktasche entgegen. Dort verließ er die Wachen und ging über die Rampe ins Shuttle; es war der erste Moment, an dem er frei von ihnen war.

Er ging hinein und hindurch bis zu den Kontrollen, wo Galey wartete.

Ein tapferer Mann, dieser Galey. Duncan betrachtete ihn kritisch, als er aufstand, um ihn zu begrüßen und dem Dus Platz zu machen, das sich zwischen sie drängte. *Angst;* er spürte sie in den

Dus-Gefühlen; aber etwas anderes hatte Galey trotzdem dazu getrieben, jetzt hier zu sein.

Loyalität?

Duncan wußte es nicht, zu was, warum oder wie er das in einem Mann bewirkt haben konnte, den er kaum kannte . . . nur, daß sie beide Sil'athen durchwandert hatten – daß auch dieser Mann das Hinterland von Kesrith gesehen hatte, wie nur wenige seiner Rasse.

Er reichte ihm nach Menschenart die Hand, und Galeys Hand war feucht.

»Haben Sie eine Idee, wo Sie hinwollen?«

»Lassen Sie mich beim zerstörten Schiff hinaus, auf dem vorherigen Landeplatz der FLOWER. Ich werde es schaffen.«

»Ja, Sir«, sagte Galey.

Er nahm seinen Platz an den Kontrollen ein. Duncan nahm den Sitz neben ihm und schnallte sich an, während das Dus sich energisch dazwischenzwängte, sich einen Halt verschaffte: es war raumerfahren, das Tier.

Lichter flammten auf. Duncan betrachtete Galeys eifriges und von den Intrumenten grün beleuchtetes Gesicht. Die Luke ging auf, und die Fähre schwang sich hinaus und auf den Planeten zu.

»Polar einfliegen«, empfahl Duncan. »Die Verteidigungsanlagen sind noch aktiv.«

»Wir kennen die Route«, sagte Galey. »Wir haben sie schon benutzt.«

Und danach gab es nur wenig zu sagen. Die Oberfläche stürzte auf sie zu, wurde zu Bergen und Dünen, über die die Landefähre mit abnehmender Geschwindigkeit hinwegflog.

Dort lag der Meeresgrund, ihr Wegweiser heimwärts. Das Dus, das sich tapferer fühlte, stand auf und stemmte sich auf seine vier Beine. Duncan besänftigte es mit den Fingern, und es fing an, den knurrenden Laut des Behagens zu äußern, das aufzufangen, was in Duncans Bewußtsein lag.

Das Shuttle setzte auf und stand still. Die Luke öffnete sich.

Die kalte, dünne Luft Kutaths drang herein. Duncan befreite sich von den Gurten, stand auf, ließ das Dus los, als er nach der Gepäcktasche griff, und ging dann nach hinten zur Schleuse. Er hörte, wie hinter ihm Galey aufstand, blieb stehen und wandte sich zu ihm um.

»Alles in Ordnung bei Ihnen?« fragte Galey mit seltsamer Stimme.

»Ja.« Er wickelte sich den Schleier doppelt um das Gesicht, um die Luftveränderung leichter zu ertragen, und wandte sich wieder der Wildnis zu, die hinter der Luke lag. Er ging hinaus, die Rampe hinab, und das Dus tappte an seinen Fersen hinterher, hinab auf den Sand, der nach der Welt dort droben ein angenehmes Gefühl der Wirklichkeit vermittelte.

Heimat.

Er ging zu Anfang auf den Meeresabgrund zu, schlug eine falsche Richtung ein. Er würde den richtigen Weg nehmen, sobald das Licht schwand, wenn er sicher war, daß niemand ihn beobachten konnte. Er würde die Gepäcktasche dort zwischen den Felsen vergraben, für eine zukünftige Notwendigkeit; er vertraute keiner menschlichen Gabe genug, um sie mit zu den Mri zu nehmen; auch seine Waffen würde er von den Hüllen befreien und untersuchen, mißtraute dem, was die Menschen vielleicht damit gemacht hatten, solange er sie nicht in Händen gehabt hatte. Sie würden ihm nicht folgen können.

Der Dienst an der She'pan. Das wilde, unberührte Land. Er sog die Luft tief ein, und erst nachdem er eine beträchtliche Strecke zurückgelegt hatte, fing er an, sich darüber Gedanken zu machen, daß er die Fähre nicht starten gehört hatte.

Er blickte zurück und sah eine kleine Gestalt in der Schleuse stehen, die ihn beobachtete.

Er drehte sich um und ging weiter, und schließlich hörte er den Start.

Das Shuttle flog über ihn hinweg. Er blickte auf und sah, daß es eine Schleife flog, als wolle es ihn grüßen, und dann verschwand.